In dem kleinen Ort Anderslöv ist eine Frau verschwunden. Die ländliche Polizeistelle fordert die Hilfe von Riksmordkommissionen aus Stockholm an.

Kommissar Martin Beck und seine Kollegen befragen die Nachbarn; sie befragen die wenigen Personen, die Sigbrit Mård kurz vor ihrem Verschwinden noch gesehen haben; dazu gehört auch Folke Bengtsson.

Martin Beck kennt Folke Bengtsson von einem Fall her, einem besonders scheußlichen Sexualmord, an den er sich nicht gerne zurückerinnert. Und nun hat er es wieder mit Folke Bengtsson zu tun. Hat der ehemalige Sexualverbrecher seinem Drang ein zweites Mal nachgegeben?

Martin Beck glaubt es nicht; aber das ist natürlich kein Beweis. Auf jeden Fall sieht er mit Schaudern die Möglichkeit eines Justizirrtums auftauchen …

Der vorliegende Band ist der neunte Roman mit Kriminalkommissar Martin Beck.

Per Wahlöö wurde 1926 in Lund, Schweden, geboren, machte nach dem Studium der Geschichte als Journalist Karriere, ging in den fünfziger Jahren nach Spanien und wurde 1956 vom Franco-Regime ausgewiesen. Er ließ sich nach längeren Reisen, die ihn um die halbe Welt führten, wieder in Schweden nieder und arbeitete dort als Schriftsteller. Zusammen mit seiner Frau Maj Sjöwall schrieb er einen Zyklus von zehn Kriminalromanen, die zu Welterfolgen wurden. Per Wahlöö starb 1975 in seiner Heimatstadt Lund.

MAJ SJÖWALL / PER WAHLÖÖ

Der Polizistenmörder

Roman

Deutsch von
Eckehard Schultz

Wunderlich Taschenbuch

Herausgegeben von Bernd Jost

Neuausgabe März 2006

Veröffentlicht im Rowohlt Taschenbuch Verlag,
Reinbek bei Hamburg, September 1976

Die Originalausgabe erschien bei
P. A. Norstedt & Söners Förlag, Stockholm,
unter dem Titel «Polismördaren»

Umschlaggestaltung any.way, Barbara Hanke/Cordula Schmidt
(Foto: IFA-Bilderteam/Lahall)
Satz Minion PostScript, PageMaker;
Pinkuin Satz und Datentechnik, Berlin
Druck und Bindung Clausen & Bosse, Leck
Printed in Germany
ISBN 13: 978 3 499 26605 8
ISBN 10: 3 499 26605 9

Der Polizistenmörder

1

Sie traf zeitig an der Haltestelle ein. Der Bus sollte erst in einer halben Stunde abfahren. Dreißig Minuten sind im Leben eines Menschen keine lange Zeit. Darüber hinaus war sie gewohnt zu warten und richtete es stets so ein, dass sie rechtzeitig zur Stelle war. Sie überlegte, was sie zum Mittagessen kochen sollte, und dachte ein wenig darüber nach, wie sie aussah. Das tat sie öfter.

Aber wenn der Bus hier ankam, würde es für sie mit dem Nachdenken aus und vorbei sein. Sie hatte nur noch siebenundzwanzig Minuten zu leben.

Das Wetter war schön und die Luft klar, der Wind war kühler als an den Tagen vorher und erinnerte daran, dass bald Herbst sein würde, doch ihrem Haar konnte die Luft nichts anhaben, sie hatte es kräftig mit Spray festgehalten.

Wie sah sie aus?

Wie sie da am Straßenrand stand, konnte sie in den Vierzigern sein, eine gut zurechtgemachte, kräftig gebaute Frau mit langen Beinen, breiten Hüften und leichtem Übergewicht und großer Angst, dass das auffallen würde. Sie kleidete sich betont modisch, häufig auf Kosten der Bequemlichkeit, und an diesem windigen Spätsommertag trug sie einen hellgrünen Mantel im Schnitt der dreißiger Jahre, Nylonstrümpfe und dünne braune Lackstiefel mit flacher Sohle. Über ihrer linken Schulter hing eine kleine viereckige Handtasche mit großem Messingschloss, ebenfalls braun, im gleichen Farbton wie die Nappahandschuhe.

Sie bemerkte das Auto erst, als es anhielt. Der Mann auf dem Vordersitz beugte sich zur Seite und öffnete die Tür.

«Soll ich dich ein Stück mitnehmen?», fragte er.

«Ja», antwortete sie ein wenig verwirrt. «Gern. Ich hatte nicht damit gerechnet ...»

«Womit hast du nicht gerechnet?»

«Na, ich habe nicht gedacht, dass mich jemand mitnehmen könnte. Hab auf den Bus gewartet.»

«Ich wusste ja, dass du hier sein würdest. Und zufällig passte es gut. Beeil dich!» Wie viele Sekunden dauerte es, bis sie eingestiegen war und sich neben den Fahrer gesetzt hatte? Beeil dich. Er fuhr schnell, und sie befanden sich bereits außerhalb des Ortes.

Sie hatte die Handtasche auf ihre Knie gelegt, und so saß sie da – gespannt, vielleicht auch aufgeregt und ein bisschen überrascht. Ob erfreut oder verärgert, das hätte sie nicht einmal selbst sagen können.

Sie blickte ihn von der Seite an, aber der Mann schien sich völlig auf das Fahren zu konzentrieren.

Jetzt bog er rechts von der Landstraße ab und änderte gleich danach noch einmal die Richtung. Mehrmals bog er in Seitenwege ein, sodass seine Fahrtrichtung nicht mehr zu erkennen war.

«Was hast du vor?», fragte sie und lächelte ein wenig nervös.

«Muss was erledigen.»

«Wo denn?»

«Hier», antwortete er und hielt an.

Vor sich sah er seine eigenen Fahrspuren im Moos. Sie waren nur wenige Stunden alt.

«Da hinten», fuhr er fort und nickte. «Hinter dem Brennholzhaufen, da ist es schön.»

«Machst du Witze?»

«So was habe ich noch nie spaßig gefunden.»

Es schien, als ob die Frage ihn verletzt oder erregt hatte.

«Aber mein Mantel», gab sie zu bedenken.

«Lass ihn im Auto liegen.»

«Aber …»

«Es gibt Decken.»

Er stieg aus, ging um das Auto herum und hielt ihr die Tür auf.

Sie stützte sich auf ihn und zog den Mantel aus, faltete ihn sorgfältig zusammen und legte ihn auf den Sitz neben die Handtasche.

«So ist es gut.»

Er schien ruhig und selbstsicher, aber er nahm sie nicht bei der Hand, sondern ging langsam voraus bis zum Holzhaufen. Sie folgte.

Dahinter war es windstill, sonnig und warm. In der Luft summten die Fliegen, und das Gras duftete. Es war immer noch Sommer, und dieser Sommer war einer der wärmsten der letzten Jahrzehnte gewesen.

Eigentlich war es kein Brennholzhaufen, sondern ein Stapel zugeschnittener Buchenstämme, ungefähr zwei Meter hoch.

«Zieh die Bluse aus.»

«Ja», sagte sie verlegen.

Er wartete geduldig, bis sie die Knöpfe geöffnet hatte. Dann half er ihr, die Bluse auszuziehen, behutsam, ohne sie zu berühren.

Sie blieb mit dem Kleidungsstück in der Hand stehen, wusste nicht, wohin damit.

Er nahm ihr die Bluse aus der Hand und legte sie vorsichtig auf die Kante des Holzstapels. Ein Ohrwurm lief im Zickzack über den Stoff.

Sie stand im Rock vor ihm, die Brüste hingen schwer in dem hautfarbenen Büstenhalter, sie blickte vor sich auf den Waldboden, lehnte sich mit dem Rücken an die glatte Fläche des frisch gesägten Holzes.

Jetzt war der Augenblick gekommen, in dem er handeln musste, und er tat es so schnell und überraschend, dass sie gar nicht erfasste, was mit ihr geschah. Sie war nie besonders schnell in ihren Reaktionen gewesen.

Er ergriff mit beiden Händen den oberen Bund genau über dem Nabel und riss mit einem gewaltigen Ruck gleichzeitig Rock und Strumpfhose kaputt. Der Rock fiel auf den Erdboden, dann zog er die Strumpfhose und den Schlüpfer hinunter bis in ihre Kniekehlen, hob den linken Teil des Büstenhalters, sodass ihre Brust schlapp und schwer herunterhing.

Erst jetzt hob sie den Kopf und blickte ihm in die Augen. Die waren voller Abscheu, Hass und wilder Begierde.

Ihr blieb keine Zeit zu überlegen, ob sie schreien sollte. Außerdem wäre das sinnlos gewesen. Der Platz war sorgfältig ausgewählt worden.

Er hob die Arme und griff nach ihr, schloss seine kräftigen sonnengebräunten Finger um ihren Hals und erwürgte sie.

Ihr Hinterkopf wurde gegen das Holz gedrückt, und sie dachte: Mein Haar.

Das war ihr letzter Gedanke.

Seine Hände pressten sich etwas länger als notwendig um ihren Hals.

Dann lockerte er den Griff, und während er den Körper mit der linken Hand noch aufrecht hielt, schlug er ihr die rechte Faust mit aller Gewalt in den Unterleib.

Sie fiel auf die Erde und lag so gut wie nackt im Waldmeister und im Laub des Vorjahrs.

Aus ihrer Kehle kam ein rasselnder Laut. Er wusste, dass das nichts Ungewöhnliches war und dass sie bereits nicht mehr lebte.

Der Tod ist nie besonders schön; aber auch als Lebende war sie niemals hübsch gewesen, nicht einmal als junges Mädchen.

So wie sie da im Unterholz des Mischwaldes lag, sah sie höchstens pathetisch aus.

Er wartete einige Minuten, bis er wieder zu Atem gekommen war und sein Puls sich beruhigt hatte.

Nun war er wieder er selbst, beherrscht und rationell.

Auf der anderen Seite des Holzstapels befand sich ein unzugänglicher Windbruch, der noch von dem starken Herbststurm 1968 herrührte, und dahinter eine eng bestandene Nadelwaldschonung, knapp mannshoch.

Er griff unter ihre Arme und fühlte die kurzen verschwitzten Haare in ihren Achselhöhlen unangenehm an seinen Handflächen.

Es war etwas mühevoll, sie durch das dichte Gewirr von umgebrochenen Bäumen und aufrecht stehenden Wurzelballen zu schleppen, aber er brauchte sich nicht zu beeilen. Im Inneren der Tannenschonung befand sich eine mit lehmigem Wasser gefüllte Mulde. Dort warf er sie hinein und trat auf den schlaffen Körper, sodass er in den Schlamm sank. Erst jetzt betrachtete er sie einen Moment und stellte fest, dass sie nach dem schönen Sommer immer noch eine braune Haut hatte, nur die linke Brust war bleich und hatte kleine hellbraune Punkte. Leichenblass, konnte man beinahe sagen.

Er ging zum Wagen zurück und holte den grünen Mantel. Überlegte einen Augenblick, was er mit der Tasche anfangen sollte. Dann nahm er die Bluse vom Holzstapel, wickelte sie um die Tasche und trug alles zusammen zu dem Wasserloch. Die Farbe des Mantels war zu auffällig, daher suchte er sich einen kräftigen Ast und drückte damit den Mantel, die Tasche und die Bluse so tief wie möglich unter den Wasserspiegel.

Die nächste Viertelstunde brachte er damit zu, heruntergefallene Tannenzweige und dicke Moosballen zu sammeln. Er deckte die Mulde so sorgfältig zu, dass niemand, der zufällig an dieser Stelle vorbeikam, auch nur auf den Gedanken kommen würde, dass sich hier ein Wasserloch befand.

Er sah sich sein Werk einige Minuten an, verbesserte hier und da etwas, bis er zufrieden war.

Zuckte mit den Schultern und ging zum Auto zurück. Nahm eine Hand voll Putzwolle aus dem Kofferraum und wischte sich die Gummistiefel ab. Als er damit fertig war, warf er das Knäuel achtlos auf den Erdboden. Da lag es, nass, voller Lehm und für jedermann sichtbar. Das spielte keine Rolle. Ein Haufen Putzwolle kann überall liegen. Damit ist nichts zu beweisen, und niemand kann dadurch überführt werden.

Dann setzte er sich in den Wagen und fuhr davon.

Unterwegs dachte er darüber nach, dass alles planmäßig verlaufen war und sie genau das bekommen hatte, was sie verdiente.

2

Vor einem Mietshaus an Råsundavägen in Solna parkte ein Auto. Ein schwarzer Chrysler mit weißen Kotflügeln, auf dessen Türen, Motorhaube und Kofferraumklappe mit kräftigen weißen Blockbuchstaben das Wort POLIZEI stand. Irgendjemand hatte den unteren Bogen des B in der Buchstabenkombination BIG auf dem hinteren Nummernschild weiß überklebt und damit noch deutlicher gemacht, was es mit dem Wagen auf sich hatte.

Scheinwerfer und Innenbeleuchtung waren abgeschaltet, aber das Licht der Straßenlaternen spiegelte sich schwach in den blanken Knöpfen und dem weißen Koppelzeug der beiden vorne im Wagen sitzenden Uniformierten.

Obwohl die Uhr erst neun und der Oktoberabend milde und sternenklar war, waren kaum noch Menschen auf der langen Straße zu sehen. Die Fenster der Mietshäuser auf beiden Seiten der Straße waren erleuchtet, und in einigen schimmerte der blaue Schein eines Fernsehers.

Dieser oder jener der wenigen abendlichen Spaziergänger blickte neugierig auf den Streifenwagen, verlor aber bald das Interesse, denn irgendwelche Aktivitäten schienen von dem Auto nicht auszugehen. Es gab nichts anderes zu sehen als zwei gewöhnliche Konstabler, die in ihrem Wagen saßen und sich langweilten.

Auch die Männer im Auto wären gern aktiv geworden. Sie hatten jetzt bereits über eine Stunde lang dort gestanden und die ganze Zeit hindurch eine Tür schräg gegenüber und ein erleuchtetes Fenster im Erdgeschoss rechts von der Tür beobachtet. Aber sie konnten warten, darin waren sie geübt.

Bei genauerem Hinsehen wäre einem vielleicht der Gedanke gekommen, dass sie nicht ganz so wie normale Streifenpolizisten aussahen. An der Kleidung war nichts auszusetzen, sie entsprach der Vorschrift, und weder Koppel noch Gummiknüppel und Pistolentasche mit Pistole fehlten. Der Unterschied lag in den Personen selber – der Fahrer, ein korpulenter, gutmütiger Mann mit wachem Blick, und sein Kollege, der schlanker war und ein wenig zusammengesunken und mit der Schulter gegen die Seitenscheibe gelehnt dasaß; beide etwa um die Fünfzig. Streifenpolizisten sind in der Regel junge, durchtrainierte Männer, und wenn eine Ausnahme gemacht wird, dann hat der ältere Polizist häufig einen jungen Kollegen bei sich.

Eine Streifenwagenbesatzung, deren Alter wie in diesem Fall zusammengezählt über hundert Jahre ergab, konnte als große Ausnahme angesehen werden. Es gab jedoch eine Erklärung dafür.

Die Männer in dem schwarz-weißen Chrysler hatten sich ganz einfach als Konstabler verkleidet, und hinter dieser Maskierung verbargen sich keine Geringeren als der Chef von Riksmordkommissionen, Martin Beck, und sein nächster Mitarbeiter Lennart Kollberg.

Die Idee, sich so zu verkleiden, stammte von Kollberg, und zwar aus seiner Kenntnis des Mannes heraus, hinter dem sie her waren und den sie versuchen wollten festzunehmen. Der Mann hieß Lindberg, wurde Limpan genannt und war ein Dieb. Seine Spezialität waren Einbrüche, aber er hatte auch den einen oder anderen Raubüberfall verübt und es hin und wieder mit Betrügereien versucht, allerdings kein Glück dabei gehabt. Viele Jahre seines Lebens hatte er hinter Gittern verbracht, aber zur Zeit war er nach einer verbüßten Strafe auf freiem Fuß. Ein Zustand, der, wenn Martin Beck und Kollberg ihr Vorhaben verwirklichen konnten, nicht lange anhalten würde.

Drei Wochen vorher hatte Limpan ein Juweliergeschäft im Zentrum von Uppsala betreten und mit dem Revolver in der Hand den Inhaber gezwungen, Schmuck, Uhren und Bargeld im Wert von zusammen fast 200 000 Kronen herauszurücken. So weit war alles vergleichsweise gut und planmäßig gelaufen, und Limpan hätte mit seiner Beute verschwinden können, wenn nicht plötzlich eine Verkäuferin aus einem der hinteren Räume aufgetaucht wäre. Limpan geriet in Panik und drückte ab. Der Schuss traf die Verkäuferin mitten in die Stirn und tötete sie auf der Stelle. Es gelang Limpan, das Feld zu räumen, und als die Stockholmer Polizei ihn zwei Stunden später in der Wohnung seiner Verlobten in Midsommarkransen aufsuchte, lag er im Bett. Die Verlobte behauptete, er hätte Schnupfen und sei in den letzten 24 Stunden nicht aus dem Haus gegangen; und die Haussuchung brachte kein Ergebnis, man fand weder Schmuck noch Uhren, noch bares Geld. Limpan wurde zum Verhör mitgenommen und dem Geschäftsinhaber gegenübergestellt, aber der war unsicher und gab zu bedenken, dass der Täter eine Maske getragen hatte. Bei der Polizei hegte man jedoch keine Zweifel. Man konnte davon ausgehen, dass Limpan nach der langen Zeit im Gefängnis blank war, ein Spitzel hatte berichtet, dass Limpan von einem Bruch erzählt hatte, den er «in einer anderen Stadt» plante, und dann hatte ein Augenzeuge Limpan zwei Tage vor dem Überfall durch die Straße schlendern sehen, in der das Juweliergeschäft lag, vermutlich um Einzelheiten auszukundschaften. Limpan stritt ab, jemals in Uppsala gewesen zu sein, und musste schließlich freigelassen werden, da man keine ausreichenden Beweise hatte.

Drei Wochen lang hatte man ihn beobachten lassen, aus der Überlegung heraus, dass er früher oder später das Versteck mit der Beute aus dem Überfall aufsuchen würde. Aber Limpan schien sich darüber im Klaren zu sein, dass er beschattet wurde; zweimal hatte er den Polizisten in Zivil, die ihn überwachten, sogar freundlich zugewinkt, und er schien ausschließlich damit befasst zu sein, sie zu beschäftigen. Er hatte offensichtlich kein Geld, jedenfalls gab er nicht mehr aus als die regelmäßige Summe, die er als Unterstützung jede Woche vom Sozialamt abholte, und für Essen und Wohnung sorgte seine Verlobte, die eine feste Arbeit hatte.

Schließlich beschloss Martin Beck, sich selbst um den Fall zu kümmern, und Kollberg hatte die glänzende Idee, dass sie sich als Streifenpolizisten verkleiden sollten. Da Limpan jeden auch noch so unauffällig in Zivil gekleideten Polizisten von weitem erkannte, seit langer Zeit aber gegenüber uniformierten Beamten mit verächtlicher Nachlässigkeit auftrat, konnte die Uniform in diesem Fall die beste Verkleidung sein. Meinte Kollberg jedenfalls, und Martin Beck stimmte ihm, wenn auch mit Vorbehalten, zu.

Keiner von beiden hatte sich von der neuen Taktik ein rasches Ergebnis erhofft, umso überraschter waren sie, als Limpan, sobald er sich unbewacht fühlte, in ein Taxi stieg und zu der Adresse an Råsundavägen fuhr. Allein das Verkehrsmittel deutete auf eine gewisse Absicht hin, und Kollberg wie auch Beck waren beide überzeugt, dass etwas Entscheidendes im Gange war. Wenn sie ihn jetzt mit der Beute und vielleicht sogar mit der Mordwaffe erwischten, konnte ihm die Tat nachgewiesen werden, und sie hatten ihren Teil der Arbeit erledigt.

Inzwischen hatte sich Limpan länger als eineinhalb Stunden in dem Haus schräg gegenüber auf der anderen Straßenseite aufgehalten, sie hatten seinen Schatten vor einer Stunde an dem Fenster rechts neben der Tür gesehen, aber danach war nichts weiter passiert.

Kollberg begann sich hungrig zu fühlen. Er war dauernd hungrig und sprach öfter übers Abnehmen. Hin und wieder fing er eine Abmagerungskur an, gab aber stets bald danach wieder auf. Er wog wenigstens zwanzig Kilo zu viel, war aber durchtrainiert und in guter Form, und wenn es notwendig war, konnte er für seinen Körperumfang und seine beinahe fünfzig Jahre erstaunlich schnell und beweglich sein.

«Es ist verdammt lange her, dass man was zwischen den Zähnen gehabt hat», begann Kollberg.

Martin Beck antwortete nicht. Er hatte keinen Hunger, sehnte sich aber plötzlich nach einer Zigarette. Eigentlich hatte er das Rauchen vor zwei Jahren nach einer schweren Schussverletzung aufgegeben.

«Ein Mann mit meinem Körperumfang braucht mehr als ein hart gekochtes Ei am Tag», fuhr Kollberg fort.

Wenn du nicht so viel essen würdest, hättest du nicht so einen Körperumfang, und dann brauchtest du wiederum nicht so viel zu essen, dachte Martin Beck, aber er sagte nichts. Kollberg war sein bester Freund, und dies hier war ein heißes Eisen. Er wollte ihn nicht verletzen, außerdem wusste er, dass Kollberg seine Frau gebeten hatte, ihn auf eine Abmagerungsdiät zu setzen, die ausschließlich aus hart gekochten Eiern bestand. Die Diät brachte jedoch keine großen Erfolge, denn das Frühstück war oftmals die einzige Mahlzeit, die er zu Hause aß, alle übrigen nahm er außerhalb oder in der Kantine von Polishuset ein, und da bestellte er dann keine hart gekochten Eier, das konnte Martin Beck bezeugen.

Kollberg nickte zu den hell erleuchteten Fenstern einer Konditorei hinüber, die nur zwanzig Meter vom Auto entfernt war.

«Du hast wohl keine Lust …»

Martin Beck öffnete die Tür und setzte einen Fuß auf den Bürgersteig.

«Na klar. Was willst du haben? Blätterteigstücke?»

«Ja, und ein Franchipantörtchen», antwortete Kollberg.

Martin Beck kam mit der Kuchentüte wieder, und sie saßen eine Weile stumm da und beobachteten das Haus, in dem sich Limpan befand, während Kollberg aß und seine Uniform vollkrümelte. Als er fertig gegessen hatte, schob er den Sitz noch ein wenig mehr zurück und öffnete das Koppelstück.

«Was hast du in der Pistolentasche?», fragte Martin Beck.

Kollberg öffnete die Tasche und reichte ihm die Waffe. Eine in Italien hergestellte Spielzeugpistole, massiv und naturgetreu nachgemacht und beinahe ebenso schwer wie Martin Becks Walther, aber man konnte damit lediglich Zündplätzchen knallen lassen.

«Feines Ding», lobte Martin Beck. «So eine hätte man als Junge haben sollen.»

Im Polizeikorps war es allgemein bekannt, dass Lennart Kollberg sich weigerte, eine Waffe zu tragen. Die meisten Kollegen meinten, dass seine Weigerung auf eine Art Pazifismus zurückzuführen war und darauf, dass er mit gutem Beispiel vorangehen wollte, denn er war einer der eifrigsten Befürworter, wenn es darum ging, dass während des normalen Dienstes grundsätzlich keine Waffen getragen werden sollten.

Das war zweifellos richtig, aber nur die halbe Wahrheit. Martin Beck war einer der wenigen, die die tiefere Ursache von Kollbergs Abscheu gegen das Waffentragen kannten.

Lennart Kollberg hatte einmal einen Menschen erschossen. Die Angelegenheit lag mehr als zwanzig Jahre zurück, aber er konnte sie nicht vergessen, und es war nun schon Jahre her, seit er sich entschlossen hatte, auch bei kritischen und gefährlichen Aufträgen keine Waffe zu tragen.

Der Vorfall datierte aus dem August 1952, als Kollberg im zweiten Revier auf Söder in Stockholm Dienst tat. Am späten Abend waren sie vom Gefängnis Långholmen aus alarmiert worden, wo drei Bewaffnete einen Gefangenen zu befreien versucht hatten und dabei einen Wärter angeschossen und verletzt hatten. Als der Mannschaftswagen, in dem auch Kollberg saß, beim Gefängnis eintraf, hatten die Männer bei ihrer Flucht ein Brückengeländer oben auf Västerbron gerammt, und einer der Männer war festgenommen worden. Die anderen beiden waren in den Långholmspark an der anderen Seite der Brückenverankerung entkommen. Man setzte voraus, dass beide Männer bewaffnet waren, und da Kollberg als guter Schütze galt, wurde er einer Gruppe von Polizisten zugeteilt, die den Auftrag hatte, den Park zu durchkämmen und die Männer zu umstellen.

Mit der Pistole in der Hand war er hinunter zum Wasser geklettert und dann dem Ufer gefolgt, um aus dem Lichtschein oben von der Brücke herauszukommen, dabei strengte er die Ohren an, und seine Augen versuchten die Dunkelheit zu durchdringen. Nach einer Weile war er an einer Felsenplatte stehen geblieben, die in die Fahrrinne hinausragte, hatte sich hinabgebeugt und die Hand ins Wasser getaucht, das weich und lauwarm war. Als er sich aufrichtete, peitschte ein Schuss, und er hatte gespürt, wie das Geschoss seinen Jackenärmel streifte, bevor es einige Meter weiter im Wasser aufschlug. Der Mann, der geschossen hatte, befand sich irgendwo im Dunkeln zwischen den Büschen auf dem Hang über ihm. Kollberg hatte sich sofort vornüber geworfen und war in die schützende Strandvegetation hineingerobbt. Dann hatte er begonnen, nach oben auf den Felsblock zuzukriechen, der sich schräg über dem Platz befand, an dem er den Schützen vermutete. Als er bei dem großen Stein ankam, sah er auch richtig die Figur des Mannes, die sich gegen die offene, hellere Fahrrinne abzeichnete. Er stand nur etwa zwanzig Meter entfernt, halb zu Kollberg hingewendet, mit der Waffe schussbereit in der rechten Hand, und drehte den Kopf langsam von einer Seite zur anderen. Hinter ihm ging es steil hinunter zu Riddarfjärden.

Kollberg hatte sorgfältig auf seine rechte Hand gezielt. Gerade als sein Finger den Abzug betätigte, tauchte plötzlich eine Gestalt neben dem Mann auf, genau in der Schusslinie, und verschwand wieder ebenso plötzlich den Abhang hinunter.

Kollberg begriff nicht gleich, was geschehen war. Der Mann begann zu laufen, und Kollberg schoss noch einmal und traf ihn diesmal in die Kniekehle. Dann ging er hinüber und blickte die Böschung hinab.

Da unten am Rand des Wassers lag der Mann, den er getötet hatte. Ein junger Polizist vom selben Revier, zu dem auch er gehörte. Sie waren oft miteinander auf Streife gewesen und hatten sich außergewöhnlich gut verstanden.

Die Angelegenheit war vertuscht worden, und Kollbergs Name wurde in diesem Zusammenhang überhaupt nicht erwähnt. Offiziell war der junge Polizist von einem unglücklichen Schuss getroffen worden, einem Querschläger, der während der Jagd auf den gefährlichen Verbrecher irgendwoher gekommen war. Kollbergs Chef hatte ihm eine kleine Ansprache gehalten, in der er ihn vor allzu vielen Grübeleien und Selbstvorwürfen warnte und abschließend darauf hinwies, dass selbst Karl XII. einmal aus Versehen seinen Stallmeister und guten Freund erschossen hatte. Ein Unglücksfall, der jedem unterlaufen konnte. Und damit sollte die Sache aus der Welt sein, aber Kollberg konnte den Schock niemals ganz überwinden und trug daher seit Jahren eine Zündplätzchenpistole, wenn er bewaffnet in Erscheinung treten musste.

Weder Kollberg noch Martin Beck dachten daran, als sie im Streifenwagen saßen und auf Limpans Erscheinen warteten.

Kollberg gähnte und rekelte sich. Er saß unbequem hinter dem Lenkrad, und seine Uniform war zu eng. Er konnte sich nicht daran erinnern, wann er zuletzt Uniform getragen hatte, das musste sehr lange Zeit her sein. Die, die er jetzt trug, war geliehen, sie war, wie gesagt, zu klein, aber doch bei weitem nicht so eng wie seine eigene alte Uniform, die an einem Haken zu Hause im Kleiderschrank hing.

Er blickte Martin Beck an, der tiefer in seinen Sitz gesunken war und durch die Windschutzscheibe starrte.

Keiner von ihnen sagte ein Wort, sie kannten sich seit langer Zeit, hatten viele Jahre lang Dienst und Freizeit miteinander verbracht und beide nicht das Bedürfnis zu reden, nur um sich zu unterhalten. Unzählige Male hatten sie so wie jetzt zusammengesessen, in einem Wagen auf einer nächtlichen Straße, wartend.

Seit Martin Beck Chef von Riksmordkommissionen geworden war, hatte er es eigentlich nicht mehr nötig, an Überwachungen und Beschattungen teilzunehmen, dazu hatte er genügend Untergebene. Trotzdem ließ er es sich nicht nehmen, auch wenn solche Aufträge im Allgemeinen tödliche Langeweile mit sich brachten. Er wollte nicht den Kontakt mit der praktischen Seite seiner Arbeit verlieren, nur weil er Chef geworden war und der Papierkrieg immer mehr von seiner knappen Zeit beanspruchte. Und auf jeden Fall zog er es vor, zusammen mit Kollberg gähnend in einem Auto zu sitzen, anstatt in einer Besprechung mit dem Rikspolischef mühsam das Gähnen unterdrücken zu müssen.

Martin Beck verabscheute sowohl die Bürokratie wie auch Konferenzen und den Rikspolischef. Dagegen mochte er Kollberg sehr gern und konnte sich die tägliche Arbeit ohne ihn nur schwer vorstellen. Kollberg hatte schon seit langem hin und wieder mit dem Gedanken gespielt, den Polizistenberuf an den Nagel zu hängen, aber in letzter Zeit schien er immer fester entschlossen, seinen Wunsch in die Tat umzusetzen. Martin Beck wollte ihn weder dazu ermuntern noch ihm abraten. Er wusste, dass Kollbergs Solidarität mit dem Polizeikorps inzwischen gleich Null war und er immer häufiger mit seinem Gewissen in Konflikt geriet. Er wusste, dass es sehr schwer für ihn werden würde, eine befriedigende oder in etwa gleichwertige Stellung zu bekommen. In einer Zeit hoher Arbeitslosigkeit, in der Akademiker und gut ausgebildete Leute aus fast allen Berufen und vor allen Dingen die Jugendlichen keine Anstellung fanden, waren die Aussichten für einen fünfzigjährigen, abgedankten Polizisten nicht gerade glänzend. Aus rein egoistischen Gründen wollte er natürlich, dass Kollberg bleiben sollte, aber Martin Beck war kein krasser Egoist und wäre nie auf den Gedanken gekommen, Kollberg zu beeinflussen.

Kollberg gähnte wieder.

«Sauerstoffmangel», sagte er und kurbelte die Scheibe herunter. «Ein Glück, dass man seine Dienstjahre als Streifenpolizist zu einer Zeit ableistete, da die Beamten ihre Füße noch zum Laufen benutzten und nicht nur, um den Leuten damit in den Hintern zu treten. Man kriegt ja die Platzangst hier drin.»

Martin Beck nickte. In engen, geschlossenen Räumen fühlte er sich immer bedrückt.

Beide, Martin Beck und Kollberg, hatten ihren Dienst bei der Stockholmer Polizei in der Mitte der vierziger Jahre begonnen. Martin Beck hatte seine Runden durch Norrmalm gedreht, während Kollberg durch die engen Gassen der Altstadt getrottet war. Damals kannten sie sich noch nicht, aber ihre Erfahrungen aus jener Zeit waren im Großen und Ganzen die gleichen.

Die Uhr rückte auf halb zehn. Die Konditorei schloss, und in immer mehr Fenstern entlang der Straße war das Licht ausgeschaltet worden. Die Wohnung, in der Limpan sich befand, war immer noch erleuchtet.

Plötzlich ging die Haustür schräg gegenüber auf, und Limpan trat auf den Bürgersteig. Er hatte die Hände in die Manteltaschen gesteckt, im Mundwinkel glimmte eine Zigarette.

Kollberg legte die Hände auf das Lenkrad, und Martin Beck setzte sich gerade hin.

Limpan blieb vor der Tür stehen und rauchte in aller Ruhe seine Zigarette.

«Er hat keinen Koffer bei sich», stellte Kollberg fest.

«Er kann das Zeug in den Taschen haben», meinte Martin Beck, «oder er hat es verkauft. Wir müssen kontrollieren, wen er besucht hat.»

Einige Minuten vergingen. Nichts geschah. Limpan blickte hinauf zu dem sternklaren Himmel und schien die frische Abendluft zu genießen.

«Er wartet auf ein Taxi», vermutete Martin Beck.

«Scheint sehr lange zu dauern.»

Limpan zog ein letztes Mal an seiner Zigarette und schnippte die Kippe auf die Fahrbahn hinaus. Dann schlug er den Mantelkragen hoch, steckte die Hände in die Taschen und steuerte schräg über die Straße auf den Streifenwagen zu.

«Er kommt hierher», sagte Martin Beck. «Verdammt, was machen wir? Nehmen wir ihn mit?»

«Ja», antwortete Kollberg.

Limpan ging langsam zum Wagen, beugte sich herab, blickte Kollberg durch das Seitenfenster an und begann zu grinsen. Dann ging er hinten um das Auto herum und auf den Bürgersteig. Er öffnete die vordere Tür, wo Martin Beck saß, lehnte sich vornüber und begann schallend zu lachen.

Martin Beck und Kollberg saßen schweigend da und ließen ihn gewähren, ganz einfach weil sie nicht genau wussten, wie sie sich verhalten sollten.

Nachdem Limpans Lachanfall vorüber war, fragte er: «Seid ihr nun endlich degradiert worden? Oder ist das hier eine Art Maskerade?»

Martin Beck seufzte, stieg aus dem Auto und öffnete die hintere Tür. «Hinein mit dir, Lindberg», befahl er. «Kommst mit nach Västberga.»

«Na fein», stimmte Lindberg gutmütig zu, «dann habe ich's nicht so weit nach Hause.»

Auf dem Weg zu Södra Polishuset erzählte Limpan, dass er seinen Bruder in Råsunda besucht hatte. Das wurde schnell von einem Streifenwagen bestätigt, der dorthin geschickt worden war. Waffen, Geld oder heiße Ware wurden in der Wohnung nicht gefunden. Limpan selbst hatte 27 Kronen bei sich.

Viertel vor zwölf blieb ihnen nichts anderes übrig, als Limpan freizulassen, und Martin Beck und Kollberg konnten daran denken, Feierabend zu machen.

Bevor Limpan ging, sagte er: «So viel Humor hätte ich euch

nie zugetraut. Erst dieses Verkleiden – das war schon 'ne Wucht. Aber Spitze war doch, dass ihr PIG auf dem Nummernschild stehen habt, das könnte glatt von mir stammen.»

Sie selbst fanden das wenig spaßig. Aber es spielte keine so große Rolle. Limpan würde bald überführt werden. Er gehörte zu den Typen, die jedes Mal früher oder später erwischt wurden.

Und sie selbst würden schon sehr bald ganz andere Probleme zu lösen haben.

3

Der Flugplatz war ein Skandal für das ganze Land und machte seinem schlechten Ruf alle Ehre. Der Flug von Stockholm-Arlanda hatte zwar nur fünfzig Minuten gedauert, aber nun kreiste die Maschine bereits eineinhalb Stunden über dem südlichsten Teil des Landes.

Nebel, wurde den Passagieren lakonisch erklärt.

Damit hätte man rechnen müssen. Der Platz war, nachdem man die Bevölkerung umgesiedelt hatte, an einer der nebligsten Stellen des ganzen Landes angelegt worden. Sicherheitshalber mitten unter einer seit langem bekannten Vogelflugschneise und von der Stadt aus schwierig zu erreichen.

Außerdem war durch den Bau ein Stück Natur zerstört worden, das eigentlich durch Gesetz zum Landschaftsschutzgebiet erklärt gehörte. Der Schaden war umfassend und nicht wieder gutzumachen, er stellte einen groben Verstoß gegen den Umweltschutz dar, typisch für den antihumanitären Zynismus, der in immer größerem Ausmaß ein Kennzeichen dessen war, was man «die menschliche Gesellschaft» nannte.

Dieser Ausdruck war seinerseits ein Zeichen für einen Zynismus, der so unerhört war, dass der kleine Mann auf der Straße ihn kaum begreifen konnte.

Schließlich hatte der Pilot die Nase voll und landete, Nebel hin – Nebel her. Eine kleine Gruppe bleicher, schwitzender Passagiere trottete in das Flughafengebäude.

Da drinnen hatte man den Eindruck, als ob sogar die Farbkombination Grau und Safrangelb den Geruch von Betrug und Korruption unterstrich.

Ein Mann hatte jedenfalls einige Millionen beiseite bringen können und auf seinem Schweizer Bankkonto deponiert. Einer, der ein so hohes Amt im Staat bekleidete, dass jeder Mitbürger sich seiner geringen, ausschließlich formellen Teilhaberschaft an der schwedischen Pseudodemokratie und deren bald vollständiger Bankrotterklärung schämte.

Martin Beck hatte einige unangenehme Stunden hinter sich. Er war niemals gern geflogen, und die moderne Technik half ihm über seine Abneigung nicht hinweg. Das Düsenflugzeug vom Typ Douglas DC-9 war zu Beginn sehr steil auf eine, für erdverbundene Menschen, unbegreifliche Höhe gestiegen. Dann war es mit ungeheurer Geschwindigkeit über das Land dahingerast, um schließlich seine monotonen Runden zu drehen. Die Flüssigkeit in den Pappbechern war mit dem besten Willen kaum als Kaffee zu bezeichnen und verursachte unverzüglich Übelkeit. Die Luft in der Kabine war ungesund und schweißtreibend, die wenigen Mitreisenden, gehetzte Technokraten und Geschäftsleute, die pausenlos auf ihre Uhren blickten und nervös in ihren Aktenkoffern kramten.

Die Ankunftshalle als ungemütlich zu bezeichnen wäre einem Lob gleichgekommen. Sie war ungeheuerlich, eine Milieukatastrophe, die einen verstaubten, heruntergekommenen Busbahnhof lebensvoll und menschlich erscheinen lassen konnte. Es gab einen Würstchenstand, in dem eine ungenießbare, von allen Nährwerten freie Parodie auf etwas Essbares angeboten wurde, einen Zeitungsstand, an dem Kondome und primitive Magazine verkauft wurden, leere Transportbänder für das Gepäck und eine Reihe von Stühlen, die während der Glanzzeit der Inquisition konstruiert worden sein konnten. Außerdem ein Dutzend gelangweilter Polizisten und Zollbeamte, zweifellos zwangsweise hierher kommandiert, und ein einziges Taxi, dessen Fahrer über seinem Sexmagazin eingeschlafen war.

Martin Beck musste unnötig lange warten, bis er seinen kleinen Koffer bekam, dann trat er hinaus in den Herbstnebel.

Das Taxi fand einen Kunden und fuhr davon.

In der Halle hatte niemand ihn angesprochen oder auch nur so getan, als ob er ihn erkannte. Die Menschen drinnen standen teilnahmslos herum, so als ob sie die Sprache verloren hätten, und zeigten keinerlei Interesse für ihre Umgebung.

Der Chef von Riksmordkommissionen war angekommen, aber das schien ein Ereignis zu sein, dem niemand eine Bedeutung zumaß. Nicht einmal die ganz jungen und unerfahrensten Journalisten schienen ihre Zeit hier bei Kartenspiel, ausgelaugten Bockwürsten und petrochemischen Erfrischungsgetränken verschwenden zu wollen. Hierher verirrten sich keine so genannten wichtigen Persönlichkeiten.

Zwei orangerote Autobusse standen vor dem Gebäude. Plastikschilder zeigten ihr Fahrtziel an: Lund und Malmö. Die Fahrer rauchten schweigend.

Die Nacht war milde und die Luft feucht. Nebelschleier hingen in der Luft und wurden im Schein der elektrischen Lampen sichtbar.

Die Busse fuhren ab, der eine leer, der andere mit einem einzigen Fahrgast. Die übrigen Flugreisenden eilten auf den Dauerparkplatz zu.

Martin Beck hatte immer noch verschwitzte Handflächen, er ging wieder hinein und suchte die Toiletten. Der Spülmechanismus funktionierte nicht. In der Rinne lag eine halbe Bockwurst und eine leere Schnapsflasche. Haare klebten an dem fettigen, schmutzigen Rand des Handwaschbeckens. Das Gestell für die Papierhandtücher war leer.

Dies war also der Flugplatz Malmö-Sturup. So neu, dass er noch nicht einmal ganz fertig gestellt war.

Er bezweifelte, ob es sich lohnen würde, das Bauwerk zu vollenden. In gewisser Weise konnte man es als perfekt ansehen. Es manifestierte das Fiasko.

Martin Beck trocknete sich die Hände mit dem Taschentuch ab. Er blieb eine Weile stehen und fühlte sich in der Dunkelheit allein gelassen.

Zwar hatte er nicht erwartet, dass das Polizeiorchester ihn in der Ankunftshalle begrüßen oder der Polizeimeister ihn hoch zu Pferde erwarten würde. Aber vielleicht hatte er etwas mehr erwartet als dieses Nichts.

Er suchte in den Taschen nach Kleingeld und überlegte, ob er einen Fernsprecher finden würde, bei dem nicht das Kabel abgerissen oder der Münzschlitz mit Kaugummi verklebt war.

Ein Lichtstrahl durchbrach den Nebel. Ein schwarz-weißer Streifenwagen rollte gemächlich die Zufahrtsstraße entlang und bog vor das safrangelbe kastenförmige Gebäude ein.

Das Fahrzeug verlangsamte sein Tempo und hielt in Höhe des einsamen Reisenden an. Das Seitenfenster wurde heruntergekurbelt, und ein Rothaariger mit schütteren Koteletten starrte ihn mit kaltem Blick an.

Martin Beck schwieg.

Nach etwa einer Minute hob der Mann die Hand und winkte Martin Beck mit dem Zeigefinger zu sich heran. Der ging auf den Wagen zu.

«Warum stehen Sie hier herum?»

«Ich warte darauf, dass ich abgeholt werde.»

«Abgeholt werde? Was soll denn das heißen?»

«Ihr könnt mir vielleicht helfen?»

Der Konstabler blickte ihn verblüfft an. «Helfen? Was meinst du damit?»

«Ich hab mich verspätet, und ihr könnt vielleicht über Funk Kontakt aufnehmen.»

«Dir geht's wohl nicht gut?» Ohne Martin Beck aus den Augen zu lassen, machte er einige Bemerkungen über die Schulter hinweg zu seinem Kollegen. «Hast du das gehört? Er sagt, wir können über Funk rufen. Er meint, wir sind irgend so eine verdammte Callgirl-Zentrale. Haste das mitgekriegt?»

«Habe ich», antwortete der andere Polizist uninteressiert.

«Kannst du dich ausweisen?», fragte der erste.

Martin Beck griff mit einer Hand zur Gesäßtasche, aber dann überlegte er es sich anders und ließ den Arm hängen. «Ja», bestätigte er, «aber ich will nicht.» Er drehte sich um und ging zu seinem Koffer zurück.

«Hast du das gehört?», rief der Konstabler. «Er sagt, dass er nicht will. Er fühlt sich stark. Findest du, dass er Grund hat, sich stark zu fühlen?»

«Ach, lass ihn doch in Frieden», sagte der am Lenkrad Sitzende. «Ich möchte keinen Krach mehr heut Abend.»

Der Rothaarige glotzte Martin Beck dümmlich an. Lange. Dann folgte ein Gespräch im Flüsterton, und der Wagen fuhr langsam an. Zwanzig Meter weiter stoppte er wieder und blieb so stehen, dass die Polizisten Martin Beck im Rückspiegel beobachten konnten.

Martin Beck blickte in eine andere Richtung. Er seufzte schwer.

So wie er da stand, hatte er nichts Auffallendes an sich. In den letzten zwölf Monaten war es ihm geglückt, einige seiner alten Polizistenmanieren abzulegen. Er faltete zum Beispiel nicht mehr andauernd die Hände auf dem Rücken und konnte jetzt eine Weile still stehen, ohne auf den Fußsohlen vor und zurück zu wippen.

Obwohl er ein wenig zugenommen hatte, war er im Alter von 51 Jahren immer noch ein schlanker, gut gebauter Mann, drahtig, aber mit leicht gekrümmtem Rücken. Er kleidete sich auch salopper als früher, ohne jedoch bei der Auswahl seiner Kleidung allzu großen Wert auf Jugendlichkeit zu legen; Sandalen, Jeans, Pullover und blaue Dralonjacke. Allerdings war diese Ausstattung ungewöhnlich zu nennen, wenn man seinen Dienstgrad bedachte.

Für zwei Polizisten in einem Streifenwagen war sie offenbar ziemlich schwer zu verdauen. Die versuchten immer noch mit der Situation fertig zu werden, als ein tomatenfarbener Opel Ascona vor dem Empfangsgebäude vorfuhr und anhielt. Ein Mann stieg aus, ging um den Wagen herum und stellte sich vor:

«Nöjd?»

«Beck.»

«Alle feixen erst mal, wenn ich Nöjd sage.»

«Feixen?»

«Na, grinsen.»

«Ach so», sagte Martin Beck. Er selbst lachte nur selten.

«Man muss doch zugeben, dass das ein komischer Name für einen Polizeibeamten ist. Nöjd – zufrieden! Und dann noch Herrgott mit Vornamen! Deshalb stelle ich mich so in fragendem Ton vor. Nöjd? Das bringt die Leute gleichsam ein bisschen aus der Fassung. Ich habe mich verspätet», fuhr er fort und hob Martin Becks Gepäckstück in den Kofferraum. «Niemand wusste, wo das Flugzeug landen würde. Ich habe auf Kopenhagen getippt, dahin werden sie meistens umgeleitet. War schon in Limhamn, als ich Bescheid bekam, dass es hier bereits runtergegangen ist. Tut mir Leid.»

Er blinzelte zögernd, so als ob er festzustellen versuchte, ob der hohe Besuch schlechter Laune war.

Martin Beck zuckte die Achseln. «Macht nichts. Ich habe es nicht eilig.»

Nöjd blickte kurz zum Streifenwagen hinüber, der immer noch mit laufendem Motor an der gleichen Stelle stand.

«Dies ist hier nicht mein Distrikt», sagte er grinsend. «Der Schlitten kommt aus Malmö. Machen wir, dass wir wegkommen, ehe sie uns festnehmen.»

Der Mann lachte offenbar gern. Sein Gelächter klang gedämpft und wirkte ansteckend.

Martin Beck verzog immer noch keine Miene. Zum einen, weil es nichts zu lachen gab, zum anderen, weil er versuchte, sich ein Bild von dem Kollegen zu machen. Eine Art vorläufiger Beurteilung.

Nöjd war ein kleiner Mann mit O-Beinen, das heißt klein im Vergleich zu anderen Polizisten. Mit seinen grünen Schnürstiefeln aus Gummi, dem graubraunen schräg gestreiften Anzug und dem ausgeblichenen Safarihut im Nacken sah er aus wie ein Landwirt oder passionierter Jäger. Das Gesicht war von der Sonne gebräunt und wetterfest, um die lebhaften braunen Augen hatte er Lachfalten. Trotzdem war er ein gutes Beispiel für eine gewisse Kategorie von Polizisten, die auf dem flachen Land Dienst taten. Ein Typ, der nicht in den neuen Einheitsstil passte und daher mehr und mehr verschwand, jedoch noch nicht völlig ausgerottet war.

Er war wahrscheinlich älter als Martin Beck, hatte aber den Vorteil, in einer ruhigeren und gesünderen Umwelt arbeiten zu können, was keinesfalls so gedeutet werden durfte, dass dort alles auch ruhig und gesund war.

«Ich bin seit beinahe 25 Jahren hier. Aber dies ist was Neues für mich. Riksmordkommissionen. Aus Stockholm. Dumme Geschichte.» Nöjd schüttelte den Kopf.

«Es wird schon gut gehen», beruhigte ihn Martin Beck. «Oder aber ...» Und dann leise zu sich selbst: Oder aber es geht überhaupt nicht.

«Na klar. Sie verstehen ja was davon.»

Martin Beck überlegte, ob der Mann ihn aus Unsicherheit oder aus alter Gewohnheit siezte. Oder er sprach im Plural. Lennart Kollberg war mit dem Wagen auf dem Weg hinterher und sollte am nächsten Tag eintreffen. Er war seit vielen Jahren Martin Becks engster Mitarbeiter.

«Dieser Fall wird bald an die Öffentlichkeit dringen», erklärte Nöjd. «Ich habe heute einige neue Gesichter im Ort gesehen, Journalisten, glaube ich.» Wieder schüttelte er den Kopf. «So etwas kennen wir hier eigentlich nicht, diese Art von Aufmerksamkeit.»

«Ein Mensch ist verschwunden», sagte Martin Beck lässig, «das ist nichts Besonderes.»

«Nein. Aber das ist nicht der ausschlaggebende Punkt. Ganz bestimmt nicht. Sollen wir gleich anfangen?»

«Lieber später, wenn du es nicht übel nimmst.»

«Ich nehme niemals etwas übel. Liegt mir nicht.» Er lachte wieder, brach ab und fügte sachlich hinzu: «Ich bin's ja nicht, der die Voruntersuchung leitet.»

«Der Betreffende findet sich vielleicht wieder ein. So geschieht es oft.»

Nöjd schüttelte zum dritten Mal den Kopf. «Das glaube ich nicht. Wenn meine Meinung überhaupt gefragt ist. Im Übrigen ist ja schon alles geklärt. Sagen sie alle. Wahrscheinlich haben sie Recht. All das Gerede, bitte nimm es nicht übel, von Riksmordkommissionen und so, kommt ja nur wegen der außergewöhnlichen Umstände.»

«Wer behauptet das?»

«Der Meister. Der Boss.»

«Der Polizeimeister in Trelleborg?»

«Ebender. Okay, lassen wir das. Dies ist die neue Straße zum Flugplatz. Und hier biegen wir jetzt auf die große Landstraße zwischen Trelleborg und Ystad ein. Auch die ist neu. Siehst du die Lichter da hinten rechts?»

«Ja.»

«Das ist Svedala. Gehört auch noch zum Polizeibezirk Malmö. Ein verdammt großer Bezirk!»

Sie hatten das Nebelgebiet, das offensichtlich auf den Flugplatz und seine nächste Umgebung begrenzt war, hinter sich gelassen. Der Himmel war sternklar. Martin Beck hatte die Seitenscheibe heruntergedreht und atmete die Düfte ein, die von außen in den Wagen strömten. Benzin und Dieselöl, aber auch eine satte Mischung aus fruchtbarem Ackerboden und Jauche. Nöjd fuhr nur einige hundert Meter auf der großen Straße, dann bog er rechts ab, und hier war die Landluft noch deutlicher zu spüren.

Es roch nach etwas Besonderem.

«Kartoffelkraut und Silos», erklärte Nöjd. «Erinnert an die Zeit, als man noch ein kleiner Junge war.»

Auf der Fernstraße waren Lastwagen und Personenautos in dichter Folge entlanggerast, hier schien dagegen nur sehr wenig Verkehr zu sein. Das Dunkel der Nacht lag flauschig weich über der hügeligen Ebene.

Man merkte, dass Nöjd die Strecke Hunderte von Malen entlanggefahren war und jede Kurve genau kannte. Er hielt ein gleichmäßiges Tempo und brauchte kaum auf die Fahrbahn zu blicken.

Er steckte sich eine Zigarette an und reichte Martin Beck das Päckchen hinüber.

«Nein, danke», sagte Martin Beck. Er hatte in den letzten zwei Jahren kaum mehr als fünf Zigaretten geraucht.

«Wenn ich richtig verstanden habe, willst du im Gasthof wohnen.»

«Ja, das stimmt.»

«Ich habe auf alle Fälle dort ein Zimmer bestellt.»

«Fein.»

Die Lichter einer größeren Ortschaft tauchten vor ihnen auf.

«Wir sind sozusagen da», erklärte Nöjd. «Dies ist Anderslöv.»

Die Straßen waren leer, aber gut beleuchtet.

«Ein Nachtleben gibt es hier nicht. Alles ruhig und friedlich. Schön. Ich habe hier mein ganzes Leben lang gewohnt und habe niemals Grund zur Klage gehabt. Bis jetzt.»

Sieht ziemlich einsam aus, dachte Martin Beck, aber so soll es wohl sein.

Nöjd bremste und zeigte auf ein niedriges gelbes Backsteinhaus. «Die Polizeiwache. Jetzt ist sie natürlich geschlossen. Wenn du willst, kann ich aufmachen.»

«Nicht meinetwegen.»

«Der Gasthof liegt gleich um die Ecke. Der Garten, an dem wir gerade vorbeigefahren sind, gehört dazu. Aber um diese Zeit hat das Restaurant nicht mehr offen. Wenn du Lust hast, können wir zu mir nach Hause fahren und eine Schnitte essen und ein Bier trinken.»

Martin Beck war nicht hungrig. Auf der Flugreise war ihm der Appetit vergangen. Er dankte höflich und fragte dann: «Ist es weit bis zum Strand?»

Die Frage schien den anderen nicht zu wundern, vielleicht wunderte sich Nöjd niemals.

«Nein. Weit nicht.»

«Wie lange dauert es, da hinzufahren?»

«Eine Viertelstunde, höchstens.»

«Hast du was dagegen, wenn wir das jetzt noch tun?»

«Absolut nicht.»

Nöjd bog in eine Straße ein, die die Hauptdurchgangsstraße zu sein schien.

«Die ist die größte Sehenswürdigkeit des Ortes», erklärte er, «die Landstraße mit großem L. Die alte Hauptstraße zwischen Malmö und Ystad. Wenn wir nach links abbiegen, befindest du dich südlich von der Landstraße. Dann bist du wirklich in Skåne.»

Die Nebenstraße war kurvenreich, aber Nöjd fuhr mit der gleichen selbstverständlichen Sicherheit. Sie kamen an Bauernhöfen und weißen Kirchen vorbei.

Nach zehn Minuten begannen sie die See zu riechen. Bald danach hatten sie den Strand erreicht.

«Soll ich anhalten?»

«Ja. Bitte.»

«Wenn du Wassertreten willst, hab ich ein Paar Gummistiefel für dich im Kofferraum», bot Nöjd lächelnd an.

«Danke. Gern.»

Martin Beck zog die Stiefel an. Sie waren ein wenig zu eng, aber er hatte ja nicht vor, einen längeren Ausflug zu machen.

«Wo befinden wir uns jetzt genau?»

«In Böste. Die Lichter rechts gehören zu Trelleborg. Das Leuchtfeuer dort linker Hand ist Smygehuk. Weiter als bis dorthin kannst du nicht kommen.»

Smygehuk ist der südlichste Punkt des Landes.

Nach den Lichtern zu urteilen und dem Widerschein am Himmel, hätte Trelleborg eine große Stadt sein müssen. Ein großes, hell erleuchtetes Passagierschiff nahm Kurs auf den Hafen, vermutlich die Eisenbahnfähre aus Saßnitz in der DDR.

Die Wellen der Ostsee klatschten träge an den Strand. Das Wasser versickerte leise zischend in dem feinkörnigen Sand.

Martin Beck ging über den Streifen aus weichem, feuchtem

Tang und machte ein paar Schritte vorwärts ins Wasser. Um die Stiefelschäfte wurde es angenehm kühl.

Er beugte sich vornüber, tauchte die Hände ein, nahm eine Hand voll Wasser, ließ es übers Gesicht laufen und sog das kalte Wasser in die Nase. Es war brackig, aber salzig-frisch.

Die Luft war feucht, es roch nach Tang, Fischen und Teer.

Einige Meter weiter bemerkte er aufgehängte Fischernetze und die Konturen eines Fischerbootes.

Wie sagte Kollberg doch immer? Das beste an Riksmordkommissionen ist, dass man hin und wieder hinaus in die kleinen Städte und auf die Dörfer kommt.

Martin Beck hob den Kopf und horchte. Aber er konnte nichts anderes als das Rauschen des Meeres wahrnehmen.

Nach einer kleinen Weile kehrte er zum Auto zurück. Nöjd stand gegen den Kotflügel gelehnt und rauchte. Martin Beck nickte.

Morgen würde er sich den Fall vornehmen.

Er versprach sich nichts Außergewöhnliches davon. Häufig war alles nur Routine und langweilige Wiederholung, meistens tragisch und deprimierend.

Ein leichter, kühler Wind wehte von der See her.

Ein Frachtschiff zog am dunklen Horizont seine Bahn. Nach Westen. Er sah die grüne Steuerbordlampe und einige Lichter mittschiffs.

Er wäre gern dort an Bord gewesen.

4

In dem Augenblick, da er die Augen aufschlug, war Martin Beck hellwach. Das Zimmer war sehr einfach, aber gemütlich eingerichtet, es hatte zwei Betten und ein Fenster nach Norden. Die Betten standen mit einem Meter Zwischenraum nebeneinander. Auf dem einen lag sein Koffer, und auf dem anderen er selber, auf dem Fußboden ein Buch, in dem er eine halbe Seite und zwei Bildunterschriften gelesen hatte, bevor er eingeschlafen war. Es war ein vornehm ausgestattetes Buch aus der Serie *Famous Liners of the Past* mit dem Titel *The French Line Quadruple-Screw Turbo-Electric Liner Normandie.*

Er blickte auf die Uhr. Halb acht. Von draußen hörte er vereinzelte Geräusche, Automotoren und Stimmen. Irgendwo im Haus rauschte eine Toilette. Etwas war anders als sonst, und gleich fiel ihm ein, was das war: Er hatte im Schlafanzug geschlafen, das tat er neuerdings nur, wenn er unterwegs war.

Martin Beck stand auf, ging ans Fenster und sah hinaus. Das Wetter schien gut zu sein, der Rasen im Park hinter dem Gasthaus lag im Sonnenschein.

Er machte sich schnell fertig, zog sich an und ging die Treppe hinunter. Überlegte einen Moment, ob er frühstücken sollte, ließ es dann aber bleiben. Er hatte nie großen Wert darauf gelegt, morgens etwas zu essen, vor allem nicht als Kind. Damals hatte seine Mutter ihm Kakao und drei Butterbrote aufgezwungen, bevor er zur Schule ging, und nicht selten hatte er sich auf dem Schulweg übergeben müssen.

Stattdessen suchte er in der Hosentasche nach einem Ein-Kronen-Stück und steckte es in den Münzschlitz des Spielautomaten, der links vom Eingang stand. Er zog am Handgriff, bekam zwei Kirschen und kassierte seinen Gewinn. Dann verließ er das Gebäude, ging schräg über den mit Kopfsteinpflaster belegten Platz, kam an der staatlichen Verkaufsstelle für Spirituosen vorbei, die noch nicht geöffnet hatte, lief um zwei Straßenecken und stand vor der Polizeiwache. Gleich daneben befand sich offenbar das Feuerwehrhaus, denn ein

Leiterwagen war vor dem Eingang zum Revier abgestellt worden. Er musste praktisch unter der Magirusleiter durchkriechen, um ins Haus hineinzukommen. Ein Mann in verschmiertem Overall machte sich an dem Feuerwehrauto zu schaffen.

«Hej!», sagte er freundlich.

Martin Beck zuckte zusammen. Hier ging es offenbar ziemlich unkonventionell zu.

«Hej!», antwortete er.

Die Tür zum Polizeirevier war geschlossen, und an der Glasscheibe hing ein Zettel, auf den jemand etwas mit einem Kugelschreiber aufgeschrieben hatte.

Dienststunden

Montag bis Freitag 8.30–12.00

sowie 13.00–14.30

Donnerstag auch 18.00–19.00

Sonnabends geschlossen

Die Sonntage wurden nicht erwähnt. Wahrscheinlich fand das Verbrechen an diesem Tage nicht statt, war vielleicht sogar ganz einfach verboten worden.

Martin Beck sah sich nachdenklich das Schild an. Wenn man aus Stockholm kam, konnte man sich so etwas kaum vorstellen.

Vielleicht würde er dann doch noch frühstücken gehen.

«Herrgott kommt gleich», erklärte ihm der Mann im Overall. «Er ist vor zehn Minuten mit dem Hund rausgegangen.»

Martin Beck nickte.

«Bist du der berühmte Detektiv?»

Die Frage war heikel, und er antwortete nicht gleich.

Der Mann fuhr fort, an dem Feuerwehrauto zu arbeiten. Ohne sich umzudrehen, sagte er:

«Nimm es nicht übel. Ich habe nur gehört, dass im Gasthaus ein berühmter Bulle wohnen soll. Und dich kenne ich nicht.»

«Ja, dann bin ich das wohl», bestätigte Martin Beck zweifelnd.

«Dann wird Folke jetzt eingelocht?»

«Wieso glaubst du das?»

«Na, das wissen doch alle.»

«Wirklich?»

«Schade. Sein geräucherter Hering war einfach Klasse.»

Das Gespräch wurde dadurch beendet, dass der Mann unter den Leiterwagen kroch und verschwand.

Wenn das die allgemeine Auffassung war, dann hatte Nöjd offenbar nicht übertrieben.

Martin Beck blieb stehen und kratzte sich nachdenklich am Kopf.

Nach ein paar Minuten erschien Herrgott Nöjd an der anderen Seite des Feuerwehrautos. Er hatte den Löwenjägerhut im Nacken, den Martin Beck schon kannte, und trug darüber hinaus ein kariertes Flanellhemd, Uniformhosen und leichte Wildlederschuhe. Ein großer weißgrauer Hund zerrte an der Leine. Sie wanden sich unter der Leiter hindurch, und der Hund stellte sich sofort auf die Hinterbeine, legte die Vorderpfoten auf Martin Becks Brust und begann ihm das Gesicht abzulecken.

«Platz, Timmy», rief Nöjd. «Platz, habe ich gesagt. Dämlicher Köter.»

Der Hund war schwer, und Martin Beck machte zwei Schritte rückwärts.

«Platz, Timmy», wiederholte Nöjd.

Der Hund drehte sich dreimal um sich selbst. Dann setzte er sich widerwillig hin, blickte zu seinem Herrn auf und spitzte die Ohren.

«Wahrscheinlich der miserabelste Polizeihund der ganzen Welt. Aber er ist entschuldigt. Hat keine Ausbildung. Gehorcht nicht. Aber weil ich nun mal Polizist bin, ist er eben Polizeihund. In gewisser Weise.»

Nöjd lachte. Ziemlich grundlos, fand Martin Beck.

«Als HIF hier war und Ball gespielt hat, habe ich ihn mit auf den Platz genommen.»

«HIF?»

«Helsingborgs Idrotts Förbund, der Sportverein. Du verstehst nichts von Fußball?»

«Sehr wenig.»

«Na ja, er riss sich natürlich los und rannte auf das Spielfeld. Nahm einem der Spieler aus Anderslöv den Ball weg. Das hat beinahe einen handfesten Krach gegeben. Und mich hat der Schiedsrichter ausgeschimpft. Das war das größte Ereignis hier seit mehreren Jahren. Bis jetzt natürlich. Was hätte ich machen sollen? Den Schiedsrichter festnehmen? Ich weiß nicht mal genau, welchen Status ein Schiedsrichter beim Fußball hat, juristisch gesehen.»

Er lachte wieder.

«Ich gehe aufs Spielfeld und nehme den Schiedsrichter fest. Sag einfach: Nöjd, Polizeiinspektor. Willst du so gut sein und mitkommen. Beamtenbeleidigung. Geht doch nicht. Deshalb stand ich da wie ein begossener Pudel.»

Nöjd lachte, und Martin Beck konnte sich die Frage nicht verkneifen:

«Weshalb lachst du?»

«Ich habe überlegt, wenn Timmy nun den Ball ins Tor getragen hätte. Was wäre dann passiert?»

Darauf wusste Martin Beck keine Antwort.

«Guten Morgen übrigens», rief Nöjd.

«Morgen, Herrgott», antwortete eine grabestiefe Stimme unter dem Feuerwehrauto.

«Du, Jöns, musst du das Ungetüm ausgerechnet mitten vor der Tür des Polizeihauptquartiers abstellen?»

«Du hast ja noch gar nicht geöffnet», kam die Antwort mit dumpfer Stimme.

«Aber ich will das jetzt tun.»

Nöjd klapperte mit den Schlüsseln, und der Hund sprang sofort auf.

Nöjd öffnete die Tür, schielte mit seinen braunen Augen schnell zu Martin Beck hin und sagte: «Willkommen auf der Polizeistation Anderslöv, Polizeibezirk Trelleborg. Dies ist das Amtsgebäude. Hier haben die Krankenkasse, die Polizeiwache und die Bibliothek ihre Räume. Ich wohne im oberen Stockwerk. Alles ist neu, große Klasse, wie die Leute sagen. Beispielhafte Arrestzellen, habe ich im letzten Jahr zweimal benutzt. Dies hier ist mein Zimmer, tritt ein.»

Der Raum war behaglich mit einem Schreibtisch und zwei Besuchersesseln eingerichtet. Die großen Fenster gingen auf eine Art Innenhof. Der Hund legte sich unter den Schreibtisch.

Hinter dem Tisch befand sich ein Bücherregal mit vielen Bänden, hauptsächlich schwedischen Gesetzestexten, aber auch vielen anderen Büchern.

«Die aus Trelleborg haben schon angerufen. Der Kriminalkommissar und der Polizeichef auch. Scheinen enttäuscht, dass du hier wohnen willst.»

Nöjd setzte sich an seinen Schreibtisch und schüttelte eine Zigarette aus der Packung.

Martin Beck ließ sich in einem der Besuchersessel nieder.

Nöjd schlug ein Bein übers andere und spielte mit seinem Hut, den er auf den Tisch gelegt hatte. «Sie kommen sicher heute noch hierher, auf jeden Fall der Kommissar. Falls wir uns nicht aufraffen und nach Trelleborg fahren.»

«Ich würde lieber hier bleiben.»

«Okay.»

Nöjd suchte zwischen den Papieren auf dem Tisch. «Hier sind die Unterlagen. Willst du sie durchlesen?»

Martin Beck überlegte einen Moment, dann schlug er vor: «Können wir das nicht mündlich durchgehen?»

«Nichts wäre mir lieber.»

Martin Beck fühlte sich ruhig und entspannt. Er mochte Nöjd leiden. Es würde sicher gut gehen.

«Wie viele Leute hast du hier?»

«Fünf. Eine Sekretärin. Drei Polizeiassistenten, sofern alle Stellen besetzt sind. Einen Streifenwagen. Hast du übrigens schon gefrühstückt?»

«Nein.»

«Hast du Lust?»

«Ja.» Er fühlte sich tatsächlich ein wenig hungrig.

«Gut», sagte Nöjd. «Gehen wir hinauf zu mir. Britta kommt um halb neun und öffnet. Wenn was Besonderes los ist, ruft sie an und sagt Bescheid. Ich habe Kaffee und Tee, Brot und Käse, Marmelade und Eier. Ganz genau weiß ich es nicht. Willst du Kaffee haben?»

«Am liebsten Tee.»

«Ich bin selbst Teetrinker. Ich nehme die Papiere mit, und dann gehen wir rauf. Einverstanden?»

Die Wohnung in der ersten Etage war gemütlich und individuell eingerichtet, beispielhaft aufgeräumt, aber nicht für ein Familienleben geeignet. Es fiel sofort auf, dass derjenige, der hier wohnte, ein überzeugter Junggeselle war, seit vielen Jahren, vielleicht sein Leben lang. An der Wand hingen zwei Jagdgewehre und ein alter Polizeisäbel. Nöjds Dienstpistole, eine Walther 7,65, lag zerlegt auf einem Wachstuchstück auf einem Tisch, der wahrscheinlich der Esstisch sein sollte.

Offensichtlich war er dabei, seine Waffe zu reinigen.

«Ich schieße gerne», sagte er, dann fing er an zu lachen und fügte hinzu: «Aber nicht auf Menschen. Hab tatsächlich noch nie auf einen Menschen gezielt. Die nehme ich übrigens niemals mit. Ich habe nämlich noch einen Revolver, Wettkampfwaffe. Aber die liegt da unten im Kellergewölbe eingeschlossen.»

«Bist du gut?»

«Na ja, manchmal gewinne ich, aber nur manchmal. Die Medaille habe ich jedenfalls.»

Damit konnte nur eins gemeint sein. Die Goldmedaille, die nur Eliteschützen erhalten.

Martin Beck war ein schlechter Schütze. Preise hatte er nie erringen können. Dagegen hatte er sowohl auf Menschen gezielt als auch auf sie geschossen. Aber niemals jemanden erschossen. Immerhin etwas Positives.

«Ich kann den Tisch abräumen», schlug Nöjd widerstrebend vor. «Normalerweise esse ich nämlich in der Küche.»

«Ich auch.»

«Bist du auch Junggeselle?»

«Mehr oder weniger.»

«Aha.» Nöjd schien das nicht weiter zu interessieren.

Martin Beck war geschieden und hatte zwei erwachsene Kinder, eine Tochter von zweiundzwanzig und einen Sohn von achtzehn Jahren.

Mehr oder weniger hieß, dass er seit etwa einem Jahr ziemlich regelmäßig eine Frau bei sich wohnen hatte. Sie hieß Rhea Nielsen, und wahrscheinlich liebte er sie. Das hatte sein Heim verändert; zum Guten, wie er fand.

Aber das ging Nöjd nichts an, der im Übrigen auch sichtlich kein Interesse am Privatleben des Chefs von Riksmordkommissionen zeigte.

Die Küche war praktisch eingerichtet, enthielt alle modernen technischen Hilfsmittel. Nöjd setzte einen Topf auf eine Kochplatte, nahm vier Eier aus dem Kühlschrank und kochte Tee in der Kaffeemaschine, das heißt, er machte Wasser heiß und legte Teebeutel in die Tassen. Sicher sehr praktisch, aber für einen Feinschmecker nicht das Richtige.

Martin Beck fühlte, dass auch er sich nützlich machen müsse, und steckte zwei Scheiben Schnittbrot in den elektrischen Toaster.

«Hier kann man richtig gutes Brot kaufen», sagte Nöjd. «Aber meistens gehe ich zum Konsum. Ich finde den Konsum gut.»

Martin Beck war gegenteiliger Ansicht, behielt seine Meinung aber für sich.

«Es ist gar nicht weit von hier», fuhr Nöjd fort. «Alles liegt hier nahe beisammen.»

Sie aßen, wuschen ab und gingen ins Wohnzimmer zurück.

Nöjd nahm die zusammengefalteten Bogen aus der Gesäßtasche und begann: «Papier. Ich habe die Nase voll davon. Das ist ein Schreibtischberuf geworden, nur Anträge und Bescheinigungen und Kopien und solch Scheiß. Früher war es hier lebensgefährlich, Polizist zu sein. Zweimal im Jahr, während der Erntezeit. Da kamen die verschiedensten Typen hierher. Manche waren Säufer und prügelten sich, dass es seine Art hatte. Manchmal war man gezwungen, dazwischenzugehen. Und dann kam es darauf an, zuerst zuzuschlagen, wenn man sich nicht welche einfangen wollte. Das war schlimm, aber in gewisser Weise auch natürlicher. Jetzt ist das anders, automatisiert, unpersönlich.»

Er machte eine Pause.

«Aber deswegen sitzen wir ja nicht hier. Im Übrigen brauche ich keine Unterlagen, die Fakten sind nur allzu einfach. Die betreffende Frau heißt Sigbrit Mård. Sie ist 38 Jahre alt und arbeitet in einer Konditorei in Trelleborg. Geschieden, kinderlos und wohnt in einem abgelegenen kleinen Haus in Domme. Das liegt ein Stück in Richtung Malmö.»

Nöjd blickte Martin Beck an, finster, aber nicht ohne Humor. Er wiederholte: «In Richtung Malmö. Also in westlicher Richtung an der Reichsstraße 101.»

«Du schätzt mein Orientierungsvermögen nicht besonders hoch ein.»

«Du wärst nicht der Erste, der sich in der Ebene hier verirrt. Außerdem …»

«Ja?»

«Letztes Mal, als ich in Stockholm war – und ich hoffe zu Gott, dass es das letzte Mal war –, ging ich versehentlich in die Redaktion von *Ny Dag* statt in das Haus der Reichspolizeizentrale. Traf C. H. Hermansson, den Vorsitzenden der Kommunistischen Partei, auf der Treppe und wunderte mich, was der wohl in der Reichspolizeizentrale zu tun hatte. Aber er war freundlich. Zeigte mir den richtigen Weg und hat dabei die ganze Zeit sein Fahrrad neben sich hergeschoben.»

Martin Beck lachte.

«Aber damit noch nicht genug. Am nächsten Tag wollte ich raufgehen und dem Polizeimeister guten Tag sagen. Das war damals der alte, der vorher in Malmö gewesen war. Den neuen kenne ich Gott sei Dank nicht. Ich also hinein in Stadshuset, wo eine Art Fremdenführer mir die Blaue Halle zeigen wollte. Als er begriff, was ich suchte, schickte er mich nach Scheelegatan, und ich betrat das Rathaus. Der Pförtner fragte mich, in welchen Saal ich wollte und weswegen ich angeklagt sei. Als ich endlich bei Polishuset Agnegatan ankam, war Lüning nicht mehr im Hause. Ich konnte ihn also nicht mehr sprechen und habe den Nachtzug nach Hause genommen. Genoss die Fahrt von Anfang bis zu Ende. Nach Süden, 600 Kilometer, so ein Unterschied.»

Er sah nachdenklich aus.

«Stockholm. Was für eine fürchterliche Stadt. Aber du findest sie wahrscheinlich gut.»

«Habe mein ganzes Leben lang da gewohnt.»

«Malmö ist besser, aber nicht viel. Ich möchte da nicht

Dienst tun, es sei denn, ich würde Polizeimeister. Über Stockholm wollen wir gar nicht erst reden.» Er lachte laut.

«Sigbrit Mård», sagte Martin Beck.

«Sigbrit hatte an dem fraglichen Tag frei. Sie hatte ihren Wagen zur Inspektion gebracht und den Bus nach Anderslöv genommen. Hatte einige Besorgungen zu machen, ging in die Bank und auf die Post. Dann verschwand sie. Fuhr nicht mit dem Bus. Der Fahrer kennt sie und weiß, dass sie nicht mitgefahren ist. Niemand hat sie seitdem gesehen, das war am 17. Oktober. Es war ungefähr eins, als sie das Postamt verließ. Ihr Auto, ein Volkswagen, steht noch in der Werkstatt. Da ist nichts dran festzustellen, ich hab ihn mir genau angesehen. Es sind Proben genommen worden, die nach Helsingborg geschickt wurden. Alles negativ, kein Hinweis, wenn man so sagen will.»

«Kanntest du sie? Persönlich?»

«Na klar. Bis es mit der Freizeitwelle anfing, kannte ich jede Menschenseele hier im Distrikt. Jetzt ist es schlechter geworden. Die Leute wohnen in alten Kätnerhäusern, und alle kleinen Hütten werden wieder bezogen. Die gehen nicht zum Einwohnermeldeamt, und wenn man mal hinkommt, sind sie schon wieder weggezogen. Andere haben das Grundstück übernommen, nur die Ziege und das makrobiologische Gemüsebeet ist noch das alte.»

«Aber Sigbrit Mård gehört nicht dazu?»

«Keinesfalls. Sie gehört zu den Einheimischen. Hat hier über zwanzig Jahre lang gewohnt. Ursprünglich kam sie von Trelleborg, gehörte zu den sesshaften Typen. Hat ihre Arbeit immer ordentlich verrichtet. Völlig normal. Vielleicht ein wenig frustriert.»

Er steckte sich eine Zigarette an, nachdem er sie vorher nachdenklich zwischen den Fingern gerollt hatte. Dann fuhr er fort: «Aber das ist ja in diesem Land normal. Ich rauche zum Beispiel zu viel, wahrscheinlich auch eine Art Frustration.»

«Sie kann also einfach auf und davon sein?»

Nöjd beugte sich herunter und kraulte den Hund hinter den Ohren.

«Ja», bestätigte er schließlich, «das ist eine Möglichkeit. Aber daran glaube ich nicht. Hier macht man sich nicht so einfach völlig unbemerkt auf die Socken. Man lässt zum Beispiel seine Wohnung nicht für längere Zeit allein und nicht in dem Zustand, wie wenn man morgens zur Arbeit fährt. Ich habe zusammen mit den Kripo-Leuten aus Trelleborg das ganze Haus durchsucht. Alles war noch da, alle Papiere und persönlichen Gegenstände. Schmuck und so. Die Kaffeekanne und die Tasse standen auf dem Tisch. Alles sah so aus, als ob sie nur kurz vor die Tür gegangen war und bald wiederkommen würde.»

«Was hältst du davon?»

Diesmal nahm sich Nöjd noch mehr Zeit, ehe er antwortete. Er hielt die Zigarette in der linken Hand, der Hund schnappte spielerisch nach der rechten. Jede Andeutung eines Lächelns war aus seinem Gesicht verschwunden.

«Ich glaube, dass sie nicht mehr lebt.»

Weiter sagte er nichts mehr zu dem Fall.

In der Stille hörte man starken Verkehrslärm aus der Richtung der Landstraße.

Nöjd horchte.

«Die meisten Fernfahrer nehmen immer noch diesen Weg von Malmö nach Ystad, obwohl die neue Reichsstraße II viel schneller ist. Kraftfahrer sind Gewohnheitsmenschen.»

«Und diese Geschichte mit Bengtsson?», fragte Martin Beck.

«Du müsstest mehr über ihn wissen als ich.»

«Vielleicht. Vielleicht auch nicht. Wir haben ihm vor beinahe neun Jahren einen Sexualmord nachweisen können. Nach vielem Hin und Her. Er war ein eigenartiger Mensch. Was danach aus ihm wurde, weiß ich nicht.»

«Aber ich. Alle hier im Ort wissen das. Er wurde für zurechnungsfähig erklärt und saß siebeneinhalb Jahre im Gefängnis. Irgendwann erschien er hier und kaufte ein kleines Haus. Offenbar war er nicht ganz mittellos, denn er besorgte sich ein Boot und einen alten Lastwagen. Er lebt davon, dass er Fisch räuchert, den er zum Teil selbst raufholt und zum Teil von Leuten kauft, die hin und wieder zum Fischen rausfahren, aber nicht organisiert sind. Das ist, soweit ich weiß, nicht direkt verboten, aber bei den Berufsfischern sind die nicht beliebt. Dann fährt er umher und verkauft geräucherten Hering und frische Eier, meistens an einige feste Kunden. Folke ist von den Leuten hier als ein rechtschaffener Mann akzeptiert worden. Er ist niemals jemandem zu nahe getreten, spricht nicht viel und ist meistens für sich allein. Zurückhaltender Typ. Wenn ich ihn mal getroffen habe, schien es immer so, als ob er sich entschuldigte, dass es ihn gab. Aber …»

«Ja?»

«Aber alle wissen, dass er ein Mörder ist. Angeklagt und verurteilt. Offenbar war es auch noch ein ziemlich Ekel erregender Mord, an einer unschuldigen Ausländerin.»

«Roseanna McGraw hieß sie. Und die Sache war tatsächlich widerlich. Krankhaft. Aber er wurde sexuell provoziert, behauptete er. Wir mussten ihn auch provozieren, um ihn zu überführen. Ich kann nicht verstehen, wie er bei der Untersuchung in der Nervenklinik durchgekommen ist.»

«Wenn's weiter nichts ist!» Kleine Lachfältchen bildeten sich rund um Nöjds Augen. «Ich bin auch in Stockholm gewesen. Kursus für Rechtspsychiatrie im Eilverfahren. In der Hälfte der Fälle sind doch bekanntlich die Ärzte verrückter als die Patienten.»

«Soweit ich das beurteilen kann, war Folke Bengtsson deutlich geistesgestört. Eine Mischung aus Sadismus, Moralismus und Weiberhass. Kennt er Sigbrit Mård?»

«Kennen? Sein Haus liegt keine zweihundert Meter von ihrem entfernt. Er ist ihr nächster Nachbar, und sie gehört zu den Kunden, die er regelmäßig beliefert. Aber er ist ja noch viel schlimmer dran.»

«Tatsächlich?»

«Der entscheidende Punkt ist, dass sie beide gleichzeitig auf der Post waren. Zeugen haben gesehen, dass sie miteinander gesprochen haben. Er hatte sein Auto auf dem Marktplatz geparkt. Stand in der Schlange hinter ihr und verließ die Schalterhalle etwa fünf Minuten nach ihr.»

Eine Weile war es sehr ruhig in dem Zimmer, dann fragte Nöjd: «Du kennst ja Folke Bengtsson?»

«Ja.»

«Und kannst du dir vorstellen …?»

«Ja», antwortete Martin Beck.

5

Nöjd sagte: «Wenn ich meine ehrliche Meinung sagen soll, und das tue ich immer, dann ist Sigbrit Mård tot, und Folke sitzt verdammt in der Patsche. Ich glaube nicht an Zufälle.»

«Du hast etwas über ihren Mann gesagt?»

«Ja, richtig. Er ist Schiffskapitän, säuft aber zu viel. Vor sechs Jahren bekam er irgend so eine geheimnisvolle Leberkrankheit und wurde von Ecuador aus nach Hause geschickt. Er ist nicht entlassen worden, aber weil er auch nicht gesundgeschrieben wurde, konnte er nicht wieder zur See fahren. Er kam hierher und trank weiter, und dann dauerte es nicht lange, bis sie geschieden wurden. Jetzt wohnt er in Malmö.»

«Steht sie mit ihm in Verbindung?»

«Ja, leider. In sehr engem, körperlichem Kontakt, um es vorsichtig auszudrücken. Es verhält sich so, dass sie diejenige war, die sich scheiden lassen wollte. Er war dagegen, und zwar sehr energisch. Aber sie setzte ihren Willen durch. Sie waren lange verheiratet gewesen, aber er war ja die meiste Zeit über auf See. Kam einmal im Jahr oder so nach Hause, und das ging offenbar gut. Aber als sie dann für dauernd zusammen leben wollten, gab's Krach.»

«Und jetzt?»

«Jetzt spielt sich das so ab, dass er, wenn er sich ordentlich einen hinter die Binde gegossen hat, hierher fährt und über die Sache reden will. Aber da gibt es ja nichts mehr zu sagen, und meistens endet es dann damit, dass er sie versohlt. Hausfriedensbruch heißt das amtlich. Übrigens, was für ein hässliches Wort, Hausfriedensbruch. Jedenfalls musste ich zweimal hinfahren. Beim einen Mal habe ich ihn mit Worten beruhigen können. Beim nächsten Mal war es schlimmer, ich musste zulangen und ihn mit hierher in unsere schöne Arrestzelle bringen. Sigbrit sah ziemlich ramponiert aus damals. Große blaue Flecken und hässliche Streifen am Hals.»

Nöjd fummelte an seinem Safarihut.

«Ich kenne Bertil Mård. Er ist Quartalssäufer, aber ich glaube nicht, dass es ihm so schlecht geht, wie es den Anschein hat. Er liebt Sigbrit wahrscheinlich und ist eifersüchtig. Ich würde sagen, grundlos. Aber über ihr Sexualleben, wenn sie eins hat, weiß ich nichts. Wenn sie eins hätte, müsste ich nämlich davon wissen. Hier wissen im Großen und Ganzen alle alles über alle. Aber ich weiß wahrscheinlich das meiste.»

«Was sagt Mård selbst?»

«Er ist in Malmö verhört worden. Hat eine Art Alibi für den

17. War in Kopenhagen an jenem Tag, sagt er. Ist mit der Eisenbahnfähre *Malmöhus* gefahren, aber …»

«Weißt du, wer ihn vernommen hat?»

«Ja. Ein Kriminalinspektor Månsson.»

Martin Beck kannte Per Månsson seit langer Zeit und hielt große Stücke auf ihn. Er räusperte sich und sagte: «Mård hat also mit anderen Worten auch keine ganz reine Weste.»

Nöjd überlegte, er streichelte den Hund eine Weile und entgegnete: «Sicher nicht, aber er ist bei weitem nicht so verdächtig wie Folke Bengtsson.»

«Wenn überhaupt ein Verbrechen geschehen ist.»

«Sie ist verschwunden. Für mich reicht das völlig aus. Keiner, der sie kennt, hat eine vernünftige Erklärung dafür.»

«Wie sieht sie überhaupt aus?»

«Wie sie jetzt aussieht, möchte ich mir am liebsten gar nicht vorstellen.»

«Das ist eine vorgefasste Meinung.»

«Natürlich. Ich sage auch nur, was ich glaube. Sonst sieht sie so aus.»

Er steckte die Hand in die Gesäßtasche und zog zwei Fotografien heraus, ein Passfoto und ein vergrößertes Farbfoto.

Ehe er die Bilder hinüberreichte, warf er einen kurzen Blick darauf, dann bemerkte er: «Alle beide gut. Ich möchte behaupten, dass sie ein ganz normales Aussehen hat. So wie die Leute meistens aussehen. Recht hübsch eigentlich.»

Martin Beck betrachtete sie lange. Er bezweifelte, dass Nöjd fähig war, sie mit gleichen Augen zu sehen wie er selbst, was ja im Übrigen auch rein technisch unmöglich war.

Sigbrit Mård war nicht hübsch. Sie war eher hässlich und von plumpem Körperbau. Allerdings tat sie eine Menge, um ihr Aussehen zu verbessern, was ja meistens das Gegenteil bewirkt. Ihre Gesichtszüge waren unregelmäßig und spitz, und das Gesicht von Kummer und Gram gezeichnet. Das Passbild stammte nicht, wie heute üblich, aus einem Fotoautomaten oder von einer Polaroidkamera, sondern war ein typisches Atelierbild. Sie hatte sich große Mühe mit dem Make-up und der Frisur gegeben, und der Fotograf hatte sicher eine ganze Reihe Aufnahmen gemacht, unter denen sie hatte wählen können. Das andere Bild war ein Amateurfoto, aber die Vergrößerung war nicht in einer Maschine angefertigt, sondern geschickt mit einem Retuschierpinsel aufgebessert worden. Es zeigte sie in voller Größe auf einer Kaimauer stehend, und im Hintergrund lag ein Passagierschiff mit zwei Schornsteinen. Sie blinzelte geziert in die Sonne, in der sicheren Hoffnung, so besonders vorteilhaft auszusehen. Zu einer ärmellosen, dünnen grünen Bluse trug sie einen blauen Faltenrock, keine Strümpfe, und über der rechten Schulter hatte sie eine große Sommertasche in Gelb und Braun hängen. An den Füßen hatte sie Sandalen mit flachen Sohlen. Den rechten Fuß hatte sie ein wenig vorgeschoben.

«Das ist neu», erklärte Nöjd. «Im Sommer aufgenommen.»

«Von wem?»

«Von einer Freundin. Sie haben zusammen einen Ausflug gemacht.»

«Offensichtlich nach Rügen. Das ist die Eisenbahnfähre *Saßnitz,* die dort im Hafenbecken liegt, nicht wahr?»

Nöjd schien ehrlich verblüfft zu sein.

«Wie in aller Welt kannst du das wissen? Obwohl ich manchmal Dienst bei der Passkontrolle gemacht habe, wenn Not am Mann war, kann ich diese Schiffe einfach nicht unterscheiden. Aber du hast Recht. Das ist die *Saßnitz,* und sie haben einen Ausflug nach Rügen gemacht. Man kann Stubbenkammer besichtigen und die Kommunisten anstarren und so. Die sehen wie normale Menschen aus. Viele der Ausflügler sind enttäuscht. Eine Tagestour kostet nur wenige Zehn-Kronen-Scheine.»

«Wo hast du dieses Bild her?»

«Habe ich aus ihrem Haus mitgenommen, als wir es durchsucht haben. Sie hatte es mit Klebestreifen an der Wand befestigt. Fand wohl, dass es besonders gut war.»

Er hielt den Kopf ein wenig schräg und blickte auf das Foto.

«Das ist ausgesprochen gut. So sieht sie aus. Nettes Mädchen.»

«Bist du niemals verheiratet gewesen?», fragte Martin Beck plötzlich.

Nöjd zuckte zusammen.

«Willst anfangen, mich zu verhören?» Er begann zu lachen. «Das nenne ich von Grund auf mit der Arbeit beginnen.»

«Entschuldige, das war unhöflich, die Frage hätte ich nicht stellen dürfen.»

«Ich kann sie trotzdem beantworten. Ich war eine Zeit lang mit einem Mädchen unten aus Abbekås zusammen. Wir waren verlobt. Sie war hinter mir her wie der Teufel hinter 'ner armen Seele. Nach drei Monaten hatte ich genug, aber ihr reichte es nach einem halben Jahr immer noch nicht. Ich habe mich dann nur noch um Hunde gekümmert. Da weiß man, was man hat. Es geht auch ohne Frau im Haus, und wenn man sich dran gewöhnt hat, ist es eine gewaltige Erleichterung. Ich empfinde das jeden Morgen, wenn ich aufwache. Sie hat drei Männern das Leben schwer gemacht, obwohl sie inzwischen mehrfach Großmutter geworden ist.»

Er schwieg eine Weile. Dann fuhr er fort: «Es ist langweilig, wenn man keine Kinder hat. Manchmal. Aber häufig ist man auch ganz froh. Auch wenn hier im Ort alles gut und in Ordnung zu sein scheint, so muss man doch sagen, dass in unserem Land ganz allgemein vieles nicht so ist, wie es sein sollte. Ich hätte hier keine Kinder großziehen wollen und frage mich auch, ob es mir überhaupt gelungen wäre.»

Martin Beck blieb stumm. Sein eigener Beitrag zur Erziehung hatte meist darin bestanden, den Mund zu halten und seine Kinder sich so natürlich wie möglich entwickeln zu lassen. Seine Rechnung war nur zur Hälfte positiv aufgegangen. Er hatte eine Tochter, die tüchtig und selbstständig geworden war und ihn allem Anschein nach gern hatte. Zu dem Sohn dagegen hatte er nie einen guten Draht gehabt. Wenn er ehrlich vor sich selbst war, so mochte er ihn nicht, und der Junge, der gerade achtzehn geworden war, hatte sich ihm gegenüber stets misstrauisch verhalten, hatte ihn belogen und in den letzten Jahren offen verachtet.

Der Sohn hieß Rolf. Die meisten Versuche, ein Gespräch anzufangen, endeten mit der Bemerkung: Ach, Alter, es hat doch keinen Zweck, dass ich mit dir das Diskutieren anfange, du begreifst ja doch nicht, was ich meine. Oder: Wenn ich fünfzig Jahre älter wäre, hätte es vielleicht 'n Sinn, aber wir leben nun mal nicht mehr im 19. Jahrhundert. Oder: Wenn du wenigstens nicht so 'n Bulle wärst.

Nöjd hatte sich mit dem Hund beschäftigt, jetzt lächelte er ein wenig.

«Darf ich eine Gegenfrage stellen?»

«Selbstverständlich!»

«Warum hast du gefragt, ob ich verheiratet gewesen bin?»

«War dumm von mir.»

Zum ersten Mal, seit sie sich kennen gelernt hatten, sah der Mann völlig ernst aus, beinahe schon ein wenig beleidigt.

«Das stimmt nicht. Ich weiß, dass es nicht stimmt. Ich glaube auch zu verstehen, warum du es getan hast.»

«Warum denn?»

«Weil du meinst, dass ich nichts von Frauen verstehe.»

Martin Beck legte die Fotografien weg. Seit er Rhea getroffen hatte, fiel es ihm sehr viel leichter, aufrichtig zu sein.

«Okay», sagte er. «Du hast Recht.»

«Gut.» Nöjd steckte sich geistesabwesend eine Zigarette

an. «Sehr gut. Vielen Dank. Es ist durchaus möglich, dass du Recht hast. Ich bin ein Mann, der in seinem Privatleben ohne Frauen gelebt hat. Abgesehen also von meiner Mutter und jenem Fischermädchen aus Abbekås. Ich habe Frauen immer wie normale Menschen betrachtet, die sich im Prinzip von mir oder anderen Männern nicht unterscheiden. Aber wenn es einige feine Unterschiede gibt, dann habe ich sie möglicherweise übersehen, und weil ich weiß, dass mir da etwas fehlt, habe ich eine Reihe von Büchern und Artikeln gelesen und einiges über die Emanzipationsdebatte. Aber das meiste ist Quatsch, und das, was nicht dummes Gerede ist, ist so selbstverständlich, dass sogar ein Hottentotte es begreifen würde. Das Prinzip gleicher Lohn für gleiche Arbeit oder die Diskriminierung des weiblichen Geschlechts zum Beispiel.»

«Warum gerade ein Hottentotte?»

Nöjd lachte so laut, dass sein Hund aufsprang und ihm das Gesicht zu lecken begann.

«Einer von den Gemeinderäten hat neulich mal gesagt, dass die Hottentotten das einzige Kulturvolk sind, dem es in zweitausend Jahren nicht gelungen ist, das Rad zu erfinden. Lächerliche Redensart natürlich. Ich brauche dir wohl nicht zu erklären, zu welcher Partei der Betreffende gehört.»

Martin Beck war das gleichgültig. Er dachte auch nicht daran zu fragen, zu welcher Partei Nöjd sich zählte. Wenn die Leute über Politik zu reden begannen, verzog er sich stets stumm in eine Ecke.

Stumm blieb er auch, als dreißig Sekunden später das Telefon klingelte.

Nöjd nahm den Hörer ab und meldete sich: «Nöjd?»

Der andere fragte offenbar etwas.

«Ja, der sitzt hier bei mir.»

Martin Beck nahm den Hörer und nannte seinen Namen.

«Hej. Hier ist Ragnarsson. Wir haben ungefähr hundert Gespräche geführt, bis wir dich fanden. Was liegt denn an?»

Einer der Nachteile, den der Chef von Riksmordkommissionen in Kauf nehmen musste, war die Tatsache, dass die großen Zeitungen Leute genug hatten, die darüber wachten, wohin man fuhr und aus welchem Grund. Um das zu können, mussten sie bezahlte Spitzel unter den Polizisten haben, was ärgerlich, aber nicht zu unterbinden war. Besonders irritiert darüber war der Rikspolischef, gleichzeitig hatte er aber große Angst davor, dass die Sache bekannt werden würde. Nichts durfte an die Öffentlichkeit dringen!

Ragnarsson war Journalist, einer der besseren und verantwortungsbewussten, was allerdings nicht bedeutete, dass seine Zeitung zu den besseren und ehrlichen gehörte.

«Warum antwortest du nicht», fragte Ragnarsson.

«Ein Mensch ist verschwunden.»

«Verschwunden? Tagtäglich verschwinden Leute, ohne dass du dich gleich auf die Reise machst. Übrigens hörte ich, dass Kollberg ebenfalls unterwegs ist. Da stimmt doch was nicht.»

«Vielleicht. Vielleicht nicht.»

«Wir schicken ein paar Mann runter. Da musst du dich drauf einstellen. Mehr wollte ich nicht sagen. Ich will nichts hinter deinem Rücken unternehmen, das weißt du. Du kannst dich auf mich verlassen. Hej.»

«Hej.»

Martin Beck kratzte sich an der Stirn. Er verließ sich auf Ragnarsson, aber nicht auf dessen Reporter und ganz bestimmt nicht auf dessen Zeitung.

Nöjd sah nachdenklich aus.

«Zeitungsschmierfink?»

«Ja.»

«Aus Stockholm?»

«Ja.»

«Na, dann ist es bald rum.»

«Sicher.»

«Wir haben hier auch ein paar Lokalreporter. Die kennen die Sache natürlich, aber sie sind harmlos. Eine Art Loyalität. Trelleborgs *Allehanda* ist gut. Aber wenn erst die Malmöer Zeitungen kommen, wird's ärgerlich. Die schlimmste ist *Kvällsposten* und dann *Aftonbladet* und *Expressen*.»

«Leider hast du Recht.»

Martin Beck verstand sich gut mit Nöjd. Eine Art unkomplizierte Freundschaft. Es würde gut gehen.

«Was machen wir jetzt?»

«Du musst entscheiden», antwortete Martin Beck. «Du kennst ja die Gegend.»

«Anderslövs Polizeirevier. Ja, das müsste ich kennen. Soll ich dir einen Überblick geben? Mit dem Auto? Aber wir nehmen nicht den Streifenwagen. Mein eigener ist dafür besser.»

«Der tomatenrote?»

«Ja. Den kennen natürlich alle. Aber ich fühle mich darin wohler. Fahren wir?»

«Wie du willst.»

Das Gespräch im Auto drehte sich um drei Dinge.

Das Erste war etwas, das Nöjd aus irgendeinem Anlass bisher für sich behalten hatte.

«Hier ist die Post, und jetzt fahren wir an der Bushaltestelle vorbei. Als Sigbrit zum letzten Mal gesehen wurde, befand sie sich ungefähr hier.»

Er fuhr langsamer und hielt an.

«Ein Zeuge hat auch etwas anderes gesehen.»

«Was denn?»

«Folke Bengtsson. Er kam mit seinem Lastwagen angefahren, und gerade als er an Sigbrit vorbeifuhr, bremste er und hielt an. Das alles sah ganz natürlich aus. Er hatte den Wagen geholt und war auf dem Heimweg. Sie kannten sich und waren Nachbarn. Er weiß, dass sie auf den Bus wartet, und nimmt sie manchmal mit.»

«Was ist das für ein Zeuge?»

Nöjd trommelte mit den Fingern auf das Lenkrad.

«Eine ältere Dame hier aus dem Ort. Signe Persson heißt sie. Als sie erfuhr, dass Sigbrit verschwunden war, kam sie hierher und erzählte, dass sie auf der anderen Straßenseite langgegangen war. Sie hatte Sigbrit gesehen, und genau in diesem Moment kam Bengtsson aus der entgegengesetzten Richtung angefahren. Er bremste und hielt an. Nun war es so, dass zu der Zeit nur Britta im Büro anwesend war. Sie sagte ihr, dass es das Beste sei, wenn sie wiederkäme und mir die Sache erzählen würde. Am nächsten Tag kam Signe auch wieder, und ich sprach mit ihr. Sie sagte im Großen und Ganzen das Gleiche. Dass sie Sigbrit gesehen hätte und dass Folke angehalten hätte. Dann fragte ich sie, ob sie wirklich beobachtet hätte, dass der Wagen hielt und Sigbrit einstieg.»

«Und was antwortete sie?»

«Dass sie sich nicht hätte umdrehen und nachsehen wollen, um nicht neugierig zu wirken. Die Antwort war lächerlich, denn dieses Weibsbild ist wahrscheinlich die neugierigste Person in der ganzen Gegend. Als ich ihr auf den Zahn fühlte, sagte sie dann auch, dass sie sich gleich danach umgesehen hätte, und da waren sowohl der Lastwagen als auch Sigbrit verschwunden. Dann haben wir über dies und jenes gesprochen, und nach einer Weile meinte sie, dass sie nicht ganz sicher sei. Dass sie keinem was Böses anhängen wollte. Aber am nächsten Tag traf sie einen meiner Jungens im Konsum, und da behauptete sie steif und fest, dass sie sowohl gesehen hätte, wie Bengtsson anhielt, als auch, wie Sigbrit ins Auto stieg. Wenn sie dabei bleibt, wird Bengtsson tatsächlich schwer belastet.»

«Was sagt Bengtsson selbst dazu?»

«Weiß nicht. Ich habe nicht mit ihm gesprochen. Zwei Kriminalbeamte aus Trelleborg wollten ihn sprechen, aber da war er nicht zu Hause. Dann wurde entschieden, dass ihr dazugerufen werden solltet, und ich habe mehr oder weniger deutlich die Anweisung bekommen, nichts zu unternehmen, sozusagen nichts vorwegzunehmen. Abwarten und die Experten ranlassen. Ich habe nicht einmal ein regelrechtes Vernehmungsprotokoll über das Gespräch mit Signe Persson geschrieben. Meinst du, dass man mir deswegen einen Vorwurf machen kann?»

Martin Beck antwortete nicht.

«Ich finde, das ist sehr schlampig», fuhr Nöjd fort und lachte leise. «Aber ich habe meine Bedenken bei Signe Persson. Sie war an dem schwersten Fall, den ich hier jemals gehabt habe, beteiligt. Das ist ungefähr fünf Jahre her. Sie behauptete, ihre Nachbarin hätte ihre, Signes, Katze umgebracht. Erstattete formell Anzeige, daher waren wir gezwungen, den Fall zu untersuchen. Daraufhin erstattete die andere Frau Anzeige gegen Signe Persson, weil die Katze ihren Wellensittich totgebissen hätte. Wir gruben den Katzenkadaver aus und schickten ihn nach Helsingborg. Die fanden kein Gift. Da sagte Signe, die andere hätte am Kiosk zwei Zigarren gekauft und die gekocht. Sie hatte in einer Illustrierten gelesen, dass sich, wenn man Zigarren lange genug kocht, Nikotinkristalle bilden, die ein tödliches Gift darstellen und keine Spuren hinterlassen. Die Nachbarsfrau hatte tatsächlich zwei Zigarren gekauft, aber sie sagte aus, dass sie die für eventuelle Gäste hatte haben wollen und dass ihr Bruder sie aufgeraucht hätte. Ich fragte, wieso die Katze den Wellensittich hätte totbeißen können, wenn er doch immer nur in seinem Käfig saß. Da behauptete sie, dass Signe die Katze wild gemacht hätte, sodass sie den Vogel in seinem Käfig zu Tode erschreckt hätte, und das nur, weil der Vogel sprechen konnte und hässliche Wahrheiten ausgesprochen hätte. Signe bestätigte das, der Vogel hätte sie nicht weniger als fünfmal Hure genannt. Gerade zu der Zeit hatte ich einen Polizeiaspiranten hier, der sich große Mühe gab. Er untersuchte diese Sache mit den Zigarren und kam zu dem Ergebnis, dass es theoretisch denkbar war und dass, wenn das Opfer regelmäßig Nikotin zu sich nahm, die Vergiftung nicht nachgewiesen werden konnte. Daher fragte ich Signe Persson, als sie das zehnte oder zwölfte Mal deswegen zu mir kam, ob die Katze regelmäßig Zigarren geraucht hatte. Daraufhin hat sie mich jahrelang nicht gegrüßt. Der Fall wurde zu den Akten gelegt, und jener Polizeiaspirant kochte weiter Zigarren, bis er rausgeschmissen wurde. Dann ließ er sich in Eslöv nieder und wurde Erfinder.»

«Hat er was erfunden?»

«Das Einzige, was ich gehört habe, war, dass er ein Patent für einen Nachttopf mit reflektierendem Rand angemeldet hätte und einen Nikotindetektor, der piepste, wenn man ihn in vergiftete Kohlsuppe tauchte. Als das nichts wurde, versuchte er, ihn in eine mechanische Katze umzubauen, die mit Karbid angetrieben wurde.»

Nöjd blickte auf die Uhr.

«Das war also Sehenswürdigkeit Nummer eins. Die Bushaltestelle. Und außerdem die Geschichte von Signe Persson. Ich muss sagen, dass ich gar kein gutes Gefühl habe, wenn ich an die Möglichkeit denke, dass Signe Persson in diesem Fall Hauptbelastungszeugin wird. Aber nun müssen wir machen, dass wir wegkommen, gleich kommt der Bus.»

Er legte den Gang ein und blickte in den Rückspiegel.

«Wir haben einen Wagen hinter uns. Einen grünen Fiat mit zwei jungen Männern drin. Die haben da gesessen und gewartet, seit wir hier stehen. Sollen wir denen mal die Gegend zeigen?»

«Meinetwegen.»

«Ganz interessant, mal beschattet zu werden. Für mich was Neues.»

Er fuhr nicht mehr als dreißig, aber der andere Wagen machte keine Anstalten zu überholen.

«Die Häuser da oben links, das ist Domme. Da wohnen also Sigbrit Mård und Folke Bengtsson. Willst du hinfahren?»

«Jetzt wohl nicht. Ist eine gründliche kriminaltechnische Untersuchung vorgenommen worden?»

«Bei Sigbrit? Nein, das kann man nicht sagen. Wir waren da und haben uns umgesehen, und ich habe das Bild von der Wand über ihrem Bett mitgenommen. Na, und dann haben wir wohl den einen oder anderen Fingerabdruck hinterlassen.»

«Wenn sie nun tot wäre …»

Martin Beck brach ab. Die Frage war jetzt wirklich nicht am Platz.

«Wenn ich sie umgebracht hätte, was hätte ich mit dem Körper gemacht? Ich habe selbst darüber nachgedacht. Aber es gibt viel zu viele Möglichkeiten, jede Menge Mergelgruben und verfallene alte Häuser. Feldscheunen und Baracken. Ein langer Streifen Ostseeküste, leere Sommerhäuser. Wald und Windbrüche und Dickicht und Wassergräben und was weiß ich alles.»

«Wald?»

«Ja, oben bei Börringesjön. Die Polizei hat da jedes Jahr auf einer Lichtung Pistolenschießen veranstaltet. Nach dem Sturm von 1968 sieht es da aber so verwüstet aus, dass man nicht mal mit einem Kettenfahrzeug hinkommt. Das dauert noch hundert Jahre, bis die Windbrüche aufgeräumt sind. Außerdem … im Handschuhfach liegt übrigens eine Landkarte.»

Martin Beck nahm die Karte heraus und entfaltete sie.

«Wir sind jetzt in Alstad, auf der Reichsstraße 101, und fahren in Richtung Malmö. Von nun an kannst du dich selbst zurechtfinden.»

«Willst du die ganze Zeit so langsam fahren?»

«Nein, um Gottes willen. Reines Ablenkungsmanöver. Will nur sehen, ob die Bengels hinter uns herkommen.»

Nöjd bog nach links ab. Das grüne Auto folgte.

«Wir sind jetzt nicht mehr im Revier von Anderslöv, kommen aber gleich wieder rein.»

«Was wolltest du eben sagen? Außerdem?»

«Ach ja. Nach allgemeiner Ansicht wurde Sigbrit Mård von einem Auto mitgenommen. Es gibt sogar einen Zeugen, der das beobachtet haben will. Wenn du auf die Karte guckst, siehst du, dass drei größere Straßen durch das Revier gehen. Die alte Reichsstraße, die wir eben verlassen haben, der Weg 10, der an der Küste entlang von Trelleborg nach Ystad führt und dann weiter bis nach Simrishamn, und außerdem die neue Europastraße 14, die von Polen über die Fährstrecke nach Ystad geht und dann weiter nach Malmö und von dort wer weiß wohin. Dazu haben wir dann hier noch ein Netz kleiner Wege wie wohl in keinem anderen Teil des Landes.»

«Das merke ich», bestätigte Martin Beck.

Wie immer auf solchen Fahrten begann ihm schlecht zu werden.

Das hinderte ihn allerdings nicht daran, die Landschaft, durch die sie fuhren, eingehend zu betrachten. Er war nie zuvor in diesem Teil des Landes gewesen und wusste nicht viel mehr darüber als das, was er aus alten Edward-Persson-Filmen behalten hatte.

Die hügelige Landschaft war von einer weichen Schönheit und zweifellos mehr als nur ein dicht bevölkertes ländliches Idyll.

Ihm fielen einige Sätze ein, die er kürzlich gehört hatte – dass Schweden nämlich, trotz aller Einwände und der Tatsache, dass die Verhältnisse sich von Jahr zu Jahr verschlechterten, doch ein verdammt schönes Land sei.

«Die Gegend um Anderslöv hat etwas Besonderes. Wenn wir uns nicht um den Papierkram kümmern müssen, gibt es hauptsächlich Arbeit mit dem Verkehr. Wir fahren zum Beispiel 80 000 km jährlich mit dem Streifenwagen. In der Gemeinde leben etwa tausend Einwohner und höchstens zehntausend im ganzen Wachbezirk. Aber wir haben beinahe 25 km Strand, und im Sommer wächst die Bevölkerung auf über 30 000 an. Du kannst dir vorstellen, was alles an Häusern um diese Jahreszeit leer steht. Ich spreche jetzt nur von den Menschen, die wir kennen und deren Verhaltensweise wir ungefähr voraussagen können. Dazu kommen aber schätzungsweise fünf- bis sechstausend Personen, die wir nicht kontrollieren können, solche, die in verfallenen Häusern wohnen oder in Wohnwagen, und die ständig auf Achse sind und dauernd wechseln.»

Martin Beck blickte zu einer außergewöhnlich schönen weiß getünchten Kirche hinüber. Njöd folgte seinem Blick und erklärte:

«Dalköpinge. Wenn du dich für Kirchen interessierst, kann ich dir fast dreißig besonders schöne in der näheren Umgebung zeigen.»

Sie kamen auf die Küstenstraße und fuhren in östlicher Richtung weiter. Die See war ruhig und blaugrau; Frachtschiffe zogen am Horizont dahin.

«Ich meine also, wenn Sigbrit tot ist, gibt es viele hundert Stellen, wo man die Leiche hätte verscharren können. Und wenn Folke oder sonst wer sie in einem Auto mitgenommen hat, dann befindet sie sich bestimmt nicht mehr in diesem Revier. In diesem Fall sind die Möglichkeiten unendlich.»

Er blickte über das Küstenland. «Schön, was?»

Offenbar war er ein Mann, der stolz auf seine heimatliche Landschaft war.

Und nicht ohne Grund, dachte Martin Beck.

Sie fuhren an Smygehuk vorbei.

Der grüne Fiat folgte ihnen getreulich.

«Smygehamn. Zu meiner Zeit hieß es noch Östra Torp.»

Die Orte lagen dicht beieinander. Beddinge Strand. Skateholm. Fischereihäfen, teilweise zu Badeorten umfunktioniert, aber hübsch. Keine Hochhäuser oder Luxushotels.

«Skateholm», sagte Nöjd. «Hier endet mein Gebiet und beginnt Ystads Polizeidistrikt. Ich fahre dich nach Abbekås. Dies hier ist Dybeck. Sumpfig und hässlich. Der schlechteste Teil des ganzen Strandes. Vielleicht liegt sie da draußen im Schlamm. Jetzt sind wir also in Abbekås.»

Nöjd fuhr langsam durch den Ort.

«Du willst dir den Hafen ansehen, nicht wahr?»

Martin Beck hielt es nicht für notwendig zu antworten.

Ein kleiner Fischereihafen mit Seniorenbank und einigen alten Männern mit blauen Schiffermützen. Drei Fischerboote. Aufgestapelte Fischkästen und Netze, an langen Stangen zum Trocknen aufgehängt.

Sie stiegen aus und setzten sich jeder auf einen Poller. Möwen flogen schreiend über den Wellenbrecher. Der grüne Fiat mit den beiden Männern auf den Vordersitzen war zwanzig Meter vor ihnen entfernt stehen geblieben.

«Kennst du die beiden?», fragte Martin Beck.

«Nein. Nur zwei junge Kerle. Wenn sie was von uns wollen, können sie ja herkommen und fragen. Dazusitzen und hinauszustarren muss ziemlich langweilig sein.»

Martin Beck sagte nichts. Er selbst wurde älter und älter und die Journalisten immer jünger. Sein Kontakt zur Presse schien sich von Jahr zu Jahr zu verschlechtern. Außerdem war die Polizei nicht mehr populär, wenn sie es überhaupt jemals gewesen war. Martin Beck persönlich war nicht der Ansicht, dass er sich seines Berufes schämen müsste, aber er kannte viele, die das taten, und noch sehr viel mehr Kollegen, die wirklich Anlass dazu hatten.

«So, damit hätte ich dir alles gezeigt», nahm Nöjd das Gespräch wieder auf.

«Ich habe das Gefühl, wir wissen sehr wenig von Sigbrit Mård. Wir wissen, wie sie aussah, wo sie wohnte, wo sie arbeitete und dass sie nicht viel Aufhebens von sich machte. Wir wissen, dass sie geschieden und kinderlos war. Das ist mehr oder weniger alles. Hast du aber schon mal daran gedacht, dass sie in einem Alter ist, in dem viele Frauen sich frustriert fühlen, besonders wenn sie keine Kinder oder keine Familie oder kein Hobby haben? Wenn sie ins Vorklimakterium kommen und anfangen, sich alt zu fühlen? Sie meinen, sie hätten was versäumt, speziell auf sexuellem Gebiet, und machen irgendwelche Dummheiten. Lachen sich junge Männer an, gehen das erstbeste Verhältnis ein. Oder fallen auf einen Heiratsschwindler herein, finanziell wie auch gefühlsmäßig.»

«Vielen Dank für die Vorlesung.» Nöjd nahm ein Holzstück vom Boden auf und warf es ins Wasser. Der Hund sprang sofort hinterher, um zu apportieren.

«Gut so. Jetzt saut er den Rücksitz noch mehr ein. Und damit willst du sagen, dass Sigbrit Mård ein heimliches Sexualleben oder so was hatte.»

«Man kann es jedenfalls nicht ausschließen. Auf alle Fälle müssen wir ihr Privatleben untersuchen. Vielleicht ist sie ja doch mit einem Kerl abgehauen, der sieben bis acht Jahre jünger ist. Alles stehen und liegen ließ, um für eine Zeit lang glücklich zu sein. Auch wenn es nur vierzehn Tage oder einige Monate sind.»

«Sich mal ordentlich austoben», ergänzte Nöjd.

«Oder sich mal mit jemand, den man gut kennt, richtig aussprechen.»

Nöjd hielt den Kopf schräg und lächelte. «Das ist eine Theorie, aber ich glaube nicht daran.»

«Weil sie nicht in das Muster passt.»

«Eben. Die passt verdammt schlecht in das Muster. Hast du was Bestimmtes vor? Oder ist das eine indiskrete Frage?»

«Ich will abwarten, bis Lennart kommt. Dann werden wir uns einmal ausführlich mit Folke Bengtsson und Bertil Mård unterhalten.»

«Ich will euch gern dabei behilflich sein.»

«Ja, das glaube ich.»

Nöjd lachte. Dann stand er auf, ging hinüber zu dem grünen Auto und klopfte an die Seitenscheibe. Der Fahrer, ein junger Mann mit rotem Bart, kurbelte das Fenster herunter und starrte ihn fragend an.

«Wir fahren jetzt zurück nach Anderslöv», sagte Nöjd. «Aber ich fahre über Källstorp und hole Eier bei meinem Bruder. Für die Zeitung wird es billiger, wenn ihr über Skivarp fahrt.»

Der Fiat folgte ihnen und überwachte den Eierkauf.

«Die verlassen sich offenbar nicht auf das Wort der Polizei», meinte Nöjd.

Weiter passierte nichts Besonderes an diesem Freitag, dem 2. November.

Martin Beck machte seinen Antrittsbesuch in Trelleborg und sprach mit dem Polizeichef und dem Kommissar, der die Kriminalabteilung leitete. Er beneidete den Polizeichef um sein Büro; von dort aus konnte man den Hafen überblicken.

Zur Sache konnte ihm keiner etwas Neues sagen.

Sigbrit Mård war seit siebzehn Tagen verschwunden, und

man wusste nicht mehr, als was in Anderslöv darüber getratscht wurde.

Andererseits wird selten grundlos getratscht. Kein Rauch ohne Feuer. Redensarten.

Abends rief Kollberg an und sagte, dass er die weite Strecke nicht in einem durchfahren und in Växjö übernachten wollte. Dann fragte er:

«Wie sieht es denn in Anderstorp aus?»

«Anderslöv», verbesserte Martin Beck.

«Aha.»

«Es ist ganz nett hier, nur haben wir die Presse schon auf dem Hals.»

«Zieh die Uniform an, dann haben sie mehr Respekt.»

Anschließend versuchte Martin Beck bei Rhea anzurufen, aber sie meldete sich nicht.

Eine Stunde später versuchte er es ein zweites Mal und nochmals, kurz bevor er zu Bett gehen wollte.

Da war sie zu Hause.

«Ich habe den ganzen Abend versucht, dich anzurufen», sagte er.

«Soso.»

«Was hast du gemacht?»

«Geht dich nichts an», antwortete sie munter. «Wie geht es dir?»

«Weiß nicht recht. Ein Mensch ist verschwunden.»

«Ein Mensch kann nicht verschwinden, das müsstest du wissen. Dazu bist du schließlich Detektiv.»

«Ich glaube, ich liebe dich.»

«Ich weiß, dass du das tust», bestätigte sie fröhlich. «Übrigens war ich im Kino und bin danach zu *Butler* zum Essen gegangen.»

«Gute Nacht.»

«Weiter wolltest du nichts?»

«Doch, aber nicht jetzt.»

«Schlaf gut, Liebling», sagte sie und legte auf.

Martin Beck trällerte vor sich, während er sich die Zähne putzte. Wenn das jemand gehört hätte, hätte er sich vermutlich über die sonderbaren Töne gewundert.

Morgen war Feiertag. Allerheiligen. Irgendjemand könnte man die Feiertagsruhe vermiesen. Zum Beispiel Månsson in Malmö.

6

«Ich habe in all den Jahren viele bullige Typen gesehen», sagte Per Månsson. «Aber Bertil Mård ist einer der schlimmsten.»

Sie saßen auf Månssons Balkon in Regementsgatan und waren mit sich und der Welt zufrieden.

Martin Beck hatte den Bus nach Malmö genommen, um zumindest sagen zu können, dass er die Strecke, die Sigbrit Mård offenbar nicht gefahren war, tatsächlich ausprobiert hatte.

Er hatte auch versucht, den Busfahrer auszufragen, ohne Ergebnis, denn der Mann sprang für einen Kollegen ein und war an dem bewussten Tag nicht gefahren.

Månsson war ein baumlanger Mann, der die Dinge langsam an sich herankommen ließ und weder etwas überstürzte noch das große Wort zu führen pflegte. Aber jetzt sagte er: «Ein unsympathischer Bursche.»

«Kapitäne werden oft mit der Zeit komisch. Häufig sind es sehr einsame Menschen, und wenn sie einen Hang zur Überheblichkeit haben, können sie anmaßend und herrschsüchtig werden. Sie verkehren dann praktisch nur noch mit dem Chief.»

«Chief?»

«Dem Obermaschinisten.»

«Aha.»

«Sie geraten ans Saufen und tyrannisieren die Besatzung. Manchmal tun sie so, als ob es die gar nicht gibt. Sprechen nicht mal mehr mit den Steuerleuten.»

«Du weißt eine ganze Menge über Schiffe.»

«Das ist mein Hobby. Ich hatte mal einen Fall auf einem Schiff. Mord. Im Indischen Ozean. Auf einem Frachter. Eine der interessantesten Sachen, die ich je gehabt habe.»

«Ich kenne eigentlich nur den Kapitän auf der *Malmöhus.* Netter Kerl.»

«Bei Passagierschiffen ist das auch was anderes. Die Reedereien verlangen, dass sich der Kapitän um die Passagiere kümmert. Auf großen Schiffen gibt es sogar den *captain's table.*»

«*Captain's table*?»

«Der Kapitän hat einen eigenen Tisch im Speisesaal, und da isst er zusammen mit prominenten Erste-Klasse-Passagieren.»

«Aha.»

«Aber Mård fuhr Frachtschiffe auf Trampfahrt, und das ist natürlich nicht zu vergleichen.»

«Ein grober Kerl», sagte Månsson. «Beschimpfte erst mich und dann seine Frau. Richtig unangenehmer Typ. Hält sich für was Besonderes. Frech und anmaßend. Ich lass mich selten aus der Ruhe bringen, aber diesmal bin ich beinahe wütend geworden. Dazu gehört schon einiges.»

«Was macht er denn zur Zeit?»

«Hat eine dreckige Kneipe in Limhamn. Du kennst seine Geschichte, nicht wahr? Er soff, bis seine Leber nicht mehr mitspielte, unten in Venezuela oder Ecuador. Lag dort eine Weile krank im Bett, dann holte ihn die Reederei per Flugzeug nach Hause. Da er nicht gesundgeschrieben wurde, konnte er nicht wieder auf See. Wohnte zu Hause in Anderslöv, und das ging schief. Er trank und verprügelte seine Frau. Sie wollte sich scheiden lassen, er war dagegen. Aber sie setzte ihren Willen durch, und die Ehe wurde geschieden.»

«Nöjd sagt, er hätte ein Alibi für den 17.»

«Was man so Alibi nennt. Er fuhr mit der Eisenbahnfähre nach Kopenhagen, um sich voll laufen zu lassen. Aber das Alibi ist nicht viel wert, meine ich. Er will im vorderen Salon gesessen haben. Die Fähre geht jetzt Viertel vor zwölf, früher fuhr sie um zwölf. Er behauptet, dass er der einzige Gast im Salon war und dass der Ober einen in der Krone hatte. Ein Besatzungsmitglied stand am Spielautomaten. Ich kenne die Strecke, ich fahre sie häufig. Der Ober, Sture heißt er, ist immer angetrunken und hat Säcke unter den Augen. Und der gleiche Mann von der Besatzung steht immer am Automaten und steckt Kronenstücke hinein.»

Månsson nippte an seinem Drink. Er trank stets die gleiche Mischung, Gin und Grapetonic. Das ist eine Spezialität der Finnlandschweden und heißt Gripenberger nach einem obskuren adligen Offizier.

Das Wetter in Malmö war schön, die Stadt sah beinahe so aus, als ob man darin wohnen könnte.

«Du solltest selbst einmal mit Bertil Mård reden», schlug Månsson vor.

Martin Beck nickte.

«Die Zeugen haben ihn identifiziert. Die Schwierigkeit ist nur, dass die gleichen Dinge tagtäglich passieren. Die Fähre geht täglich zur gleichen Zeit ab, und häufig sind es die gleichen Passagiere. Wie soll sich da das Bordpersonal nach ein paar Wochen noch an die Leute erinnern und vor allem an ein bestimmtes Datum. Sprich mit ihm, dann wirst du selbst darauf kommen.»

«Du hast ihn doch schon verhört?»

«Ja, aber mich hat er nicht überzeugt.»

«Hat er ein Auto?»

«Ja. Er wohnt im Westen. Einen Steinwurf von hier, wenn man sehr gut im Werfen ist. Mäster Johansgatan 23. Nach Anderslöv kann er es von da aus in etwa einer halben Stunde schaffen.»

«Warum erwähnst du das?»

«Tja. Er scheint hin und wieder hingefahren zu sein.»

Martin Beck fragte nicht weiter.

Es war der 3. November, ein Sonnabend, und beinahe noch ein Spätsommertag. Obwohl es Allerheiligen war, gedachte Martin Beck, Kapitän Mårds Feiertagsruhe zu stören. Vermutlich war der ebenfalls nicht religiös.

Kollberg hatte nichts von sich hören lassen. Vielleicht hatte Växjö es ihm angetan, und er hatte sich entschlossen, den Tag dort zu verbringen. Vielleicht hatte ihn jemand mit heimlich gefangenen Krebsen gelockt. Natürlich gab es heutzutage überall tiefgefrorene, aber Kollberg war nicht hinters Licht zu führen. Am allerwenigsten, wenn es sich um Krebse handelte.

Rhea hatte ihn am Morgen angerufen, und seine Stimmung hatte sich prompt gehoben. Wie stets. In nur einem Jahr hatte sie sein Dasein verändert und ihm mehr Erfüllung beschert als die zwanzigjährige Ehe mit einem Menschen, den er tatsächlich einmal geliebt und der ihm zwei Kinder und viele glückliche Stunden geschenkt hatte. Wenn man schon anfängt, so was zu zählen. Geschenkt, was für ein grässlicher Ausdruck übrigens. Gehörten dazu nicht zwei Menschen? Er hatte jedenfalls nie dieses Gefühl gehabt.

Mit Rhea Nielsen war das alles anders. Ein offenes Verhältnis, sicher, vielleicht ein wenig zu offen. Aber vor allem eine Gemeinschaft, die weit mehr beinhaltete als eine Liebesbeziehung. Zusammen mit dieser eigenartig vollkommenen Frau hatte er andere Menschen kennen gelernt und verkehrte mit ihnen auf eine Art und Weise, die ihm früher niemals vergönnt gewesen war. Ihr Haus in Stockholm war etwas völlig anderes als ein normales Mietshaus. Man konnte es beinahe eine Großfamilie nennen, ohne die diesem Ausdruck anhaftenden häufig berechtigten, aber ebenso häufig auch nur unterstellten Kehrseiten. Großfamilien rauchen Haschisch und rammeln wie die Kaninchen. Dazwischen reden sie dummes Zeug und essen makrobiotische Mahlzeiten, niemand arbeitet, und alle leben von der Fürsorge. Die Mitglieder fühlen sich als Opfer missglückter Gesellschaftspolitik. Häufig nehmen sie LSD und bilden sich ein, fliegen zu können; sie stoßen ihrem besten Freund ein Stilett in den Bauch, um Erfahrungen zu sammeln, oder sie begehen Selbstmord.

Noch vor gar nicht langer Zeit hatte er selbst daran geglaubt, jedenfalls teilweise. Und ganz gewiss lag ein Körnchen Wahrheit darin oder beinahe schon ein ganzes Maisfeld.

Seine Dienststellung brachte das zweifelhafte Vergnügen mit sich, dass er eine Reihe von geheimen Untersuchungsberichten zu sehen bekam. Die meisten handelten von Politik, und die warf er unbesehen in den Postkorb für geheime Papiere, von wo aus sie an den nächsten vereidigten Geheimnisträger unter den Bürokraten befördert wurden. Dagegen las er alles, was seine Arbeit betreffen konnte. Selbstmord war zum Beispiel eine Angelegenheit, die ihn immer mehr interessierte. Vertrauliche Aktennotizen zu diesem Thema trafen auch immer häufiger ein. Der Ausgangspunkt war stets der gleiche: Schweden führte die Weltrangliste mit einem Abstand an, der von Rundschreiben zu Rundschreiben zunahm, aber wie bei so vielen anderen Verfügungen vom Rikspolischef durfte nichts an die Öffentlichkeit dringen. Die Erklärungen wechselten dagegen. Andere Länder fälschten die Statistiken. Lange Zeit hindurch war es populär, die katholischen Länder unter Beschuss zu nehmen, aber dann hatten der Erzbischof und einige fromme Leute unter den hohen Polizeibeamten sich beklagt. Staaten mit sozialistischen Regierungen hatten zur Abwechslung einspringen müssen, worauf sofort die Geheimpolizei Einspruch erhoben hatte mit der Begründung, dass man Priester dann nicht länger als Spione einsetzen konnte. Da die Geheimniskrämerei der Geheimpolizei zu den Dingen gehörte, die stets bekannt wurden, atmete man in Rikspolisstyrelsen auf; Gerüchten zufolge sollte der Rikspolischef selbst dem Plan, schwedische Geistliche, von denen einige ganz offen organisierte Rote waren, als Spitzel gegen schwedische Kommunisten einzusetzen und auf die Art so furchtbare Gegner wie die Sowjetunion zu Fall zu bringen, eine gewisse Skepsis entgegengebracht haben.

Aber das waren wie gewöhnlich unbestätigte Gerüchte. Hinaus durfte nichts dringen, sagte man manchmal scherzhaft. Oder um wenigstens eine andere Formulierung zu benutzen. Aber die Rechtgläubigen waren humorlos. Der Satz hieß: Nichts darf an die Öffentlichkeit dringen.

Und damit basta!

Die Geheimpolizei vertrug auch keinen Spaß. So reagiert man vielleicht in einem Beruf, der ständig ins Lächerliche gezogen wird. Einige Wochen später schlug sie dann auch prompt zurück. Agenten nahmen zwei für das Regime unliebsame Autoren fest und stürmten eine Zeitungsredaktion. Die Aktion wurde im besten Gangsterfilm-Stil durchgeführt, von Geheimpolizisten, die sich als Geheimpolizisten verkleidet hatten und keine Vollmachten besaßen. Wahrscheinlich hatte man sogar die Waschanleitungen aus den Trenchcoats entfernt für den Fall, dass die Aktion so verlief wie üblich, nämlich schief ging. Man nahm sicherheitshalber auch einen der eigenen Kollegen fest, und der Oberstaatsanwalt war so aus dem Häuschen wegen dieser plötzlichen Aktivität, dass er sich wahrscheinlich selbst verhaftet hätte, wenn es nicht die zweijährige Gefängnisstrafe gegeben hätte, die bei Verrat von Staatsgeheimnissen obligatorisch ist.

Sogar der Premierminister schien verstummt zu sein, was als geradezu Aufsehen erregend gelten musste. Kurz vorher noch hatte er einen ausnahmsweise missglückten Banküberfall und das Ableben seiner Majestät des Königs ausgenutzt, um eine Wahlrede zu halten, mit nur leicht unterschiedlicher Mimik und Gestik.

Auch die Redensarten waren etwas abgewandelt.

Ein Mann, den die Polizei selbst aus dem Gefängnis in die Räume der Bank transportiert hatte, musste es sich gefallen lassen, in der Direktübertragung des Fernsehens als «Schädling an der menschlichen Gesellschaft» bezeichnet zu werden.

Später sollte er, obwohl er an dem Bankraub nicht aktiv teilgenommen und kein Verbrechen begangen hatte, zu sechs Jahren Gefängnis verurteilt werden.

Aber man soll den politischen Führer des Landes nicht unnötig kritisieren.

Das Wort «unehrenhaft» verkniff er sich zwar. Und es muss doch trotz allem als unehrenhaft bezeichnet werden, wenn jemand eine Bank berauben will, auch wenn sie dem Staat in einem teilweise nach planwirtschaftlichen Methoden geführten sozialistischen Staat gehört.

Der Rikspolischef hatte einen schlechten Tag. Er bekam keine Gelegenheit, eine Rede zu halten, und hatte außerdem während der Pressekonferenz einen so schlechten Platz, dass er die meiste Zeit hindurch von eifrigen Journalisten verdeckt war.

Der Justizminister, der als ehrlicher und friedliebender Mann galt und in gewissen Kreisen der Polizei nicht sehr hoch im Kurs stand, hatte traurig ausgesehen.

Vielleicht dachte er an den letzten geheimen Bericht über die Selbstmorde.

Der auf folgendes Ergebnis hinauslief: Da die meisten Menschen sich heutzutage nicht mehr erschießen oder von Västerbron springen, sondern sich erst voll laufen lassen und dann eine ganze Packung Schlaftabletten nehmen, können diese Todesfälle unter der Rubrik «Tablettenvergiftung» geführt oder bei der Statistik ganz außer Acht gelassen werden. Daher sehen die Zahlen plötzlich erstaunlich günstig aus.

Martin Beck selbst dachte oft daran.

Zum Beispiel jetzt.

Månsson goss mehr Grapetonic in seinen Gripenberger.

Er trug ein Netzunterhemd, Flanellhosen und Frotteepantoffeln, dazu einen Morgenrock, der erheblich eingelaufen war.

«Meine Frau kommt bald», sagte er, «taucht so gegen drei auf.»

Månsson hatte offensichtlich seine alte Regelung wieder eingeführt, nach der er die Woche als Junggeselle und das Wochenende zusammen mit seiner Frau verbrachte. Jeder hatte seine eigene Wohnung.

«Das ist eine gute Einteilung. Ich hatte zwar eine Zeit lang, ein Jahr oder so, eine Freundin in Kopenhagen. Die war prima, aber auf die Dauer wurde es mir zu anstrengend. Man ist ja nicht mehr der Jüngste.»

Martin Beck überlegte einen Augenblick, was der andere da eben gesagt hatte.

Månsson war zwar ein wenig älter als er, aber mehr als zwei Jahre konnten es nicht sein.

«Aber wir haben uns verdammt gut verstanden, solange es anhielt. Nadja hieß sie. Ich weiß nicht, ob du sie mal getroffen hast.»

«Nein», antwortete Martin Beck.

Er wollte plötzlich das Thema wechseln.

«Wie geht es übrigens Benny Skacke?»

«Nicht schlecht. Er ist Kriminalinspektor und mit einer Krankengymnastin verheiratet. Im Frühjahr haben sie eine Tochter bekommen. Die wurde an einem Sonntag geboren, bisschen früher als erwartet, und deshalb war er gerade in Minnesberg und spielte Fußball, als das Baby kam. Er sagt, alles Wesentliche in seinem Leben geschieht, wenn er Fußball spielt. Ich habe keine Ahnung, was er damit meint.»

Martin Beck wusste sehr gut, worauf Skacke damit anspielte, aber er sagte nichts.

«Jedenfalls ist er ein guter Polizeibeamter», fuhr Månsson fort, «und die werden immer seltener. Leider habe ich den Eindruck, als ob er hier weg möchte. Er kann sich nicht an die Stadt gewöhnen. Obwohl er nun schon fast fünf Jahre hier ist, sehnt er sich immer noch nach Stockholm zurück. Dass es so was noch gibt», fügt er kopfschüttelnd hinzu und leerte sein Glas.

Dann blickte er viel sagend auf seine Uhr.

«Vielleicht ist es das Beste, wenn ich jetzt gehe», bemerkte Martin Beck.

«Das glaube ich auch, wenn du Mård noch nüchtern antreffen willst. Soll ich dir ein Taxi rufen?»

«Ich laufe lieber zu Fuß.»

Er war viele Male in Malmö gewesen und kannte sich gut aus, zumindest in der Innenstadt. Außerdem war gutes Wetter, und er wollte gern Verschiedenes durchdenken, ehe er Bertil Mård traf.

Er war sich bewusst, dass Månsson ihn mit einer vorgefassten Meinung konfrontiert hatte. Aber spielten solche Meinungen in diesem Fall eine besondere Rolle?

Vorgefasste Meinungen sind niemals gut. Das Risiko, sich davon beeinflussen zu lassen, ist ebenso groß wie die Möglichkeit, dass eine Ansicht richtig sein kann, auch wenn sie vorschnell geäußert wurde.

Es ging Martin Beck darum, sich ein eigenes Bild von Mård zu machen. Und dazu würde er bald in der Lage sein.

Die Bierkneipe war wegen des Feiertags geschlossen, und Månsson hatte sich die Mühe gemacht, das Haus in Mäster Johansgatan durch einen Polizeiaspiranten überwachen zu lassen, der Bescheid geben sollte, wenn Mård das Haus verließ.

7

Der Polizeiaspirant hätte auf der Bühne oder im Fernsehen großen Erfolg mit der Parodie eines Mannes gehabt, der auf der Straße steht und versucht, so auszusehen, als ob er nicht ein bestimmtes Haus im Auge hat. Das Haus war ziemlich klein, und Nachbarhäuser gab es nicht, die waren abgerissen worden. Der junge Mann stand auf der anderen Seite der Straße, hatte die Hände auf dem Rücken gefaltet und das Gesicht zum Himmel gerichtet, wobei er aber unablässig auf die Tür schielte, hinter der das Opfer seiner Aufmerksamkeit sich verborgen hielt.

Martin Beck blieb ein Stück von ihm entfernt stehen und beobachtete ihn. Nach einigen Minuten überquerte der Polizeiaspirant langsam die Straße und besah sich eingehend die Tür. Fummelte an dem Namensschild herum. Dann ging er auffällig langsam zu seinem Platz zurück und drehte sich, dort angekommen, blitzschnell um, für den Fall, dass etwas Ungewöhnliches hinter seinem Rücken passieren würde. Wie so viele andere Polizisten mit geheimnisvollen oder delikaten Aufträgen war er so gekleidet, dass man ihn schon von weitem erkennen konnte. Zu allem Überfluss war seine Jacke rechts ausgebeult, so als ob er eine Schnapsflasche darunter verborgen hielt.

Als Martin Beck auf ihn zuging, nahm er zackig Haltung an, führte die Hand zu dem nicht vorhandenen Mützenschirm und meldete:

«Keiner hat das Haus verlassen, Herr Kommissar!»

Martin Beck schwieg einen Augenblick; er war überrascht, dass dieser Mann ihn kannte. Dann fragte er:

«Überleg doch mal, kann Mård es nicht durch die Hintertür verlassen haben?»

Der Polizeiaspirant errötete. «Das ist doch unmöglich.»

«Wieso?»

«Ich kann doch nicht gleichzeitig hier und hinterm Haus stehen. Du … Sie werden mich doch deswegen nicht zur Meldung bringen, Herr Kommissar?»

Martin Beck schüttelte den Kopf, und während er über die Straße ging, überlegte er, woher die Polizei wohl all diese eigenartigen jungen Leute bezog.

«Es ist jedenfalls das richtige Haus», sagte der Bursche und folgte ihm. «Ich war dreimal da und habe nach dem Schild gesehen, und da steht Mård drauf.»

«Und das hat sich nicht verändert?»

«Nein. Soll ich mit hineinkommen? Ich meine, ich habe ja eine Pistole, wenn es so weit kommen sollte. Und das Funkgerät habe ich unters Hemd gesteckt, damit es nicht gleich jeder sieht.»

«Auf Wiedersehen», sagte Martin Beck und setzte seinen Finger auf den Klingelknopf.

Bertil Mård öffnete die Tür, beinahe schon ehe das Klingeln einsetzte.

Er hatte schwarze Uniformhosen an, ein Unterhemd und Holzschuhe. Die Alkoholfahne, die von ihm ausging, wurde ein wenig von dem Geruch des Rasierwassers überdeckt. Der Mann hielt eine Flasche Floridawasser in den riesigen Pranken und ein geöffnetes Rasiermesser, mit dem er auf seinen Bewacher zeigte.

«Was war das für ein verdammter Clown, der zwei Stunden lang da gestanden und mein Haus angestarrt hat?»

«Das ist Beamtenbeleidigung», sagte der Polizeiaspirant dreist.

«Wenn ich dich hier noch mal sehe, du verkleideter kleiner Schweinehund, dann schneide ich dir die Ohren ab», schrie Mård.

«Das ist nun aber wirklich Bedrohung eines Polizeibeamten …»

«Ach was», sagte Martin Beck und zog die Tür hinter sich zu. «Unsinn.»

«Was heißt hier ‹ach was›?», murrte Mård. «Was geht hier eigentlich vor?»

«Nun reg dich erst mal ab.»

«Ich will mich nicht abregen! Ich will meine Ruhe haben! Und ich will nicht, dass solche Bengels im Karnevalskostüm hinter mir herspionieren. Außerdem bin ich gewöhnt, dass man tut, was ich sage. Wer bist du überhaupt? Der Oberbulle persönlich?»

«Genau», bestätigte Martin Beck.

Er machte ein paar Schritte an Mård vorbei und sah sich im Zimmer um. Es roch so, als ob fünfzig Lebewesen, die kaum Menschen gewesen sein konnten, darin übernachtet hätten. Alte Steppdecken mit großen Fettflecken und aufgerissenen Nähten, aus denen die Füllung quoll, waren an den Fenstern festgenagelt worden und ließen sehr wenig Licht hinein. Man konnte jedoch eine Ecke hochheben und hinausblicken. An der einen Wand stand ein Bett, das sicher wochenlang, wahrscheinlich monatelang nicht gelüftet worden war. Die restliche

Möblierung bestand aus vier Stühlen, einem Tisch und einem großen Kleiderschrank. Auf dem Tisch standen ein Glas und zwei Flaschen sechzigprozentiger russischer Schmuggelwodka mit blauem Etikett, eine leer, die andere halb ausgetrunken. In einer Ecke lag ein Haufen schmutziger Wäsche. Durch die Hintertür blickte man in die Küche, wo eine unbeschreibliche Unordnung herrschte, und weiter hinaus in die Toilette, wo eine elektrische Glühbirne brannte und Mård sich offenbar gerade rasiert hatte.

«Ich bin in 108 Ländern gewesen», begann Mård. «Aber nirgends ist es schlimmer als hier. Die Polizei ist hinter einem her. Die Krankenversicherung ist hinter einem her. Oder das Finanzamt oder das Sozialamt. Oder das Elektrizitätswerk oder der Zoll oder das Einwohnermeldeamt oder das Gesundheitsamt. Sogar die Post fällt mir auf den Wecker, obwohl ich gar keine Post haben will.»

Martin Beck sah sich Mård etwas genauer an. Er war hünenhaft gebaut, sicher 1,90 m groß und wog mindestens 125 Kilo. Er hatte schwarzes Haar und Augen wie ein Tier.

«Woher weißt du, dass es genau 108 Länder sind?», fragte Martin Beck.

«Duzen Sie mich gefälligst nicht! Ich will nicht, dass jeder Hanswurst Du zu mir sagt. Für Sie bin ich immer noch Herr Mård. Woher ich das weiß? Weil ich sie gezählt habe. Das 108. Land war Obervolta. Da bin ich von Casablanca aus hingeflogen. Das 107. war Südjemen. Ich schwöre, dass dies hier das Hinterletzte ist. Ich habe in Nordkorea und Honduras, in Macao und der Dominikanischen Republik, in Pakistan und Ecuador im Krankenhaus gelegen. Aber niemals habe ich Schlimmeres erlebt als im Sommer in Malmö. Man hat mich in einen Saal gelegt, der aus dem Jahre 1890 stammen muss. Wir lagen da zu 29 Männern, 17 davon frisch operiert. Dann kommen die Betreuer und wundern sich, warum man schimpft, und sagen einem, dass man den Mund halten soll, denn alles ist doch gratis. Gratis! Wenn das Finanzamt einem wie ein Wolf am Hintern hängt. Können Sie mir erklären, warum diese verdammte Regierung immer noch auf ihren dicken Ärschen sitzt? In vielen Ländern, in denen ich gewesen bin, wird man für so was aufgehängt.»

Mård blickte sich um.

«Hier ist nicht sauber gemacht. Ich kann das nicht so gut. Weiß nicht, wie man so was anfängt.»

Er nahm die leere Wodkaflasche und trug sie hinaus in die Küche.

«So, das wäre erledigt. Jetzt will ich mal etwas fragen: Was, in drei Teufels Namen, geht hier eigentlich vor? Warum steht da ein Idiot und kratzt an meiner Tür, während ich mich rasiere? Ich rasiere mich täglich zweimal, morgens um sechs und mittags um drei. Und ich tue das stets selbst, am liebsten mit einem Messer, dann wird es ordentlich.»

Martin Beck sagte nichts.

«Ich habe eine Frage gestellt und keine Antwort bekommen. Wer sind Sie, zum Beispiel? Was haben Sie verdammt noch mal in meinem Haus zu suchen?»

«Ich heiße Martin Beck und bin Polizist. Genauer gesagt Kriminalkommissar und Chef einer Abteilung, die sich Riksmordkommissionen nennt.»

«Wann sind Sie geboren?»

«Am 25. September 1922.»

«Aha. Das macht Spaß, selbst einmal fragen zu dürfen. Was wollen Sie?»

«Ihre Frau ist seit dem 17. Oktober verschwunden.»

«Na und?»

«Wir würden gern wissen, wo sie wohl stecken kann.»

«Ach so. Ich habe diesen Vollidioten doch schon gesagt, dass ich das auch nicht weiß. Und gerade an diesem 17. saß ich auf der Eisenbahnfähre *Malmöhus* und habe ein bisschen getrunken. Okay, gesoffen. Das ist das einzig anständige Schiff, das es hier im Hafen gibt. In diesem Land kann man es ja nicht aushalten, deshalb setze ich mich öfter mal auf die Kopenhagen-Fähren und lass mich voll laufen.»

«Sie haben doch selber eine Art Restaurant?»

«Ja, und zwei Weibsbilder, die den Laden schmeißen. Und da sieht es pikobello aus, sauber, und das Messing ist geputzt, denn sonst schmeiße ich die beiden ins Hafenbecken. Ich mache hin und wieder meine Kontrollgänge. Und die wissen nie, wann ich auftauche.»

«Ich verstehe.»

«Sie haben da was von Mord gemurmelt.»

«Ja, das ist eine der Möglichkeiten. Jemand scheint sie mitgenommen zu haben. Und Ihr Alibi ist nicht besonders gut.»

«Mein Alibi ist verdammt gut. Ich war auf der *Malmöhus*. Aber ganz in ihrer Nähe wohnt ein Sexualidiot. Wenn der Sigbrit was angetan hat, erwürge ich sie mit meinen eigenen Händen.»

Martin Beck blickte auf seine Hände, die gewaltig aussahen. Wahrscheinlich konnte der Mann damit einen Bären erwürgen.

«Sie sagten ‹sie›. Sie würden sie erwürgen.»

«Ich habe mich versprochen. Ich liebe Sigbrit.»

Martin Beck verstand plötzlich eine ganze Menge. Bertil Mård war ein gefährlicher Mann mit unberechenbaren Launen. Er war seit vielen Jahren daran gewöhnt, zu befehlen und selbst nur sehr wenig zu tun. Wahrscheinlich war er ein tüchtiger Seemann und hatte es schwer, sich den Verhältnissen an Land anzupassen. Bei ihm musste man mit allem rechnen, auch mit dem Schlimmsten.

«Das große Pech meines Lebens ist, dass ich in der verfluchten Stadt Trelleborg geboren wurde», sagte Mård. «In einer Gemeinschaft, von der ich nie etwas gehalten habe. In einem Land, in dem ich es nie länger ausgehalten habe als einen oder höchstens zwei Monate im Jahr. Trotzdem ging alles gut, bis ich krank wurde. Ich mochte Sigbrit gern und kam fast jedes Jahr zu ihr nach Hause. Dann fuhr ich wieder hinaus. Und schließlich begann diese Hölle. Die Leber spielte nicht mehr mit, und ich wurde nicht gesundgeschrieben.»

Er schwieg eine Weile.

«Gehen Sie jetzt. Sonst werde ich wütend und haue Ihnen eins in die Fresse.»

«Okay. Wenn ich wiederkomme, dann wahrscheinlich nur, um Sie abzuholen.»

«Scheren Sie sich zum Teufel!»

«Wie ist ihre Frau? Was für eine Art von Mensch ist sie?»

«Das geht Sie gar nichts an. Raus!»

Martin Beck machte einen Schritt auf die Tür zu. «Auf Wiedersehen, Kapitän Mård», sagte er.

«Warten Sie», rief Mård ihn zurück. Er stellte das Floridawasser weg und klappte das Rasiermesser zusammen. «Ich habe es mir anders überlegt. Warum, weiß ich nicht.» Er setzte sich und goss sich ein Wasserglas voll Wodka. «Trinken Sie?»

«Ja», antwortete Martin Beck, «aber nicht jetzt und vor allen Dingen keinen lauwarmen Wodka.»

«Würde ich auch nicht tun. Wenn ich einen Steward hätte, der mit Limo und zerschlagenem Eis angelaufen kommt, sobald ich nur huste, würde ich das auch nicht tun. Manchmal überlege ich, ob ich die Kneipe nicht verkaufen und hier abhauen und in Panama oder Liberia anmustern soll.»

Martin Beck setzte sich an den Tisch.

«Nur eines spricht dagegen. Ich könnte höchstens Steuermann werden bei einem, der genauso ist wie ich. Und das würde ich niemals aushalten, das Aas würde ich erwürgen.»

Martin Beck sagte immer noch nichts.

«Aber jedenfalls könnte man sich dann auf offener See totsaufen. Ich will Sigbrit und ein Schiff haben. Und jetzt habe ich weder das eine noch das andere. Hier darf ein Mann ja nicht einmal sich selbst fertig machen, ohne dass der Teufel und seine Großmutter sich einmischen.»

Er blickte sich im Zimmer um. «Meinen Sie, dass mir das hier gefällt? Glauben Sie, es macht mir Spaß, in dieser Scheiße zu sitzen?»

Seine Faust donnerte auf den Tisch, sodass das Glas beinahe umfiel.

«Ich weiß, was Sie glauben», schrie er. «Sie glauben, ich hätte Sigbrit was angetan. Aber das habe ich nicht. Können Sie das begreifen? Ich weiß übrigens genau, was man von der Polizei zu halten hat, hier und überall in der Welt. Polizisten sind wie die Ratten auf den Kais, und das Einzige, was sie können, ist, an Bord kommen und die Alkohol- und Tabakvorräte versiegeln, damit man keine Schwierigkeiten hat. Ich erinnere mich an so ein Schwein in Millwall, als wir regelmäßig dort anlegten. So ein Bobby. Der stand dann immer da wie ein Denkmal, baute Männchen und sagte ‹*Yes, sir*› und ‹*Glad to see you, captain*›, und wenn er ging, hatte er sämtliche Taschen mit Tabak und Flaschen voll gestopft, dass er kaum die Gangway hinunterkam. Und hier ist es genauso.»

«Ich will weder Alkohol noch Tabak von Ihnen haben.»

«Was, zum Teufel, wollen Sie denn?»

«Ich will wissen, was Ihrer geschiedenen Frau zugestoßen ist. Darum frage ich, wie sie ist. Welche Art von Mensch.»

«Schön. Sie ist ein guter Mensch. Was soll ich Ihnen noch sagen? Ich liebe sie. Aber Sie wollen mich aufs Kreuz legen. Sie haben von dem Dorftrottel gehört, dass ich sie ein paar Mal verhauen habe. Wissen Sie auch, dass er mir einmal eins aufs Maul gegeben hat? So viel Mumm hätte ich dem Kerl gar nicht zugetraut. Mir, der ich nur einmal im Leben Schläge bezogen habe, und da waren vier Mann gegen mich. Das war in Antwerpen. Aber er hatte Recht, und ich war im Unrecht, und das habe ich begriffen.»

Martin Beck blickte Mård nachdenklich an.

Es war durchaus möglich, dass der Mann sich in ein etwas besseres Licht zu setzen versuchte.

«Sie waren lange verheiratet?»

«Ja, Sigbrit war erst achtzehn, als wir die Ringe getauscht haben. Zwei Monate später musste ich hinaus auf See. Und danach bin ich die ganze Zeit gefahren und jedes Jahr nur einen oder zwei Monate zu Hause gewesen. Aber da hatten wir es dann schön.»

«Sexuell?»

«Ja. Sie mochte meine Art. Sagte immer, dass es so war, als ob man von einem Zug überfahren wird.»

«Und den Rest des Jahres?»

«Sie sagte, dass sie mir treu gewesen wäre, und ich habe niemals irgendeinen Beweis für das Gegenteil bekommen. Ich habe manchmal gemeint, dass es doch komisch ist. Sie ist einen Monat lang scharf wie nur was und kann dann elf Monate lang ohne Mann sein. Aber sie sagte, das wäre keine Kunst, man brauchte einfach nur nicht dran zu denken.»

«Und Sie selbst?»

«Na klar bin ich in jedem Hafen ins Bordell gegangen.»

«In 108 Ländern?»

«Nein. Die Bordelle habe ich nicht gezählt, obwohl es sehr viele waren. Wenn Sie wollen, können Sie die Adressen haben. Aber in manchen Ländern gibt es keine Nutten. Ich kann mich zum Beispiel an eines erinnern: Rumänien. Ich lag mit einem alten Kasten drei Monate lang in Constanza. In der ganzen Stadt gab es keine Hure. Ich bin dann mit dem Zug nach Bukarest gefahren, aber da gab es auch keine.»

«Was haben Sie dann gemacht?»

«Bin nach Piräus rüber. Da gab's Tausende. Ich soff und vögelte und kam zwei Wochen lang kaum aus dem Bett. Das warn Zeiten!»

Mård starrte in sein Glas, trank aber nicht.

«Jetzt meinen Sie sicher, dass Seeleute nichts anderes tun als in jedem Hafen ins Bordell rennen, und das beweist mir nur eines.»

«Was denn?»

«Dass Sie keine Ahnung von Seeleuten haben. Ich bin sieben Jahre lang mit einem Ersten Ingenieur gefahren, der in Bergkvara verheiratet war. Und ich kann heilige Eide schwören, dass er in all den Jahren nicht ein Mädchen angefasst hat. Das fand ich einfach toll. So wie der hätte man sein sollen. Und ich kenne viele davon.»

«Was haben Sie davon zu Hause erzählt?»

«Sigbrit? Natürlich, dass ich ihr immer treu geblieben wäre und nur auf den Urlaub gewartet hätte. Da musste man bloß aufpassen, dass man nicht mit Sackratten oder einem Tripper nach Hause kam. Ein Glück, dass es Penizillin gibt. Jedenfalls ihr gegenüber habe ich Stein und Bein geschworen, dass ich nie ein Mädchen auch nur angesehen hätte. Und ich würde das auch jetzt noch nicht zugeben, wenn es nicht sowieso zu spät wäre. Jetzt spielt es keine Rolle mehr.»

«Weil Sigbrit tot ist, meinen Sie?»

Wenn Martin Beck erwartet hatte, dass der andere einen Wutanfall bekam, so hatte er sich geirrt. Mård trank einen kleinen Schluck aus seinem Glas, das er mit ruhiger Hand hielt.

«Sie wollen mich wohl in die Falle locken. Aber das klappt nicht. Einerseits weil ich, wie gesagt, auf der Eisenbahnfähre war, und andererseits glaube ich nicht daran, dass Sigbrit tot ist.»

«Was glauben Sie denn?»

«Das weiß ich nicht. Aber ich weiß bestimmte Dinge, an die Sie überhaupt noch nicht gedacht haben.»

«Zum Beispiel?»

«Sigbrit hält sich für was Besseres. Es gefiel ihr, Kapitänsfrau zu sein und da in dem feinen Haus zu wohnen. Mit ihrem Gehalt und meinem ging das auch gut. Nebenher hatte ich auch noch genug Geld. Dann wurden wir geschieden, und das war vielleicht gut so, aber ich sah nicht ein, dass sie auch noch bezahlt bekommen sollte dafür, dass sie mich los war. Unterhalt oder so was hat sie also nicht bekommen, und deshalb hat sie nach der Scheidung nur noch wenig Geld in den Fingern gehabt.»

«Warum wurden Sie geschieden?»

«Ich hielt es nicht aus, da in dem verfluchten Bauerndorf zu hocken und nichts zu tun zu haben. Da habe ich nur getrunken und nach ihr gerufen, damit sie meine Schuhe putzt und die Betten macht, und habe sie vertrimmt, und da hatte sie bald die Nase voll. Kann man sich vorstellen. Mir hat das hinterher sehr Leid getan. Hier kann ich nun sitzen und mir Vorwürfe machen. Auch darüber, dass ich fünfzehn Jahre lang jeden Tag zwei Flaschen ausgetrunken habe. Prost!»

Mård schüttete den Inhalt des Glases in sich hinein. Das waren ungefähr drei Deziliter sechzigprozentiger Schnaps, den er wie Wasser trank, ohne mit der Wimper zu zucken.

«Eines ist mir noch unklar», sagte Martin Beck.

«Nämlich?»

«Waren Sie nach der Scheidung sexuell noch mit ihr zusammen?»

«Allerdings. Ich bin mehrmals hinausgefahren und habe sie aufs Kreuz gelegt. Aber das ist lange her. Mindestens anderthalb Jahre.»

«Was hat sie denn dazu gesagt?»

«Sie meinte immer noch, dass es so sei, als ob man von einer Schnellzuglokomotive überfahren wird. Spitze. Jedes Mal ging es besser, und eine Zeit lang habe ich geglaubt, dass man den Riss noch mal kitten könnte. Aber jetzt ist es zu spät.»

«Warum?»

«Viele Gründe. Unter anderem, weil ich krank bin. Aber auch, weil es eigentlich nichts zusammenzufügen gibt. Ein Verhältnis, das zum großen Teil auf Lügen aufgebaut war, was ist das schon wert? Auch wenn nur ich derjenige war, der gelogen hat. Trotzdem liebe ich Sigbrit immer noch.»

Martin Beck überlegte lange.

Dann sagte er: «Kapitän Mård, Sie scheinen nach dem, was Sie selbst erzählt haben, viel Erfahrung mit Frauen zu haben.»

«Ja, so kann man es auch ausdrücken. Gute Nutten können eines, nämlich ficken. Und dann?»

«War oder ist Ihre Frau sexuell gesehen besonders anziehend?»

«Aber sicher. Ich habe nicht umsonst jedes Jahr einen ganzen Monat in Anderslöv verbracht.»

Martin Beck fühlte sich unsicher. Je länger das Gespräch dauerte, umso weniger wusste er, woran er war und was er glauben sollte. Er wusste nicht mal mehr ganz sicher, ob er Mård böse sein konnte.

«Das mit den 108 Ländern imponiert mir», sagte er. «Dass Sie das wirklich behalten haben.»

Mård griff in die Gesäßtasche und zog etwas heraus. Es war ein kleines in Leder gebundenes Notizbuch, beinahe so dick wie ein Gesangbuch.

«Ich führte Buch über solche Sachen, habe ich vorhin doch gesagt. Gucken Sie mal.»

Er blätterte in dem Buch, das teilweise mit Notizen gefüllt schien. Die Seiten waren dicht beschrieben.

«Hier», zeigte Mård, «da steht die ganze Liste. Fängt an mit Schweden, Finnland, Polen und Dänemark und schließt mit Ras Al Kaima, Malta, Südjemen und Obervolta. Auf Malta war ich schon oft gewesen, aber ich habe es erst auf die Liste gesetzt, als die Insel selbstständig wurde. Das ist ein prima, prima Notizbuch. Habe ich vor mehr als zwanzig Jahren in Singapur gekauft und seitdem nie mehr ein gleichwertiges gesehen.»

Er steckte das Buch wieder ein und sagte: «Das ist sozusagen das Logbuch meines Lebens. Mehr wird für ein Menschenleben nicht benötigt. Für die meisten genügt ein noch kleineres.»

Martin Beck stand auf.

Mård erhob sich ebenfalls.

Er kam blitzschnell auf die Füße und streckte seine großen Pranken aus.

«Wenn jemand Sigbrit was angetan hat, dann überlassen Sie den mir. Ich werde ihn in Stücke reißen. Die hier haben so was schon öfter gemacht.»

Martin Beck blickte auf seine Hände.

«Sie sollten vielleicht noch mal darüber nachdenken, was Sie am 17. getan haben, Kapitän Mård. Das Alibi da scheint nicht viel wert zu sein.»

«Alibi», fragte Mård höhnisch, «wozu?»

Er ging mit langen Schritten durchs Zimmer und öffnete die Haustür.

«Fahren Sie zur Hölle, aber dalli, ehe ich richtig wütend werde.»

«Auf Wiedersehen, Kapitän Mård», sagte Martin Beck höflich.

Als er das Gesicht des Mannes im hellen Tageslicht sah, bemerkte er, dass die Augäpfel eine ungesunde gelbe Farbe hatten.

«Kairatte», rief Mård und schlug die Tür mit lautem Krachen zu.

Martin Beck ging ungefähr hundert Meter in Richtung Innenstadt. Dann drehte er sich um und ging auf den Hafen zu. Als er zum Hotel *Savoy* kam, ging er hinein und setzte sich an die Bar.

«Guten Tag», begrüßte ihn der Barkeeper.

Martin Beck nickte und bestellte einen Whisky.

«Mit Eiswasser, wie üblich?»

Martin Beck nickte wieder.

Er war seit vier Jahren nicht mehr in der Bar gewesen. Es gab offenbar Leute mit gutem Personengedächtnis.

Lange saß er über seinem Glas und dachte nach.

Er war nicht sicher, was er von der Sache halten sollte. Ab und zu schien es ihm, als ob Mård ihn auf irgendeine Weise reingelegt hatte, aber er konnte sich nicht vorstellen, womit.

Entweder war Mård in jeder Hinsicht aufrichtig gewesen oder auch gekonnt listig. Jedenfalls hatte er für einen Mörder viel zu viel geredet.

Nach einer Weile begann er, an andere Dinge zu denken. Er hatte das Hotel von verschiedenen Anlässen her in Erinnerung, und mindestens einer davon war schön gewesen.

Er bestellte noch einen Whisky.

Als er ausgetrunken hatte, bezahlte er und ging, überquerte den Kanal und lief auf die Reihe der Taxis zu, die vor dem Hauptbahnhof standen.

Er stieg in das erste ein und sagte nur: «Anderslöv.»

Mit dem Taxi dauerte die Fahrt genau 29 Minuten.

8

Am Abend rief Kollberg aus einem Ort an, der Jät hieß.

«Ich habe den ganzen Tag über versucht, dich zu erreichen. Wo bist du denn gewesen?»

«In Malmö.»

«Bei Per Månsson?»

«Unter anderem. Und wo bist du selbst?»

«Ich habe bei einem alten Freund in Växjö reingesehen. Er hat ein Sommerhaus hier am Åsnen mit Zugang zum See und Sauna und so weiter. Bist du böse, wenn ich erst morgen komme?»

«Bleib da und genieße die Sauna. Kann man um diese Jahreszeit noch im Åsnen baden?»

«Ich will es jedenfalls versuchen, nach der Sauna. Rat mal, was wir anschließend essen werden?»

Martin Beck lächelte und antwortete nicht ganz ehrlich: «Das kann ich nicht. Was denn?»

«Krebse!»

Kollberg hörte sich an wie ein Kind kurz vor der Bescherung am Heiligen Abend.

«Scheint ein guter Freund zu sein. Wir sehen uns dann morgen. Hej.»

Er legte den Hörer auf und ging zurück in sein Zimmer. Stellte sich ans Fenster und blickte in den Garten hinaus und auf den Lichtschein, der aus dem Speisesaal auf den Kiesweg und den Rasen fiel. Er war nicht hungrig und hatte keine Lust hinunterzugehen. Nöjd war bei seinem Bruder in Källstorp, und außer ihm kannte er niemanden in Anderslöv, mit dem er den Abend verbringen konnte. Folke Bengtsson konnte warten, bis Kollberg kam, und im Übrigen hatte er an diesem Tag genug geredet. Rhea war bei Freunden auf dem Land, hatte sie gesagt, er konnte sie also nicht anrufen, und ein Spaziergang durch den Ort lockte ihn nicht. Er entschied sich schließlich für die einzige Möglichkeit: das Bett und das Buch über die *Normandie.*

Kollberg erschien erst am Sonntagnachmittag. Den Krebsen war ein nicht ganz kleines Quantum Alkohol gefolgt, das erst wieder durch Sauna und kalte Bäder aus dem Körper gejagt werden musste, ehe er sich mit gutem Gewissen und alkoholfreiem Blut hinters Lenkrad setzen konnte.

Gegen Abend bereiteten sie in Nöjds Küche gemeinsam ein Abendessen, und wie Martin Beck erwartet hatte, freundeten sich Nöjd und Kollberg sofort an.

Gleich am Montagmorgen übernahm Nöjd wieder seine Aufgabe als Fremdenführer, und Kollberg verbarg nicht seine Anerkennung, sowohl für den gesprächigen Nöjd als auch seine schöne Heimat. Martin Beck saß zusammen mit Timmy auf dem Rücksitz und kämpfte gegen die Übelkeit.

In Domme fuhren sie zu Folke Bengtssons Haus hinauf. Sein Lastwagen war nicht da, und als sie an die Tür klopften, antwortete niemand.

«Er ist sicher unten und fischt», meinte Nöjd. «Oder er macht seine Runde bei den Kunden. Heute Abend ist er wahrscheinlich zu Hause.»

Statt zur Hauptstraße zurückzukehren, fuhr Nöjd an Sigbrit Mårds Haus vorbei und hielt einige hundert Meter weiter an der Einfahrt zu einem Hof oben auf der Hügelkuppe.

«Ich dachte, ihr würdet euch diese Stelle gern mal ansehen. Hier wurde Victoria Bruzelius geboren. 1850, wenn ich mich richtig erinnere.»

«Aha. Und wer war das?», fragte Martin Beck.

Kollberg antwortete sofort.

«Sie hieß dann Benedictsson, als sie den Posthalter in Hörby heiratete, und schrieb unter dem Pseudonym Ernst Ahlgren. Später zog sie nach Kopenhagen, kämpfte für die Rechte der Frauen, verliebte sich in Georg Brandes und beging Selbstmord, als sie noch keine vierzig Jahre alt war.»

«Kannst du vielleicht auch etwas aus ihren Büchern zitieren», erkundigte sich Martin Beck.

«Nein. Aber sie hatte einen guten Wahlspruch: Arbeit und Wahrheit.»

«Was mich daran erinnert, dass die Pflicht ruft», sagte Nöjd und startete den Motor.

Sie trennten sich vor der Polizeiwache. Nöjd hatte seine Routinearbeiten zu erledigen, Martin Beck und Kollberg wanderten langsam zur Hauptstraße hinunter. Die Luft war klar und rein, und die Sonne hatte immer noch wärmende Kraft.

«Eigentlich ist Herrgott zu beneiden», meinte Kollberg. «Wenn man an die Arbeit in Stockholm denkt ...»

«Dann lass dich doch in eine kleine Provinzstadt versetzen.»

Kollberg blinzelte in die Sonne und schüttelte den Kopf.

«Das würde nicht gut gehen. Wenn man Herrgott so sieht, scheint alles in Ordnung zu sein, aber ich würde mich in so einem Nest nach zwei Wochen zu Tode langweilen. Du bist doch genauso, du müsstest das doch verstehen. Außerdem will Gun ja wieder arbeiten oder wenigstens weiter studieren, wenn sie keine Arbeit findet.»

Kollberg und Gun hatten vor sieben Jahren geheiratet. Sie hatten zwei Kinder, ein Mädchen von sechs und einen Jungen von drei Jahren, und Martin Beck hatte ihre Ehe stets als perfekt angesehen. Bevor er Rhea traf, hatte er Kollberg deswegen beneidet. Gun war gescheit und vital, sie hatte Humor und Wärme und war ein feiner Kamerad, und soweit er das beurteilen konnte, eine ausgezeichnete Mutter. Außerdem war sie hübsch, und niemand hätte ihr die 35 Jahre zugetraut. Er konnte sich vorstellen, wie Gun Kurse in Spanisch oder Jazz-Ballett leitete oder etwas anderes mit den Frauen auf die Beine stellte, wenn sie in so einem Ort wie Anderslöv wohnen müsste. Sie würde schon etwas zu tun finden, aber ebenso wie Kollberg würde sie sich nicht wohl fühlen. Auch sie war eingefleischte Stockholmerin.

Ein gelber Lieferwagen mit rot gemalter Aufschrift KVÄLLSPOSTEN auf den Seiten bog vom Bürgersteig vor dem Konsum auf die Straße. Während er den Hügel hinauffuhr, kam der Verkäufer aus dem Kiosk und befestigte ein Werbeplakat auf einer Tafel.

Die Hälfte des Plakats wurde von dem Wort FRAUENMORD eingenommen, darunter stand in kleinen Buchstaben: *in Anderslöv?*

Kollberg fasste Martin Beck an den Arm und trat auf die Fahrbahn, aber Martin Beck nickte zu dem Zeitungsauto hin, das jetzt vor der Apotheke schräg gegenüber vom Gasthof hielt.

«Ich kaufe Zeitungen lieber im Tabakladen am Markt», sagte er.

«So, du hast dir also schon feste Gewohnheiten zugelegt?»

«Es ist ein netter Laden. Ländlich und gut sortiert. Sie haben auch Spielsachen, wenn du was für Bodil und Joakim kaufen willst.»

Hinter dem Ladentisch stand die Inhaberin mit dem Werbeplakat in der Hand.

«Aha. Ihr habt Sigbrit also gefunden?», fragte sie.

Martin Beck war hier bereits gut bekannt.

«Armes Kind», sagte sie.

«Man darf nicht alles glauben, was in der Zeitung steht», widersprach Kollberg. «Sie wird immer noch lediglich vermisst. Und da steht auch ein Fragezeichen, wenn auch ein ganz kleines.»

«Wirklich», meinte die Frau hinter dem Ladentisch, «so wie die Zeitungen heutzutage aufgemacht sind, hat man kaum noch Lust, sie zu verkaufen. Nur Lügen und Schmutz und Elend.»

Sie kauften *Kvällsposten* und *Trelleborgs Allehanda,* und Kollberg sah sich in der Spielwarenabteilung um, die wirklich gut sortiert war. Er entdeckte einiges, das er bei NK, PUB und Åhléns oder in den anderen großen Warenhäusern in Stockholm noch nie gesehen hatte und das er später für seine Kinder kaufen wollte.

Neben Kollbergs Auto war, mit dem Auspuff zu Systembolaget, dem staatlichen Spirituosenladen, ein offener Sportwagen geparkt. Es war ein älteres Modell, gut gepflegt, und der flaschengrüne Lack glänzte in der Sonne. Martin Beck, der sich sonst nicht für Autos interessierte, blieb stehen und sah ihn sich an.

«Ein Singer», erläuterte Kollberg. «Mindestens 25 Jahre alt. Hübscher Wagen, nur eiskalt im Winter.»

Kollbergs Spezialität war es, fast alles zu wissen.

Sie betraten den Speisesaal des Gasthofes. Es war Zeit zum Mittagessen, und mehrere Tische waren besetzt. Sie suchten sich einen Platz in der Ecke zur Veranda und schlugen die Zeitungen auf.

Trelleborgs Allehanda brachte auf der ersten Seite einen kurzen Zweispalter über das Verschwinden von Sigbrit Mård. Der Text war kurz und sachlich und basierte auf Nöjds zurückhaltenden Äußerungen. Andere Namen als die der verschwundenen Frau, wie die von Nöjd und Martin Beck, kamen in dem Artikel nicht vor. Obwohl im Kurztext wie auch im ausführlichen Bericht erwähnt wurde, dass das Riksmordkommissionen in den Fall eingeschaltet worden war, hatte der Reporter sich bemüht, den Lesern keine vorgefasste Meinung aufzutischen, und hatte auch Wörter wie «Mord» oder «ermordet» vermieden. Der Artikel wurde durch das Passfoto ergänzt und forderte etwaige Zeugen auf, die die Frau nach dem Zeitpunkt des Verschwindens gesehen hätten, sich zu melden.

Kvällsposten war nicht ganz so zurückhaltend. Das Blatt brachte auf der ersten Seite ein zweispaltiges Bild, das eine zwanzigjährige Sigbrit Mård mit Pferdeschwanz und großen weißen Ohrclips vorstellte. Auf den Innenseiten gab es weitere Bilder. Das Haus von Sigbrit Mård und das des Roseanna-Mörders, die Bushaltestelle, an der sie zuletzt gesehen worden war, ein acht Jahre altes Foto von Folke Bengtsson in einem Streifenwagen und ein Bild von Martin Beck mit weit offenem Mund und zerzausten Haaren.

Im Text wurde groß herausgestellt, dass Sigbrit Mård in der Nachbarschaft eines ehemaligen Sexualmörders wohnte, und in einem zweiten Artikel wurde über den Roseanna-Fall, der neun Jahre zurücklag, berichtet. Einige Einwohner von Anderslöv waren interviewt worden: über die verschwundene Frau – «ein nettes und tüchtiges Mädchen, das für jeden ein Lächeln und ein freundliches Wort hatte» – und über Folke Bengtsson – «ein eigenartiger Mensch, Einsiedler, der die Leute nicht an sich herankommen ließ». Frau Signe Persson, «vielleicht die Vorletzte, die Frau Mård lebend gesehen hat», schilderte anschaulich, wie sie Sigbrit Mård an der Bushaltestelle stehen gesehen hatte und wie diese dann «vermutlich» in Bengtssons Lastauto eingestiegen war.

In einer Extrakolumne wurde über Martin Beck, «den bekannten Detektiv, Chef von Riksmordkommissionen», berichtet; als Martin Beck dann aber noch die Worte «Schwedens Maigret» lesen musste, warf er die Zeitung auf den leeren Stuhl neben sich.

«Auch das noch!», sagte er angewidert und blickte sich nach der Kellnerin um.

«Und es wird noch schlimmer», sagte Kollberg, «wenn sich *Expressen* und *Aftonbladet* und all die anderen auf dich stürzen und eine Stellungnahme haben wollen.»

«Ich denke nicht daran, eine Erklärung abzugeben. Aber um eine Pressekonferenz kommen wir wohl nicht herum.»

Die Kellnerin kam, und sie bestellten Gulasch aus Skåne mit roten Beten und Gurken.

Sie aßen schweigend. Kollberg war als Erster fertig, wie immer. Er wischte sich den Mund ab und sah sich im Lokal um, das nun beinahe leer war.

Außer ihnen beiden war nur noch ein einziger Gast da, ein Mann, der an einem Tisch neben der Tür zur Küche saß.

Vor ihm standen eine Flasche Mineralwasser und ein Glas. Er rauchte Pfeife und blätterte in einer Zeitung, während er hin und wieder einen Blick auf die beiden Detektive warf.

Kollberg, dem der Mann bekannt vorkam, beobachtete ihn verstohlen. Er musste um die Vierzig sein, er hatte ein schmales Gesicht und kräftiges dunkelblondes Haar, das im Nacken so lang war, dass es über den Kragen der hellbraunen Wildlederjacke hing, und dichte, krause Koteletten. Er trug eine Nickelbrille, und der Zug um den Mund war bitter oder auch zynisch.

Er runzelte die Stirn, während er die Pfeife im Aschenbecher ausklopfte. Die Finger waren lang und sehnig.

Mit einer plötzlichen Bewegung hob er den Kopf und sah Kollberg direkt in die Augen. Kollberg konnte den Blick nicht mehr abwenden, und einen Moment sahen sie sich an.

Martin Beck schob den Teller von sich weg und trank sein Bier aus.

Im Augenblick, als er das Glas absetzte, faltete der Mann seine Zeitung zusammen, stand auf und kam an ihren Tisch.

«Ich weiß nicht, ob ihr euch an mich erinnert.»

Martin Beck sah den Mann forschend an und schüttelte den Kopf. Kollberg wartete ab.

«Åke Gunnarsson. Allerdings heiße ich jetzt Boman.»

Sie konnten sich sehr gut an ihn erinnern. Vor sechs Jahren hatte er bei einer Schlägerei einen Journalistenkollegen getötet, der Alf Matsson hieß. Beide waren betrunken gewesen. Gunnarsson war von Matsson stark provoziert worden, und die Sache war eigentlich eher eine Art Unglücksfall gewesen. Nach Überwindung des ersten Schocks hatte Gunnarsson kaltblütig und intelligent versucht, die Spuren seiner Tat zu verwischen. Martin Beck war mit den Ermittlungen beauftragt worden und hatte unter anderem eine Woche in Budapest verbracht, ehe er Gunnarsson auf die Spur gekommen war. Kollberg war bei der Festnahme dabei gewesen. Für beide war es eine wenig erfreuliche Aufgabe, denn sie hatten in Gunnarsson einen sympathischen Mann kennen gelernt, der eher das Opfer unglücklicher Umstände als ein kaltblütiger Mörder gewesen war.

Damals hatte Gunnarsson einen Bart und kurze Haare getragen und war ziemlich fett gewesen.

«Setz dich zu uns», sagte Martin Beck und nahm die Zeitung von dem Stuhl neben sich.

Der Mann nahm an ihrem Tisch Platz.

«Du hast dich verändert», stellte Kollberg fest. «Unter anderem bist du schlanker geworden.»

«Das hat sich so ergeben. Aber darüber hinaus habe ich bewusst mein Aussehen verändert; mit Erfolg, wenn ihr mich nicht erkannt habt.»

«Wieso gerade Boman?», erkundigte sich Kollberg.

«Der Mädchenname meiner Mutter. Das war am einfachsten. Jetzt habe ich mich daran gewöhnt und meinen alten Namen beinahe vergessen. Ich wäre euch dankbar, wenn ihr das auch tun würdet.»

«Okay, Boman», stimmte Kollberg zu.

Martin Beck dachte über den Zufall nach, dass Kollberg und er nach so langen Jahren ausgerechnet den beiden Männern wieder begegnen sollten, deren Festnahme zu ihren schwierigsten Aufgaben gehört hatte. Und das an einem Ort wie Anderslöv.

«Was tust du hier in Anderslöv?», fragte er. «Wohnst du hier?»

«Nein», antwortete Åke Boman, «eigentlich bin ich hier, um euch zu interviewen. Ich wohne in Trelleborg. Arbeite zurzeit bei *Trelleborgs Allehanda*. Der Text da auf der ersten Seite, den ihr gerade gelesen habt, stammt von mir.»

«Bist du nicht Motorjournalist gewesen?»

«Ja, aber bei so einem Käseblatt muss man alles Mögliche tun. Ich habe Glück gehabt, dass ich die Stelle hier bekam. Mein Bewährungshelfer hat mir dazu verholfen.»

Die Kellnerin kam und deckte den Tisch ab. Kollberg fragte: «Wollt ihr Kaffee haben?»

«Okay», antworteten Åke Boman und Martin Beck gleichzeitig.

«Du willst vielleicht einen Cognac?»

Åke Boman schüttelte den Kopf, und die Kellnerin verschwand in die Küche.

«Trinkst nicht im Dienst, wie?»

«Ich trinke überhaupt nichts mehr. Nicht mehr seit …» Er beendete den Satz nicht, zog eine Büchse Capstan herauf und begann sich die Pfeife zu stopfen.

«Wie lange bist du schon bei der Zeitung?», fragte Martin Beck.

«Seit anderthalb Jahren. Ich wurde, wie ihr vielleicht noch wisst, zu sechs Jahren verurteilt. Totschlag. Saß drei Jahre ab, bekam automatische Strafverkürzung und wurde dann auf Bewährung entlassen. Die erste Zeit draußen war fürchterlich. Beinahe schlimmer als im Gefängnis, und da war es schon unbeschreiblich. Ich wusste nicht, was ich mit mir anfangen sollte, wusste nur, dass ich nicht wieder nach Stockholm wollte. Erst mal, weil mich da so viele kannten, und außerdem wäre es dann wieder losgegangen mit dem Schnaps und den Kneipen … na, ihr wisst schon. Nach einiger Zeit bekam ich Arbeit in einer Autowerkstatt in Trelleborg und eine Bewährungshelferin, die einfach Klasse war. Sie überredete mich, wieder mit dem Schreiben anzufangen, und dann bekam ich diesen Job. Nur der Chefredakteur und zwei andere Leute in der Stadt wissen … ich habe wirklich großes Glück gehabt.»

Aber er sah nicht besonders fröhlich oder glücklich aus.

Sie tranken schweigend ihren Kaffee.

«Ist das dein Sportwagen, der da draußen steht?», fragte Kollberg.

Åke Boman antwortete voller Stolz: «Ja, ein Singer. Der stand im Stall auf einem Gut oben bei Önnestad, wo ich im Sommer gearbeitet habe. Der Mann, der ihn gefahren hatte, war vor einem Jahr gestorben, und die Witwe hatte ihn einfach stehen lassen.»

Er sog kräftig an seiner Pfeife.

«Er sah ziemlich schlimm auf, aber das ließ sich in Ordnung bringen. Ich hab ihn auf der Stelle gekauft. Manchmal arbeite ich ein bisschen nebenbei, Spezialartikel in Motorzeitschriften und hin und wieder eine Erzählung, daher hatte ich was auf die Seite legen können.»

«Hast du immer noch die Bewährungshelferin?», fragte Martin Beck.

«Nein, seit September nicht mehr. Aber ich sehe sie hin und wieder. Sie und ihre Familie. Sie lädt mich manchmal zum Essen ein; wahrscheinlich glaubt sie nicht, dass ein Junggeselle sich was kochen kann.»

Martin Beck erinnerte sich an eine Fotografie, die vor sechs Jahren in Bomans Wohnung gestanden hatte. Eine junge blonde Frau, die er hatte heiraten wollen.

Åke Boman sog an seiner Pfeife und blickte Martin Beck nachdenklich an. «Die Zeitung hat mich hergeschickt, damit ich euch wegen dieser Vermisstensache ausfrage», sagte er bedauernd. «Und nun habe ich hier gesessen und die ganze Zeit nur von mir erzählt.»

«Wir müssen dich leider enttäuschen», sagte Martin Beck.

«Wir können dem, was du bereits geschrieben hast, nichts weiter hinzufügen. Du hast doch schon mit Herrgott Nöjd gesprochen, oder nicht?»

«Doch. Aber dass ihr beide überhaupt hier seid, deutet ja wohl darauf hin, dass irgendwas faul an der Sache ist. Glaubt ihr wirklich, dass Folke Bengtsson sie umgebracht hat?»

«Vorläufig glauben wir gar nichts. Noch haben wir nicht mal mit Bengtsson gesprochen. Das Einzige, was wir mit Sicherheit wissen, ist, dass Sigbrit Mård seit dem 17. Oktober vermisst wird.»

«Ihr habt gerade die Abendzeitungen gelesen.»

«Ja, aber die müssen für ihre Vermutungen selber geradestehen», stellte Kollberg fest. «Du scheinst jedenfalls bei einer anständigen Zeitung zu arbeiten.»

Und Martin Beck sagte: «Wir werden in Kürze eine Pressekonferenz abhalten. Im Augenblick ist das sinnlos, denn es gibt nichts zu sagen. Aber wenn du dich damit zufrieden gibst, werde ich dich anrufen und dir Bescheid geben, wenn wir etwas Neues haben. Ist das okay?»

«Okay», bestätigte Åke Boman.

Sie hatten beide das Gefühl, dass sie ihm etwas schuldig waren. Was oder wofür, wussten sie selber nicht.

9

Martin Beck musste immer wieder an Bertil Mårds Hände denken, und so fuhr er nach dem Mittagessen kurz entschlossen nach Trelleborg und bat per Telex Interpol in Paris um eine Auskunft über Mård.

Die meisten Leute, auch viele Polizeibeamte, sind der Ansicht, dass Interpol eine ziemlich unnütze Einrichtung ist, schwerfällig und bürokratisch und vor allem eine Fassade, hinter der sich nichts Brauchbares verbirgt.

Im Fall Bertil Mård wurden alle diese Vorurteile gründlich widerlegt.

Etwas Besseres hätte Martin Beck gar nicht einfallen können, als danach zu fragen, ob Mård überhaupt in irgendeinem Polizeiarchiv erfasst war, und falls das zutraf, aus welchem Grunde.

Die Antwort kam bereits nach sechs Stunden und war ziemlich ausführlich.

Noch am gleichen Abend saßen sie in Nöjds Wohnung und besprachen nicht ohne eine gewisse Verwunderung das Dokument.

Dabei tranken sie Bier und aßen belegte Brote.

Oben bei Nöjd hatten sie immer noch die Chance, in Frieden gelassen zu werden, denn die Polizeiwache war wie üblich um diese Tageszeit geschlossen. Ein automatischer Anrufbeantworter verwies an die Polizei in Trelleborg, wo der Mann an der Telefonzentrale alle Hände voll zu tun hatte.

Im Gasthof wimmelte es von Journalisten.

Sicherheitshalber hatte Nöjd den Stecker seines privaten Telefons herausgezogen.

Sie studierten das Fernschreiben.

Die Polizei in Trinidad-Tobago teilte mit, dass Bertil Mård am 7. Februar 1965 festgenommen worden war, nachdem er einen brasilianischen Matrosen vom Maschinenpersonal eines Schiffes erschlagen hatte. Bereits am gleichen Tage war er einem Polizeigericht vorgeführt und wegen Störung der öffentlichen Ordnung verurteilt worden. Ein weiterer Anklagepunkt, der im Bericht *justifiable homicide* genannt wurde, war in Trinidad-Tobago nicht strafbar. Die Geldstrafe für das Stören der öffentlichen Ordnung belief sich auf vier Pfund. Der Seemann hatte eine Frau angetastet, die sich in Mårds Gesellschaft befand; man ging daher davon aus, dass er Mård provoziert und damit den Vorfall selbst verschuldet hatte. Mård hatte das Land schon am nächsten Tag verlassen.

«Fünfzig Eier», sagte Kollberg. «Ist ziemlich wenig für einen Totschlag.»

«Justifiable homicide», wiederholte Nöjd. «Wie sagt man auf Schwedisch? Wir haben bei uns den Notwehrparagraphen. Ist im Prinzip das Gleiche. Aber das ist nicht richtig übersetzt.»

«Das ist nicht übersetzbar», erklärte Martin Beck.

«Das ist ein Begriff, den es nicht gibt», meinte Kollberg.

«Glaubst du», lachte Nöjd. «In den Staaten gibt es den aber, das weiß ich genau. Jedes Mal, wenn die Polizei einen umlegt, wird das als *justifiable homicide* bezeichnet. Berechtigtes Töten oder wie man es nennen soll. Das passiert jeden Tag.»

Im Zimmer wurde es mit einem Mal sehr still.

Kollberg schob angeekelt den kleinen Teller mit dem zur Hälfte aufgegessenen Butterbrot zur Seite.

Sein Blick war leer, und er saß zusammengesunken im Sessel, die Unterarme auf die Schenkel gestützt und die Hände zwischen den Knien baumelnd.

«Was ist?», fragte Nöjd.

«Du hast an der falschen Stelle gelacht», antwortete Martin Beck.

Nöjd verstand nicht, was für einen Fehler er gemacht hatte, aber er begriff, dass er nicht weitersprechen durfte. Jedenfalls nicht in diesem Augenblick.

Martin Beck betrachtete seinen alten Freund bekümmert und aufmerksam, sagte aber ebenfalls nichts.

Nöjd rauchte seine Zigarette zu Ende, steckte sich eine neue an und rauchte sie ebenfalls auf. Dann tat er eine ganze Weile gar nichts.

Martin Beck blickte immer noch auf Kollberg.

Endlich zuckte Kollberg die fetten Achseln. «Entschuldige, Herrgott. Manchmal kann ich nicht anders. Das ist ungefähr so, als ob man an Epilepsie leidet. Ich kann nichts dafür.»

Er trank sein Bier aus und wischte sich mit dem Handrücken den Schaum von den Lippen.

«Wo waren wir stehen geblieben?», fuhr er fort. «Mård hat nur ein mieses Alibi, also eigentlich gar keins. Und er ist als Schläger bekannt. Aber hat er ein Motiv?»

«Eifersucht», meinte Martin Beck.

«Auf wen?»

«Bertil Mård könnte auf eine Katze eifersüchtig werden.» Nöjd versuchte schüchtern zu lachen. «Deswegen haben sie ja auch keine Katze angeschafft.»

«Bringt uns nicht viel weiter», sagte Kollberg.

«Hoppla», sagte Nöjd, als Timmy ihm das Schinkenbrot aus der Hand schnappte und schnell hinunterwürgte.

Martin Beck brach in schallendes Gelächter aus.

«Platz, Timmy», befahl Nöjd. «Das will ein Polizeihund sein. Habt ihr gesehen, wie er mir das Schinkenbrot so einfach aus der Hand geklaut hat? Interessierst du dich für Lennart?»

«Nein», antwortete Kollberg und lachte, dass sein Bauch wackelte.

«Na, dann will ich dich nicht mit der Geschichte von HIF langweilen. Bleibt also Folke.»

«Folke Bengtsson hat kein Alibi, und er ist als gewalttätig bekannt. Aber sein Motiv?»

«Jemand, der nicht richtig tickt, braucht kein Motiv», meinte Nöjd.

«Bei Roseanna McGraw, der Toten im Götakanal, war sein Motiv sehr hintergründig und kompliziert», gab Martin Beck zu bedenken.

«Nicht doch, Martin», widersprach Kollberg. «Es gibt in dem Fall eine Frage, die du und ich niemals durchgesprochen haben, an die ich aber viele Male gedacht habe. Du bist überzeugt davon, dass Folke Bengtsson schuldig war. Ich bin ebenfalls überzeugt. Aber wie war es denn mit den Beweisen? Er hat es dir gegenüber zwar zugegeben, nachdem ich ihm den Arm gebrochen hatte und nachdem wir ihn bis zum Wahnsinn provoziert hatten. Vor Gericht hat er aber nie gestanden. Ohne Zweifel steht fest, dass er eine Polizeibeamtin, die ihn auf unsere Anweisung zu sich locken und verführen sollte und die praktisch nackt war, als er in ihre Wohnung kam, versucht hat zu vergewaltigen und möglicherweise zu erwürgen. Aber bitte, nur möglicherweise. Ich bin immer der Meinung gewesen, dass Folke Bengtsson in einem Rechtsstaat niemals für den Mord an Roseanna hätte verurteilt werden dürfen. Die Beweise reichten nicht aus. Außerdem war er ein Fall für den Psychiater, wurde aber nicht ins Krankenhaus, sondern ins Gefängnis geschickt.»

«Worauf willst du hinaus?»

«Begreifst du das nicht? Du und ich und einige andere, so auch der Richter, der ihn verurteilt hat, waren überzeugt, dass er ein Mörder war, aber wir hatten keine hieb- und stichfesten Beweise. Das ist ein großer Unterschied.»

«Man hat unter anderem ihre Sonnenbrille bei ihm gefunden.»

«Ein tüchtiger Verteidiger hätte diesen Beweis in der Luft

zerrissen. Und gerechte Richter hätten die Anklage fallen lassen. In einem Rechtsstaat ...»

Kollberg schwieg.

«Trinidad-Tobago ist vielleicht ein Rechtsstaat», meldete sich Nöjd.

«Sicher», antwortete Kollberg müde.

Rechtsstaat.

Dieses Wort war so abgenutzt und zur Phrase geworden, dass viele Schweden es nicht mehr in den Mund nahmen und andere in schallendes Gelächter ausbrachen, wenn jemand es in ernsthaftem Zusammenhang nannte. Natürlich gab es das Gesetz, aber die Entwicklung in den letzten Jahren hatte bewiesen, dass dieses Recht von den Behörden und der Regierung völlig nach Belieben angewendet wurde. Und der einzelne Bürger musste die Folgen ausbaden.

«Morgen müssen wir jedenfalls Folke Bengtsson vernehmen.»

Sagte Martin Beck und kam damit wieder zur Tagesordnung.

«Ja», bestätigte Nöjd, «das wird nun wohl Zeit.»

«Ich meine, wir müssten nun auch bald eine Art Pressekonferenz abhalten», sagte Kollberg. «Auch wenn es keinem von uns Spaß macht.»

Martin Beck nickte düster.

«Und was machen wir mit Folke? Sollen wir ihn hierher bitten?», fragte Nöjd.

«Ich will lieber in seinen eigenen vier Wänden mit ihm reden», entgegnete Martin Beck.

«Dann folgt uns ein Rattenschwanz von Journalisten», warnte Kollberg.

«Das wird sich nicht vermeiden lassen.»

«Halten wir die Pressekonferenz vorher oder nachher ab?»

«Danach, schlage ich vor.»

«Und wie erfahren wir, wann Bengtsson empfangsbereit ist?», fragte Kollberg.

«Das weiß ich», antwortete Nöjd. «Er fährt morgens um sechs von zu Hause los und kommt mittags wieder. Dann geht er abends hinaus und legt seine Netze. Er ist ein Gewohnheitsmensch.»

«Okay, dann fahren wir um Viertel nach eins hin», entschied Kollberg. «Und um drei sprechen wir mit den Presseleuten.»

Nöjd sah aus, als ob er sich auf einen interessanten und vielleicht sogar spannenden nächsten Tag freute.

Martin Beck und Kollberg waren ziemlich sicher, dass sie es nicht taten. «Meinst du, dass man jetzt riskieren kann, sich hinaufzuschleichen und sich hinzulegen?», fragte Kollberg gähnend.

«Die Gastwirtschaft ist seit mehreren Stunden geschlossen», antwortete Martin Beck zuversichtlich. «Die, die jetzt noch auf sind, sitzen irgendwo und spielen Karten.»

10

Das Ganze wurde zu einer richtig schneidigen Prozession. Um Punkt ein Uhr, am 7. November 1973, traten sie aus der Polizeistation Anderslöv, an der Spitze ein uniformierter Polizeiassistent. Kollberg fühlte sich wie Abbot und Costello in einer Person, als er hinter Martin Beck und dicht gefolgt von dem hechelnden Timmy das Haus verließ. Den Schluss bildete Nöjd, wie gewöhnlich in grünen Gummistiefeln, mit dem Safarihut im Nacken und dem sich sträubenden Hund an der Leine. Dann dachte er daran, dass sie eigentlich Fähnchen in den Händen halten müssten, denn es war auf den

Tag genau 341 Jahre her, dass Gustav II. Adolf bei Lützen gefallen war.

«Am besten lassen wir uns Zeit, damit auch niemand zurückbleibt», schlug Nöjd lächelnd vor.

Kollberg und Martin Beck nahmen den Streifenwagen, während Nöjd den Hund in den tomatenroten Ascona schob und sich dann selbst hinters Lenkrad setzte, um die Expedition anzuführen.

Aber wenn Lennart Kollberg sich auch lächerlich vorkam, so gab es doch einige andere, die dazu sehr viel mehr Veranlassung hatten.

Niemand hatte daran gedacht, dass zu dem festgesetzten Zeitpunkt für die meisten Reporter so etwas wie ein Ritual ablief.

Nämlich das Mittagessen.

Trotzdem hatten offenbar einige Wache gehalten, denn die Neuigkeit verbreitete sich in Windeseile.

Aus dem Speisesaal des Gasthofes stürzten Männer und Frauen, den Mund voll mit Kartoffeln, Eisbein oder Steckrübenpüree. Einer hatte sogar noch sein Schnapsglas in der Hand und die Kameratasche in der anderen. Ihnen folgten verblüffte Kellnerinnen, die sich diese echte Massenflucht vor der Bezahlung nicht erklären konnten, und andere Gäste, die wahrscheinlich glaubten, im Gasthaus sei Feuer ausgebrochen. Die Verwirrung wurde noch größer, da einige ihre Autos auf dem Marktplatz, andere sie auf dem langen Parkplatz hinter dem Garten des Gasthofes abgestellt hatten.

Aber Nöjd wartete geduldig und ließ ihnen Zeit, und als Kollberg sich kurz hinter der Kirche umdrehte, sah er nicht weniger als zehn Autos in einer Schlange hinter dem Streifenwagen herfahren. Von allen konnte man annehmen, dass sie das enthielten, was man früher einmal die dritte Macht im Staate genannt hatte.

Nur ein Fahrzeug glänzte durch Abwesenheit, und das war Åke Bomans grüner Singer. Dafür gab es eine ganz einfache Erklärung. Kollberg hatte nämlich, wie versprochen, in Trelleborg angerufen und ihm den Zeitpunkt durchgegeben.

Auf halbem Weg nach Domme verlangsamte Nöjd das Tempo, fuhr auf den Seitenstreifen und hielt an. Er stieg aus, sprang über den Graben und verschwand hinter einem kleinen Gebüsch. Nach etwa einer Minute kam er zurück und rückte ohne eine Miene zu verziehen seine Hose zurecht, während ihn die Menschen aus der langen Autoschlange anstarrten und einige von ihnen sich offensichtlich nicht schlüssig waren, ob sie auch aussteigen sollten oder nicht.

Nöjd ging zum Streifenwagen, beugte sich herab und erklärte: «Nur ein Scheinmanöver. Ich wollte sehen, ob auch keiner aus der Kolonne ausbricht.»

Er musterte mit finsterer Miene die Leute in den Autos dahinter. Dann ging er zurück zu seinem Wagen und fuhr weiter. Sowohl Kollberg als Martin Beck sahen, wie seine Schultern zuckten. Offenbar lachte er lauthals vor sich hin.

«Der Mann ist zu beneiden», sagte Kollberg. «Der hat Humor.»

«Ja», bestätigte der Polizeiassistent plötzlich, «das kann man wirklich sagen. Unter ihm zu arbeiten ist das reine Vergnügen, und das sage ich nicht nur so dahin. Man hat bei ihm nie das Gefühl, Untergebener zu sein. Ich liege vier Tarifgruppen unter ihm, aber das lässt er einen nicht merken.»

Martin Beck wusste, dass der Mann am Steuer Evert Johansson hieß, aber das war auch alles. Er fragte: «Wie lange bist du schon bei der Polizei?»

«Sechs Jahre. Andere Arbeit fand ich damals nicht. Es hört sich vielleicht schlecht an, wenn ich das so sage, aber ich habe früher in Malmö Dienst getan, und das war die reinste Hölle. Die Leute haben einen angesehen, als ob man kein normaler

Mensch war, und ich habe selbst gemerkt, wie ich mich verändert hatte. Ich war bei einer Demonstration 1969 dabei, da haben wir wie die Verrückten mit Gummiknüppeln auf die Leute eingedroschen. Ich selbst habe ein Mädchen geschlagen, die war sicher nicht älter als siebzehn und hatte außerdem ein kleines Kind bei sich.»

Martin Beck blickte auf Evert Johansson, einen jungen Mann mit hellen, wachen Augen.

Kollberg seufzte und schwieg.

«Ich habe mich sogar hinterher im Fernsehen gesehen. Das war so fürchterlich, dass man hätte hingehen und sich aufhängen können. Am gleichen Abend entschloss ich mich zu kündigen, aber …»

«Ja?»

«Na, ich habe eine sehr gute Frau. Sie hatte die Idee, ich sollte mich versetzen lassen, am besten in ein kleineres Nest. Und ich hatte Glück. Bekam die Stelle hier. Sonst wäre ich heute nicht mehr bei der Polizei.»

Nöjd bog nach rechts ab, und dann waren sie am Ziel.

Das Haus war klein und alt, sah aber gepflegt aus. Ein Stück von der Einfahrt entfernt stand Åke Bomans Sportwagen. Er selbst saß lesend auf dem Vordersitz.

Folke Bengtsson stand beim Hühnerhaus mit einem Spaten in der Hand. Er trug einen Overall und Lederstiefel und hatte eine karierte Mütze auf dem Kopf.

Nöjd öffnete den Kofferraum seines Wagens und nahm eine Plastiktüte heraus.

Martin Beck überlegte, was sie wohl enthalten mochte.

«Kümmere du dich um den Hund, Evert», sagte Nöjd. «Ich weiß, das ist kein schöner Auftrag, aber unser ist nicht viel besser. Und versuche, all die Leute vom Grundstück fern zu halten.»

Dann ging er durch das Gartentor. Martin Beck und Kollberg folgten ihm. Kollberg machte es sorgfältig hinter sich zu.

Folke Bengtsson legte den Spaten hin und kam ihnen entgegen.

«Hej, Folke», grüßte Nöjd.

«'n Tag», sagte Folke Bengtsson nur.

«Wollen wir hineingehen und uns ein wenig unterhalten?»

«Sprechen?»

«Ja. Wir haben alle Papiere und so. Aber du kennst mich ja. Ich wäre nicht gekommen, wenn es nicht notwendig wäre.»

«Na, dann bitte sehr, kommt rein.»

«Danke», sagte Martin Beck.

Kollberg sagte nichts.

Als sie durch die Tür getreten waren, nahm Nöjd ein Paar Schuhe aus der Plastiktüte, zog seine Stiefel aus und stellte sie neben die Tür.

Martin Beck sah nachdenklich aus.

Er wusste verdammt wenig von den Sitten und Gebräuchen auf dem Lande. Außerdem warf er sich vor, nicht schnell genug die Schlussfolgerung gezogen zu haben. Man besucht jemanden und hat Stiefel an. Also bringt man ein Paar Schuhe mit.

Folke Bengtsson zog sich ebenfalls die Stiefel aus.

«Wir setzen uns wohl ins Wohnzimmer», sagte er tonlos.

Martin Beck blickte sich im Zimmer um, das spartanisch eingerichtet, aber gut aufgeräumt war. Die einzigen kostspieligeren Gegenstände waren ein großes Aquarium und ein Fernseher.

Von draußen hörte man die Motorgeräusche von Autos, die geparkt wurden, und bald danach ein allgemeines Murmeln.

Bengtsson hatte sich in den neun Jahren nur wenig verändert. Wenn die Zeit im Gefängnis ihn gezeichnet hatte, so merkte man jedenfalls nichts davon.

Martin Beck dachte an den Sommer 1964.

Damals war Bengtsson 38 Jahre alt gewesen und hatte gesund, ruhig und stark gewirkt. Blaue Augen und leicht graue Haare. Ein großer, gut aussehender Mann, der einen freundlichen und gesitteten Eindruck machte.

Jetzt war er also 47, und sein Haar war ein wenig grauer geworden.

Das war beinahe der einzige Unterschied.

Martin Beck fuhr sich mit der Hand übers Gesicht. Plötzlich stand ihm alles wieder überdeutlich vor Augen. Wie unerhört schwer es gewesen war, die aufrechte Haltung dieses Mannes zu durchbrechen, ihn dazu zu bringen, sich eine Blöße zu geben oder sich zu widersprechen oder gar etwas zuzugeben.

«Also», begann Nöjd, «ich bin es nicht, der mit dir reden will, aber ich nehme an, dass du weißt, worum es geht.»

Folke Bengtsson nickte. Möglicherweise. Jedenfalls machte er eine leichte Bewegung mit dem Kopf.

«Ich glaube, du kennst die Herren», fuhr Nöjd fort.

«Ja», bestätigte Bengtsson. «Ich erinnere mich sehr gut an den Ersten Kriminalassistenten Beck und an den Kriminalassistenten Kollberg. Guten Tag.»

«Sie sind jetzt beide Kommissare. Aber das spielt wohl keine größere Rolle.»

«Rein technisch bin ich nur stellvertretender Kommissar», sagte Kollberg. «Der korrekte Titel ist Kriminalinspektor. Aber wie Herrgott schon sagt, ist das wirklich gleichgültig. Übrigens, wollen wir nicht Du zueinander sagen?»

«Meinetwegen», antwortete Bengtsson. «Hier sind alle ziemlich unkonventionell. Selbst der Pastor wird von den Kindern geduzt.»

«Das stimmt», bestätigte Nöjd. «Hej, Kalle, rufen sie, wenn er in vollem Ornat daherkommt. Und er kennt alle Kinder mit Namen und antwortet stets. Hej, Jens! Zum Beispiel.»

«Im Gefängnis war der Ton auch ziemlich formlos.»

«Ist es dir unangenehm, von jener Zeit zu sprechen?», fragte Martin Beck.

«Absolut nicht. Ich habe mich da wohl gefühlt. Eine geordnete und geregelte Lebensweise. In vielen Fällen besser als zu Hause. Nichts gegen die Gefängnisse. Das war ein gutes Leben. Ohne Komplikationen, sozusagen.»

Kollberg setzte sich auf einen der Stühle, die um den runden Esstisch standen, und schlug beide Hände vors Gesicht.

Der Kerl ist verrückt, dachte er.

Und:

Jetzt beginnt wieder dieses verdammt schwierige Verhör.

«Setzen wir uns doch», sagte Bengtsson.

Martin Beck setzte sich hin, Nöjd ebenfalls.

Keiner von ihnen dachte daran, dass es nur drei Stühle gab.

«Es handelt sich um Sigbrit Mård», begann Martin Beck.

«Aha.»

«Sie … du kennst sie, nicht wahr?»

«Natürlich. Sie wohnt nur ein paar hundert Meter von hier, auf der anderen Seite des Weges.»

«Sie ist verschwunden.»

«Ich habe davon gehört.»

«Das letzte Mal ist sie am 17. des vorigen Monats kurz nach ein Uhr gesehen worden. Das war ein Mittwoch.»

«Ja. Genau das Gleiche habe ich auch gehört.»

«Sie war in Anderslöv auf der Post. Von dort hatte sie den Bus bis hier unten, wo der Weg abgeht, nehmen wollen.»

«Das habe ich auch gehört.»

«Es gibt Zeugen, die sagen, dass ihr auf der Post miteinander geredet habt.»

«Das stimmt.»

«Worüber habt ihr gesprochen?»

«Sie wollte wissen, ob ich am Freitag Eier für sie hätte.»

«Weiter?»

«Ich sagte, dass sie sicher zehn Stück haben könnte.»

«Ja?»

«Das war die Menge, die sie haben wollte. Zehn Stück.»

«Und was sagte sie weiter?»

«Vielen Dank. Oder so was Ähnliches. Ich weiß nicht mehr genau, was sie sagte. Wirklich.»

«Sigbrit Mård hatte an diesem Tag keinen Wagen.»

«Das habe ich auch schon gehört.»

«Nun frage ich: Wusstest du, dass sie ihr Auto nicht bei sich hatte? Ich meine, als ihr euch auf der Post getroffen habt?»

Folke Bengtsson saß eine ganze Weile schweigend da. Schließlich sagte er: «Ja.»

«Wie kommt es, dass du das wusstest?»

«Wenn man so dicht beieinander wohnt wie wir hier, achtet man darauf, was die Nachbarn tun, ob man will oder nicht.»

«Du warst mit deinem Laster in Anderslöv?»

«Ja, den hatte ich auf dem Marktplatz geparkt.»

«Da darf man eigentlich nicht parken», mischte sich Nöjd ein und blickte Folke Bengtsson verschmitzt an.

«Das wusste ich nicht, ehrlich.»

«Da steht aber ein Schild.»

«Ich habe nicht darauf geachtet.»

Nöjd zog eine alte silberne Taschenuhr aus dem Jackett und ließ den Deckel aufschnappen. «Gerade jetzt um diese Zeit hätte Sigbrit Mård an der Haltestelle stehen sollen. Wenn sie nicht von jemandem mitgenommen worden ist.»

Folke Bengtsson blickte auf seine Armbanduhr: «Das müsste tatsächlich hinkommen. Außerdem stimmt es mit dem überein, was ich gehört habe.»

Martin Beck sagte: «Und mit dem, was in den Zeitungen gestanden hat, oder nicht?»

«Ich lese keine Zeitungen», entgegnete Folke Bengtsson.

«Nicht mal *Lektyr* oder Sportzeitungen?»

«*Lektyr* hat sich sehr verändert. Ich finde, sie ist geschmacklos geworden. Sportzeitungen gibt es nicht mehr. Und Zeitschriften sind viel zu teuer.»

«Als ihr euch da auf der Post getroffen habt und sie keinen Wagen hatte, war es da nicht natürlich, dass sie im Lastauto mitfuhr? Ihr hattet doch den gleichen Weg nach Hause?»

Martin Beck stellt mit wachsender Gereiztheit fest, dass es ihm schwer fiel, Bengtsson mit Du anzureden, und dass er daher seine Sätze etwas geschraubt formulierte.

Auch diesmals ließ die Antwort auf sich warten.

«Ja», antwortete Bengtsson schließlich, «das sieht vielleicht so aus, aber so war es nicht.»

«Fragte sie, ob sie mitfahren dürfte?»

Bengtsson ließ sich mit der Antwort so viel Zeit, dass Martin Beck es für nötig hielt, die Frage zu wiederholen:

«Fragte Sigbrit Mård, ob sie im Lastwagen mitfahren könnte?»

«Ich kann mich wirklich nicht daran erinnern.»

«Ist es möglich, dass sie es getan hat?»

«Ich weiß nicht. Das ist alles, was ich sagen kann.»

Martin Beck blickte zu Nöjd, der die Augenbrauen hob und die Achseln zuckte.

«War es vielleicht umgekehrt? Dass sie eingeladen wurde mitzufahren?»

«Ganz bestimmt nicht», widersprach Bengtsson sofort.

Hier war er offensichtlich ganz sicher.

«In diesem Punkt gibt es also keine Zweifel?»

«Nein! Ich nehme niemals Anhalter mit. Wenn jemand in meinem Auto mitgefahren ist, dann immer nur, wenn derjenige direkt mit meiner Arbeit zu tun hat. Und das ist nur ganz wenige Male vorgekommen.»

«Stimmt das?»

«Ja, wirklich.»

Martin Beck blickte wieder zu Nöjd hin, der eine neue Grimasse schnitt. Sein Repertoire verschiedener Gesichtsausdrücke war offenbar unbegrenzt; der Chef des Wachbezirkes Anderslöv hätte sicher einen guten Pantomimen abgegeben.

«Das ist also ausgeschlossen?»

«Völlig», wiederholte Bengtsson. «Absolut undenkbar.»

«Warum sollte es nicht einmal denkbar sein?»

«Das liegt an meiner Einstellung.»

Martin Beck dachte einen Moment an Folke Bengtssons Einstellung. Darüber lohnte es sich wirklich nachzudenken. Aber jetzt war dazu nicht der rechte Zeitpunkt. Er fragte: «Wieso?»

«Ich bin nun mal so, dass regelmäßige Gewohnheiten bei mir zum Lebensstil gehören. Alle meine Kunden können zum Beispiel bezeugen, dass ich sehr darauf achte, genau die Zeiten einzuhalten. Wenn ich mich aus irgendeinem Grund verspätet habe, bemühe und beeile ich mich, um aufzuholen und dann den Zeitplan wieder einhalten zu können.»

Martin Beck blickte zu Nöjd, der bestätigend nickte. An Bengtssons Pünktlichkeit war offenbar nicht zu zweifeln.

«Dinge, die den Rhythmus meines Lebens stören, irritieren mich. Ich muss gestehen, dass dieses Gespräch mich zum Beispiel sehr stört. Das ist natürlich nicht persönlich gemeint, nur dass eine ganze Menge von kleineren Dingen, die ich hätte tun sollen, liegen bleiben.»

«Ich verstehe.»

«Und wie gesagt, ich nehme niemals Anhalter mit. Besonders Frauen nicht.»

Kollberg nahm die Hände vom Gesicht. «Warum?»

«Ich verstehe nicht, was du meinst?»

«Warum hast du gesagt: Besonders Frauen nicht?»

Bengtssons Gesicht veränderte sich, wurde ernst. Der Ausdruck seiner Augen war nicht länger gleichgültig. Aber was spiegelte er wider? Hass? Widerwillen? Begierde? Unnachgiebigkeit?

Vielleicht Irrsinn.

«Antworte!», befahl Kollberg.

«Ich habe mit Frauen viele Unannehmlichkeiten gehabt.»

«Das wissen wir. Aber deshalb kann man nicht einfach die Augen davor verschließen, dass mehr als die Hälfte aller Menschen Frauen sind.»

«Es gibt mehrere Arten von Frauen. Fast alle, die ich getroffen habe, waren schlecht.»

«Schlecht?»

«Eben das. Ganz einfach schlechte Menschen. Ihrer Geschlechtsgenossinnen nicht würdig.»

Kollberg blickte ergeben aus dem Fenster. Der Kerl war verrückt. Aber was war damit bewiesen? Konnte im Übrigen der Pressefotograf, der zwanzig Meter vom Haus entfernt wie ein Kletteraffe im Birnbaum hing, als normal bezeichnet werden? Wahrscheinlich.

Kollberg seufzte tief und sackte in sich zusammen wie ein beschädigter Wetterballon, aus dem das Gas ausströmt.

Martin Beck versuchte es wieder mit seiner viel gerühmten Systematik.

«Lasst uns mal für ein Weilchen dieses Thema vergessen.»

«Gern», stimmte Folke Bengtsson zu.

«Statt zu spekulieren, wollen wir uns an die Tatsachen halten. Ihr habt die Post nacheinander verlassen, mit nur wenigen Minuten Unterschied, nicht wahr?»

«Ja.»

«Was geschah dann?»

«Ich holte meinen Wagen und fuhr nach Hause.»

«Direkt hierher?»

«Ja.»

«Wir kommen jetzt zur nächsten Frage.»

«Ja?»

Martin Beck war mit sich selbst unzufrieden. Warum konnte er sich nicht dazu durchringen, Du zu sagen. Kollberg hatte das getan, und für Nöjd war es offenbar die natürlichste Sache der Welt.

«Das Auto muss an Sigbrit Mård vorbeigefahren sein, entweder an der Bushaltestelle oder ganz in der Nähe davon.»

Folke Bengtsson schwieg.

«Ist Frau Mård dort gesehen worden?»

Große Klasse. Die beste Antwort war natürlich: Nein, sie war unsichtbar.

Aber Folke Bengtsson schien das Dilemma des Kommissars nicht bemerkt zu haben. Er sagte nichts, sondern starrte mit leerem Blick auf seine großen sonnengebräunten Hände.

Martin Beck fühlte sich ertappt. Die Frage war viel zu verschroben gestellt worden, um noch einmal wiederholt zu werden.

Schließlich hieb Nöjd den gordischen Knoten durch, indem er sagte: «Das ist eine verdammt einfache Frage, Folke. Hast du Sigbrit gesehen oder nicht?»

Bengtsson ließ sich mit der Antwort Zeit: «Ich habe sie gesehen.»

«Etwas lauter bitte», mahnte Martin Beck.

«Ich habe sie gesehen.»

«Wo genau?»

«An der Haltestelle. Vielleicht einige Meter davon entfernt.»

«Es gibt einen Zeugen, der behauptet, dass das Lastauto seine Fahrt verlangsamte, vielleicht sogar anhielt.»

Die Sekunden zogen sich in die Länge. Zeit verging. Alle wurden eine Minute älter. Schließlich sagte Bengtsson leise:

«Ich habe sie gesehen, und es kann sein, dass ich langsamer fuhr. Sie ging auf der rechten Straßenseite. Ich gehe immer mit dem Tempo herunter, wenn ich an einem Fußgänger vorbeikomme. Vielleicht kam mir auch gerade einer entgegen. Ich kann mich nicht erinnern.»

«Fuhr der Lastwagen so langsam, dass er praktisch stand?»

«Nein. Ich habe nicht angehalten.»

«Kann es so ausgesehen haben, als ob der Wagen anhielt?»

«Das weiß ich nicht. Wirklich nicht. Aber ich bin sicher, dass ich nicht angehalten habe.»

Martin Beck wandte sich an Nöjd.

«Hat er nicht vorhin noch gesagt, dass er sich immer beeilt, wenn er sich verspätet hat?»

«Ja», antwortete Nöjd, «das stimmt.»

Martin Beck wandte sich wieder an den Mörder. Verdammt, so dachte er tatsächlich bereits. Der Mörder. Er fragte: «Bedeutete der Gang auf die Post nicht eine Verspätung, die hinterher durch schnelleres Fahren aufgeholt werden musste?»

«Ich gehe mittwochs immer zur Post», erwiderte Folke Bengtsson völlig ruhig. «Schicke meiner Mutter in Södertälje einen Brief, und manchmal habe ich auch noch andere Dinge dort zu erledigen.»

«Sigbrit Mård ist nicht in das Auto eingestiegen?»

«Nein. Ganz bestimmt nicht. Ich habe nicht angehalten.»

«Eine andere Sache. Winkte Sigbrit Mård oder gab sie sonst ein Zeichen?»

Und dann trat wieder eine dieser peinlichen, unbegreiflichen Pausen ein.

Bengtsson antwortete nicht.

Er blickte Martin Beck in die Augen und schwieg.

«Gab Sigbrit Mård irgendein Zeichen, als sie den Lastwagen sah?»

Wieder verfloss eine Zeitspanne ihres Lebens. Martin Beck dachte an die Frauen und daran, wie viel besser man diese Zeit nutzen konnte.

Wieder einmal rettete Nöjd die Situation, indem er lachend fragte: «Donnerwetter noch mal, warum antwortest du nicht, Folke? Winkte Sigbrit dir zu oder so?»

«Ich weiß nicht.» Das kam so leise, dass man es kaum hören konnte.

Martin Beck hakte nach. «Weiß nicht?»

«Nein, ich weiß nicht.»

Kollberg blickte resigniert auf Martin Beck.

Sie verstanden sich ohne Worte.

Gib's auf, Martin.

Aber es war noch einiges zu erledigen.

Schwierige Dinge.

Martin Beck ergriff wieder das Wort.

«Ich erinnere mich, wie wir vor neun Jahren in Kristineberg zusammensaßen.»

«Ich auch.»

«Wir haben damals viel über Frauen gesprochen. Bestimmte Gesichtspunkte wurden besonders erörtert. Einige waren recht sonderbar.»

«Ich bin anderer Ansicht.»

«Für mich waren sie sehr sonderbar. Sind Sie immer noch der gleichen Meinung, was die Frauen betrifft, Bengtsson?»

Langes Schweigen.

«Ich versuche, nicht an sie zu denken.»

An sie.

«Sie kennen Sigbrit Mård, Bengtsson?»

«Sie gehört zu meinen festen Kunden. Sie ist mein nächster Nachbar. Aber ich versuche, sie nicht als Frau zu sehen.»

«Versuchen? Was meinen Sie damit?»

Nöjd schüttelte sich. In den sechs Tagen ihrer Bekanntschaft hatte er nie so unglücklich und traurig ausgesehen wie in diesem Augenblick. Was praktisch bedeutete, dass seine gute Laune ein wenig gedämpft war.

«Warum duzt du Folke nicht? Das klingt so furchtbar gekünstelt.»

«Ich kann nicht», gab Martin Beck zu.

Das war die Wahrheit. Er konnte nicht. Gleichzeitig war er froh darüber, dass er so ehrlich sein konnte.

«Ach so», sagte Nöjd zufrieden, «dann wollen wir nicht mehr davon reden. Ehrlich währt am längsten.»

Martin Beck griff den Faden wieder auf.

«Sie kennen also Sigbrit Mård. Manchmal müssen Sie an sie wie an eine Frau denken. Ich will eine Frage stellen, und ich erwarte eine ehrliche Antwort. Wie sehen Sie sie? Als Frau?»

Schweigen.

«Antworte», forderte Nöjd ihn auf. «Du sollst jetzt antworten, Folke. Sei ehrlich!»

«Manchmal sehe ich sie als Frau. Nicht oft.»

Martin Beck half nach: «Und?»

«Ich finde sie ...»

Folke Bengtsson und Martin Beck sahen sich in die Augen. Bengtssons waren blau. Martin Becks waren graublau, das wusste er seit langer Zeit.

«Widerwärtig», gab Folke Bengtsson zu. «Unsittlich. Wie ein Tier. Sie riecht. Aber ich treffe sie ja nicht allzu oft. Und so habe ich nur zwei- oder dreimal von ihr gedacht.»

Verrückt, dachte Kollberg.

Lass es sein, Martin.

«Das wolltet ihr doch von mir hören, stimmt's?», erkundigte sich Bengtsson.

«Hast du die Eier rübergebracht?», fragte Martin Beck.

«Nein, ich wusste ja, dass sie nicht zu Hause war.»

Nicht zu Hause.

Sie saßen eine Weile schweigend da.

Folke Bengtsson sagte schließlich: «Ihr quält mich. Aber ich nehme es euch nicht übel. Das ist euer Job. Meiner ist es, Fische und Eier zu verkaufen.»

«Hast Recht», bestätigte Kollberg düster, «wir haben dich damals gequält, und wir tun es jetzt wieder. Ich habe dir den Arm ausgekugelt. Ohne Grund.»

«Ach was. Das war schnell geheilt. Ist nichts nachgeblieben, tatsächlich. Wollt ihr mich jetzt mitnehmen?»

Martin Beck kam ein letzter Gedanke. «Hast du Sigbrit Mårds geschiedenen Mann gesehen?»

«Ja. Zweimal. Er kam mit einem beigefarbenen Volvo her.»

Nöjd machte ein geheimnisvolles Gesicht, sagte aber nichts.

«Sollen wir Schluss machen?», schlug Kollberg vor.

Martin Beck stand auf.

Nöjd zog sich die Schuhe aus und steckte sie in die Plastiktüte. Streifte die Stiefel über.

Er war der Einzige, der zum Abschied die richtigen Worte fand: «Hej, Folke. Entschuldige bitte.»

«Auf Wiedersehen», sagte Kollberg kurz.

Martin Beck sagte gar nichts.

«Ihr kommt doch wohl wieder?», fragte Bengtsson.

«Kommt drauf an», antwortete Nöjd.

Vor dem Gartentor klickten die Nikon-Kameras wie ein Hagelschauer.

Aus einem Auto mit Kurzwellensender hörten sie eine Stimme sagen:

«Der Chef von Riksmordkommissionen verlässt gerade das Haus des Roseanna-Mörders, begleitet von seinem nächsten

Mitarbeiter. Die örtliche Polizei und ein Hundeführer bewachen das Haus. Noch scheint der Roseanna-Mörder nicht festgenommen worden zu sein.»

Boman ging auf Kollberg zu. «Na?»

Kollberg schüttelte den Kopf.

Plötzlich rief jemand mit rauer Stimme:

«Gunnarsson, wenn du mit den Polypen gemeinsame Sache machst, brechen wir dir die Knochen. Dann kannst du dich Boman nennen, so lange du willst. Nur dass du das weißt.»

«Das wirst du sowieso tun», gab Boman zur Antwort.

Martin Beck blickte zu dem Sprecher hinüber. Einem Mann mit dickem Bauch, ungepflegtem grauem Bart und hagerem Gesicht. Er hieß Mohlin und war Journalist bei einer der Abendzeitungen. Sah aus, als ob er seit 1966, als sie sich das letzte Mal gesehen hatten, fünfzehn Jahre älter geworden wäre. Zu viel Bier wahrscheinlich.

«Er war ein guter Freund von Alf», sagte Boman tonlos.

Nöjd räusperte sich und gab bekannt: «Die Pressekonferenz wird um eine halbe Stunde verschoben. Wir treffen uns im Gemeindehaus. Ich glaube, am besten in der Bibliothek.»

11

Sie hatten noch eine halbe Stunde Zeit bis zum Beginn der Pressekonferenz, und diese Zeit benutzten sie, um über das, was Folke Bengtsson eigentlich gesagt hatte, oder nicht gesagt hatte, zu diskutieren.

«Er benimmt sich genau wie beim letzten Mal», begann Martin Beck. «Gibt eindeutige und klare Antworten auf Fragen, bei denen er weiß, dass seine Antwort überprüft werden kann.»

«Er ist übergeschnappt», sagte Kollberg missmutig, «das ist doch sonnenklar.»

«Und dann antwortet er einfach nicht, das meinst du doch?», fragte Nöjd.

«Ja, so ungefähr. Er verhält sich ungewöhnlich und weicht aus, wenn man auf die wirklich entscheidenden Fragen kommt.»

«Als Amateur auf diesem Gebiet ...» Nöjd brach in Gelächter aus.

«Was gibt's denn da zu lachen?», fragte Kollberg ein wenig irritiert.

«Na, ich will bloß sagen, dass ich keine Freude an Mord und solchen Sachen habe. Ein richtiger Amateur ist doch einer, der sein Hobby liebt, oder nicht?»

«Ich meine, wir sollten die Wortklaubereien jetzt sein lassen», schlug Kollberg vor. «Wichtiger ist doch, dass wir vergleichen, welchen Eindruck jeder von uns von diesem Mann bekommen hat.»

«Ja», bestätigte Martin Beck, «da hast du Recht. Was sagst du selbst?»

«Wenn wir nun mal von Bengtssons Einstellung zu den Frauen absehen, die meines Erachtens beweist, dass er bekloppt ist ...»

«Sexuell abnorm», verbesserte Nöjd.

«Genau. Wenn man davon absieht ...»

«Das darf man aber nicht außer Acht lassen», warf Martin Beck ein.

«Nein. Jedenfalls hat er bei zwei Fragen länger als sonst gezögert. Erstens: Worüber wurde auf der Post eigentlich gesprochen? Zweitens: Hat Sigbrit Mård mit dem Daumen gewinkt, als er an der Bushaltestelle vorbeifuhr?»

«Beide Fragen betreffen den gleichen Sachverhalt», stellte Martin Beck fest. «Ließ er sie in sein Auto einsteigen oder nicht? Wenn sie auf der Post über was anderes als die Eierlieferung gesprochen haben, ist doch vorstellbar, dass sie ihn gefragt hat, ob er sie mit nach Hause nehmen kann. Oder scheint das abwegig?»

«Überhaupt nicht», antwortete Nöjd, «sie hatten ja den gleichen Heimweg.»

«Aber würde sie das wirklich gefragt haben? Sigbrit Mård wusste ebenso wie die meisten anderen Leute hier im Ort, dass Bengtsson im Gefängnis gesessen hatte und auch weswegen. Weil er nämlich einen Sexualmord begangen hat.»

«Ja, das ist schon richtig», gab Kollberg zu.

«Aber irgendwie ist das ein logischer Purzelbaum. Sie gehörte zu seinen so genannten festen Kunden. Das würde doch normalerweise bedeuten, dass Bengtsson jede Woche mit dem, was er nun immer zu liefern hatte, in ihr Haus kam.»

«Meistens Fisch», erklärte Nöjd. «Er verkauft ihn billig, und seine Waren sind gut. Das mit den Eiern läuft nur so nebenbei. So viele Hühner hat er gar nicht.»

«Wenn sie wirklich Angst vor ihm gehabt hätte, würde sie nie bei ihm gekauft haben.»

«Ich glaube nicht, dass Sigbrit Mård Angst vor Folke hat. Ich habe überhaupt nie bemerkt, dass jemand vor ihm Angst hat. Dagegen wissen alle, dass er ein bisschen komisch ist und am liebsten in Frieden gelassen werden will.»

«Nach den Erfahrungen, die ich mit Bengtsson gemacht habe, ist sein Benehmen typisch», erklärte Martin Beck. «Er gibt bereitwillig Auskunft über das Gespräch im Postamt und erzählt, wie das an der Bushaltestelle war, denn er weiß, dass es Zeugen gibt, die ihr Gespräch gehört haben können, wie auch Zeugen, die gesehen haben können, ob sie ihm gewinkt hat oder nicht.»

«Aber warum soll er lügen, wenn sie nicht gewinkt hat», gab Nöjd zu bedenken. «Und erst recht nicht, wenn er an der Haltestelle gar nicht angehalten hat.»

«Du darfst nicht vergessen, dass er verdammt schlechte Erfahrungen mit der Polizei und den Gerichten gemacht hat», entgegnete Kollberg.

Martin Beck rieb sich mit dem Zeigefinger und dem Daumen der rechten Hand die Nasenwurzel. Dann sagte er: «Versetzen wir uns doch in die Situation. Durch Zufall befinden sie sich zur gleichen Zeit auf dem Postamt. Rein zufällig hat Sigbrit Mård kein Auto. Deshalb fragt sie ihn, ob er sie mit nach Hause nehmen würde, und er lehnt aus diesem oder jenem Grund ab. Vielleicht weil er noch etwas anderes zu besorgen hat. Sie erledigt, was sie auf der Post zu tun hat, und geht zur Bushaltestelle. Als sie Bengtsson mit dem Wagen ankommen sieht, winkt sie ihm zu, weil sie mitgenommen werden möchte. Er fährt langsamer, hält aber nicht an.»

«Oder er hält an und lässt sie einsteigen», widersprach Kollberg düster.

«Eben.»

«Aber solange wir keine Leiche haben, kann man auch nicht von Mord sprechen und am allerwenigsten Bengtsson deswegen anklagen.»

«Trotzdem kann man nicht darüber hinwegsehen, dass er sich eigenartig verhält. Mir ist eine dritte Sache aufgefallen, nämlich dass er ihr am Freitag nicht die Eier gebracht hat. Das war nur zwei Tage später, und da Sigbrit Mård unregelmäßige Arbeitszeiten hatte, war es wohl nicht ungewöhnlich, dass er sie am Donnerstag nicht gesehen hat. Aber er geht ganz einfach davon aus, dass sie am Freitag nicht zu Hause war.»

«Das Gerücht, dass sie verschwunden sei, war sehr schnell im Ort rum», erklärte Nöjd. «Als sie am Donnerstag nicht zur

Arbeit kam und telefonisch nicht erreichbar war, haben sich schon manche gefragt, wo sie eigentlich abgeblieben ist. Ich habe schon am Donnerstag erfahren, dass sie fort war, aber mir natürlich keine Gedanken gemacht, schließlich hat ja wohl jeder Mensch das Recht, mal einen Tag oder so wegzufahren, wohin er will. Trotzdem, in der Werkstatt haben sie sich gewundert, dass sie nicht wie verabredet am Donnerstagmorgen ihr Auto abgeholt hat. Und das ist ja eine Überlegung wert.»

Er zog die Uhr aus der Tasche und ließ sie aufschnappen.

«Ist es jetzt soweit?», fragte Kollberg.

«Beinahe. Ich wollte euch nur noch auf eine Kleinigkeit aufmerksam machen, die ihr beim besten Willen nicht wissen konntet.»

«Was soll denn das sein?» Kollberg blickte ihn unfreundlich an.

«Folke sagte, dass er Mård kannte und ihn zweimal in einem beigefarbenen Volvo gesehen hätte. Das kann nicht stimmen, so viel ich weiß. Mård ist lange nicht hier gewesen. Er hat seine Besuche bei Sigbrit aufgegeben, noch bevor Folke herkam und das alte Haus gekauft hat.»

«Doch», sagte Martin Beck. «Dieses Detail ist mir auch aufgefallen. Mård hat mir gegenüber nämlich zugegeben, dass er zwar hin und wieder rausgefahren sei, um mit ihr zu schlafen, aber dass das schon mindestens anderthalb Jahre zurückliegt.»

«Was natürlich auch heißen könnte, dass dein Kapitän gelogen hat», meinte Kollberg.

«In der Unterhaltung ist vieles gesagt worden, von dem ich nicht weiß, ob ich es glauben soll oder nicht.»

«Wir müssen jetzt hinuntergehen», mahnte Nöjd. «Sollen wir etwas über Mård sagen?»

«Lieber nicht», antwortete Martin Beck.

Die Pressekonferenz war reichlich improvisiert und für Martin Beck und Kollberg besonders unerquicklich, weil sie so wenig zu sagen hatten.

Andererseits war sie notwendig, denn nur so hatten sie eine Chance, bei ihrer Arbeit nicht dauernd gestört zu werden.

Nöjd wirkte dagegen gelassen und gutmütig, es sah beinahe immer noch so aus, als ob er die ganze Angelegenheit amüsant fand.

Gleich die erste Frage war bezeichnend in ihrer direkten Brutalität:

«Glaubt ihr, dass Sigbrit Mård ermordet worden ist?»

«Wir wissen es nicht.»

«Ist nicht die Tatsache, dass du selbst und dein engster Mitarbeiter sich hier aufhalten, Beweis genug dafür, dass ihr mit der Möglichkeit eines Verbrechens rechnet?»

«Ja. Das stimmt. Ein solcher Verdacht kann nicht ausgeschlossen werden.»

«Kann man sagen, dass ihr einen Verdächtigen, aber keine Leiche habt?»

«Ich würde es nicht so ausdrücken.»

«Wie will die Polizei diesen Fall denn sonst erklären?»

«Wir wissen nicht, wo Frau Mård sich befindet, und auch nicht, was ihr passiert sein könnte.»

«Eine Person ist ja bereits verhört worden, nicht wahr?»

«Wir haben mit mehreren Leuten gesprochen, um herauszufinden, wo Frau Mård abgeblieben sein könnte.»

Martin Beck hasste Pressekonferenzen. Die Fragen waren häufig provozierend und rücksichtslos. Sie waren schwer zu beantworten, und fast jede Antwort konnte falsch ausgelegt werden.

«Wird es bald zu einer Festnahme kommen?»

«Nein.»

«Aber über eine Festnahme ist gesprochen worden, nicht wahr?»

«Das will ich nicht behaupten. Wir wissen ja noch nicht einmal, ob ein Verbrechen vorliegt.»

«Wie ist es dann zu erklären, dass sich Angehörige von Riksmordkommissionen überhaupt hier aufhalten?»

«Eine Frau ist verschwunden. Wir versuchen herauszufinden, was geschehen ist.»

«Ich habe den Eindruck, dass die Polizei wie die viel zitierte Katze um den heißen Brei herumgeht.»

«Das allerdings kann man von der Presse nicht behaupten», sagte Kollberg, um die Stimmung ein wenig zu heben.

«Wir Journalisten haben die Aufgabe, die Allgemeinheit über Tatsachen zu informieren. Wenn die Polizei uns keine Informationen gibt, müssen wir uns die Fakten selbst beschaffen. Warum legt ihr nicht die Karten auf den Tisch?»

«Es gibt keine Karten auf den Tisch zu legen. Wir suchen nach Sigbrit Mård. Wenn ihr uns dabei helfen wollt, wären wir euch zu Dank verpflichtet.»

«Kann man davon ausgehen, dass sie Opfer eines Sexualverbrechens geworden ist?»

«Nein. Man kann nichts voraussetzen, solange wir nicht wissen, wo sie sich aufhält.»

«Ich würde gerne die Zusammenfassung der Lage durch die Polizei hören. Kann ich das?»

Kollberg antwortete nicht. Er blickte die Fragestellerin an, ein Mädchen von Mitte zwanzig mit hellblonden Haaren.

«Na?»

Weder Martin Beck noch Kollberg antworteten gleich. Nöjd blickte sich zu ihnen um und begann dann:

«Was wir wissen, ist sehr einfach. Frau Mård verließ am 17. Oktober um die Mittagszeit das Postamt in Anderslöv. Seitdem hat niemand sie mehr gesehen. Ein Zeuge glaubt, sie an der Bushaltestelle oder auf dem Weg dahin beobachtet zu haben. Das ist alles.»

Der Reporter, der Boman in Domme bedroht hatte, räusperte sich und fragte: «Beck?»

«Ja, Redakteur Mohlin?»

«Jetzt ist aber Schluss mit dem Quatsch.»

«Welchem Quatsch?»

«Diese Pressekonferenz ist ja die reinste Parodie. Du bist Chef von Riksmordkommissionen, und statt vernünftige Antworten zu geben, schiebst du deinen Mitarbeiter und den Leiter der örtlichen Polizei vor. Wirst du Folke Bengtsson festnehmen lassen oder nicht?»

«Wir haben mit ihm gesprochen, das ist alles.»

«Und was ist bei dem Gespräch herausgekommen? Ihr habt ja beinahe zwei Stunden da drin gesessen und gequasselt.»

«Im Augenblick liegt kein Verdacht vor.»

Martin Beck log und ärgerte sich deswegen. Aber was sollte er sagen?

Die nächste Frage fand er noch schlimmer.

«Wie fühlt man sich als Polizist in einer Gesellschaft, in der in weniger als zehn Jahren derselbe Verbrecher zweimal wegen des gleichen schlimmen Verbrechens festgenommen werden muss?»

Ja, wie fühlt man sich? Martin Beck fiel es schwer genug, sein Verhältnis zur Gesellschaft zu analysieren, auch ohne dass die Presse danach fragte.

Seine einzige Antwort war ein Kopfschütteln.

Kollberg erledigte die folgenden Fragen, die uninteressant und an den Haaren herbeigezogen waren, mit ebensolchen Antworten.

Die Pressekonferenz begann langweilig zu werden, das merkten alle, ausgenommen vielleicht Herrgott Nöjd, der plötzlich das Wort ergriff: «Wenn nun schon so viele Repräsentanten der großen Zeitungen, vom Radio und was weiß ich woher hier anwesend sind, dann könnt ihr wohl die Gelegenheit benutzen und ein wenig über Anderslöv berichten.»

«Soll das ein Witz sein?»

«Absolut nicht. Alle sagen, dass es so trübselig im Land aussieht, und wenn man den Massenmedien glaubt, wagt man ja kaum, die Schnauze in die Großstädte zu stecken, ohne dass man sich gleich eins einfängt. Hier haben wir es friedlich und schön. Es gibt nicht mal Arbeitslose oder Rauschgiftsüchtige. Außerdem lässt es sich hier angenehm leben. Die Leute sind im Allgemeinen freundlich, und die Umgebung ist schön. Fahrt rum und guckt euch zum Beispiel die Kirchen an.»

«Moment mal», unterbrach ihn Mohlin. «Unsere Zeitung hat Kulturredakteure, die sich um Kirchen und so was kümmern. Aber ich fand die Frage gut, die hier jemand gestellt hat. Wie fühlt man sich, wenn man gezwungen ist, denselben Lustmörder innerhalb von zehn Jahren zweimal zu jagen? Was könnt ihr darauf antworten?»

«Kein Kommentar», sagte Martin Beck.

Und damit war die Pressekonferenz im Gemeindehaus von Anderslöv beendet.

Bertil Mårds Name war überhaupt nicht erwähnt worden.

Der Einzige, der kein Wort gesagt hatte, war Åke Boman.

12

Wenn die Zeitungsartikel am Montag und Dienstag eine gewisse Unruhe hervorgerufen hatten, so war das, verglichen mit dem, was am Mittwoch auf die Ortschaft herabstürzte, wie eine schwache Brise und ein Zyklon.

Die Telefone klingelten pausenlos sowohl oben bei Herrgott Nöjd als auch unten im Büro, und in Trelleborg war es beinahe noch schlimmer.

Sigbrit Mård war in Abisko und Skanör, auf Mallorca, Rhodos und den Kanarischen Inseln gesehen worden, und eine Stimme am Telefon versicherte darüber hinaus, dass sie am Abend vorher einen Striptease vorgeführt hatte, und zwar in einem Sex-Club in Oslo, als ob es dafür keinen besseren Platz auf der Welt gab.

Es wurde berichtet, dass sie mit der Autofähre von Ystad nach Polen und mit der Eisenbahnfähre von Trelleborg nach Saßnitz gefahren war. Außerdem war sie an verschiedenen Stellen in Malmö, Stockholm, Göteborg und Kopenhagen gesehen worden. Besonders hartnäckigen Gerüchten zufolge hatte sie sich in den Wartehallen der Flugplätze Kastrup und Sturup aufgehalten.

Nur in Anderslöv hatte sie keiner gesehen.

Sieben Zeugen hatten sie zusammen mit Folke Bengtsson an den unwahrscheinlichsten Orten gesehen, aber nicht einer davon konnte ihre Kleidung beschreiben. Dazu hatte die Polizei nämlich keine Angaben gemacht, und jede Zeitung mit eigener Redaktion brachte völlig irreführende und von Blatt zu Blatt unterschiedliche Einzelheiten über das, was sie angehabt hatte. Die Angaben gingen von roten langen Hosen und weißem Anorak bis zu schwarzem Kleid, schwarzen Strümpfen und schwarzen Schuhen. Infolgedessen wurde sie in der betreffenden Zeitung dann auch «die Frau in Schwarz» genannt.

Dagegen waren sich alle über Folke Bengtssons Aussehen einig. Gewiss brachten nur die rücksichtsloseren Zeitungen seinen Namen und neuere Bilder. Für die anderen war er «der Mann mit der Sportmütze» oder «der Sex-Mörder, der jetzt mit Fischen handelte».

Um drei Uhr nachmittags saß Martin Beck oben bei Nöjd und hatte Kopfschmerzen. Er war soeben unter Aufsehen erregenden Umständen in der Apotheke gewesen und hatte Aspirin gekauft, und nun sah er schon die Überschriften des nächsten Tages vor sich. Kopfschmerzen in Anderslöv, zum Beispiel. Er war auch kurz davor gewesen, in Systembolaget zu gehen und sich eine kleine Flasche Whisky zu kaufen, hatte es dann aber bleiben lassen, weil er an die Kommentare dachte, die ein solcher Einkauf zweifellos zur Folge gehabt hätte.

Katerstimmung in Anderslöv?

Und nun klingelte das Telefon, dieses verdammte Instrument.

Es war ihm zum Beispiel nicht gelungen, Rhea zu erreichen, weder am Morgen noch am Abend vorher.

«Nöjd – wie bitte? – Nein, ich habe ihn den ganzen Nachmittag über nicht gesehen.»

Der Polizeiinspektor von Anderslöv machte sich keine Sorgen wegen der einen oder anderen Notlüge.

Aber diesmal klappte es nicht.

«Verzeihung? Wer ist dort? Ja, Moment mal. Ich will mal sehen, ob ich ihn finde.»

Nöjd hielt mit der Hand den Hörer zu und fragte:

«Bürochef Malm von Rikspolisstyrelsen. Willst du mit ihm sprechen?»

Herr Jesus, dachte Martin Beck, obwohl er durchaus nicht religiös war.

Für ihn war Malm so etwas wie das rote Tuch für den Stier.

Trotzdem antwortete er: «Okay, gib mal her.»

Was blieb einem armen Beamten übrig?

«Ja, hier Beck.»

«Hej, Martin, wie steht's?»

Wie steht's?

«Bis jetzt schlecht.»

Malm wechselte sofort den Ton.

«Eins muss ich sagen, Martin, das artet ja zu einem richtigen Skandal aus. Ich habe gerade mit dem Rikspolischef gesprochen.»

Vermutlich befanden sich die beiden im selben Raum. Der Rikspolischef war dafür bekannt, dass er nur widerstrebend mit Leuten sprach, die die Möglichkeiten hatten, Fragen zu stellen, oder sogar widersprechen konnten.

Besonders ungern sprach er mit Martin Beck, der im Laufe der Jahre zu einem beinahe zu guten Ansehen gekommen war.

Der Rikspolischef litt darüber hinaus an einem schweren Verfolgungswahn. Er hatte sich lange eingebildet, dass die wachsende Unbeliebtheit und fortlaufende Verschlechterung der Polizei, ihrer Leistungen und ihrer Organisation die Folge davon war, dass «gewisse Kreise» den Rikspolischef persönlich nicht mochten. Nun glaubte er erkannt zu haben, dass es solche Elemente auch innerhalb des Polizeiapparates gab.

«Hast du den Mörder gefasst?»

«Nein.»

«Aber das gesamte Korps macht sich doch lächerlich.»

Das stimmte allerdings aufs Wort.

«Unsere besten Kriminalfachleute bearbeiten den Fall, und nichts geschieht. Der Mörder läuft frei herum und gibt Interviews, während die Polizei ihm die Füße küsst. Die Zeitungen haben sogar Bilder von der Stelle, an der die Leiche vergraben ist.»

Alles, was Malm von dem Fall wusste, hatte er den Abendzeitungen entnommen, ebenso wie er sich seine Kenntnisse von der praktischen Polizeiarbeit im Kino angeeignet hatte.

Schnarrendes Flüstern war im Hintergrund zu hören.

«Wie bitte?», fragte Malm. «Ach ja. Du weißt, dass von unserer Seite alles Menschenmögliche unternommen worden ist. Wir glauben, dass du seit Herbert Söderström unser bester Mann in der Mordkommission bist.»

«Herbert Söderström?»

«Ja, oder wie der nun hieß.»

Malm meinte wahrscheinlich Harry Söderman, einen berüchtigten schwedischen Kriminalisten, der schließlich Polizeichef von Tanger geworden war und der sich damals erboten hatte, Hitler zu erschießen, um den Zweiten Weltkrieg zu beenden.

Wieder schnarrte es im Hintergrund, und Malm drehte den Hörer um und brummte etwas, das Martin Beck nicht verstand. Dann sagte Malm sehr laut: «Man wird uns auslachen. Der Mörder erzählt den Zeitungen seine Lebensgeschichte. Bald wird er ein Buch darüber schreiben, wie er Riksmordkommissionen an der Nase herumgeführt hat. Wir haben schon Ärger genug.»

Mindestens mit dem letzten Satz hatte er vollkommen Recht. Die Polizei hatte Ärger.

Die Schwierigkeiten hatten im Großen und Ganzen im Jahre 1965 begonnen, als die Polizei aufhörte, Sache der Gemeinden zu sein, und der staatlichen Zentralgewalt unterstellt wurde. Seitdem hatte sie sich zu einem Staat im Staate entwickelt, verabscheut von der Bevölkerung. Neue Untersuchungen hatten auch ergeben, dass die eigene Meinung der Polizisten über die Mitbürger hasserfüllter und erschreckend reaktionär geworden war. Jeder dritte Polizist war zum Beispiel der Meinung, dass Gewaltanwendung gegen Kinder schon von den ersten Lebensjahren an notwendig war und dass strenge Strafen und physische Misshandlungen die einzig wirksame Methode waren, um die heranwachsende Jugend zu formen. Neun von zehn Polizisten fanden, dass Personen, die beschuldigt wurden, ein Verbrechen begangen zu haben, zu milde behandelt wurden und dass die häufig willkürlichen Strafen der Gerichte unzureichend waren.

Während der acht Jahre seit der Reorganisation war der Etat für die Polizei mehr als verdoppelt worden, und die neuen Gesetze, die zum nicht geringen Teil auf eigenen Wunsch der Ordnungsmacht zustande gekommen waren, gaben dem Polizeibeamten das Recht, jeden x-beliebigen ohne nähere Begründung festzunehmen. Es reichte, wenn der Polizist nachträglich behauptete, dass der Betreffende in irgendeiner Form eine Gefahr für die allgemeine Sicherheit und Ordnung darstellte.

All dies hatte zur Folge, dass die Polizei größere Machtbefugnisse bekommen hatte als jemals früher in der Geschichte des Landes. Und es bedeutete, dass Schweden die teuerste Ordnungsmacht auf der ganzen Welt unterhielt. Umgerechnet auf die Einwohnerzahl, das heißt die Steuerzahler, kostete jeder schwedische Polizist 165 Kronen im Jahr. In den USA veranschlagte man die entsprechende Zahl auf 75 Kronen. Verglichen mit den anderen skandinavischen Ländern war die Differenz grotesk. In Norwegen und Dänemark war darüber hinaus die Polizei vergleichsweise populär.

Trotzdem stiegen die Verbrechenszahlen weiter, und es wurde mehr und mehr Gewalt angewandt. Niemand in Rikspolisstyrelsen schien fähig zu sein, die einfache Wahrheit zu begreifen, dass Gewalt Gegengewalt erzeugt und dass es in Wirklichkeit die Polizei selbst gewesen war, die zuerst zugeschlagen hatte.

Richtig unangenehm wurde diese Überlegung erst, wenn man wusste, dass niemand innerhalb der oberen Polizeileitung dies begreifen wollte. Dort hatte man ganz andere Pläne.

Insoweit hatte Malm also Recht. Die Bevölkerung wurde müde. Und begriff eigentlich nicht, warum ein schwedischer

Steuerzahler im Durchschnitt mehr als dreimal so viel für einen Polizisten zahlen sollte als im Nachbarland Finnland.

«Bist du noch da?», fragte Malm.

«Ja. Ich bin hier.»

«Du musst Bengtsson festnehmen und zusehen, dass du einen Haftbefehl bekommst.»

«Es gibt keine Beweise.»

«Solche Kleinigkeiten lassen sich doch hinterher in Ordnung bringen.»

«Da bin ich nicht so sicher.»

«Wenn wir diese missglückte Geschichte vor einem Jahr in Bergsgatan vergessen, dann ist deine Aufklärungsquote bemerkenswert hoch. Außerdem scheint der Fall klipp und klar zu sein.»

Martin Beck lachte leise vor sich hin. Er hatte den Mord in Bergsgatan aufgeklärt, aber die im Übrigen wenig zufrieden stellende Arbeit der Polizei hatte dazu geführt, dass der Verbrecher stattdessen wegen eines anderen Mordes, den er in Wirklichkeit nicht begangen hatte, verurteilt worden war. Die ganze Geschichte hatte für Martin Beck zur Folge gehabt, dass ihm erspart blieb, sich um die Stelle des Bürochefs zu bewerben, die er keinesfalls haben wollte. Nun bekleidete stattdessen Malm diesen Posten.

Lacht er?

Die Stimme war deutlich zu hören. Offenbar verlor der oberste Boss hinter Malms Rücken jetzt langsam die Lust, was nicht eben selten vorkam.

«Lachst du?», fragte Malm.

«Absolut nicht», antwortete Martin Beck unschuldig, «es rasselt nur so komisch in der Leitung. Dein Apparat wird doch nicht etwa abgehört?»

Wieder so ein kritisches Thema, an das nicht gerührt werden durfte.

Malm erwiderte deshalb auch hastig: «Dies ist nicht der richtige Augenblick für Scherze. Es gilt jetzt zuzuschlagen. Sofort!»

Martin Beck schwieg, und Malm fügte versöhnlicher hinzu:

«Wenn du Verstärkung brauchst, Martin, dann weißt du, dass wir dir unverzüglich helfen können. Das neue Konzentrationsprinzip ...»

Martin Beck wusste, was das Konzentrationsprinzip bewirken konnte. Nämlich dass in weniger als einer Stunde dreißig Mannschaftswagen zusammengedrängt im Ort stehen konnten. Und es bedeutete auch Maschinenpistolen, Scharfschützen, Tränengasbomben, Hubschrauber, gepanzerten Schutz und kugelsichere Westen.

«Nein», sagte er. «Verstärkung benötige ich am allerwenigsten.»

«Ich gehe davon aus, dass du diesen Mann noch heute festnimmst?»

«Nein. Das hatte ich nicht vor.»

Diese Antwort hatte eine im Flüsterton geführte Konferenz im Hintergrund zur Folge.

Schließlich sagte Malm: «Dir ist doch klar, dass wir andere Druckmittel einsetzen können?»

Martin Beck antwortete nicht.

«Wenn du Schwierigkeiten machst», setzte Malm hinzu.

Martin Beck wusste nur zu gut, was alles unternommen werden konnte. Der Rikspolischef brauchte nur den obersten Staatsanwalt anzurufen, er brauchte vielleicht nicht einmal selbst zum Hörer zu greifen. Es reichte sicher, wenn Malm es tat.

«Es wäre unverantwortlich, Bengtsson jetzt festzunehmen», sagte Martin Beck.

«Den Zeitungsschmierern muss der Mund gestopft werden.»

«Das Beweismaterial reicht nicht aus.»

«Beweise», schnaubte Malm verächtlich. «Dies ist doch kein Sherlock-Holmes-Film.»

Es stimmte sicher, dass Malm hin und wieder einen Sherlock-Holmes-Film im Fernsehen oder so gesehen hatte. Dagegen gab es keinen Grund für die Vermutung, er könnte auch etwas über den literarischen Hintergrund wissen.

«Na?», fragte Malm. «Willst du den Mörder festnehmen oder nicht?»

«Ich habe eher daran gedacht, dass wir herauszufinden versuchen sollten, was mit der Frau passiert ist. Wenn es einen Mörder gibt, dann hoffe ich, dass wir ihm die Tat nachweisen können.»

«Es scheint so, als ob wir dich mal auf Trab bringen müssen.»

«Danke. Lieber nicht.»

Eine Tür wurde da oben in Stockholm zugeschlagen. Martin Beck hörte es deutlich.

«Ich bestimme hier nicht», entschuldigte sich Malm. «Es würde tatsächlich besser für dich aussehen, wenn du dich dranmachst und Bengtsson festnimmst.»

«Ich habe nicht die Absicht.»

«Jetzt gleich. Bevor …»

«Und ganz bestimmt nicht jetzt gleich.»

Malm sagte süffisant: «Ja, wenn es so ist, dann musst du dir die Schuld selbst zuschreiben. Und das mit den Beweisen bringst du sicher in Ordnung. Viel Glück.»

«Danke gleichfalls.»

Damit war das Gespräch beendet.

Der Dienstweg im so genannten Rechtswesen ist oftmals lang und mühsam, überladen mit Papier und allerlei bürokratischen Schwierigkeiten.

Manchmal dagegen scheint es so, als ob all das gar nicht

existiert. Jemand hebt einen Telefonhörer ab und befiehlt, so und so soll es sein. Und dann läuft die Sache.

Es war noch nicht eine halbe Stunde nach dem Gespräch zwischen Martin Beck und Malm verflossen, da kam die Anweisung.

Folke Bengtsson sollte unverzüglich in Verwahrung genommen werden.

Kollberg, der längere Zeit damit beschäftigt gewesen war, ein Schachproblem in der Sonntagszeitung zu lösen, warf den Kugelschreiber weg und sagte: «Ich komme nicht mit.»

«Du brauchst nicht», entschied Martin Beck.

Er und Nöjd fuhren mit dem Streifenwagen zu Folke Bengtssons Haus. Einige Journalisten fuhren hinter ihnen her, und weitere waren bereits am Haus versammelt. Außerdem hatten einige unbeteiligte Leute sich die Mühe gemacht, dorthin zu kommen.

Es gab nicht viel zu sehen.

Dämmerung und ein kleines Haus mit Hühnerstall und Wellblechgarage. Und einen Mann, der ungerührt Gartenabfälle auf seinen Komposthaufen schaufelte.

Folke Bengtsson trug genau die gleiche Kleidung wie bei ihrem ersten Besuch.

Er schien nicht erstaunt über ihr Kommen zu sein, auch nicht ängstlich, unruhig oder ärgerlich.

Nur genauso wie sonst auch.

Es war eine beinahe lächerliche Wiederholung. Nöjd tastete auf dem Rücksitz herum und nahm die Konsumtüte mit den Schuhen.

Martin Beck überlegte: Hat er noch etwas anderes in der Tüte? Aber was?

Er dachte darüber einige Sekunden scharf nach und fragte dann: «Herrgott?»

«Ja?»

«Hast du eine Taschenlampe in der Tüte?»

«Genau! Die braucht man, wenn man auf dem Lande wohnt. Wenn die Nacht pechschwarz ist, dann kann man hier nicht die Hand vor Augen sehen.»

Bengtsson legte den Spaten beiseite und kam auf sie zu.

«Hej, Folke», begrüßte ihn Nöjd.

«Tag.»

«Jetzt ist es soweit. Du musst mitkommen.»

«Aha.»

Er war doch nicht ganz gelassen, denn er blickte sich um in der zunehmenden Dämmerung und bemerkte: «Schrecklich viele Leute hier.»

«Ja, das ist eine große Schweinerei. Sollen wir hineingehen?»

«Natürlich.»

«Wir haben es nicht eilig. Du ziehst dich am besten um und packst ein paar Sachen ein. Was du so brauchst. Kannst eine Tüte von mir leihen, wenn du keine hast.»

«Danke, aber ich habe eine Aktentasche.»

Nöjd zog die Stiefel aus und die Schuhe an. Dann sagte er: «Lass dir Zeit. Martin und ich können uns hier hinsetzen und eine Weile handknobeln.»

Martin Beck kannte dieses edle Spiel nicht, bei dem man nichts anderes als seine Hand braucht.

Er lernte es in eineinhalb Minuten.

Zwei gespreizte Finger sind Schere. Offene Handfläche ist Papier. Faust ist Stein. Schere schneidet Papier. Papier wickelt Stein ein. Stein zertrümmert Schere.

«Elf zu drei für mich», erklärte Nöjd nach einer Weile. «Du hast ein zu schnelles Reaktionsvermögen. Darum verlierst du. Man muss es genau gleichzeitig machen.»

Und du bist zu schlagfertig, dachte Martin Beck.

Außerdem verlor er stets. Bei allen Spielen, angefangen bei Schach bis zu Streichholzknobeln.

Kurze Zeit später schien Folke Bengtsson fertig zu sein.

Zum ersten Mal sah er ein wenig unruhig aus.

«Was hast du auf dem Herzen, Folke?», fragte Nöjd.

«Die Fische müssen gefüttert werden. Und die Hühner brauchen Futter. Das Aquarium muss hin und wieder sauber gemacht werden.»

«Darum kümmere ich mich. Ehrenwort!»

Nöjd lächelte verlegen und fuhr fort: «Eine andere Sache wird dir wahrscheinlich Kummer machen. Morgen kommen ein paar Mann her und wühlen den Garten um.»

«Warum?»

«Die sollen wohl nach der Leiche suchen.»

«Schade um die Astern», sagte Folke Bengtsson lakonisch.

«Wir wollen versuchen, vorsichtig zu arbeiten. Mach dir keine Sorgen.»

«Sie, Herr Kommissar, werden mich wohl verhören?»

«Ja», antwortete Martin Beck. «Aber nicht heute. Wahrscheinlich auch morgen noch nicht. Es sei denn, die Polizei in Trelleborg will gleich anfangen. Aber das glaube ich nicht.»

«Okidoki», sagte Nöjd. «Wir fahren zuerst zu mir nach Anderslöv. Trinken eine Tasse Tee und essen ein Butterbrot. Aber du willst vielleicht lieber Kaffee trinken?»

«Ja, danke.»

«Können wir aus dem Lokal holen. Die haben auch warme Zimtschnecken da. Bist du fertig?»

«Ja.»

Folke Bengtsson überlegte. Dann fragte er: «Wie sollen wir es mit den Eiern machen?»

«Wird erledigt», beruhigte Nöjd und lachte, «wieder großes Ehrenwort.»

«Danke. Du bist ein guter Mensch, Herrgott.»

Nöjd sah freudig überrascht aus.

«Man tut, was man kann.»

«Bin ich jetzt verhaftet?»

«Noch nicht richtig. Wir nehmen dich mit zu mir nach Hause und unterhalten uns eine Weile. Nachher kommen die von Trelleborg rauf, in etwa einer halben Stunde. Nehmen dich mit dorthin. Theoretisch sagt man, dass du festgenommen wirst, aber so feierlich sieht das nicht aus. Wir kommen mit dir nach Trelleborg. Dort wirst du verhaftet. Danach wird wohl eine ganze Zeit lang nichts passieren.»

Folke Bengtsson wirkte gleichgültig, als sie sein Haus verließen.

Er schloss die Haustür ab und gab Nöjd den Schlüssel.

«Willst du den an dich nehmen, falls es länger dauert? Du willst dich ja auch um die Fische kümmern.»

Nöjd steckte den Schlüssel in die Tasche.

Es war schon dunkel, als sie im Kreuzfeuer zahlreicher Blitzlichtgeräte in den Streifenwagen einstiegen.

Auf dem Weg in den Ort schwiegen alle drei.

Nöjd holte Kaffee und warme Blätterteigstücke aus der Cafeteria neben dem Konsumgeschäft. Er selbst trank Tee.

Kollberg hatte sich wieder seinem Schachproblem gewidmet. Er blickte Folke Bengtsson nicht einmal an, als sie ins Zimmer traten.

Martin Beck schwieg ebenfalls. Sie waren in eine Situation versetzt worden, die keinem von ihnen behagte, und ihre Möglichkeiten, diesen Fall nach eigenem Gutdünken zu bearbeiten, waren stark beschnitten worden.

Nöjd dagegen lagen düstere Grübeleien und eisiges Schweigen nicht. Er schob dem Festgenommenen den Plastikbecher mit Kaffee hin.

«Lang mal ordentlich zu, Folke. Hier oben kannst du dich noch immer als freier Mann betrachten.»

Er lächelte und fuhr fort: «Jedenfalls den Umständen entsprechend. Wenn du versuchst auszureißen, werden wir natürlich was dagegen unternehmen.»

Kollberg grunzte. Er erinnerte sich sehr gut an einen Vorfall, als Folke Bengtsson versucht hatte wegzulaufen.

Damals war es ausgerechnet Lennart Kollberg, der alte Fallschirmjäger und Nahkampfspezialist gewesen, der sich gezwungen sah einzugreifen.

«Ich sehne mich nach Hause», sagte er plötzlich.

Das kam ganz spontan, ohne dass er eigentlich wusste, was er meinte.

Es stimmte, dass er sich nach seiner Frau und seinen Kindern sehnte, und ebenso richtig war, dass er keine große Lust hatte, sich mit Folke Bengtsson und diesem ganzen Fall zu befassen. Aber viel tiefer saß seine Abneigung gegen die Umstände, unter denen er zur Zeit zu leben und zu arbeiten gezwungen war.

Das Haus in dem Stadtteil, in dem er wohnte, nur einen Steinwurf von der U-Bahn-Station entfernt, bot keinen Anlass, sich danach zu sehnen, noch weniger die tägliche Konfrontation mit der Polizei und den Leuten, die gegen das Gesetz revoltierten. Manchmal hatte er den Eindruck, dass seine Frau und seine Kinder das einzig Normale in seinem Leben waren. Darüber hinaus schien die Welt nur aus Verbrechern und Polizisten zu bestehen. Und in diesem Augenblick richtete sich seine Abscheu gegen diese beiden Gruppen gleichzeitig und gleich stark.

Das ist nicht wahr, dachte er. Das Leben kann kein Gangsterfilm sein, in dem es nur zwei Sorten von Menschen gibt.

Das Telefon klingelte, und Nöjd nahm den Hörer ab.

«Nein, niemand hat etwas gestanden. Ja, wir haben einen Mann zum Verhör geholt. Mehr kann ich nicht sagen.»

Er legte auf und blickte auf seine silberne Uhr, dann sagte er: «Wir haben nicht mehr viel Zeit, Folke. Wenn du etwas über Sigbrit Mård weißt, so würde ich vorschlagen, dass du uns das jetzt erzählst. Das würde alles so verdammt viel einfacher machen.»

«Ich weiß tatsächlich nichts», erwiderte Folke Bengtsson.

Martin Beck betrachtete ihn. Ich weiß nichts. Bengtsson hatte sich nicht verändert. Sie würden gezwungen sein, ihn Stunde um Stunde, tagaus, tagein zu verhören, und er würde keine Aussagen machen, mit Ausnahme der Angaben, die ihm ganz sicher nachgewiesen werden konnten. Vielleicht nicht einmal das.

«Aber ich kann sie nicht leiden. Nein, das kann ich nicht.»

«Mit dieser Antwort machst du deinem Verteidiger keine besondere Freude», gab Nöjd zu bedenken und streichelte den Hund, der zu seinen Füßen lag.

«Ich würde dich um alles in der Welt nicht verteidigen wollen.»

Das Telefon klingelte noch einmal, ehe die Kriminalbeamten aus Trelleborg kamen und Bengtsson in aller Form festnahmen.

«Das ist dein Kamerad aus Stockholm», sagte Nöjd leise mit der Hand über dem Mikrofon.

Martin Beck nahm den Hörer.

«Läuft alles wie am Schnürchen, höre ich», sagte Malm.

«Findest du?»

«Nun spiel doch nicht die beleidigte Leberwurst. Du bist wirklich komisch geworden, seit du die Beförderung verpasst hast.»

Wie dumm darf man sich eigentlich aufführen, dachte Martin Beck.

«Aber deshalb rufe ich nicht an», fuhr Malm säuerlich fort. «Es geht um eine andere Sache, die sonderbar aussieht und höheren Orts schon Aufsehen erregt hat.»

«Was denn?»

«Eine Zeitung schreibt, dass ihr einen Mann bevorzugt, der eigentlich ein Mörder ist, jetzt aber als Reporter arbeitet. Einen gewissen Gunnarsson.»

«Boman heißt er. Und der Zufall will es, dass ich ihn von früher her kenne.»

«Verurteilt, weil er jemanden erwürgt hat, vor kurzem freigelassen und nun eine Art Adjutant von Riksmordkomissionen, steht hier. Ich habe die Zeitung vor mir liegen. Ich brauche wohl nicht zu betonen, dass wir der Ansicht sind, dass so etwas sehr schlecht aussieht?»

«Und ich brauche wohl nicht zu sagen, dass eure Ansichten mir höchst gleichgültig sind», antwortete Martin Beck.

«Was man auch immer sagt, du bekommst es in den falschen Hals», beklagte sich Malm.

«Auf Wiedersehen.»

Den Rest des Tages verbrachten sie in Trelleborg, ziemlich sinnlose Stunden.

Martin Beck entschied, dass er mit dem Verhör später beginnen würde.

Folke Bengtsson wurde in Haft genommen.

Am nächsten Morgen begann die Polizei damit, seinen Garten umzugraben.

13

Als Martin Beck und Kollberg am Donnerstagmorgen aus der Tür des Gasthofes traten, waren die wachsamen Reporter noch nicht zur Stelle. Es war kurz nach acht, und die Sonne stieg gerade erst über den Horizont. Die Luft war nasskalt, und das Kopfsteinpflaster auf dem Platz glitzerte noch vom Nachtfrost.

Sie setzten sich in Kollbergs Auto und rollten die Hauptstraße hinunter in Richtung Domme. Kollberg fuhr vorsichtig und warf hin und wieder einen Blick in den Rückspiegel. Niemand folgte ihnen.

Nöjd hatte ihnen einen Schlüssel zu Sigbrit Mårds Haus gegeben. Er selbst hatte damals die Tür von einem Schlosser öffnen lassen, dann aber einen Schlüssel mitgenommen, der an einem Haken in der Küche gehangen hatte.

Sie schwiegen beide: Keiner von ihnen war morgens besonders redselig, und hinzu kam, dass Kollberg schlecht gelaunt war, weil er noch nicht gefrühstückt hatte.

Als sie von der Landstraße nach rechts abgebogen waren und an Folke Bengtssons Haus vorbeikamen, stand da bereits ein Lieferwagen der Polizei aus Trelleborg in der Einfahrt. Der war offenbar kurz vorher eingetroffen, die Türen an der Rückseite standen offen, und zwei Mann in Gummistiefeln und graublauen Overalls waren dabei, Spaten und Spitzhacken auszuladen.

Ein dritter Polizist stand auf dem Hof und kratzte sich im Rücken, während er sich einen Überblick über das Anwesen zu verschaffen schien.

Wenige hundert Meter weiter bremste Kollberg, und Martin Beck stieg aus und öffnete das Gartentor von Sigbrit Mårds Grundstück. Kollberg parkte den Wagen vor dem Tor der Garage, die seitlich an das Haus angebaut war.

Bevor sie ins Haus gingen, sahen sie sich im Garten um. Der Platz an der Vorderseite war mit Kies aufgeschüttet mit Ausnahme eines Grasrondells mit Buschrosen in der Mitte vor dem Haus und einem etwa einen Meter breiten Streifen Muttererde an der Hauswand. Der war umgegraben worden, wahrscheinlich sollten zum Frühjahr Blumen darauf gepflanzt werden.

Das Grundstück war nicht besonders groß. Hinter dem Haus bestand es hauptsächlich aus einer Grasfläche mit einigen Apfelbäumen und ein paar Beerensträuchern darauf, und in einer Ecke dicht an der Hecke war ein kleiner Küchen- oder Kräutergarten angelegt worden. Auf dem Kiesweg zwischen der Küchentreppe und den Kellerschächten stand ein Wäscheständer aus Leichtmetall.

Einige Wäscheklammern aus rosa Plastikmaterial hingen an den Leinen.

Martin Beck und Kollberg gingen zur Vorderseite zurück. Das Haus war nicht besonders schön oder auffallend. Es hatte ein Betonfundament, und die Wände bestanden aus gelben Ziegeln, die Dachpfannen waren rot und die Fenster- und Türrahmen grün angestrichen. Wie eine Kiste, ohne Verzierungen oder unnötigen Schmuck.

Drei Betonstufen mit grün gestrichenem Geländer führten zur Haustür. Martin Beck öffnete mit dem Schlüssel, den Nöjd ihm gegeben hatte.

Sie betraten eine fliesenbelegte Diele. Über einer kleinen Kommode mit geschwungenen, vergoldeten Beinen und weißer Marmorplatte hingen ein Spiegel mit Goldrahmen und links und rechts davon zwei kleine Kristalllampen. An beiden Seiten der Kommode standen Hocker mit gestickten Kissen darauf.

Das Wohnzimmer hatte zwei Fenster zum Weg und ein seitliches über dem Garagendach.

Martin Beck sah sich im Zimmer um und verstand erst jetzt richtig, was Bertil Mård gemeint hatte, als er sagte, dass seine Frau sich für etwas Besseres hielte.

Der Raum diente nicht der Bequemlichkeit, sondern sollte einen vornehmen Eindruck machen. Auf dem Fußboden lagen Teppiche, die echt sein konnten, an der Decke hing eine Kristallkrone, die Sitzgruppe hatte Bezüge aus weinrotem Plüsch, und der niedrige, ovale Tisch vor dem Sofa war aus dunklem, blank poliertem Holz.

Die Wände waren großzügig mit ein paar kleinen dunklen Ölbildern, einigen handgemalten Porzellantellern und einem großen Spiegel mit breitem geschnitztem Rahmen dekoriert.

Hinter den Glastüren einer Vitrine aus Mahagoni standen Nippsachen und Souvenirs, die Bertil Mård vermutlich von seinen vielen Reisen mitgebracht hatte.

Kollberg war in die Küche gegangen. Dort klirrte und klapperte es, als er Schranktüren und Schubfächer öffnete und schloss. Er kam jedoch bald zu Martin Beck zurück, der vor dem Mahagonischrank stand und die Gegenstände hinter den Glastüren betrachtete.

«Sie hält ihren Kram verdammt gut in Ordnung», sagte Kollberg. «Sieht fast pedantisch aus. Nett und sauber und alles am richtigen Platz.»

Martin Beck antwortete nicht. Er stand da und schaute abwesend auf ein schlankes, elegantes Vollschiff, das in einer bauchigen Viertelgallonenflasche durch die Meereswogen aus blauem Gips glitt. Hinter dem Buddelschiff stand ein Gesteck aus schillernden blauen und grünen Schmetterlingsflügeln.

Als Junge hatte er selbst einmal so ein Gesteck besessen, das er von irgendeinem Verwandten, der es von einer Südamerikareise mitgebracht hatte, geschenkt bekommen hatte.

Für ihn war es das Symbol für Abenteuer gewesen. Fremde Hafenstädte, wilde Urwälder und große Ströme, geheimnisvolle Länder am Ende weiter Meere, alle fremden Länder, die er ganz sicher erforschen würde, wenn er nur erst groß war. Einen kurzen Augenblick lang erinnerte er sich plötzlich mit aller Deutlichkeit an seine Träume und Erwartungen und fühlte sich in gewisser Weise als Verräter an dem Jungen, der er einmal gewesen war.

Er zuckte zusammen, drehte sich um und ließ den Schrank und die Erinnerungen hinter sich.

«Ein eigenartiges Zimmer», stellte Kollberg fest.

«Warum?»

«Hier gibt es nicht ein einziges Buch, kein Radio, kein Grammophon, nicht einmal einen Fernseher.»

«Auf dem Dach ist eine Antenne. Den Fernsehapparat wird sie wohl in einem anderen Raum haben.»

«Herrgott sagte doch, dass sie an den meisten Abenden der Woche arbeitet. Aber manchmal muss sie doch abends zu Hause sein. Was meinst du, was sie in ihrer Einsamkeit hier tut?»

Martin Beck zuckte die Achseln.

«Komm, sehen wir uns das übrige Haus an», schlug er vor.

Zwischen Küche und Wohnzimmer befand sich ein kleines Esszimmer. Das hatte die übliche Einrichtung, einen runden weiß lackierten Tisch, vier Stühle drumherum und weitere vier an den Wänden. Zwei Anrichten und einen Eckschrank mit Gläsern und Porzellan. Weiße Spitzengardinen und Blumentöpfe auf dem Fensterbrett.

Sie gingen durch die Küche zurück in die Diele, öffneten ein paar Türen und blickten in eine Kleiderkammer und einen Waschraum mit Toilette. Dann gingen sie weiter ins Schlafzimmer.

Das lag ebenso wie das Wohnzimmer zum Weg hin, war aber kleiner und hatte nur ein Fenster.

Durch dieses Fenster konnten sie jetzt das Einfahrtstor sehen, das zu schließen sie vergessen hatten, und dahinter ein Stück des Weges, der zu Folke Bengtssons Haus führte.

Hinter dem Schlafzimmer befand sich ein großes geräumiges Bad mit einer Tür, die in ein weiteres Zimmer führte, dessen Fenster nach hinten zum Garten hinausgingen. Hier verbrachte Sigbrit Mård offenbar ihre freien Abende.

In einer Ecke stand der Fernsehapparat und davor ein bequemer Lehnstuhl und ein kleiner Tisch mit einem Aschenbecher, einigen Illustrierten und einem Zigarettenkästchen aus Messing. An der Wand stand ein Bücherregal mit einer nicht allzu imponierenden Bibliothek.

Etwa dreißig Taschenbücher, ein Dutzend in Leinen gebundene Buchgemeinschaftsausgaben, eine schwarze Schulbibel, ein Weltatlas und einige Kochbücher.

Der übrige Platz im Bücherregal war mit ein paar Stapeln Illustrierten, einem Nähkasten, einem Transistorradio, zwei Keramikschalen und zwei Kerzenhaltern aus Zinn ausgefüllt.

Außerdem enthielt der Raum einen Sekretär, eine Couch mit vielen Kissen und davor einen niedrigen Tisch und einen Sessel. Auf einem Tisch vor dem Fenster stand eine Nähmaschine.

Kollberg zog eine Schublade des Tisches auf. Sie enthielt einige Modezeitschriften und Schnittmusterteile aus Seidenpapier. In der zweiten Schublade fand er Briefpapier, Umschläge, ein paar Kugelschreiber und ein Kartenspiel.

Dann nahm er sich die Fächer des Sekretärs vor, die Briefe, Quittungen, Belege und Unterlagen verschiedener Art enthielten. Alles war ordentlich in Aktendeckel geheftet und mit deutlich beschrifteten Etiketten versehen.

Martin Beck ging zurück ins Schlafzimmer, stand eine ganze Weile am Fenster und blickte hinüber zu Folke Bengtssons Haus, das beinahe ganz von Bäumen verdeckt war. Nur ein Stück des Daches und der Schornstein waren zu sehen. Hinter sich hörte er Kollberg vorbeigehen, hinaus in die Küche, und nach kurzer Zeit stampften dessen schwere Schritte die Kellertreppe hinunter.

Das Schlafzimmer war genauso sauber und ordentlich wie die übrigen Räume des Hauses.

Außer Bett und Nachttisch enthielt es eine Kommode, einen Frisiertisch, einen tiefen Sessel mit Fußbank, zwei Stühle und eine bunt bemalte Wäschekiste.

Auf dem Fußboden neben dem Sessel stand ein Korb mit Wollknäueln in vielen Farben und einer angefangenen Strickarbeit.

Martin Beck wandte sich vom Fenster ab und erblickte sich selbst in einem Spiegel, der die ganze Wand zwischen den Türen zum Badezimmer und der Kleiderkammer einnahm. Er sah sich selten in einem Spiegel, vor allen Dingen nicht in voller Größe, und es fiel ihm blitzartig auf, dass er ziemlich heruntergekommen aussah.

Die Hose war zerknittert, die Schuhe nicht geputzt, und die blaue Popelinejacke sah abgetragen und ausgeblichen aus.

Er wandte sich vom Spiegel ab und begann das Zimmer systematisch zu durchsuchen. Bei der Frisierkommode fing er an.

Die war voll gestopft mit Flaschen, Dosen und Tuben aller Art. Sigbrit Mård legte offenbar großen Wert auf ihr Aussehen, und ihr Vorrat an kosmetischen Präparaten war imponierend. Wie auch der Inhalt des Schmuckkastens aus rotem Leder, der Armbänder, Ringe, Broschen, Ohrringe und Amulette enthielt. Dazu kamen Ketten, Perlbänder und Halsbänder, die an Holzstäben neben dem Spiegel des Toilettentischs aufgehängt waren.

Martin Beck war kein Fachmann, was edle Metalle und Steine anbetraf, aber was er da sah, war zweifellos billige Bijouterie.

Er warf einen Blick in die Kleiderkammer, dort hingen dicht gedrängt Kleider, Blusen, Röcke und Kostüme, zum Teil in Plastikhüllen zum Schutz gegen den Staub.

Auf dem Fußboden waren viele Paar Schuhe ordentlich nebeneinander aufgestellt. Eine schwarze Pelzmütze, ein Sonnenhut aus Baumwollbatik und ein Schuhkarton lagen auf der Hutablage.

Martin Beck nahm den Schuhkarton herunter, der mit einer starken Schnur zugebunden war. Er löste den Knoten und öffnete ihn.

Er war mit Briefen und Ansichtskarten gefüllt, und Martin Beck brauchte nur die Bündel durchzublättern, um festzustellen, dass alle dieselbe Handschrift trugen und mit ausländischen Briefmarken frankiert waren.

Er sah sich die Poststempel an.

Alles war offenbar in chronologischer Reihenfolge geordnet, zuunterst ein dicker Brief aus dem Jahre 1953 und obenauf eine Postkarte aus Südjemen, die vor sechs Jahren abgesandt worden war.

Bertil Mård hatte in den vierzehn Jahren seiner Ehe und seiner Zeit auf See regelmäßig nach Hause geschrieben.

Martin Beck machte sich nicht die Mühe, die Briefe durchzulesen, die Handschrift war im Übrigen so gut wie unleserlich. Er band die Schnur wieder um den Karton und stellte ihn zurück auf die Hutablage.

Kollbergs Schritte waren von der Kellertreppe zu hören. Gleich danach kam er herein und berichtete: «Nur Gerümpel da unten. Einige Gartengeräte, ein altes Fahrrad, Schubkarre und solch Zeugs. Gartenmöbel. Waschküche und Vorratskeller. Hast du was Interessantes gefunden?»

«Die Briefe von Bertil Mård liegen in der Kleiderkammer. Weiter nichts.»

Er ging hinüber zur Kommode und zog die Schubladen heraus. In der obersten lagen Unterwäsche, Taschentücher und Nachthemden, alles fein säuberlich gestapelt. In der Mitte Pullover, Strickjacken, Polohemden, und die unterste Schublade enthielt zwei dicke Rollkragenpullover, ein kleines blau eingebundenes Buch, auf dessen Deckel in goldener, verschnörkelter Schrift das Wort *Poesie* eingeprägt war, und ein dickes Tagebuch mit Schließen und einem kleinen, herzförmigen Vorhängeschloss.

All diese Dokumente stammten aus Sigbrit Mårds Teenagerzeit. Dazu gehörten auch zwei Fotoalben, die unter einigen zusammengefalteten Seidenschals lagen.

Das Poesiealbum enthielt die üblichen Verse, die Freundinnen ihr vor 25 Jahren hineingeschrieben hatten.

Martin Beck schlug die letzte Seite auf und las den Spruch, mit dem er an dieser Stelle gerechnet hatte.

Als letzte will ins Buch ich schreiben, trotzdem die beste Freundin bleiben, Anne-Charlotte.

Mit einer Haarnadel, die er in einer Schale auf der Kommode fand, öffnete Kollberg das Schloss des Tagebuchs.

25. Dezember 1949. Liebes Tagebuch! Gestern habe ich dich zu Weihnachten bekommen und von jetzt an will ich dir alle meine geheimsten Gedanken anvertrauen.

Kollberg las einige Seiten.

Ein Drittel des Buches war mit einer kindlich weichen Handschrift voll geschrieben worden, aber am 13. März des nächsten Jahres hatte Sigbrit Mård offensichtlich die Lust verloren, sich weiter dem Tagebuch anzuvertrauen.

Die Fotoalben enthielten Amateuraufnahmen von Klassenkameraden und Lehrern, Eltern, Geschwistern und Jugendfreunden. Ganz hinten in einem der Alben lagen einige lose Fotografien aus späterer Zeit. Ein Hochzeitsbild mit einem jungen Bräutigam, der die Haare mit Wasser gekämmt hatte, und einer noch jüngeren Braut mit vollem Gesicht und klaren blauen Augen.

«Bertil Mård», sagte Martin Beck.

«Ziemlicher Kleiderschrank schon damals.»

Außerdem einige Passfotos von Bertil Mård und Amateuraufnahmen von Sigbrit, die wahrscheinlich während der Reise nach Saßnitz aufgenommen worden waren.

Sie legten alles wieder in das Schubfach und schoben es zu.

Kollberg ging ins Badezimmer.

Martin Beck hörte, wie er den Schrank über dem Handwaschbecken öffnete.

«Verdammt viel Schminkkram, Lockenwickler und so Zeug», rief er. «Aber keine Medizinflaschen. Nur Aspirin und Alka-Seltzer. Komisch. Die meisten Menschen heutzutage haben doch Beruhigungsmittel oder Schlaftabletten im Hause.»

Martin Beck ging zum Nachttisch und zog die Schublade auf. Auch dort fand er keine Medikamente, dafür aber zwischen verschiedenen anderen Dingen einen Taschenkalender.

Er nahm ihn auf und blätterte die Seiten durch.

Das Büchlein enthielt hauptsächlich Gedächtnisstützen wie *Frisör, Wäsche* und *Zahnarzt.* Die letzte Eintragung stammte vom 16. Oktober und lautete: *Auto zum Kundendienst.* Darüber hinaus nichts anderes als die Menstruationstage, die mit einem kleinen Kreuz gekennzeichnet waren, und dem Buchstaben K, der in regelmäßigen Abständen wiederkam.

Martin Beck blätterte das Buch Seite für Seite durch. Im Januar und Februar erschien K regelmäßig am Donnerstag. Ebenso im März. Aber in der zweiten Woche auch am Freitag und in der letzten Woche sowohl am Mittwoch wie auch am Donnerstag. Im April war am Gründonnerstag kein K eingetragen, im Mai wieder jeden Donnerstag mit Ausnahme des Himmelfahrtstages, aber dafür an drei Sonnabenden hintereinander. Im Juni und Juli war kein K vermerkt, aber im August erschien der Buchstabe K drei- bis viermal in der Woche. Im September bis zum 11. Oktober war es wieder ausnahmslos der Donnerstag.

Martin Beck hatte gehört, wie Kollberg sich wieder dem Sekretär in dem hinteren Zimmer zugewandt hatte. Er steckte den kleinen Kalender nachdenklich in die Tasche und warf einen Blick in das Fach des Nachttisches. Unter einer Dose mit Nachtcreme lag ein kleiner Stapel zusammengefalteter Zettel.

Er legte sie auf die Nachttischplatte und faltete einen nach dem anderen auseinander. Es waren hauptsächlich Quittungen und einige unbezahlte Rechnungen, alle aus der letzten Zeit.

Zuunterst in dem Stapel lagen zwei Zettel ganz anderer Art. Zwei kurze Briefe oder Nachrichten, von Hand und auf das gleiche dünne, blaue, eng linierte Papier geschrieben.

Auf dem ersten stand:

Liebste, warte nicht auf mich. Sissys Bruder kommt in die Stadt, und ich habe keine Chance, wegzukommen. Rufe heute am späten Abend an, wenn ich es schaffe. Küsse, Kaj.

Martin Beck las den kurzen Text zweimal. Die Handschrift war flüssig und gut lesbar, ziemlich steil und sah beinahe wie Druckschrift aus.

Dann nahm er den anderen Zettel.

Geliebte Sigge! Kannst du mir vergeben? Ich war nicht bei Sinnen, und was ich gesagt habe, war nicht so gemeint. Du musst am Donnerstag kommen, damit ich dir alles erklären kann. Ich sehne mich nach dir. Ich liebe dich. Kaj.

Er nahm die beiden Zettel und ging zu Kollberg hinein, der am Sekretär stand und zwei Sparkassenbücher durchblätterte.

«Viel Geld hatte sie nicht auf dem Konto», sagte er, ohne sich umzudrehen. «Einzahlungen und Abhebungen, als ob sie hätte sparen wollen, es ihr aber nicht gelungen wäre. Vor der Scheidung ging es ihr finanziell sehr viel besser. Was ist das?»

Martin Beck hatte die Zettel vor Kollberg auf die Tischplatte gelegt.

«Liebesbriefe, glaube ich.»

Kollberg las und sagte dann: «Das hilft uns nicht viel weiter. Vielleicht ist sie mit diesem Kaj abgehauen.»

Martin Beck zog den Taschenkalender heraus und zeigte Kollberg die Eintragungen. Kollberg gab einen erstaunten Pfiff von sich.

«Einen Liebhaber mit festen Gewohnheiten. Ich frage mich, warum ausgerechnet nur donnerstags.»

«Vielleicht hat er einen Beruf, bei dem er nur donnerstags abkömmlich ist», überlegte Martin Beck.

«Bierfahrer», schlug Kollberg vor. «Liefert jeden Donnerstag Bier in der Gastwirtschaft ab. Oder so was.»

«Komisch, dass Herrgott nichts davon weiß.»

Martin Beck nahm einen leeren Umschlag aus der Schublade des Nähmaschinentisches, legte den Taschenkalender und die beiden Zettel hinein und steckte ihn in die Gesäßtasche.

«Bist du fertig?», fragte er.

Kollberg blickte umher.

«Ja», antwortete er dann. «Hier gibt es nichts Interessantes mehr. Steuerbescheide, Geburtsurkunde, einige uninteressante Briefe, Quittungen und so weiter.»

Er räumte den Sekretär wieder ein.

«Wollen wir gehen?»

Als sie auf den Weg einbogen, sahen sie, dass vor Folke Bengtssons Haus eine lange Reihe von Autos stand. Die Uhr war jetzt halb zehn, und die Reporter waren auf die Beine gekommen.

Kollberg gab Gas und fuhr schnell an der Schar der Journalisten vorbei auf die Landstraße hinaus. Dabei stellten sie fest, dass noch zwei weitere Polizeiwagen auf dem Hof standen, der jetzt mit einer Leine abgesperrt war.

Auf dem Weg nach Anderslöv sprachen sie eine ganze Weile nichts. Schließlich sagte Martin Beck:

«Auf dem einen Zettel schreibt er ‹du musst kommen›. Das deutet doch darauf hin, dass sie sich nicht bei ihr zu Hause trafen, oder was meinst du?»

«Fragen wir Herrgott», gab Kollberg zuversichtlich zurück. «Er weiß vielleicht was.»

Herrgott Nöjd war sehr verblüfft über Martin Becks Fund.

Er kannte keinen Kaj.

In ganz Anderslöv gab es keinen, der so hieß. Das heißt, einen gab es, aber der war sieben Jahre alt und gerade zur Schule gekommen.

Und so viel er wusste, hatte Sigbrit Mård am Donnerstagabend in der Konditorei in Trelleborg gearbeitet.

Sie pflegte nicht vor elf nach Hause zu kommen, wenn sie Spätdienst hatte.

«Er nennt sie Sigge», murmelte er nachdenklich. «Ich habe nie gehört, dass jemand sie so genannt hat. Sigge, das hört sich albern an. Außerdem ist das ein Jungenname und passt überhaupt nicht zu einer Frau wie Sigbrit.»

Er starrte auf die hellblauen Zettel und kratzte sich im Genick. Dann fing er zu kichern an.

«Überlegt mal, wenn sie sich mit ihrem Liebhaber auf und davon gemacht hätte. Dann können die da draußen so viel buddeln, wie sie wollen. Und Folke kann dann ein Kartoffelfeld aus dem ganzen Grundstück machen.»

14

Ein schwacher Wind wehte von Süden, und in Lee unter Land war die Wasseroberfläche der Bucht glatt und spiegelblank, aber weiter draußen auf dem See zogen schnelle böige Windstöße dunkle Streifen über die ruhige Wasseroberfläche. Dort, wo die schrägen Strahlen der Nachmittagssonne nicht hinreichten, stieg feuchte Kälte aus dem sumpfigen Boden, und über dem Schilf am Strand lag ein leichter Dunst.

Es war der 11. November, ein Sonntag, und der Himmel war unverändert blau und wolkenlos. Die Uhr war halb zwei, und die Sonne würde noch zwei Stunden wärmen, bevor die Dämmerung und mit ihr die Kälte des Abends kam.

Auf dem Pfad an der südwestlichen Ecke des Sees kam eine Gruppe von Menschen. Sechs Frauen, fünf Männer und zwei Jungen im Alter von acht bis zehn Jahren. Alle hatten Gummistiefel an und die Hosenbeine in die Stiefelschäfte gesteckt, und die meisten trugen Rucksäcke oder Schultertaschen. Sie liefen schnell und im Gänsemarsch, denn der Weg durch hohes Schilfdickicht, Erlen- und Haselsträucher war zu schmal, als dass zwei Personen nebeneinander gehen konnten. Alle hatten wegen des aufgeweichten Bodens die Blicke auf den Weg gerichtet.

Als sie ein Stück gegangen waren, lichtete sich das Dickicht, und der Steig führte an einem Koppelzaun mit vermoderten Pfosten und verrostetem Stacheldraht entlang. Auf der anderen Seite des Zauns lag braches Land, und hinter dem Acker begann ein dichter Nadelwald.

Der Mann, der an der Spitze ging, blieb stehen und versuchte sich blinzelnd einen Überblick zu verschaffen. Er war schlank und ziemlich klein und wirkte eher wie ein Junge als wie ein Mann in den Fünfzigern. Das Gesicht war von der Sonne verbrannt und das Haar zerzaust.

Es dauerte eine Weile, bis die anderen ihn eingeholt hatten und um ihn herumstanden.

Ein großer Mann mit grau meliertem Bart traf mit langen, gemächlichen Schritten als Letzter ein. Er hatte die Hände in die Taschen der Windjacke vergraben und sah den Kleinen fragend an.

«Was hast du jetzt erspäht? Wird es Zeit, die Richtung zu wechseln?»

«Ich schlage vor, wir halten quer über das Feld auf die Tannen zu», antwortete der Mann, der die Gruppe zu führen schien.

«Aber dann kommen wir doch vom See weg», wandte eine der Frauen ein.

Sie hatte sich auf einem Stein niedergelassen, die Beine übereinander geschlagen und eine Zigarette angezündet.

«Es war doch verabredet, dass wir um den See herumgehen. Aber du willst noch immer Gott weiß wohin. Außerdem bin ich hungrig. Sollen wir nicht bald was essen?»

Die anderen stimmten ihr zu. Alle hatten Hunger und wollten das Gewicht der Rucksäcke loswerden.

«Wir rasten, wenn wir das Feld überquert haben», beschied der Anführer.

Er hob den kleinsten der Jungen über den Zaun, dann kletterte er selbst hinüber und suchte sich mit langen Schritten einen Weg über den holperigen Boden.

Als sie den Waldrand erreicht hatten, zeigte es sich, dass sie hier nicht weiterkamen; die Bäume standen so dicht, dass nicht einmal ein Kind sich hätte durch das Dickicht drängen können. Kurze Zeit wurde diskutiert, aber da man sich nicht einigen konnte, welcher Weg der bessere war, liefen der Anführer, die Kinder und zwei der Frauen nach rechts am Waldrand entlang, während der Rest der Gruppe unter Führung des Langen nach links in Richtung auf den See abbog.

Eine Viertelstunde später trafen sich die Gruppen auf der anderen Seite der Tannenschonung, und man begann, nach einem geeigneten Rastplatz Ausschau zu halten.

Diesmal waren sich alle einig. In einer sonnigen Lichtung, zwischen einem Stapel zurechtgesägter Buchenstämme und einem Windbruch, befreiten sich die Wanderer von ihren Rucksäcken und Taschen, und als einer der Männer, dem man genügend Sachkenntnis zutraute, einen geeigneten Platz ausgewählt hatte, machten sich alle an das Holzsammeln.

In dem Windbruch gab es genügend trockene Zweige und Äste, und bald knisterte ein hübsches Lagerfeuer.

Sie lagerten sich dankbar um den Holzstoß, denn sie waren beinahe ohne Pause drei Stunden lang durch ziemlich schwieriges Gelände gelaufen.

Thermosflaschen, Butterbrotpakete und kleine Schnapsflaschen kamen zum Vorschein, und es entspann sich eine angeregte Unterhaltung während des Essens.

Ein Mann in grüner Jacke und Strickmütze stand auf und wärmte sich die Füße am Feuer.

«Dieser See ist zu groß», sagte er. «Nächsten Sonntag müssen wir uns einen kleineren aussuchen. Einen, wo es nicht ganz so viel Lehmboden gibt.»

Er machte eine Pause, um einen kleinen Silberbecher mit Ebereschenschnaps auszutrinken. Dann blickte er in den Himmel und fuhr fort: «Wer weiß, ob wir rumkommen, bevor es dunkel wird.»

Das Feuer begann in sich zusammenzusinken, und man briet Würstchen auf zugespitzten Zweigen, die über die Glut gehalten wurden.

Die beiden Jungen spielten um den Holzstapel herum Kriegen.

Der Botaniker der Gruppe war umhergestreift und ging jetzt auf die Tannen zu, um nach Pilzen zu suchen. Er hatte schon einige Hände voll Herbsttrompeten in seinen Anoraktaschen verstaut und eine Plastiktüte mit Waldmeister voll gestopft. Der sollte getrocknet werden und in seiner Wohnung einen angenehmen Duft verbreiten.

Die Tannen standen an dieser Seite nicht so dicht, und er suchte mit den Augen des Kenners den mit Nadeln bedeckten Waldboden ab.

Er rechnete kaum damit, etwas zu finden, denn der Herbst war ebenso wie der Sommer trocken und warm gewesen.

Einige Meter entfernt erspähte er etwas, das so aussah wie ein großes prachtvolles Exemplar eines stolzen Schirmpilzes. Er legte die Tüte mit dem Waldmeister auf einen großen bemoosten Stein am Waldrand und drängte sich zwischen die Stämme. Die widerspenstigen Äste bog er zur Seite und versuchte dabei, den Platz, wo der Pilz stand, nicht aus den Augen zu verlieren.

Plötzlich trat er auf weiches Moos, das unter dem Druck seines Stiefels nachgab. Sein rechter Fuß versank bis an den Stiefelschaft im Schlamm.

Komisch, dachte er.

In einer Tannenschonung wie dieser dürfte es doch keine Schlammlöcher geben.

Er zog den anderen Fuß nach und setzte ihn, um festen Halt zu bekommen, auf einen abgebrochenen Tannenast, der auf dem Boden lag. Der Ast brach durch, und der Stiefel sank ebenfalls in das Loch, jedoch nur zwei Handbreit, dann traf er auf eine feste Unterlage.

Er zog den rechten Fuß aus dem Morast, in dem sich der Stiefel festgesaugt hatte, so dass er beinahe stecken blieb, dann verlagerte er das Gewicht auf den linken Fuß, machte einen Satz und erreichte mit einem langen Schritt festeren Boden.

Den Schirmpilz hatte er vergessen; er drehte sich um und betrachtete die eigenartige moosbedeckte Lehmgrube.

Er sah die Löcher, die seine Stiefel hinterlassen hatten und in denen sich jetzt blubbernd schwarzes Wasser sammelte.

Dann entdeckte er etwas, das sich langsam durch das Moos und die Tannenzweige aus dem Morast aufrichtete, etwa einen Meter von dem Loch entfernt, in dem sein linker Stiefel gesteckt hatte.

Er stand regungslos und überlegte, was das wohl sein konnte.

Der Gegenstand nahm vor seinen Augen plötzlich Form an, und es dauerte nur den Bruchteil einer Sekunde, bis sein Gehirn registrierte, dass es die Hand eines Menschen war.

Da begann er zu schreien.

15

Am Montag, dem 12. November, war alles anders geworden.

Sigbrit Mård war nicht länger verschwunden. Sie war eine wenig schön aussehende Leiche in einem Schlammloch im Wald. Und man hatte sie nicht allzu weit von der Stelle gefunden, wo viele sie vermutet hatten. Sie war jenseits von Gut und Böse, und dieser Zustand dauerte nun schon beinahe vier Wochen an.

Folke Bengtsson wurde an diesem Vormittag in Untersuchungshaft genommen. Er hatte kein Geständnis abgelegt, aber sein eigenes Verhalten und die unklaren Zeugenaussagen waren Anlass genug, und als sein Verteidiger Widerspruch einlegte, war es eher eine formale Geste als der ernsthafte Versuch, ihn freizubekommen.

Immerhin war es ein recht guter Verteidiger, wenn auch durch viele Berufsjahre gezeichnet. In Schweden erhalten Strafverteidiger nur im Ausnahmefall eine ehrliche Chance. Es hat sich leider eingebürgert, dass Richter, um Zeit zu sparen, bereits das Urteil schriftlich niederlegen, während die Verteidigung noch plädiert. Darum haben viele Verteidiger resigniert, und die Erinnerung an berühmte Vorgänger, wie zum Beispiel Clarence Darrow, ist beinahe vergessen.

Martin Beck und der Verteidiger hatten sich sogar getroffen und kurz miteinander gesprochen. Die Unterhaltung hatte nichts eingebracht, aber der Anwalt hatte eine Bemerkung gemacht, der Martin Beck von ganzem Herzen zustimmte. Sie lautete:

«Ich verstehe ihn nicht.»

Es war wirklich nicht leicht, Folke Bengtsson zu verstehen. Martin Beck hatte am Freitag mit ihm gesprochen, drei Stunden am Vormittag und ebenso lange nach dem Mittagessen. Es war ein nutzloser Wortwechsel gewesen, bei dem beide Partner stundenlang die gleichen Redewendungen zu wiederholen schienen, die sie nur Minuten vorher gebraucht hatten.

Am Sonnabend war Kollberg an der Reihe gewesen. Er war mit noch weniger Enthusiasmus ans Werk gegangen als Martin Beck, und das Ergebnis war entsprechend.

Nichts war dabei herausgekommen.

Das Verhör hatte sich fast ausschließlich um die gleichen Vorkommnisse gedreht. Zum allergrößten Teil um die Frage, was auf der Post geschehen war.

«Ihr habt auf dem Postamt miteinander gesprochen, nicht wahr?»

«Ja, sie hat sich mir an den Hals geworfen.»

«An den Hals geworfen?»

«Sie kam zu mir und fragte, ob ich Freitag ein paar Eier für sie hätte.»

«Kann man das wirklich ‹an den Hals werfen› nennen?»

«Wie soll man es sonst nennen?»

«Hat sie nichts anderes gefragt?»

«Daran kann ich mich nicht erinnern.»

«Wollte sie nicht mit nach Hause genommen werden?»

«Daran kann ich mich nicht erinnern.»

Und dann war da natürlich die zweifelhafte Situation an der Bushaltestelle.

«Hat Sigbrit Mård ein Zeichen gegeben? Winkte sie oder so?»

«Daran kann ich mich nicht erinnern.»

«Und sie ist nicht ins Auto gestiegen?»

«Nein. Wirklich nicht.»

Martin Beck selbst neigte zu der Meinung, dass Herrgott Nöjd Recht hatte. Wahrscheinlich hatte sie gefragt, ob sie mitfahren könnte, und er hatte ausweichend geantwortet. Es war auch durchaus möglich, dass sie tatsächlich irgendwelche Zeichen gemacht hatte, als er wenige Minuten später an der Haltestelle vorbeifuhr.

Nachteilig war, dass mit den Zeugen nichts anzufangen war.

Nöjd hatte inzwischen alle verhört, die zum betreffenden Zeitpunkt in der Post gewesen waren. Vier Personen konnten bezeugen, dass Sigbrit Mård und Folke Bengtsson miteinander gesprochen hatten, aber keiner hatte gehört, worüber.

Aber das konnte Folke Bengtsson nicht wissen.

Ebenso verhielt es sich mit der den Behörden bekannten Signe Persson und dem, was sie gesehen oder nicht gesehen hatte, als ihr das Lastauto auf der Straße begegnete.

Nur eines war vollkommen sicher. Sigbrit Mård war tot, und derjenige, der sie umgebracht hatte, hatte große Mühe darauf verwandt, den toten Körper verschwinden zu lassen.

«Hier hätte sie den ganzen Winter über liegen bleiben können, ohne dass jemand sie gefunden hätte», sagte Nöjd. «Wenn nicht diese komischen Wanderer hier vorbeigekommen wären.»

Sie standen am Tatort – sofern dies der Tatort war – und beobachteten die Polizisten, die innerhalb eines abgesperrten Platzes Spuren zu sichern versuchten.

Eine ganz andere Sache war, dass Folke Bengtssons Grundstück ohne Erfolg umgegraben worden war, was sich höchstens für das Wachstum im nächsten Frühjahr nützlich erweisen konnte. Man hatte auch eine Reihe von Fußbodenbrettern im Inneren des Hauses aufgebrochen und den Hühnerstall praktisch völlig dem Erdboden gleichgemacht.

Jetzt wurde das Lastauto einer technischen Untersuchung unterzogen.

Martin Beck seufzte tief, und Nöjd blickte ihn fragend aus pfiffigen braunen Augen an.

Kollberg war an der Reihe, den monotonen Dialog mit Folke Bengtsson fortzusetzen, und Martin Beck vergaß, dass sein alter Kumpel nicht anwesend war. Wenn Martin Beck seufzte, verstand Kollberg gewöhnlich, was er meinte. Sie hatten so lange Zeit zusammengearbeitet, dass ihre Gedanken beinahe auf die gleiche Weise arbeiteten. Meistens. Gedankengänge und Überlegungen wurden ohne Worte übermittelt. Das war natürlich nicht immer so.

Und es schien sehr unwahrscheinlich, dass Nöjd begriff, warum Martin Beck seufzte.

Er fragte auch prompt: «Warum seufzt du?»

Martin Beck antwortete nicht.

«Verdammt schlechter Tatort, was? Wenn es überhaupt der Tatort ist. Aber das wird er schon sein.»

«Wenn nicht früher, so wird man es nach der Obduktion wissen», sagte Martin Beck.

Die Wanderer, die die Tote gefunden hatten, waren sicherlich naturverbundene Leute gewesen, sie hatten das Gelände sauber hinterlassen und keinen Schaden angerichtet, trotzdem musste man davon ausgehen, dass der Boden um den Fundplatz herum von vielen Füßen betreten worden war. Dass die Polizei durchs Gebüsch kroch, machte die Sache nicht besser, und außerdem waren vier Wochen vergangen, in denen es Sturm, Regen und Nachtfrost gegeben hatte.

Aus technischer Sicht gab der Tatort zu keinen Hoffnungen Anlass. Eine Art Weg führte dorthin, jedenfalls bis zum Windbruch, der aber kürzlich von schweren Holzbearbeitungsmaschinen befahren worden war. Außerdem glaubte man zu wissen, dass zusätzlich noch vor etwa einer Woche geländegängige Militärfahrzeuge diesen Weg benutzt hatten und damit den miserablen Zustand verursacht hatten.

So wie der Weg jetzt aussah, konnte er von normalen Personenwagen nicht befahren werden, aber das hätte vier Wochen früher durchaus möglich sein können.

Wenn man sich die Frage stellte, ob das Verbrechen an dieser Stelle geschehen war, musste die Antwort «Nein» lauten.

Im Großen und Ganzen kannten sich nur der Eigentümer und Leute, die hin und wieder hier arbeiteten, in diesem Gelände aus. Das nächstgelegene Gebäude war ein Wochenendhaus, in dem sich seit Ende September niemand mehr aufgehalten hatte.

Es war ein unzugänglicher und schwieriger Geländeabschnitt. Niemand, der nicht genau wusste, dass er wieder heil herauskommen konnte, würde sich mit einem Auto dort hineinwagen.

Andererseits war es nicht von der Hand zu weisen, dass die in der Nähe Ansässigen sich am besten in der Gegend auskennen mussten.

Folke Bengtsson und Sigbrit Mård wohnten nicht weit von der Stelle, und wenn man davon ausging, dass Bengtsson schuldig war, was viele taten, und niemand konnte im Augenblick das Gegenteil beweisen, dann war der Fundplatz ein weiterer belastender Punkt für ihn. Wenn der Weg befahrbar gewesen war, hätte er für die Fahrt von Anderslöv bis dahin nicht mehr als zehn Minuten gebraucht. Außerdem war es etwa die gleiche Richtung, in die er zugegebenermaßen gefahren war. Er hätte nur einen Weg früher von der Landstraße abzubiegen brauchen und sich dann nach und nach bis zu eben diesem Waldweg durchfinden müssen.

Martin Beck lehnte sich gegen einen hohen Holzstoß und blickte über den Windbruch hinweg hinüber zu dem kleinen Tannenwald.

«Was meinst du, Herrgott? Glaubst du, dass man am 17. Oktober mit einem normalen Auto bis hierher fahren konnte?»

Nöjd kratzte sich im Nacken, sodass sein Hut noch mehr auf die Seite rutschte.

«Doch», antwortete er. «Das glaube ich. Jedenfalls bis hierher zu diesen Buchenstämmen. Durch den Windbruch kommt man nicht mal mit einem Panzer durch, jetzt nicht und damals nicht. Platz, Timmy, Platz, verdammt noch mal. Ja, so ist es gut. Braver Hund.»

Die Männer, die den Tatort untersuchten, hatten einen Schäferhund bei sich, einen ausgebildeten Polizeihund, und Timmy war viel zu sehr an seinem Artgenossen interessiert, als dass er am Koppel still sitzen konnte.

«Lass ihn doch los», schlug Martin Beck vor und gähnte verstohlen, «vielleicht findet er was.»

«Oder es gibt eine Beißerei.»

«Werden wir ja sehen.»

Nöjd ließ den Hund los, und der begann sofort auf dem Erdboden herumzuschnüffeln.

«Soll Timmy uns jetzt auch noch dauernd vor den Füßen herumlaufen?», fragte Evert Johansson nach einer Weile.

Er war einer von denen, die den Tatort untersuchten.

«Ja. Sieh dir an, was er findet.»

Nach kurzer Zeit kam Johansson zu ihnen hinüber, er trug einen Overall und hohe Gummistiefel und bahnte sich mühsam einen Weg durch den Windbruch.

«Sie sieht ziemlich böse aus», berichtete er.

Martin Beck nickte. Er hatte so etwas viel zu oft mitgemacht, um noch beeindruckt zu sein. Sigbrit Mårds sterbliche Hülle sah nicht besonders ansprechend aus, war aber bei weitem auch nicht das Schlimmste, was er in dieser Hinsicht gesehen hatte.

«Ihr könnt sie wegbringen, sobald das Mädchen mit dem Fotoapparat fertig ist», ordnete er an. «Wir werden uns dann mal ansehen, was die Hunde finden.»

«Timmy hat etwas Eigenartiges gefunden», sagte Evert Johansson und hielt eine Plastiktüte mit undefinierbarem Inhalt hoch.

«Nehmt alles mit, was nicht eindeutig zur Vegetation hier gehört.»

«Und ich habe gerade dieses alte Knäuel Putzwolle gefunden», sagte Nöjd.

«Nimm es auch mit.»

Sie waren um den Holzstoß herumgegangen und näherten sich der Absperrung, an der einige nimmermüde Journalisten Wache hielten.

«Eines möchte ich allerdings zu bedenken geben. Ich würde es nicht wagen, mit Folkes altem Lastauto hierher zu fahren, auch nicht bei gutem Wetter und wenn die Wege verhältnismäßig trocken sind.»

«Aber doch beispielsweise mit deinem eigenen Wagen?»

«Ja, das hätte keine Schwierigkeiten gemacht. Bevor das Militär den Weg kaputtgefahren hat.»

«Ist dir schon der Gedanke gekommen, dass Bertil Mård dieses Gelände auch kennen müsste?»

«Ja, natürlich habe ich daran gedacht.»

Sie kamen an die Absperrung und stiegen über das Seil. Auf der anderen Seite leistete einer von Nöjds Polizeiassistenten den Reportern Gesellschaft.

Es sah dort ganz friedlich aus.

«Bist du nicht drüben gewesen und hast dir das angesehen?», fragte einer der Journalisten.

«Nein, brauch ich Gott sei Dank nicht», antwortete der Polizist.

Martin Beck lächelte. Selbst bei der ganzen Tragik und dem Elend kam etwas von dem ländlichen Idyll durch. Dies war nicht die normale alte Atmosphäre von tiefem Misstrauen und kurz bevorstehenden Schlägen mit dem Gummiknüppel.

«Ist sie nackt?», erkundigte sich einer der Reporter bei Martin Beck.

«Nicht ganz, so viel ich sehen konnte.»

«Aber ermordet?»

«So sieht es aus.»

Martin Beck blickte auf die Presseleute, die für so ein Wetter und ein derartiges Gelände schlecht gerüstet waren. Dann sagte er: «Wir können nichts Interessantes sagen, ehe nicht die Obduktion abgeschlossen ist. Da drüben liegt ein toter Mensch. Alles deutet darauf hin, dass es sich um Sigbrit Mård handelt und dass jemand versucht hat, sich der Leiche zu entledigen. Auf den ersten Eindruck würde ich sagen, dass sie nicht völlig bekleidet ist und ein Opfer roher Gewalt geworden ist. Wenn ihr hier stehen bleibt und genügend lange gefroren habt, könnt ihr zusehen, wie wir eine Bahre vorbeitragen, die mit einer Zeltplane zugedeckt ist. Viel mehr passiert nicht.»

«Danke», sagte tatsächlich einer der Reporter und machte sich zitternd auf den Weg zu dem Platz einige hundert Meter weiter, wo die Autos abgestellt waren.

Auch für Martin Beck gab es hier nicht mehr viel zu tun.

Die technische Untersuchung wurde abgeschlossen und die Obduktion ebenfalls.

Viel hatte man nicht gefunden.

Timmy hatte den merkwürdigsten Fund gemacht, ein Stück geräucherter Gänsebrust, aber das stammte mit großer Wahrscheinlichkeit von den Wanderern. Das Eigenartige daran war, so dachte jedenfalls Martin Beck, dass der Hund diesen Happen nicht gleich aufgefressen hatte.

Ein kleiner Haufen Putzwolle, mit dem nichts anzufangen war.

Sigbrit Mård selbst, ihre Kleidungsstücke und ihre Handtasche.

Die Armbanduhr hatte eine Datumsanzeige und war 16 Minuten und 23 Sekunden nach vier in der Nacht zum 18. stehen geblieben, weil sie nicht aufgezogen worden war.

Sigbrit Mård war erwürgt worden, und gegen ihren Unterleib war ein gewaltsamer Schlag geführt worden. Ihr Schambein wies eine Quetschung auf wie nach einem sehr kräftigen Hieb.

Der Zustand der Kleidung war von gewissem Interesse.

Ihren Mantel und die Bluse hatte man unbeschädigt neben der Leiche gefunden. Rock und Slip waren dagegen zerrissen worden. Ihre Geschlechtsteile waren entblößt und der Büstenhalter teilweise heruntergezogen worden.

Martin Beck blieb in Anderslöv, obwohl die Verhöre in Trelleborg stattfanden.

Er dachte über die Berichte nach. Sie konnten natürlich auf unterschiedliche Weise gedeutet werden. Eines schien allerdings offensichtlich zu sein:

Der Mantel und die Bluse waren heil, weil sie sie selbst ausgezogen hatte. Das konnte darauf hindeuten, dass sie freiwillig mitgefahren war.

Es konnte nicht genau festgestellt werden, wo sie gestorben war, wahrscheinlich in der Nähe des Morastloches, aber das blieb eine Vermutung. Ihre Handtasche enthielt das Übliche.

Die meisten Anhaltspunkte deuteten darauf hin, dass sie direkt nach dem Verlassen des Postamtes mit irgendjemandem zu dem abgelegenen Platz gefahren war, an dem sie später gefunden wurde, und dass sie irgendwo dort in der Nähe umgebracht worden war.

All das enthielt für Folke Bengtsson nichts Entlastendes. Roseanna McCraw war vor etwas mehr als neun Jahren auf eine ziemlich ähnliche Art und Weise ums Leben gekommen.

Und Bengtsson blieb bei seiner Aussage, resigniert und ohne die mindeste Bereitschaft zur Zusammenarbeit.

Die Ermittlungen kamen nicht voran.

Die Beweise reichten nicht aus, aber Bengtsson hatte die öffentliche Meinung gegen sich und würde wahrscheinlich verurteilt werden.

Martin Beck war unzufrieden mit sich selbst. Etwas stimmte bei dieser Sache nicht. Aber was war das?

Vielleicht hing es mit Bertil Mård zusammen?

Martin Beck dachte häufig an ihn und an sein Notizbuch. Das war tatsächlich ein ungewöhnlich gutes Notizbuch. Das beste, was Mård in 108 Ländern gefunden hatte. Hatte er wirklich alles darin aufgeschrieben? Zum Beispiel den Tod des brasilianischen Matrosen in Trinidad-Tobago?

Martin Beck fühlte, dass er mit Mård sprechen musste, mindestens noch einmal.

Er rief sich auch noch einmal ins Gedächtnis zurück, was Sigbrit Mård in ihrer Schultertasche gehabt hatte, nämlich das alltägliche Sammelsurium. Taschentuch, eine Schachtel Kopfschmerztabletten, Schlüssel, einige Quittungen, Kamm, Kugelschreiber, eine kleine Dose mit Süßstofftabletten, Taschenspiegel, Führerschein, Portemonnaie mit 72 Kronen, ein

Schminktäschchen mit Puder, Lippenstift, Augentusche, Lidschatten und Make-up. Außerdem eine Karte mit P-Pillen, eine für jeden Wochentag. Sie hatte sie für Montag, Dienstag und Mittwoch genommen, nicht jedoch die für Donnerstag. Da war sie bereits tot gewesen.

Konnten die P-Pillen eine Bedeutung haben? Natürlich nicht.

Sigbrit Mård war 38 Jahre alt gewesen und geschieden. Man konnte sich durchaus vorstellen, dass sie weiterhin die Pille nahm, auch wenn sie im Prinzip aufgehört hatte, mit Männern zu schlafen.

Trotzdem.

Er dachte an den Kalender und die Zettel, die er in ihrem Haus gefunden hatte.

Und an ihrem Schlüsselring hing ein Schlüssel, der zu keinem der Schlösser passte, die er kannte.

Sicher gab es einiges, das Mård verschwiegen hatte. Martin Beck nahm sich vor, nach Malmö zu fahren und mit ihm zu sprechen. Hoffentlich traf er ihn nüchtern an.

Der Freitagvormittag würde gut sein, bevor er noch dazu gekommen war, seinen Frühschoppen zu nehmen.

Martin Beck war mit der Entwicklung, die die Ermittlungen nahmen, durchaus nicht zufrieden. Und mindestens einem anderen Menschen ging es ebenso. Kollberg.

Lennart Kollberg trug seinen Teil der Untersuchungen wie ein Kreuz, und der Gang ins Gefängnis war für ihn ein echter Leidensweg.

Die Gespräche mit Folke Bengtsson wurden immer sinnloser. Sie hatten keinen Kontakt zueinander, und die Worte schienen zwischen ihnen in der Luft zu hängen, so als ob sie nicht genügend Kraft hätten, über den Schreibtisch hinweg den anderen zu erreichen.

Kollberg behauptete, dass Bengtsson psychisch ein wenig

eigenartig war – oder brutaler ausgedrückt, ganz einfach verrückt – aber für Kollberg war der Faden, der Bengtsson mit Sigbrit Mård verband, sehr lose und die ganze Situation mehr abstrakt. Nicht so für Martin Beck. Kollberg hatte sich mit dem Roseanna-Fall bei weitem nicht so intensiv befasst und auch nie den Versuch gemacht, sich in Bengtssons Psyche hineinzuversetzen. Damals hatte er mit den Vernehmungen kaum etwas zu tun gehabt.

Und jetzt hatte er immer häufiger das Gefühl, dass er nur dort herumsaß und einen Menschen quälte, der vielleicht unschuldig war und der gar nicht richtig wusste, worum es eigentlich ging.

Oder war es vielleicht so, dass er sich selbst peinigte. Er sagte etwas, aber ehe die Worte den anderen erreichten, hatten sie sich in der Luft aufgelöst.

Kollberg hatte oft in Polishuset in Trelleborg zu tun, und als er am 16. November das Gebäude verließ, traf er einen Mann, den er kannte.

Åke Boman.

«Hej», sagte Kollberg.

«Wir dürfen vielleicht gar nicht miteinander sprechen», gab Boman zu bedenken, «sonst werden wir alle beide rausgeschmissen!»

«Da pfeif ich drauf. Gibt es hier irgendwo was Vernünftiges zu essen?»

«*Jönssons Gasthaus*. Da können wir uns ordentlich den Bauch voll schlagen.»

«Dann lade ich dich dahin ein.»

«Oder ich dich.»

«Wir laden uns gegenseitig ein.»

Jönssons Gasthaus war ein guter Tipp. Genau wie's Kollberg nötig hatte, einmal so richtig reinhauen.

«Kann man sich hier auch satt essen?»

«Bis es dir zu den Ohren rauskommt. Und gute Küche.»

«Fein.»

Sie setzten sich, und Kollberg studierte ausführlich und abwägend die Speisekarte, ehe er die Bestellung aufgab.

«Willst du nicht einen Schnaps haben?», fragte Boman.

Kollberg sah ihn an. Boman hatte sich wie üblich Mineralwasser bestellt.

«Ja», antwortete er nach kurzer Überlegung. «Einen großen Schnaps. Ein achtel Korn, Fröken.»

Das Verhältnis, in dem sie zueinander standen, erforderte mindestens ein opulentes Mahl, einen ordentlichen Schluck und ein Gespräch.

«Ich habe schon öfter das Gefühl gehabt, dass wir miteinander sprechen müssten», sagte Boman. «Nur ein paar Worte.»

«Das Gleiche hat mir vorgeschwebt. Besonders dieser Tage.»

«Du hast damals sozusagen mein Leben gerettet. Ich weiß jedoch nicht genau, ob es da etwas zu retten gab. Ich wollte tatsächlich sterben. Und später noch ein paar Mal.»

«Mir blieb keine andere Wahl. So wie sich die Sache damals ergab, blieb mir nichts anderes übrig. Was waren das für Tabletten, die du genommen hast?»

«Vesparax.»

«Ach ja. Ich las, dass es die jetzt nur noch als Zäpfchen gibt. Ganz schön schlau. So als ob die Leute sich das Leben nicht genauso gut durch den Hintern nehmen könnten.»

Boman lächelte wehmütig.

Kollberg fuhr fort: «Eines wollte ich dich fragen.»

«Was denn?»

«Du hättest es beinahe geschafft. Und du wolltest ein sehr nettes Mädchen heiraten. Wie hattest du dir das vorgestellt? Mit der Sache leben? Vergessen?»

«Nein», antwortete Boman. «Als ich Alf umbrachte, habe ich mein Leben zerstört. Ich wäre vielleicht um die Strafe herumgekommen, aber ich hätte niemals damit leben können. Das weiß ich jetzt.»

«Boman», begann Kollberg.

«Du kannst Gunnarsson zu mir sagen. Spielt jetzt keine Rolle mehr.»

«Für mich bist du Åke Boman. Eines will ich dir sagen. Ich habe auch einen Menschen getötet. Davon wissen nur wenige Leute. Wenn du willst, kann ich es dir erklären.»

Åke Boman schüttelte den Kopf.

«Okay. Keine Einzelheiten. Ich bin froh, dass ich es nicht muss. Du weißt ja selbst am besten, wie man sich danach fühlt. Man kann damit nicht leben. Alles wird anders. Man kommt niemals darüber hinweg. Und ich bekam nicht einmal einen Verweis. Der Kommissar verglich mich mit Karl XII.»

Er lachte höhnisch.

«Die Wahrheit ist, dass ich es nicht mehr aushalte, Polizist zu sein. Nicht mehr lange, glaube ich. Kannst mich beim Wort nehmen. Was mich bisher gerettet hat, ist eine gute Frau und zwei nette Kinder.»

«Ich habe auch daran gedacht. Aber ich wage es noch nicht richtig.»

Der Hering und die Kartoffeln kamen.

Kollberg langte zu.

Boman hatte nicht so großen Appetit, ließ sich aber anstecken.

«Willst du meine Meinung hören?», fragte Kollberg.

«Ja und nein.»

«Hier hast du sie, gratis und franko. Ich glaube, dass Bengtsson verrückt ist. Aber er ist unschuldig. Kannst du schreiben, wenn du willst. Ich bin beinahe sicher.»

«Glaubst du, dass wir Freunde werden könnten?»

«Sind wir schon», antwortete Kollberg. Er hob das Schnapsglas. «Skål!»

Boman trank sein Mineralwasser.

Das Mittagessen zog sich hin. Kollberg trank keinen Alkohol mehr, aber sie sprachen viel.

Über alles Mögliche.

Sie saßen sich gegenüber. Ein Mörder und ein Polizist, der getötet hatte.

Sie verstanden sich.

Vielleicht hatten sie eine gemeinsame Zukunft.

«Du hast mein Leben gerettet», sagte Boman.

«Was hätte ich anderes tun können?»

«Weiß nicht.»

«Wenn du willst, kannst du jedes Wort, das ich gesagt habe, veröffentlichen.»

«Dann sitzt du in der Tinte.»

«Da scheiß ich drauf. Kannst mich beim Wort nehmen.»

Ein Gefühl der Freiheit durchrieselte ihn.

Er aß Eis mit Schokoladensauce.

«Ich bin viel zu dick», gab Kollberg zu.

«Finde ich nicht.»

«Du bist zu mager.»

«Vielleicht. Manchmal geht's mir ganz leidlich, trotz allem.»

«Trotz allem.»

«Ich habe eine kleine Wohnung hier. Willst du mit raufkommen? Nur fünf Minuten zu Fuß.»

«Okay.»

«Und dann werden wir wohl beide gekündigt.»

«Mach dir nichts draus.»

Bomans Wohnung war gemütlich eingerichtet.

Auf dem Tisch neben dem Telefon stand eine eingerahmte Fotografie.

Kollberg erkannte sie sofort wieder.

Das Bild war im Freien aufgenommen worden. Sie hatte den Kopf nach hinten gebeugt und lachte den Fotografen an. Der Wind zerrte an ihren blonden, zerzausten Haaren.

«Anne-Louise, nicht wahr?»

«Das Beste in meinem Leben. Jetzt ist sie verheiratet. Prima Kerl, glaube ich. Zwei Kinder. Ein Junge und ein Mädchen. Verdammt!», sagte Boman plötzlich.

Sie unterhielten sich noch zwei Stunden lang.

Über alles Mögliche.

Zwei Männer, die getötet hatten.

16

Zu Hause bei Bertil Mård hatte sich nichts verändert. Der gleiche Gestank nach Erbrochenem und lange nicht gelüfteten Betten. Das gleiche Halbdunkel in dem verfallenen kleinen Haus. Mård war sogar ebenso gekleidet wie beim letzten Besuch, er trug ein Unterhemd und eine alte Kapitänshose.

Neu war ein alter Petroleumofen, der vor sich hin qualmte und das allgemeine Bild von Schmutz und Verfall auch nicht gerade verbesserte.

Jedenfalls war Mård nüchtern.

«Guten Morgen, Kapitän Mård», sagte Martin Beck höflich.

«Guten Morgen.»

Mård blinzelte den Besucher an, und seine Augäpfel waren mit einer ungesunden gelben, dünnen Schicht überzogen. Die braunen Augen blickten roh und mordlustig.

«Was wollen Sie?»

«Ein bisschen mit Ihnen sprechen.»

«Ich habe jetzt keine Lust zu einer Unterhaltung.»

Mård trat nach dem qualmenden Petroleumofen.

«Sie können den hier vielleicht für mich reparieren. Der funktioniert nicht, und in der Nacht wird es hier drin kalt wie in der Negerhölle. Ich habe noch nie was von Apparaten verstanden.»

Martin Beck sah sich den Wärmespender an, der sehr alt zu sein schien. Es war Jahre her, dass er so einen überhaupt zu Gesicht bekommen hatte. Im Prinzip war er offenbar wie ein Petroleumherd konstruiert.

«Ich finde, Sie sollten sich einen neueren und besseren anschaffen», schlug er vor.

«Vielleicht», stimmte Mård abwesend zu. «Na, was wollen Sie mit mir besprechen?»

Martin Beck antwortete nicht gleich. Er setzte sich auf einen der Stühle und wartete beinahe auf einen Protest, aber Mård seufzte nur und setzte sich ebenfalls.

«Wollen Sie einen mit mir trinken?»

Martin Beck schüttelte den Kopf. Der Schnaps war der gleiche wie beim letzten Mal. Unverzollt importierter hochprozentiger Wodka. Aber davon stand nur eine Flasche auf dem Tisch, und die war noch ungeöffnet.

«Na, dann nicht.»

«Wo bekommen Sie den her?», fragte Martin Beck mit einem Blick auf die Flasche und das blaue Etikett.

«Geht Sie nichts an.»

«Nein, eigentlich nicht.»

«Das Leben ist hart in einem Land, in dem eine Flasche Whisky 15 Dollar kostet», philosophierte Mård.

«Ich nehme an, Sie haben davon gehört, dass wir Ihre Frau gefunden haben?»

«Ja. Diese Nachricht hat mich erreicht», antwortete Mård.

Er schraubte mit einer routinierten Handbewegung den Verschluss ab und warf ihn auf den Boden.

Goss sich ein halbes Wasserglas voll und betrachtete es lange, so als ob es ein lebendiges Wesen oder die Flamme einer Kerze war.

«Das Komische dabei ist, dass ich eigentlich auch nichts haben will», erklärte er.

Er nahm einen kleinen Schluck.

«Außerdem bekomme ich davon Schmerzen. Warum kann man sich, verdammt noch mal, nicht zu Tode saufen, ohne dass das wehtun muss. Wahrscheinlich ist das der Fluch aller Trinker.»

«Sie wissen also, was mit Sigbrit geschehen ist?»

«Ja. Zwar hat es keiner für nötig gehalten, mir das zu sagen. Aber die Schlampen in der Kneipe lesen zum Glück Zeitung.»

«Sind Sie traurig?»

«Wieso?»

«Sind Sie traurig? Trauern Sie um Sigbrit?»

Mård schüttelte langsam den Kopf.

«Nein», antwortete er schließlich. «Man kann nicht um etwas trauern, das man schon lange verloren hat. Aber …»

«Ja?»

«Aber es kommt mir komisch vor, dass sie nicht mehr da sein soll. Niemals hätte ich geglaubt, dass Sigbrit vor mir unter die Erde kommen würde. Und ich weiß einen, der erst recht nicht damit gerechnet hat.»

«Wer ist das?»

«Sie selbst. Sie hat mich doch schon lange für praktisch tot gehalten.»

Mård schlug mit seiner fleischigen rechten Faust auf den Tisch, aber es schien nicht so, als ob er damit etwas Besonderes bewirken wollte.

«Wann hat das denn angefangen?»

«Im gleichen Moment, als ich ihr kein Geld mehr gab.»

Martin Beck schwieg.

«Aber ich bin noch ziemlich lebendig. Ich glaube, dass ich noch ein paar Jahre so weitermachen kann.»

Er starrte Martin Beck düster an und fuhr fort: «Mehrere Jahre. Der Teufel mag wissen wie viele. In dieser Hölle.»

Mård trank sein Glas in einer Art Raserei aus.

«Das Land, das am meisten für seine Bürger getan hat. Sogar im Ausland ist darüber gesprochen worden. Wenn man dann diese Scheißgesellschaft sieht, wundert man sich darüber, wie die es geschafft haben, so viele Lügen und Propaganda zu verbreiten.»

Er goss sich wieder ein.

Martin Beck wusste nicht recht, was er tun sollte. Er wollte Mård in nüchternem Zustand halten, aber auch dessen Laune nicht verderben.

«Saufen Sie nicht so viel», sagte er versuchsweise.

«Was?»

Der Mann schien fassungslos.

«Was haben Sie gesagt? Hier in meinem eigenen Haus?»

«Ich habe gesagt, dass Sie nicht so viel saufen sollen. Das ist nichts weiter als ein guter Ratschlag. Außerdem will ich mit Ihnen sprechen und vernünftige Antworten bekommen.»

«Vernünftige Antworten? Wie soll man denn vernünftig sein, wenn man in dieser Scheiße sitzt? Glauben Sie tatsächlich, dass ich der Einzige bin, der hier in diesem wunderbaren Land sitzt und sich zu Tode säuft?»

Martin Beck wusste nur allzu gut, dass Mård nicht der Einzige war, der sich im gleichen Dilemma befand. Für einen nicht geringen Teil der Bevölkerung schien Alkohol und Rauschgift die einzige Lösung zu sein. Das galt für junge und alte Menschen.

«Sie müssten sich nur mal die Kerle draußen in meinem so genannten Restaurant ansehen. Das Schlimmste dabei ist, dass nicht ein Einziger davon beim Trinken glücklich ist. Nein, das macht ungefähr genauso viel Spaß, als wenn man den Gashahn aufdreht und dann wieder zumacht, wenn man genügend groggy geworden ist. Und dann wieder auf mit dem Hahn, wenn man so weit auf den Beinen ist, dass man seine Umgebung deutlich wahrnimmt.»

Mård starrte dumpf auf sein schmutziges Glas.

«Früher, wenn ich getrunken habe, hat es mir Spaß gemacht. Das ist der Unterschied. Das war früher, wie gesagt. Damals ging es munter her. Aber nicht hier. In anderen Ländern.»

«Zum Beispiel in Trinidad-Tobago?»

Mård schien völlig unberührt.

«Aha. Es ist euch geglückt, die Geschichte auszugraben. Das habt ihr gut gemacht. Hätte ich wirklich nicht geglaubt, dass ihr so tüchtig seid.»

«Oh, wir kriegen eigentlich 'ne ganze Menge raus. Tatsächlich fast alles.»

«Das glaubt man kaum, wenn man die Polypen draußen in den Straßen sieht. Ich habe mich oft gefragt, warum man Menschen zu Bullen ausbildet. Im Tivoli in Kopenhagen steht ein mechanischer Mensch, der die Pistole zieht und schießt, wenn man ein Geldstück einwirft. Den könnte man doch leicht so umkonstruieren, dass er den anderen Arm hebt und mit einem Gummiknüppel zuschlägt. Und dann baut man ein Tonband ein, das ‹Wie geht es?› fragt.»

Martin Beck lachte. «Das ist immerhin ein Vorschlag.»

Worüber er eigentlich lachte, war die Vorstellung, was der Rikspolischef zu Bertil Mårds Vorschlag für die Reorganisation des Polizeikorps sagen würde.

Aber das sprach er nicht aus.

«Ich hatte damals Glück», erzählte Bertil Mård. «Einen Kerl

erschlagen und vier Pfund Bußgeld aufgebrummt kriegen. In vielen Ländern wäre man dafür gehängt worden.»

«Vielleicht.»

«Hier natürlich nicht. Aber hier kann auf der anderen Seite ein Haufen Banditen die Existenz eines ganzen Volkes zerstören. Die bekommen nicht mal vier Pfund Bußgeld, sondern werden Regierungspräsidenten und haben Freiflüge zu ihren Banken in Liechtenstein und Kuwait. Doch nichts gegen Liechtenstein und Kuwait. Sind beides gute Länder.»

Mård stöhnte plötzlich auf und presste die rechte Handfläche gegen sein Zwerchfell.

«Was ist denn?», fragte Martin Beck.

Mård nahm das Glas und trank es zur Hälfte aus.

Er atmete tief, und Martin Beck wartete eine Weile. Dann wurde Mårds Blick wieder klar, und er fuhr fort:

«Aber Sie wollten ja über Sigbrit sprechen. Sie wurde also von dem Sexidioten, der in ihrer Nachbarschaft wohnte, ermordet. Und nun haben Sie ihn gefangen und können ihn ins Irrenhaus sperren, wo er sowieso hingehört. Wenn Sie ihn nicht festgenommen hätten, wäre ich rausgefahren und hätte ihn totgeschlagen. Nun brauche ich das wenigstens nicht zu tun. Was gibt es da sonst noch zu besprechen?»

«Ihre Reise nach Kopenhagen.»

«Aber Sie haben den Mörder doch schon verhaftet, zum Donnerwetter!»

«Ich bin gar nicht so sicher. Sie haben gesagt, dass Sie am 17. Oktober nach Kopenhagen gefahren sind?»

«Ja.»

«Mit der Eisenbahnfähre *Malmöhus*?»

«Ja. Und das Personal an Bord hat mich gesehen. Sowohl der Messesteward wie auch die Leute an Deck.»

«Aber die sind nicht sicher, an welchem Tag das war. Da liegt der Hund begraben.»

«Und was, verdammt noch mal, kann ich dagegen tun?»

«Was haben Sie zum Beispiel in Kopenhagen getan?»

«Hab in verschiedenen Kneipen gesessen und mich ordentlich voll laufen lassen. Ich weiß nicht mal mehr, wie ich hierher zurückgekommen bin.»

«Passen Sie mal auf, Kapitän Mård. Sie haben gesagt, dass Sie im vorderen Salon, der früher der Rauchsalon gewesen ist, gesessen haben.»

«Ja. An dem Tisch mittschiffs. Genau hinter der Schiffsglocke.»

«An dem Tisch habe ich selbst mal gesessen, man hat eine herrliche Aussicht.»

«Richtig. Es ist beinahe so, als ob man auf der Brücke steht. Wahrscheinlich sitze ich deshalb so gerne an diesem Platz.»

«Sie sind ein alter, erfahrener Seemann und ein guter Beobachter. Ist während der Reise irgendetwas passiert?»

«Auf See geschieht immer etwas. Aber nichts, woran Sie denken oder was Sie begreifen würden.»

«Da sollten Sie nicht zu sicher sein.»

Mård griff in die Gesäßtasche und zog sein abgegriffenes, in Leder gebundenes Notizbuch hervor.

«Es war ja sozusagen eine Seereise, obwohl man dort wie ein Haufen Stückgut herumsaß. Ich habe hier eine Notiz. Schreibe ja alles Interessante ins Logbuch. Wenn ich nicht gerade besoffen bin.»

Er blätterte in dem Buch bis zu einem speziellen Abschnitt.

«Hier haben wir es. *Trainferry Malmöhus* vom Fährhafen Malmö 11 Uhr 45 am 17. Oktober 1973. 16 Knoten, schätzungsweise. Bound Kopenhagen. Ich habe die Begegnungen notiert.»

«Ja?»

«Klar wie Kloßbrühe, dass man so was aufschreibt.»

«Warten Sie einen Moment.»

Martin Beck nahm Papier und Bleistift heraus, Dinge, die er selten bei der Arbeit außerhalb des Büros benötigte.

«11 Uhr 55 MS *Öresund* mit Kurs auf den Hafen Malmö.»

«Ja, dieses Schiff fährt wohl jeden Tag den gleichen Kurs.»

«Nehme ich an. Regulärer Liniendienst.»

«12 Uhr 37 MS *Gripen,* das Gleiche. Kutter im regulären Liniendienst. Ich habe ‹blaues Band› hinter den Namen geschrieben. Damit meine ich natürlich nicht das Blaue Band des Atlantik.»

«Was meinen Sie denn damit?»

«Dass er ein blaues Band in Höhe der Decksplanken aufgemalt hatte.»

«Was ist daran besonderes?»

«Früher war das Band grün. Die Reederei muss die Farben geändert haben. *12* Uhr *55* wurde es interessanter. Ein Frachter, der *Runatkindar* hieß. Flagge der Färöer-Inseln.»

«Färöer-Inseln?»

«Ja, die sieht man selten. Dann wurden wir von zwei Tragflügelbooten überholt, 13 Uhr 05 und 13 Uhr 06, *Svalan* und *Queen of the Waves*. Dann habe ich vermerkt, dass ein italienischer Zerstörer an der Langelinie lag. Und zwei kleine deutsche Frachter im Freihafen. Das ist alles.»

«Ich will mir die Namen notieren. Darf ich mal in das Buch sehen?»

«Nein. Aber ich kann sie buchstabieren.»

Er buchstabierte den Namen des Schiffes mit der Flagge der Färöer-Inseln.

Martin Beck würde diese Angaben von Benny Skacke überprüfen lassen. Aber auch ohne das war er bereits sicher: Mård hatte ein Alibi, das nicht zu erschüttern war.

Doch es gab einige andere Dinge, denen auf den Grund gegangen werden musste.

«Verzeihen Sie, wenn ich immer noch nicht fertig bin», bat

Martin Beck. «Aber wie konnten Sie wissen, dass Folke Bengtsson ein Nachbar Ihrer früheren Frau war?»

«Weil sie mir das selbst erzählt hat.»

«Sie haben doch gesagt, dass Sie sie in den letzten anderthalb Jahren nicht mehr besucht haben. Und zu der Zeit war Bengtsson doch noch gar nicht dorthin gezogen.»

«Wer hat denn behauptet, dass ich das damals gehört habe? Sigbrit kam her und versuchte, mich um Geld anzuhauen. Das kriegte sie auch; ich habe sie ja gern gehabt. Und bei der Gelegenheit haben wir es dann auch gleich noch mal gemacht. Hier auf dem Fußboden. Sie schrie wie ein abgestochenes Schwein, als es ihr kam. Damals hat sie von diesem Sexidioten erzählt. Und das war auch das letzte Mal, wo ich sie gesehen habe.»

Mård blickte mit einem eigenartigen Gesichtsausdruck auf den Fußboden.

«Verflucht. Erwürgt hat er sie, nicht wahr? Wo ist er denn jetzt?»

«Darüber wollen wir jetzt nicht sprechen.»

«Worüber sollen wir dann sprechen, verdammt noch mal? Huren? Sie haben sich ja für Bordelle interessiert. Wollen Sie ein paar Adressen haben?»

«Nein, danke.»

Bertil Mård stöhnte wieder. Drückte die Fäuste fest an die rechte Seite des Zwerchfells, an die Unterkante der Rippen. Er goss sich ein und trank.

Martin Beck wartete. Dann begann er wieder: «Es gibt einen Punkt, in dem Sie offenbar lügen, Kapitän Mård.»

«Ich habe, verdammt noch mal, den ganzen Tag über kein einziges Mal gelogen. Übrigens, welchen Tag haben wir heute?»

«Freitag, den 16. November.»

«Müsste ich eigentlich im Logbuch festhalten. Immer die

Wahrheit gesagt. Allerdings ist der Tag ja noch nicht zu Ende.»

«Obwohl Bengtsson, wie Sie selbst sagen, noch nicht in Domme gewohnt hat, ehe Sie dort endgültig ausgezogen waren, hat er Sie zweimal dort gesehen.»

«Das ist erstunken und erlogen. Ich habe seitdem meinen Fuß nicht mehr dorthin gesetzt.»

Martin Beck überlegte. Er massierte sich die Stirn. Dann fragte er: «Wissen Sie, ob Ihre geschiedene Frau jemand kannte, der Kaj hieß?»

«Ich habe nie gehört, dass darüber gesprochen wurde. Übrigens wäre ich auch nicht damit einverstanden gewesen, dass Sigbrit mit anderen Männern ins Bett ging.»

«Sie kennen keinen Kaj?»

«Nicht so auf Anhieb. Ich habe wohl mal einen getroffen, der so hieß, aber das hatte nichts mit Sigbrit zu tun.»

«Aber warum soll Bengtsson in diesem Punkt lügen? Er behauptet fest, Sie zweimal am Haus gesehen zu haben.»

«Typisch. Der Kerl ist verrückt. Er erwürgt zwei Frauen, und Sie sitzen hier und wundern sich, warum er zu lügen versucht. Sie sind mir ein schöner Polizeikommissar!» Mård spuckte auf den Fußboden. «Der automatische Polyp, von dem ich erzählt habe, wäre schon eine gute Lösung.»

Martin Beck schaltete plötzlich.

Viel zu spät, fand er.

«Was haben Sie für einen Wagen, Kapitän Mård?»

«Einen Saab. Alte grüne Karre. Habe ich schon seit sechs Jahren. Der steht draußen irgendwo herum, mit so einem Zettel an der Windschutzscheibe, dass man 35 Piepen als Bestechungsgeld mit der Post einschicken soll. Ich bin selten so nüchtern, dass ich damit fahren kann.»

Martin Beck blickte ihn lange an.

Mård schwieg.

Nach einigen Minuten brach Martin Beck das Schweigen.

«Ich gehe jetzt, und mit großer Wahrscheinlichkeit komme ich niemals wieder.»

«Das wäre mir sehr recht.»

«Irgendwie mag ich Sie. Vielen Dank, dass Sie so viel Geduld gehabt haben.»

«Ich scheiß drauf, ob die Leute mich mögen oder nicht!»

«Wollen Sie einen ehrlichen Ratschlag von mir?»

«Könnte ich schon brauchen.»

«Verkaufen Sie das Restaurant und was Sie sonst noch so besitzen. Nehmen Sie Ihr Bargeld und ziehen Sie von hier weg. Kaufen Sie einen Flugschein nach Panama oder Honduras und mustern Sie an. Auch wenn Sie als Steuermann fahren müssen.»

Mård sah ihn mit einem düsteren Blick aus seinen braunen Augen an, der sich so schnell von Wahnsinn zu vollständiger Ruhe ändern konnte.

«Das ist eine Idee.»

Martin Beck schloss die Tür hinter sich.

Natürlich würde er der Ordnung halber Benny Skacke darum bitten, die Angaben über die Schiffe zu überprüfen.

Aber das war jetzt nicht mehr so wichtig.

Folke Bengtsson hatte zweimal einen Mann mit einem beigefarbenen Volvo vor dem Haus in Domme gesehen.

Und dieser Mann war nicht Bertil Mård gewesen.

17

Als Martin Beck nach Anderslöv zurückkam, ging er auf die Polizeiwache, um mit Herrgott Nöjd zu sprechen.

In der Wachstube stand ein älterer Mann in Holzbotten und

drehte eine verschlissene Krimmermütze zwischen den Händen, vom Personal war niemand zu sehen. Die Tür zu Nöjds Zimmer war angelehnt; Martin Beck stieß sie auf und blickte hinein. Am Schreibtisch stand Britta, die Sekretärin, und blätterte in den Akten.

«Herrgott ist nach Hönsinge gefahren, hat da was zu erledigen», berichtete sie. «Er will in etwa einer Stunde wieder hier sein.»

Martin Beck blieb auf der Schwelle stehen und überlegte. Er wollte mit jemandem sprechen, hatte aber keine Lust, eine Stunde lang auf Nöjd zu warten, und Kollberg war nicht zu erreichen. Schließlich sagte er: «Richte ihm aus, dass ich nach Trelleborg runterfahre und heute Abend wieder zurück sein werde.»

Er zog die Tür hinter sich zu und ging in die Wachstube, um nach einem Taxi zu telefonieren. Der Mann in den Holzbotten legte die Krimmermütze auf den Tresen und sagte:

«Ja also, ich möchte einen Führerschein haben.»

Martin Beck schüttelte bedauernd den Kopf. «Den kann ich nicht ausstellen.»

«Aber der soll doch nur für Pferdefuhrwerke sein», bat der Mann flehentlich.

«Da müssten Sie schon mit der Sekretärin sprechen», wehrte Martin Beck ab und hob den Hörer auf.

Der alte Mann sah ratlos und unglücklich aus, so dass er hinzufügte:

«Sie kommt gleich. Das wird sicher in Ordnung gehen.»

Führerschein für Pferdefuhrwerke, überlegte er, gibt es so etwas wirklich?

Der Taxifahrer gehörte zu der seltenen Sorte, die nicht sofort ein Gespräch anfangen.

Er lenkte den Wagen, und Martin Beck dachte nach. Er versuchte zusammenzufassen, was er von dem Mann, der Sigbrit Mårds Liebhaber gewesen war, wusste.

Er hieß Kaj.

Er sandte ihr kurze Nachrichten auf einem Papier, das so aussah, als sei es aus einem Notizblock herausgerissen. Wie erhielt sie seine Mitteilungen?

Gewiss nicht mit der Post.

Wahrscheinlich war er verheiratet, mit einer Frau, die Sissy genannt wurde und einen Bruder hatte.

Er traf sich donnerstags mit Sigbrit. Ganz selten konnten sie sich auch an den anderen Wochentagen sehen, aber donnerstags immer. Es sei denn, der Donnerstag war ein Feiertag, und mit Ausnahme der Wochen im Juni und Juli. Da hatte er vielleicht Urlaub. Im Monat August hatten sie sich ungewöhnlich oft getroffen. Vielleicht war er Strohwitwer gewesen, während Sissy noch Ferien auf dem Lande machte?

Er fuhr möglicherweise einen beigefarbenen Volvo.

Er nannte sie Sigge.

Viel war das nicht.

Martin Beck dachte über den Schlüssel in Sigbrit Mårds Handtasche nach; den, der zu keinem Schloss passte. Herrgott hatte festgestellt, dass sie keinen Schlüssel zu ihrem Arbeitsplatz hatte. War es der Schlüssel zu Kajs Wohnung, oder hatten sie ein Liebesnest?

Er stellte sich viele Fragen, die meisten waren nur Spekulationen, ausgelöst durch die beiden Zettel und den Buchstaben K in Sigbrits Kalender.

Der Buchstabe bedeutete vielleicht etwas völlig anderes. Konditorei? Hatte sie an diesen Tagen Spätdienst? Kursus? Vielleicht nahm sie an einem Kursus teil? Aber nichts in ihrem Haus deutete darauf hin, und keiner, der sie kannte, hatte so etwas erwähnt. Er ließ das Taxi am Marktplatz halten und ging das kurze Stück bis zu Sigbrit Mårds Arbeitsplatz zu Fuß.

Das Geschäft schien ein beliebter Treffpunkt zu sein, der

Laden war voll, und in der Konditorei waren alle Tische besetzt.

Martin Beck wartete eine Weile und versuchte herauszufinden, welche der Frauen hinter dem Ladentisch die Geschäftsführerin war. Die ganze Zeit über kamen neue Kunden, und die Verkäuferinnen hatten alle Hände voll zu tun. Schließlich nahm er einen Nummernzettel und wartete, bis er an die Reihe kam.

Die Inhaberin der Konditorei war eine rundliche Frau in den Fünfzigern. Sie machte einen fröhlichen und mütterlichen Eindruck, und Martin Beck stellte sich vor, dass sie ständig von einem Duft von frischem Brot, Baisers und Vanillecreme umgeben war.

Sie führte ihn in ein kleines Büro hinter der Küche.

«Ich kann gar nicht sagen, wie schrecklich ich das mit Sigbrit finde», begann sie. «Ich habe ja was geahnt, als sie so plötzlich verschwand, aber dass ihr so was Furchtbares zustoßen würde, das ist gar nicht zu fassen.»

«Was war sie für ein Mensch?», fragte Martin Beck.

«Sigbrit? Ein nettes Mädchen, tüchtig und ordentlich und immer guter Laune. Sie war bei allen beliebt, sowohl bei den Arbeitskollegen wie auch bei den Kunden.»

«Wie lange hat sie bei Ihnen gearbeitet?»

«Ach, das ist schon lange her, dass sie bei mir angefangen hat. Sie ist die Angestellte, die am längsten bei mir war. Lassen Sie mich nachdenken …» Sie schloss die Augen und überlegte. «Zwölf Jahre», sagte sie schließlich. «Sie hat im Herbst 61 angefangen.»

«Dann kannten Sie sie recht gut, nehme ich an. Hat sie manchmal über ihre privaten Angelegenheiten gesprochen, zum Beispiel über ihre Ehe?»

«O ja, aber das war ja eine komische Ehe. Ich finde, sie hat gut daran getan, sich von dem Mann scheiden zu lassen, der war ja doch nie zu Hause.»

«Wissen Sie, ob sie Verhältnisse mit anderen Männern gehabt hat?»

Die Frau wehrte energisch mit ihren beiden Patschhänden ab.

«So eine war Sigbrit nicht. Sie war ihrem Mann treu, das kann ich Ihnen sagen, Herr Kommissar. Obwohl er immer auf See war und ein Raubein noch dazu. Meiner Meinung nach war er das.»

«Ich meine eher nach der Scheidung.»

«Das ist ja gerade das Komische. Sigbrit war ja immer noch jung und sah gut aus, da hätte man doch annehmen sollen, dass sie sich einen neuen Mann angelacht hätte. Aber das hat sie nicht, so viel ich weiß.»

«Welche Aufgabe hatte sie hier? Stand sie hinterm Ladentisch oder servierte sie?»

«Sowohl als auch. Die Mädchen wechseln sich ab, je nachdem, wie viel zu tun ist. Manchmal ist im Laden mehr Betrieb, und manchmal haben wir so viele Gäste, dass einer allein es mit dem Bedienen nicht schafft.»

«Was hatte sie für Arbeitszeiten?»

«Das war verschieden. Wir schließen ja erst um zehn Uhr abends, daher arbeiten die Mädchen Schicht.»

«Donnerstags abends, zum Beispiel, arbeitete sie da?»

Die Frau schüttelte den Kopf und blickte Martin Beck dann etwas erstaunt an.

«Nein», antwortete sie, «donnerstags abends hatte Sigbrit immer frei. Natürlich auch mal an anderen Abenden, aber auf dem Donnerstag hat sie bestanden.»

«Sie selbst hat also darum gebeten?»

«Ja. Dagegen arbeitete sie gern freitags und sonnabends, wenn die anderen Mädchen am liebsten frei haben wollten.»

Martin Beck saß einen Moment schweigend da. Er blickte auf das Telefon, das auf dem Schreibtisch stand, und fragte:

«Hat sie hier am Arbeitsplatz Privatgespräche geführt, ist sie angerufen worden?»

«Nein. Niemals. Ich sehe es auch nicht gern, wenn das Personal hier Privatgespräche führt, aber es kommt manchmal vor, wenn Familienangelegenheiten zu erledigen sind oder so. Aber Sigbrit ist hier nicht angerufen worden.»

Sie blickte Martin Beck plötzlich an, zog die Augenbrauen hoch und fragte: «Warum fragen Sie nach all diesen Dingen, Herr Kommissar? Er ist doch gefasst, dieser Verrückte, der sie getötet hat. Wozu sind diese Fragen noch gut?»

«Es gibt noch einige Punkte, die zu klären sind. Wir glauben, dass es in ihrem Leben einen Mann gegeben hat, und wollen ihn gerne finden.»

Die Frau schüttelte den Kopf. «Das glaube ich nicht. Sigbrit war immer gesprächig und offen. Sie hätte sicher erzählt, wenn sie einen neuen Mann kennen gelernt hätte.»

«Sie hat hier also niemals Besuch bekommen? Oder wurde von jemandem nach der Arbeit abgeholt?»

Wieder schüttelte sie den Kopf.

«Denken Sie nach», bat Martin Beck. «Das kann wichtig sein.»

«Nein», erwiderte sie. «Das ist nicht vorgekommen.»

«Haben Sie gehört, dass sie von einem Kaj gesprochen hat?»

«Nein, niemals.»

«Und Sie haben nicht ein einziges Mal beobachtet, dass sie mit einem Auto abgeholt wurde?»

Wieder Kopfschütteln.

«Dürfte ich wohl mal mit ihren Kolleginnen sprechen? Ich verspreche Ihnen, dass ich sie nicht allzu lange von der Arbeit abhalten werde.»

«Aber bitte, gern. Bleiben Sie hier, ich werde die Mädchen herschicken. Wollen Sie auch mit Frau Johansson aus der Küche sprechen?»

«Ja. Wenn es sich machen lässt, würde ich gern mit allen sprechen. Wie viele Angestellte haben Sie?»

«Fünf. Vier Mädchen, ich musste für Sigbrit ja Ersatz einstellen, und dann eine Küchenhilfe, die Kaffee kocht und belegte Brote und Platten macht. Außerdem habe ich noch die Bäckerei, aber die ist in anderen Räumen, zwei Straßen weiter, untergebracht.»

Sie stand auf. Als sie die Tür öffnete, drang aus der Küche nebenan ein Duft von Kaffee und frisch gebackenem Brot ins Büro.

Martin Beck bemerkte eine magere Frau mit weißem Haar und geröteten Händen, die in der Küche stand und eine Platte mit belegten Broten dekorierte. Erstaunt sah er zu, wie sie ein Stück Mandarine, eine Olive und eine rote Cocktailkirsche auf einen Zahnstocher spießte und den in eine dicke Scheibe Kalbssülze, die auf einem Salatblatt lag, steckte.

Die Inhaberin kam mit einem Tablett wieder, das sie vor Martin Beck hinstellte.

Kaffee und einen großen Teller mit Blätterteigstücken und Keksen.

«Ich hoffe, es wird Ihnen schmecken», sagte sie. «Nun kommt gleich Ulla.»

Martin Beck spürte, dass er hungrig war, und obwohl er sich nicht viel aus Keksen und fettglänzendem Blätterteiggebäck machte, hatte er fast alles aufgegessen, als Ulla eintrat.

Er unterhielt sich mit den vier Mädchen und zum Schluss mit der phantasievollen Küchenhilfe.

Sie beurteilten Sigbrit Mård unterschiedlich. Frau Johansson und zwei der Mädchen schienen nicht ganz so begeistert von ihr zu sein wie die Chefin. Es kam heraus, dass man sie für angeberisch und hochmütig gehalten hatte.

Niemand von den fünfen glaubte allerdings, dass sie ein Verhältnis oder sonst irgendeine Verbindung zu Männern gehabt hatte. Von einem Kaj war nie die Rede gewesen, und einen beigefarbenen Volvo hatten sie in Zusammenhang mit Sigbrit Mård niemals gesehen.

Martin Beck verließ die Konditorei und ging zum Hafen hinunter. Das Becken für die Fährschiffe war leer.

Langsam ging er hinüber zu Polishuset. Die Uhr war zwei, und das bedeutete, dass seine Chancen, Kollberg bei Folke Bengtsson zu finden, nicht sehr groß waren. Kollberg ließ es sich nicht nehmen, regelmäßig um die Mittagszeit zum Essen zu gehen.

Die Aussicht, wieder mit Bengtsson sprechen zu müssen, war alles andere als verlockend, aber es war notwendig, und diesmal konnte er konkrete Fragen stellen, und es bestand die Hoffnung, dass Bengtsson zu einer gewissen Zusammenarbeit bereit war.

Er warf einen Blick ins *Kosmopolit,* das Restaurant, das im gleichen Block wie Polishuset lag. Kollberg war nicht dort, aber er erkannte einige Kriminalbeamte, die an einem Ecktisch saßen und Heringsfilet und Kartoffelbrei aßen. Oder Sill, wie man hierzulande sagte. Sie nickten ihm zu, und er hob die Hand zum Gruß, ehe er die Tür wieder hinter sich schloss.

Folke Bengtsson befand sich in Untersuchungshaft.

Martin Beck bekam ein Zimmer mit Aussicht über den Hafen, und während er darauf wartete, dass Bengtsson gebracht wurde, blickte er aus dem Fenster.

Am Kai lag ein kleiner deutscher Frachter. Eine Frau trat hinaus auf das Deck und schüttete einen Abfalleimer an der Wasserseite aus. Eine einsame Möwe, die träge gegen den Wind segelte, tauchte sofort auf die Wasseroberfläche hinab, flog wieder auf mit etwas Langem, Schlaffem im Schnabel und zog eine weite Kurve. Die Frau blieb mit dem Eimer in der Hand stehen und sah der Möwe nach. Nach einer knappen

Minute war eine ganze Schar von Möwen versammelt; sie schrien und schlugen mit den Flügeln, während sie um die besten Happen kämpften. Die Frau verschwand durch die Tür zum Mannschaftslogis.

Folke Bengtsson war ruhig und gefasst und begrüßte Martin Beck höflich, bevor er sich auf den Besucherstuhl vor den Schreibtisch setzte.

«Kriminalinspektor Kollberg war am Vormittag hier und hat mich verhört», erklärte er. «Ich weiß nicht, was ich außer dem, was ich schon gesagt habe, noch sagen soll. Ich habe sie wirklich nicht umgebracht, das ist das Einzige, was ich sagen kann.»

«Ich bin gekommen, um nach einer ganz bestimmten Sache zu fragen. Es geht um etwas, das Sie gesagt haben, als wir uns vor zehn Tagen bei Ihnen in Domme unterhalten haben.»

Folke Bengtsson blickte Martin Beck aufmerksam und abwartend an. Er saß kerzengerade da, hatte die Hände über den Knien gefaltet und sah wie ein braver Schuljunge aus, der auf die Frage des Lehrers wartet, wie Martin Beck unwillkürlich denken musste.

«Sie haben bei der Gelegenheit gesagt, dass Sie Frau Mårds geschiedenen Mann zweimal gesehen hätten, ist das richtig?»

«Ja, das ist richtig. Ich habe ihn zweimal gesehen.»

«Können Sie dazu etwas mehr sagen? Erinnern Sie sich, wann das war?»

Folke Bengtsson saß eine Weile ganz ruhig auf seinem Stuhl und dachte nach. Schließlich antwortete er: «Das erste Mal im Frühjahr. Am letzten Sonntag im Mai. Ich kann mich daran erinnern, weil es am Muttertag war und ich im Ort gewesen war, um meine Mutter in Södertälje anzurufen. Ich rufe jedes Mal an ihrem Geburtstag und am Muttertag an.»

Er verstummte und war in Gedanken weit weg. Martin Beck wartete. Schließlich fragte er:

«Ja? Und da haben Sie Mård also gesehen? Können Sie erzählen, wie das vor sich ging?»

«Ja. Ich hatte den Wagen hineingefahren und ging zurück, um das Gartentor zu schließen. Da bog ein beiger Volvo in den Weg ein, und weil er ziemlich langsam fuhr, blieb ich stehen und überlegte, ob er vielleicht zu mir wollte. Nicht dass ich jemanden erwartete, es war ja Sonntag, aber manchmal kommen Leute und fragen, ob sie Fisch oder Eier kaufen können.»

«Aus welcher Richtung kam das Auto?»

«Aus Richtung Malmö.»

«Haben Sie gesehen, wer am Steuer saß?»

«Ja, ihr Mann, das habe ich doch gesagt.»

Martin Beck ließ den Mann vor sich nicht aus den Augen.

«Wie sah er aus?»

Folke Bengtsson saß wieder einen Moment schweigend da, so als ob er die Frage nicht gehört hätte. Dann antwortete er: «Ich hatte davon gehört, dass er Kapitän gewesen war. Aber ich fand, dass er nicht aussah wie ein Seemann. Er war natürlich braun gebrannt, aber er sah eher schmal und schwächlich aus. Ziemlich klein. Er hatte gewelltes, beinahe weißes Haar und trug eine Brille.»

«Haben Sie ihn so deutlich gesehen? Selbst wenn er langsam gefahren ist, können Sie das doch gar nicht auf einmal alles bemerkt haben?»

«Nein. Damals habe ich ihn vielleicht nicht so genau ansehen können. Aber ich habe ihn später noch einmal gesehen.»

«Wann war das?»

Folke Bengtsson blickte aus dem Fenster.

«Ich weiß nicht genau. Aber das ist noch gar nicht so lange her, vielleicht Anfang September.»

«Und was war da? Kam er wieder mit dem Auto?»

«Nein, aber der Wagen stand auf Sigbrits Grundstück. Ich war unten im Wäldchen gewesen und hatte nachgeguckt, ob es schon Champignons gab. Es waren keine da. Dort wachsen normalerweise ziemlich viele Champignons, man kann einige Liter finden, und viele Kunden freuen sich, wenn sie Pilze kaufen können, besonders Champignons.»

«Sie kamen also auf dem Weg an Sigbrit Mårds Haus vorbei?»

«Ja. Das stimmt. Und da kam er aus dem Haus heraus, ging die Treppe hinunter und dann zum Auto und setzte sich rein. Vielleicht habe ich dabei den Eindruck gewonnen, dass er für einen Seemann recht schwächlich und kläglich aussah.»

Er schwieg wieder. «Seeleute sind normalerweise kräftig. Aber er soll ja krank gewesen sein, habe ich gehört», setzte er schließlich hinzu.

«Haben Sie Frau Mård bei der Gelegenheit auch gesehen?»

«Nein, das nicht. Ich sah nur Herrn Mård auf der Treppe stehen und den Mantel zuknöpfen, und dann ging er zum Auto und setzte sich hinein. Er fuhr an mir vorbei, kurz bevor ich an meinem Haus angekommen war.»

«In welche Richtung?»

«Wie bitte?»

«In welche Richtung fuhr er? Als er auf die Landstraße eingebogen war?»

«Nach Malmö. Er wohnt doch da, habe ich gehört.»

«Was hatte er an?»

«Ich kann mich nur an den Mantel erinnern. Das war so ein brauner Schafspelz mit dem Fell an der Innenseite. Der sah neu und elegant aus, muss aber an so einem Tag sehr warm gewesen sein. Auf dem Kopf hatte er nichts.»

Er hob den Blick und sah Martin Beck an.

«Es war ein warmer Tag, daran kann ich mich erinnern.»

«Fällt Ihnen noch etwas über ihn ein?»

Folke Bengtsson schüttelte den Kopf. «Nein, nur dies.»

«Haben Sie gesehen, welche Nummer der Wagen hatte?»

«Nein, wirklich nicht. Daran habe ich nicht gedacht.»

«Hatte er noch alte Nummernschilder, sodass Sie sehen konnten, in welchem Bezirk er registriert war?»

In Schweden war man gerade dabei, das gesamte Nummernsystem umzustellen.

«Nein, daran kann ich mich nicht erinnern.»

Folke Bengtsson kehrte wieder ins Gefängnis zurück, und Martin Beck wurde von einem Polizeiwagen nach Anderslöv mitgenommen.

Kollberg war noch nicht wieder zurück, aber Nöjd saß in seinem Arbeitszimmer in der Polizeiwache. Martin Beck erzählte von seinem Besuch in Trelleborg, und Nöjd sagte nachdenklich:

«Na, das muss dann ja wohl jener Kaj gewesen sein, der den beigefarbenen Volvo fuhr. Ich werde mich mal im Ort umhören, ob sonst noch jemand ihn oder den Wagen gesehen hat. Aber ich glaube nicht, dass viel dabei herauskommt; wenn ihn jemand kennen würde, hätte ich das schon früher erfahren. Als Sigbrit noch verschwunden war.»

Sie saßen eine Weile schweigend da. Schließlich fügte Nöjd hinzu:

«Sieht so aus, als ob Folke der einzige Zeuge dafür ist, dass dieser Mann überhaupt existiert.»

18

Das Auto taugte nicht. War für diesen Zweck viel zu auffallend. Ein großer hellgrüner Chevrolet, der im Nummernschild dreimal die Sieben hatte und dazu viel Chrom und viele Scheinwerfer.

Außerdem war er gesehen worden, und ein übereifriger Nachbar hatte sich bereits die Mühe gemacht und 90 000, die Nummer des allgemeinen Notdienstes, angerufen, der die Gespräche an Polizei, Feuerwehr, Krankenwagen usw. weiterleitet.

Es war früh am Morgen und noch sehr frisch; später würde es für einige Leute ein ziemlich heißer Tag werden. Feuchtigkeit stieg aus den Wiesen auf und vermischte sich mit den Nebelschwaden, die von der See herüberkamen. Das Licht der Morgendämmerung war weißgrau, dunstig und unbestimmt.

Auf dem Rücksitz des grünen Autos lagen zwei zusammengerollte Teppiche, ein Fernsehapparat, ein Transistorradio und fünf Flaschen Schnaps. Der Koffer enthielt einige Bilder, eine Statuette zweifelhafter Herkunft, den dazugehörigen Untersatz und verschiedenen anderen Ramsch.

Auf dem Vordersitz saßen zwei Diebe. Beide waren jung und nervös und machten viele Fehler. Beide wussten, dass sie beobachtet worden waren, und außerdem hatten sie Pech. Es hatte schlimm begonnen und würde übel weitergehen.

Um diese Stunde war die Straßenbeleuchtung schon abgeschaltet, aber der schwache Schimmer der Morgendämmerung genügte, um ohne Licht zu fahren. Der Motor summte niedrigtourig, als der hellgrüne Wagen zwischen den Hecken der Wohnsiedlung dahinglitt. Am Ende der Straße verlangsamte er seine Fahrt und hielt vor der Kreuzung an. Dann bog er vorsichtig wie ein Zirkustiger auf seinem Weg in die

Manege auf die Landstraße ein. Der Beton war feucht vom Morgentau, und man konnte deutlich eine Fahrspur darauf sehen, sodass es für den Nichteingeweihten so aussah, als ob gerade eine Kehrmaschine die Fahrbahn eingesprengt hatte. Wer sich hier auskannte, wusste allerdings, dass sich die Straßenreinigung nie bis so weit außerhalb der Stadt verirrte.

Ein hellgrünes amerikanisches Auto mit abgeschalteten Scheinwerfern. Es tauchte wie ein Gespenst aus dem Dunst auf, verschwommen in den Konturen und beinahe lautlos.

Der Streifenwagen dagegen hatte absolut nichts Ungewöhnliches an sich.

Ein schwarz und weiß lackierter, viertüriger Valiant mit Suchscheinwerfern und zwei blauen Blinklichtern auf dem Dach. Niemand konnte ihn übersehen. Sicherheitshalber war darüber hinaus auf Türen, Motorhaube und Kofferraumklappe in gut lesbaren Buchstaben das Wort POLIZEI aufgemalt.

Die Zahl der Autos pro Kopf der Bevölkerung war in Schweden immer noch sehr hoch und, was Streifenwagen betraf, einsame Spitze. Auch wenn es immer häufiger vorkam, dass diese Fahrzeuge plötzlich anhielten und seltsam gekleidete Männer mit Waffen in den Händen ausspuckten, so hatte doch kaum jemand in der Bevölkerung eine persönliche Verbindung zu ihnen.

Die Wagen kurvten an den unmöglichsten Stellen herum oder standen einfach mit laufendem Motor da und verpesteten die Luft, während die Polizisten krumme Rücken und immer niedrigere Intelligenzquotienten bekamen und ihr Ansehen bei der Bevölkerung laufend abnahm.

Ein Polizist zu Fuß war zu einer Sehenswürdigkeit geworden, unabhängig davon kündigte sein Anblick jedoch stets Unheil an.

Zu dieser speziellen Besatzung gehörten drei Polizisten mit Namen Elofsson, Borglund und Hector.

Elofsson und Borglund waren ein altes, aufeinander eingespieltes Team und sahen aus, wie Polizisten in mittleren Jahren meistens aussehen. Hector war jünger und machte einen munteren Eindruck. Er war in dem Wagen eigentlich überflüssig, milde gesagt, fuhr nur aus Lust und Laune mit und um Überstundengelder zu kassieren. Er hatte sich gepflegte Koteletten stehen lassen, die heutzutage unter jungen Polizeibeamten große Mode waren.

Borglund war fett und faul und schlief mit offenem Mund auf dem Rücksitz. Elofsson trank Kaffee aus einer Thermosflasche mit kariertem Überzug und nuckelte an einer Zigarette. Hector war Nichtraucher und hatte demonstrativ die Fensterscheibe heruntergekurbelt. Ansonsten hatte er die Hände auf das Lenkrad gestützt und starrte gelangweilt und schlecht gelaunt durch die Windschutzscheibe. Alle drei trugen graublaue Uniformen im Overallschnitt und Pistole und Gummiknüppel in den weißen Lederkoppeln.

Der Wagen stand mit eingeschaltetem Parklicht am Wegrand. Wie üblich lief der Motor im Leerlauf, und die giftigen Abgase legten sich erstickend auf die verwelkende Vegetation des Grasstreifens.

Keiner der Männer hatte in der letzten Viertelstunde etwas gesagt.

Hector saß da und trommelte mit den Fingern auf der Liste mit den Funkkennziffern herum. Die sah so aus:

01 – Randalierende Betrunkene, 02 – Kind, verschwunden, 03 – Kind, aufgegriffen, 04 – Betrug, 05 – Feuer, 06 – Schlägerei in der Wohnung, 07 – Schlägerei, sonstige, 08 – Tier, verletzt (tot, in Verwahrung genommen), 09 – Todesfall, 10 – Gesuchte Person, 11 – Betrunkene, 12 – Alkohol am Steuer, 13 – Anstoß erregen, widersetzlich, 14 – Verschwundene Person, 15 – Hausfriedensbruch, widerrechtliches Eindringen, 16 – Hilfe, Rettungsmaßnahmen, Unterstützung, 17 – Kontrolle, Person, Fahrzeug, 18 – Alarm, 19 – Wohnungsdurchsuchung, 20 – Misshandlung, Gewalttätigkeit, 21 – Kraftfahrzeug, bei Diebstahl gestellt, 22 – Kraftfahrzeug, gestohlen aufgefunden, 23 – Unfug, Kinder, Jugendliche, 24 – Bedrohung, 25 – Geisteskranke, 26 – Raub, Handtaschen wegreißen, 27 – Sittlichkeitsverbrechen, 28 – Krankheitsfall, Unfall, 29 – Selbstmordversuch, 30 – Beschädigung, 31 – Diebstahl, Einbruch, 32 – Diebstahl, sonstige, 33 – Verkehrsvergehen, 34 – Verkehrsbehinderung o. Ä., 35 – Verkehrsunfall, Rettungswagen, 36 – Verkehrsunfall, sonstige, 37 – Transport, Begleitung, 38 – Transport, sonstige, 39 – Widerstand gegen die Staatsgewalt, 40 – Hinauswurf, 41 – Alarm Passkontrolle, Flugplatz, 42 – Alarm Zollkommissariat, Öresundskai, 43 – Alarm Zollkommissariat, Eisenbahnfähre, 44 – Alarm Zollkommissariat, Limhamn, 45 – Rauschgiftverbrechen, 46 – Überwachungsauftrag, 47 – Gefährliche Person festnehmen, geisteskrank, 48 – Gesuchte Person verfolgen, 49 – Achtung, größte Vorsicht geboten, 50 – Person mit Schusswaffe, 51 – Allgemeiner Alarm, 52 – Anzeige, erste Meldung, 53 – Abgewiesen, Hinauswurf, 54 – Andere Streife unterstützen, 55 – Fahndung ohne Ergebnis, 56 – Nicht losfahren, 57 – Keine Maßnahmen, 58 – Verdächtigen am Tatort begleiten, 59 – Stichwort, 60 – Kläger macht Anzeige, 61 – Ordnungsstrafe, 62 – Bußgeld für falsches Parken, 63 – Von Anzeige absehen, 64 – Ausgeführt, 65 – Übergeben, 66 – Sonstiges, 67 – Kurze Pause (kurz), 68 – Abbrechen.

Kurze Zeit vorher hatte Hector das Funkgerät lauter gestellt, aber Elofsson hatte mit dem Recht des dienstälteren Kollegen die Lautstärke sofort wieder gedrosselt. Hector ließ es sich gefallen, und nun klang die Stimme aus dem Gerät sehr viel gedämpfter. Elofsson hörte überhaupt nicht zu, Borglund atmete röchelnd, und Hector musste sich anstrengen, um mitzubekommen, was gesagt wurde.

«Guten Morgen, guten Morgen, guten Morgen, liebe Kollegen draußen auf den Straßen unserer Stadt. Es gibt etwas Arbeit für euch. Eine 6 in Björkgatan in Sofielund. Lärm. Offenbar eine Party mit Alkohol. Nächste Streife hin und eingreifen. Wie bitte? Ja, sie spielen und singen. Björkgatan 23. Ein 31 wird vermutet, vor einem Einfamilienhaus in Ljunghusen. Rockerauto. Zweifarbiger blauer Chrysler, auf dem Nummernschild A und drei Sechsen. Nächste Streife geeignete Maßnahmen treffen. Adresse ist Solbacksvägen. Kann mit versuchtem Einbruch in Einfamilienhaus zusammenhängen. Ein junger Mann und zwei Mädchen sind beobachtet worden. Kontrolliert mal routinemäßig.»

«Das ist ja hier», fuhr Hector auf.

«Was?», fragte Elofsson.

Borglund reagierte nur mit einem fast beleidigt klingendem Schnarchen.

«Die Kollegen in der Nähe können ja mal ihre Augen aufsperren», sagte die Stimme. «Übliche Maßnahmen. Kein Risiko eingehen. Das Fahrzeug kontrollieren, wenn es auftaucht. Fahrtrichtung unbekannt. Kein Aufsehen erregen. Ruhig bleiben, wenn ihr was findet. Ganz normale Verkehrskontrolle. Mehr vorerst nicht. Guten Morgen, guten Morgen.»

«Das ist doch hier», wiederholte Hector.

Elofsson schlürfte aus seinem Plastikbecher, antwortete jedoch nicht. Borglund drehte sich im Schlaf um.

«Ganz nahe!»

«Überanstreng dich mal nicht, Junge», sagte Elofsson und suchte in seiner Kuchentüte.

Er biss in eine Zimtschnecke.

«Ganz in der Nähe. Wir fahren hin», schlug Hector vor.

«Immer mit der Ruhe, Junge. Da ist sicher gar nichts los. Und wenn da was ist, gibt es noch andere Polizisten als uns.»

Hector wurde rot.

«Ich verstehe nicht, was du meinst.»

Elofsson kaute.

Borglund seufzte tief und piepste vor sich hin, vielleicht träumte er vom Rikspolischef.

Sie standen keine zwanzig Meter von der Kreuzung entfernt, als der hellgrüne Chevrolet auf die Landstraße einbog.

«Da haben wir die Schweine», rief Hector.

«Meinst du?», fragte Elofsson mit vollem Mund.

«Die knöpfen wir uns vor!» Hector legte den Gang ein und trat scharf aufs Gaspedal.

Der Streifenwagen machte einen Ruck vorwärts.

«Was ist?», fragte Borglund schläfrig.

«Diebe», antwortete Hector.

«Glaubst du!», widersprach Elofsson.

«Wie? Was ist los?», fragte Borglund verschlafen.

Die jungen Leute in dem grünen Auto bemerkten den Streifenwagen erst, als er direkt neben ihnen fuhr, und da war es bereits zu spät.

Hector gab Gas, schnitt ihnen den Weg ab und bremste scharf. Der Streifenwagen rutschte auf dem Tau. Der grüne amerikanische Wagen wurde rechts rangedrängt und kam mit den Vorderrädern nur zehn Zentimeter vom Grabenrand entfernt zum Stehen. Der am Lenkrad Sitzende hatte so gut wie keine Wahl.

Hector war als Erster aus dem Wagen. Er hatte bereits seine Pistolentasche aufgeknöpft und seine Walther 7,65 gezogen.

Elofsson stieg an der anderen Seite aus.

Borglund kam als Letzter, ahnungslos und keuchend.

«Was ist denn los?», fragte er.

«Fahren ohne Licht», schrie Hector, «das gibt ein saftiges Strafmandat. Raus aus dem Schlitten, ihr Lümmels.»

Er hatte die Pistole in der rechten Hand.

«Und wenn ich ‹jetzt› sage, meine ich nicht morgen oder übermorgen. Raus!»

«Nun mal langsam», beschwichtigte ihn Elofsson.

«Keine Tricks!», rief Hector.

Die Männer in dem grünen Auto stiegen jeder an seiner Seite aus. Ihre Gesichter waren wie weiße Flecken im Dunst.

«Nur ein kleines Routinegespräch», erklärte Elofsson.

Er stand am nächsten und hatte seine Pistole noch nicht einmal angefasst.

«Immer mit der Ruhe», sagte er.

Hector stand schräg hinter ihm, mit der Pistole in der Hand und dem rechten Zeigefinger am Abzug.

«Wir haben nichts getan!»

Die Stimme klang jung. Sie konnte von einem Mädchen stammen, aber auch von einem Jungen, der den Stimmbruch noch nicht ganz überwunden hatte.

«Das sagen sie alle», höhnte Hector. «Unvorschriftsmäßige Beleuchtung zum Beispiel. Was sagt ihr dazu? Guck dir mal an, was sie im Wagen haben, Emil.»

Elofsson, der nur wenige Meter vor ihnen stand, sah, dass die beiden Verdächtigen junge Männer waren. Beide trugen Pelzjacken, Jeans und Turnschuhe, aber damit hörte die Ähnlichkeit auch schon auf. Der eine war groß und hatte kurze dunkle Haare, der andere war eher klein, und sein schulterlanges Haar war blond und lockig. Keiner von beiden sah älter als zwanzig aus.

Elofsson ging auf den Größeren zu und fingerte am Pistolenhalfter, ohne es jedoch aufzuknöpfen. Stattdessen nahm er die Hand weg, zog seine Taschenlampe heraus und leuchtete auf den Rücksitz. Steckte die Lampe wieder ein.

«Mmm», brummte er.

Dann drehte er sich jäh zu dem Großen um und packte ihn am Kragen der Jacke.

«So, ihr Schweine», sagte Hector hinter ihm.

«Was ist denn los?», fragte Borglund.

Und das war offenbar das Stichwort.

Elofsson handelte gewohnheitsmäßig. Er hatte mit beiden Händen die Jacke des anderen ergriffen. Als Nächstes würde er das Opfer zu sich heranziehen und ihm das rechte Knie in den Unterleib stoßen. Damit war die Angelegenheit erledigt. Wie so viele Male vorher. Ohne dass von der Schusswaffe Gebrauch gemacht worden war.

Aber Emil Elofsson hatte zum letzten Mal einen Verdächtigen mit dem Knie schwer verletzt. Der junge Mann mit dem kurz geschnittenen Haar stellte sich die Sache anders vor. Er hielt die rechte Hand am Gürtel in der Nähe der linken Hosentasche. Im Hosenbund steckte ein Revolver, und er wusste offenbar sehr genau, wie man damit umgehen musste. Er zog die Waffe und drückte ab. Mehrmals.

Der Revolver war für das Schießen auf kurze Entfernung konstruiert, ein vernickelter Colt Cobra Kaliber .32 mit sechs Schuss in der Trommel. Die beiden ersten Schüsse trafen Elofsson in das Zwerchfell, der dritte ging unter seinem Unterarm durch, ebenso der vierte. Beide trafen den hinter Elofsson stehenden Hector ganz dicht nebeneinander in die rechte Hüfte und hatten zur Folge, dass er rückwärts über die Fahrbahn taumelte und der Länge lang auf den Rücken fiel, mit den Schultern gegen einen niedrigen Drahtzaun, der dicht am Wegrand entlanglief. Schuss Nummer fünf und sechs gingen in die Luft. Sie waren offensichtlich für Borglund bestimmt, aber der hatte die nur allzu menschliche Eigenschaft, pulverscheu zu sein, und sich schon, als der erste Schuss fiel, Hals über Kopf in den Graben an der nördlichen Seite des Weges fallen lassen. Der Graben war tief und feucht, und sein schwerer Körper schlug schwer auf die Grabensohle auf. Er blieb auf dem Bauch in dem Matsch liegen und wagte kaum, den Kopf zu heben. Im nächsten Augenblick fühlte er einen starken, stechenden Schmerz an der rechten Seite des Halses.

Elofsson hatte den Fuß bereits angehoben und das Knie leicht vorgezogen, als die Geschosse seinen Körper trafen. Er klammerte sich an der Pelzjacke fest und ließ nicht los, bis der Schütze einige Schritte rückwärts wich und die Kammer aufschnappen ließ, um nachzuladen.

Er fiel vornüber und blieb auf der Seite liegen, eine Wange lag auf der Fahrbahn, und der rechte Arm war hilflos unter dem Körper eingeklemmt, ebenso wie die Pistole in der immer noch nicht aufgeknöpften Tasche.

Trotz des dämmrigen Lichts sah er deutlich, wie der Mann mit dem Revolver ohne Hast neue Patronen, die er offenbar lose in der Tasche gehabt hatte, in die Trommel steckte.

Elofsson hatte große Schmerzen, und die Vorderseite seiner Uniform war bereits vom Blut durchnässt und klebrig. Er konnte weder sprechen noch sich bewegen, nur beobachten. Er war völlig hilflos. Trotzdem war er mehr erstaunt als ängstlich. Wie hatte so etwas geschehen können? Zwanzig Jahre lang war er mit Leuten umgesprungen, hatte sie angebrüllt, angerempelt, mit Füßen getreten, ihnen eins mit dem Gummiknüppel übergezogen oder sie mit der flachen Seite des Säbels geschlagen. Immer war er der Stärkere gewesen, in der Übermacht, war bewaffnet gegen Unbekannte vorgegangen, hatte Recht gegen Rechtlose durchgesetzt und Macht über Machtlose gehabt.

Und nun lag er hier.

Der Mann mit dem Revolver war zwanzig Schritte entfernt. Es war heller geworden, und Elofsson sah, wie er den Kopf drehte, und hörte ihn die drei Worte brüllen:

«Ins Auto, Kasper!»

Dann hob der Mann die linke Hand, legte den Lauf in die Armbeuge und zielte sorgfältig. Auf wen?

Die Frage war überflüssig. Ein Querschläger, weniger als einen halben Meter von seinem Gesicht entfernt, ließ die Funken sprühen. Gleichzeitig hörte er einen Schuss hinter sich. Schoss der andere Idiot ebenfalls? Oder war es Borglund? Den Gedanken ließ er fallen. Wenn Borglund nicht schon tot war, lag er irgendwo und stellte sich tot.

Der Mann mit dem Revolver stand jetzt still. Breitbeinig. Zielte.

Elofsson schloss die Augen. Fühlte das Blut aus seinem Körper rinnen. Er sah nicht sein Leben an sich vorbeiziehen, sondern dachte nur: Jetzt sterbe ich.

Hector hatte im Fallen seine Pistole in der Hand behalten. Er lag auf dem Rücken, sein Kopf lehnte an dem Zaun, und er sah die Gestalt mit den kurz geschnittenen Haaren ebenfalls, jedoch der größeren Entfernung wegen undeutlicher. Außerdem lag Elofsson mitten im Schussfeld, aber so dicht auf die Fahrbahn gedrückt, dass er darüber hinwegschießen konnte.

Im Gegensatz zu seinem Kollegen war Hector nicht besonders erstaunt. Er war jung, und dies hier war eigentlich genau, wie er sich seinen Beruf vorgestellt hatte. Sein rechter Arm war nach wie vor unverletzt, aber mit dem linken stimmte etwas nicht, und es fiel ihm sehr schwer, mit der linken Hand das Schlussstück zu ergreifen und durchzuziehen. Und eine solche Bewegung war notwendig, denn der Vorschrift entsprechend hatte er tatsächlich keinen Schuss im Lauf. (Bei Elofsson und Borglund war das anders, aber die beiden hatten weder Freude noch Nutzen davon.) Die Handbewegung glückte erst, als der andere bereits seinen ersten Schuss in der zweiten Serie abgefeuert hatte.

Hector litt. Der Schmerz im Arm und der ganzen linken Seite war kaum auszuhalten, und manchmal verschwamm die ganze Szene vor seinen Augen. Er gab den ersten Schuss versehentlich durch eine unwillkürliche Bewegung des Fingers ab, und der lag prompt zu hoch.

Jetzt war nicht die Zeit für Warnschüsse, das war ihm klar. Hector erzielte auf dem Schießstand ganz gute Ergebnisse, aber in diesem Moment ging es um Leben und Tod. Die Gestalt im Nebel, fünfundzwanzig Meter von ihm entfernt, hatte alle Vorteile für sich, und das Verhalten des Mannes ließ darauf schließen, dass er den Schauplatz nicht verlassen würde, ehe alle Polizisten um ihn herum garantiert mausetot waren.

Hector holte tief Luft; das tat so weh, dass er beinahe das Bewusstsein verlor. Ein Geschoss schlug in den Zaun, und der Maschendraht gab einen eigentümlichen Ton von sich. Die Schwingungen erreichten Hectors Hinterkopf, und für einen Augenblick konnte er mit erstaunlicher Schärfe und Konzentration sehen. Er hob die Pistole, bemühte sich, den Arm gerade und die Hand still zu halten. Das Ziel war verschwommen, aber er konnte es sehen.

Hector krümmte den Finger. Dann verlor er das Bewusstsein. Die automatische Pistole fiel ihm aus der Hand.

Elofsson dagegen war bei Bewusstsein. Zehn Sekunden früher hatte er die Augen geöffnet und festgestellt, dass sich nichts verändert hatte. Der Mann mit dem Revolver stand wie vorher da, breitbeinig und die Waffe in der Armbeuge, sichtlich unverletzt, und zielte.

Wieder fiel ein Schuss hinter ihm.

Und, Wunder über Wunder, der Mann mit dem Revolver zuckte zusammen und warf die Arme über den Kopf. Die Waffe fiel aus seiner Hand. Dann, wie eine Fortsetzung der gleichen Bewegung, fiel er in sich zusammen und auf die Fahrbahn wie ein nasser Sack, so als ob er kein Skelett im Körper gehabt hätte. Lag zusammengesunken da. Kein Laut kam über seine Lippen.

Es wäre falsch, dies einen Zufallstreffer zu nennen, denn Hector hatte sorgfältig und so gut er nur konnte gezielt. Dagegen war es ein fast märchenhafter Glückstreffer. Das Geschoss traf die Schulter und ging am Schlüsselbein entlang direkt ins Rückenmark. Der Mann mit dem Revolver starb sofort, wahrscheinlich schon, während er noch auf den Füßen stand. Er bekam nicht einmal die Chance, sich hinzulegen und ein letztes Mal zu seufzen.

Elofsson hörte ein Auto starten und mit quietschenden Reifen davonfahren.

Dann herrschte völlige Stille, unwirklich und unnatürlich.

Nach einer Zeitspanne, die ihm sehr lang vorkam, hörte er jemanden in der Nähe herumstöbern.

Noch viel später, aber das konnte sich auch nur um Minuten oder vielleicht auch nur Sekunden gehandelt haben, kam Borglund auf allen vieren angekrochen. Er jammerte vor sich hin und leuchtete planlos mit der Taschenlampe. Fuhr mit der Hand unter Elofssons Körper, zuckte zusammen und zog sie wieder zurück. Starrte auf das Blut.

«Herrgott, Emil», stammelte er.

Und: «Verdammt, was hast du getan?»

Elofsson fühlte alle Kraft aus seinem Körper schwinden. Er konnte nun erst recht nicht sprechen oder sich bewegen.

Borglund kam auf die Beine, schwer und keuchend.

Elofsson hörte, wie er zum Streifenwagen tappte und die Notfrequenz des Funkgerätes einschaltete.

«Hallo, hallo. Weg hundert bei Solbacksvägen in Ljunghusen. Zwei Kollegen erschossen. Selbst verletzt. Schusswechsel. Schießerei. Hilfe!»

Aus weiter Entfernung hörte Elofsson metallisch klingende Stimmen, die aus dem Funkgerät antworteten. Zuerst die von den näher liegenden Polizeidistrikten.

«Hier Trelleborg, wir kommen.»

«Lunds Distrikt. Wir sind unterwegs.»

Zuletzt die Zentrale in Malmö.

«Guten Morgen. Hilfe ist auf dem Weg. Es dauert ungefähr eine Viertelstunde, höchstens zwanzig Minuten.»

Einen Augenblick später war Borglund zurück, er machte sich am Verbandskasten zu schaffen. Drehte Elofsson auf den Rücken, schnitt den Stoff der Uniform auf und begann sinnlos Kompressen zwischen den Bauch und die blutdurchtränkte Unterwäsche zu stopfen.

Die ganze Zeit über redete er undeutlich und monoton.

«Verdammt, Emil, verdammt.»

Alles rund um Elofsson war feucht. Das Blut vermischte sich mit dem Tau. Er fror. Die Schmerzen wurden immer schlimmer. Er wunderte sich immer noch.

Bald danach hörte man andere Stimmen. Die Leute in dem Haus hinter dem Drahtzaun waren wach geworden und wagten sich hinaus.

Eine junge Frau kniete neben Elofsson nieder und ergriff seine Hand.

«So», sagte sie, «ganz ruhig. Bald kommt Hilfe.»

Er wunderte sich noch viel mehr. Ein Mensch hielt seine Hand. Ein Vertreter der Allgemeinheit. Nach einer Weile legte sie seinen Kopf in ihren Schoß und die Hand auf sein Gesicht.

So saß sie immer noch, als der Sirenenton von vielen Autos hörbar wurde, erst ganz leise und schwach, aber bald gellend und durchdringend.

Genau in diesem Augenblick brach die Sonne durch den Nebel und erhellte die unnatürliche Szene mit einem matten gelben Licht.

Dies alles fand am Morgen des 18. November 1973 am äußersten Ende des Polizeidistrikts Malmö statt. Übrigens auch am äußersten Ende von Schweden. Einige hundert Meter weiter rollten lange, glatte Wellen auf einen Sandstrand mit vielen Buchten zu, der im Dunst unendlich zu sein schien. Die See.

Dahinter lag der europäische Kontinent.

19

Montag, der 19. November.

Hochdruck. Klare Sicht, kalt und windig.

Der Name des Tages war Elisabeth, und eigentlich war Kollberg an der Reihe, mit Folke Bengtsson zu sprechen.

Aber vieles war anders an diesem Montag. Es schien, als ob Anderslöv plötzlich wie von der Landkarte verschwunden war. Die Massenmedien hatten andere Themen.

Was war eine erwürgte, geschiedene Frau verglichen mit zwei erschossenen Polizisten? Außerdem war ein dritter verletzt, wie oder warum, wusste niemand so genau. Ein Verbrecher war tot und ein zweiter auf wilder Flucht vor der gerechten Strafe.

Sowohl Martin Beck als auch Kollberg wussten, dass es eigentlich nicht besonders gefährlich war, Polizeibeamter zu sein, obwohl sowohl die höchste Polizeileitung wie auch viele einfache Polizeikonstabler den Beruf gerne als sehr dramatisch schilderten.

Natürlich kam es vor, dass Polizisten erschossen wurden, tatsächlich sehr viel häufiger, als die so genannte Öffentlichkeit es erfuhr. Die Unfallrate auf den Schießständen der Polizei war nämlich erschreckend hoch, aber die Betroffenen wurden stets mundtot gemacht. Das kam daher, dass viele Polizisten junge Leute waren, die gerne mit einer Waffe hantierten, ihnen fehlten jedoch die Routine und die Sorgfalt im

Umgang mit Schusswaffen, die zivile Sportschützen fast immer auszeichnet. Sie waren ganz einfach nachlässig, und deshalb schossen sie häufig sich selbst oder andere an, allerdings selten mit Todesfolge.

Darüber hinaus war es kein gefährlicher Beruf, physisch gesehen. Das größte Risiko bestand darin, sich durch zu häufiges Autofahren einen Bandscheibenschaden zuzuziehen. Eine ganze Reihe anderer Berufsgruppen verzeichnete erheblich höhere Unfallraten bei der Arbeit.

Das war aber nicht nur in Schweden so.

Um ein nahe liegendes Beispiel zu nehmen, hatten in den englischen Gruben 7768 Arbeiter seit 1947 ihr Leben verloren, während im gleichen Zeitraum nur ein Dutzend Polizisten umgekommen waren.

Das ist nun vielleicht ein besonders extremes Beispiel, aber Lennart Kollberg brachte es jedes Mal zur Sprache, wenn die Frage zur Debatte stand, ob die Polizei bewaffnet sein sollte oder nicht. In England, Schottland und Wales trug die Polizei wie bekannt keine Waffen. Und eine Erklärung dafür, dass die Polizisten in einem kleinen Land wie Schweden sehr viel häufiger verletzt wurden, musste es doch geben.

Martin Beck führte das erste Telefongespräch des Tages und musste mit einem Mann sprechen, den er nicht ausstehen konnte.

Stig Malm.

Tatsächlich gab es nur noch einen Menschen, den er noch weniger leiden konnte.

«Dein Fall ist ja nun abgeschlossen», begann Malm.

«Hm.»

«Etwa nicht? So viel ich verstehe, ist er doch gelöst. Ihr habt den Mörder hinter Schloss und Riegel. Und das sogar schon, noch ehe die Leiche gefunden wurde. Wenn das auch kaum dein Verdienst ist.»

Martin Beck dachte an das Graben in Folke Bengtssons Garten, unterließ es aber, das Gespräch darauf zu bringen. Das Thema war vielleicht doch zu heikel.

«Etwa nicht?», wiederholte Malm.

«Ich will nicht gerade behaupten, dass der Fall geklärt ist.»

«Was meinst du damit?»

«Viele Einzelheiten sind immer noch unklar.»

«Aber ihr habt den Mörder doch verhaftet?»

«Davon bin ich nicht so sehr überzeugt», widersprach Martin Beck, «obwohl es natürlich denkbar ist.»

«Denkbar? Kann es einfacher sein als so?»

«Ach ja», entgegnete Martin Beck mit Überzeugung, «sehr viel einfacher.»

Kollberg blickte ihn fragend an.

Sie saßen in Nöjds Zimmer.

Nöjd selbst war draußen und führte den Hund aus.

Martin Beck schüttelte den Kopf.

«Das ist aber nicht der Grund meines Anrufs», sagte Malm. «Du kannst deine Täuschungsmanöver gerne für dich behalten. Jetzt gibt es wichtigere Dinge zu tun.»

«Welche?»

«Das fragst du tatsächlich? Drei Polizisten sind von Gangstern niedergemäht worden, und der eine Desperado ist immer noch auf freiem Fuß.»

«Davon weiß ich nichts.»

«Nichts? Ja, liest du denn keine Zeitung?»

Martin Beck konnte sich die Antwort nicht verkneifen: «Doch. Aber ich glaube nicht all den Unsinn, der so geschrieben wird.»

Malm reagierte nicht. Jedes Mal, wenn Martin Beck daran dachte, dass dieser Mann in Wirklichkeit sein Vorgesetzter war, fühlte er gleichermaßen Erstaunen und Verdruss.

«Die Angelegenheit ist erschütternd», fuhr Malm weiter

fort. «Der Chef ist natürlich außer sich. Du weißt, wie sehr es ihm an die Nieren geht, wenn irgendeinem unserer Männer etwas zustößt.»

Diesmal war der Rikspolischef offenbar nicht im Zimmer.

«Ich weiß.»

Und natürlich war der Vorfall als solcher ebenso schrecklich wie bezeichnend für die Entwicklung.

Es war nur so, dass Malms Art und Weise, über die Sache zu sprechen, den Vorfall in eine Reihe mit den Pseudoereignissen rückte, die man in letzter Zeit so häufig in einer Art Propagandaabsicht für das Polizeikorps nutzte.

«Es zeichnet sich schon ab, dass es eine Fahndung über das ganze Land geben wird. Bis jetzt hat man noch nicht einmal das Fluchtauto gefunden.»

«Was hat Riksmordkommissionen eigentlich damit zu tun?»

«Das werden Zeit und Entwicklung der nächsten Stunden in diesem fürchterlichen Drama ergeben», antwortete Malm mit der gekünstelten Feierlichkeit, die so typisch für ihn war.

«Wie geht es den Burschen denn?», fragte Martin Beck.

«Für mindestens zwei von ihnen ist der Zustand unverändert kritisch. Die Ärzte sagen, dass der dritte gute Aussichten hat durchzukommen, auch wenn er natürlich mit einer langen Genesungszeit rechnen muss.»

«Aha.»

«Wir müssen die Möglichkeit ins Auge fassen, dass die Fahndung auf das ganze Land ausgedehnt wird. Dieser Desperado muss gefasst werden, und zwar schnell.»

«Ich kenne den Fall, wie gesagt, nicht so genau.»

«Das kann sich schneller ändern, als du ahnst», sagte Malm mit kurzem selbstgefälligem Lachen. «Deshalb rufe ich nämlich an.»

«Aha.»

«Es ist beschlossen worden, dass ich persönlich die Fahndung leiten soll. Ich werde als Chef des taktischen Kommandos eingesetzt.»

Martin Beck lächelte. Das waren gute Nachrichten, sowohl für ihn selbst als auch für den Flüchtigen.

Er brauchte eine Aufgabe nicht zu übernehmen, die es mit sich brachte, dass der Rikspolischef ihm dauernd in den Ohren lag, und der Verbrecher seinerseits hatte berechtigte Aussichten, ungeschoren davonzukommen.

Martin Beck zu einem Fahndungsstab abzukommandieren, in dem Malm als so genannter taktischer Chef fungierte, ging doch ein wenig zu weit. In dieser Hinsicht war er privilegiert.

Daher überlegte er, was Malm eigentlich wollte. Er brauchte jedoch nicht lange nachzudenken, denn Malm räusperte sich und sagte wichtigtuerisch:

«Natürlich wirst du den Auftrag, an dem du gerade arbeitest, zu Ende führen. Aber in Malmö wird im Augenblick eine Arbeitsgruppe zusammengestellt. Der Polizeimeister dort ist über den Fall informiert. Und nun ist es so, dass wir heute Morgen eine Besprechung gehabt haben.»

Martin Beck blickte auf die Uhr.

Die zeigte noch nicht einmal acht.

Offenbar war man im Polizeihauptquartier heute sehr früh auf gewesen.

«Und?»

«Wir haben beschlossen, dass Lennart Kollberg sich der Gruppe anschließen soll. Er ist ja ein hervorragender Mann, und du kannst ihn gerechterweise nicht zusätzlich für einen Fall beanspruchen, der praktisch abgeschlossen ist.»

«Einen Moment», unterbrach Martin Beck, «du kannst selbst mit ihm sprechen.»

«Ist nicht nötig», wehrte Malm ab. «Es reicht, wenn du ihm

den Bescheid übermittelst. Er soll sich sofort auf den Weg nach Malmö machen. Kriminalinspektor Månsson stellt die Gruppe zusammen.»

«Ich werde es ausrichten.»

«Gut. Ich gratuliere übrigens.»

«Wozu?»

«Du hast ja diesen Sexualmord da praktisch aufgeklärt. Schnell wie gewöhnlich.»

«Ich weiß noch nicht einmal, ob es sich überhaupt um einen Sexualmord handelt», entgegnete Martin Beck. «Die Obduktionsprotokolle enthalten kein so klares Ergebnis.»

«Dein Aufklärungsprozentsatz ist einsame Spitze. Außer wenn es sich um verschlossene Räume handelt.»

Er lachte gutmütig über seinen kleinen Witz.

Martin Beck fiel es nicht schwer, sich ein Lachen zu verkneifen, als er Kollbergs misstrauischen Blick bemerkte.

«Und du gibst Kollberg den Befehl … na ja, die Nachricht weiter?»

«Ich werde mit ihm sprechen.»

«Gut. Hej.»

«Adjö.»

Martin Beck legte auf.

«Was wollte der Kerl nun schon wieder?», fragte Kollberg sofort.

Martin Beck betrachtete ihn nachdenklich.

«Eine frohe Botschaft habe ich jedenfalls für dich.»

«Was ist denn?»

«Dir bleibt Folke Bengtsson von nun ab erspart.»

Kollbergs Blick wurde noch misstrauischer.

«Aha. Und was ist die schlechte Nachricht?»

«Zwei Polizisten sind gestern früh in der Gegend von Falsterbo angeschossen worden. Ein dritter wurde ebenfalls verletzt.»

«Ich weiß.»

«Du sollst dich in Malmö einfinden.»

«Warum?»

«Die sind dabei, dort eine Arbeitsgruppe zusammenzustellen. Unter Månssons Leitung.»

«Immerhin etwas.»

«Die Sache hat allerdings einen kleinen Haken. Der wird dir nicht gefallen.»

«Rikspolischef», riet Kollberg mit einem Anflug von Entsetzen in seinem fetten Gesicht.

«Nicht ganz so schlimm.»

«Wie schlimm denn?»

«Malm.»

«Verflucht!»

«Er ist Chef des taktischen Kommandos.»

«Des taktischen Kommandos?»

«Ja. So hat er es ausgedrückt.»

«Was, in aller Welt, ist ein taktisches Kommando?»

«Hört sich militärisch an. Wir sind dabei, Mitglieder einer Art Miliz zu werden.»

Kollberg zog die Augenbrauen hoch. «Früher mal war ich gerne Polizist. Aber das ist verdammt lange her. Noch was?»

«Das ist im Großen und Ganzen alles. Du sollst sofort nach Malmö.»

Kollberg schüttelte den Kopf und sagte: «Malm. So ein Arschloch. Angeschossene Polypen. Und dieser Clown ist Chef von etwas, das sich taktisches Kommando nennt. Großartig. Dann bleibt mir wohl nichts anderes übrig, als meine Sachen zu packen und loszufahren.»

«Was hältst du von Folke Bengtsson? Persönlich?»

«Ehrlich gesagt, ich halte ihn für unschuldig. Er ist nicht ganz richtig im Kopf, aber diesmal ist er es nicht gewesen.»

Bevor sie sich verabschiedeten, sagte Martin Beck:

«Nimm's nicht so schwer.»
«Ich will's versuchen», sagte Kollberg. «Hej.»
«Hej.»
Martin Beck saß eine Weile allein da und versuchte, Ordnung in seine Gedanken zu bringen.
Er konnte sich auf Kollbergs Urteil genauso fest verlassen wie auf sein eigenes.
Kollberg glaubte nicht, dass Folke Bengtsson Sigbrit Mård erwürgt hatte.
Er selbst glaubte das auch nicht. Aber er war nicht ganz so sicher. Bengtsson war so verdammt merkwürdig.
Eine andere Sache wusste Martin Beck dagegen ganz sicher. Bertil Mård war unschuldig. Benny Skacke hatte das mit den Schiffen überprüft. An und für sich keine leichte Aufgabe, aber für einen energischen Polizeibeamten mit Ambitionen und freundlicher Telefonstimme auch wieder nichts Unmögliches.
Mårds Notizen stimmten. Das Detail mit dem Frachter von den Färöer-Inseln konnte als entscheidend angesehen werden.
Nöjd kam ins Zimmer, warf den Hut auf den Schreibtisch und sich selbst auf den Dienstsessel.
Timmy kam auf die Beine und fing an, Martin Beck im Gesicht zu lecken.
Er schob den Hund weg und fragte: «Herrgott, bist du absolut sicher, dass du niemand kennst, der Kaj heißt, und eine Frau, die Sissy genannt wird? Der klein und schwächlich, aber braun gebrannt ist? Der gewelltes Haar und eine Sonnenbrille trägt?»
«So einen gibt es nicht im Wachbezirk Anderslöv», antwortete Nöjd entschieden. «Meinst du, dass der Sigbrit umgebracht hat?»
«Ja. Ich tendiere immer mehr zu der Annahme.»

«Platz, Timmy», befahl Nöjd, und der Hund legte sich tatsächlich neben seinen Stuhl.

Er kraulte ihm das Genick und sagte: «Tja. Es wäre schön, wenn Bengtsson es nicht gewesen wäre. Sieht ganz so aus, als ob die Leute ihn und seinen geräucherten Fisch vermissen. Außerdem wäre es besser, wenn es jemand getan hat, der nicht hier wohnt.»

20

Er fuhr den ganzen Tag über, und am Abend kam er in einen kleinen Ort, der Malexander hieß.

Er hatte es vermieden, die großen Landstraßen zu benutzen; allgemeine Richtung war Norden, und er orientierte sich an Entfernungsschildern und Wegweisern, aber da er ungenügende geographische Kenntnisse und keine Karte besaß, bewegte er sich häufig in die falsche Richtung. Manchmal hatte er das Gefühl, die gleiche Strecke nach Süden zu fahren, die er eben in nördlicher Richtung auf einem anderen Weg gefahren war.

Das, was geschehen war, kam ihm abstrakt und unwirklich vor. Er versuchte, sich an den Verlauf der Ereignisse zu erinnern, sah aber immer nur einzelne Augenblicke vor sich wie stillstehende Bilder in einem Film, die für einen Moment eingeblendet werden.

Zuerst war er wie vom Schreck gelähmt gewesen, aber die Angst hatte überwogen, und schließlich war er ohne nachzudenken weitergefahren, schon den ganzen Tag über. Jetzt bog er auf einen schmalen Weg ab, der zu einem See führte, und parkte den Wagen am Wegrand. Dann legte er sich auf den Rücksitz, schlug den Kragen seiner Jacke über die Ohren, steckte die Hände zwischen die Knie und schlief sofort ein.

Vom See stieg der Nebel herauf und deckte den Wagen mit einem dünnen, feuchten Schleier zu.

Er erwachte, weil er fror. Er wusste nicht gleich, wo er sich befand, aber dann erinnerte er sich, und die Angst ergriff ihn von neuem.

Es war immer noch dunkel. Er kroch hinüber auf den Vordersitz, stellte die Scheinwerfer an und startete den Motor. Dann ging er zähneklappernd einmal um das Auto herum, um seine steifen Glieder zu lockern. Vor dem Kühler blieb er stehen, blickte auf das Nummernschild und überlegte, dass er die Kennzeichen wechseln musste, sobald sich eine Gelegenheit bot.

Dann stieg er in den Wagen und setzte seine Fahrt in nördlicher Richtung fort.

Der Junge, der Kasper genannt wurde, war klein, zart und feingliedrig, und das blonde Haar, das ihm gewellt bis auf die Schultern fiel, verstärkte noch den weichen und kindlichen Zug in seinem Gesicht. Wenn er mit einem Auto unterwegs war, geschah es nicht selten, dass er seinen Führerschein vorzeigen musste, es fiel schwer zu glauben, dass er bereits achtzehn Jahre alt war. Das ärgerte ihn jedes Mal, und er hoffte, indem er Nebenstraßen benutzte, irgendwelchen Polizeikontrollen zu entgehen.

Sein Führerschein war in Ordnung. Er lag in der Gesäßtasche der Jeans, ausgestellt auf den Namen Ronnie Kaspersson, geboren 540916.

Er überlegte, wie die Sache für seinen Kameraden ausgegangen war. Als dieser auf der Straße zusammenbrach, war er davon überzeugt, dass er erschossen worden war, aber jetzt war er sich nicht mehr so sicher. Er hatte da mitten auf der Fahrbahn gestanden und «Ins Auto, Kasper!» gerufen, während er auf einen der Polizisten zielte. Dann war er plötzlich selbst getroffen worden. Vielleicht war es ihm gelungen, vorher einen oder zwei der Bullen zu erledigen, Kasper wusste es nicht, er hatte Angst bekommen und war abgehauen. Er hatte nicht einmal gewusst, dass der andere bewaffnet gewesen war.

Vielleicht war er gar nicht tot, sondern saß jetzt bei der Polizei und packte aus. Aber was hatte er schon zu sagen, er wusste nicht einmal Kaspers richtigen Namen. Ebenso wie Kasper selbst von ihm nicht mehr als den Vornamen wusste.

Sie hatten sich am Freitagabend in Malmö kennen gelernt.

Kasper war am Morgen von Kopenhagen herübergekommen, eigentlich wollte er gleich weiter nach Stockholm, aber das Geld war ihm ausgegangen, und er hatte es nicht geschafft, per Anhalter mitgenommen zu werden. So hatte er sich den ganzen Tag über in Malmö herumgetrieben und überlegt, wie er zu Geld kommen konnte. Malmö war für ihn eine fremde Stadt, in der er niemanden kannte und nicht wusste, wo er unterkommen konnte.

Schließlich war er in einem Park gelandet und hatte einige junge Leute kennen gelernt, die ihn zu einem Bier eingeladen hatten. Dabei traf er auch Krister.

Die anderen Burschen waren nach und nach ihrer Wege gegangen, nur Krister und Kasper waren sitzen geblieben und hatten sich ein Bier geteilt. Krister hatte ebenfalls kein Geld, aber er hatte ein Auto. Es war nicht klar, ob der Wagen ihm gehörte, aber er hatte jedenfalls die Schlüssel dazu. Er wohnte in Malmö und wusste, wo es Wochenendhäuschen gab, in die man einbrechen konnte.

In der Nacht von Freitag zu Sonnabend waren sie in dem Wagen umhergefahren und hatten einen missglückten Versuch unternommen, in ein Einfamilienhaus gleich am Stadtrand einzubrechen. Schließlich hatten sie ein Sommerhaus aufgebrochen, das so aussah, als ob es bereits winterdicht gemacht worden war. Sie hatten einige Konservenbüchsen gefunden, aus denen sie gegessen hatten, und dann hatten sie zwei Stunden lang geschlafen. In dem Haus gab es nichts Wertvolles, aber sie nahmen einige Bilder und Gipsfiguren mit, die auf einem Podest standen.

Sie kehrten nach Malmö zurück, und es gelang Krister, einige Langspielplatten in einem Musikgeschäft zu stehlen. Krister, der sich in der Stadt auskannte, verkaufte die Platten sofort, und für das Geld kauften sie sich Bier und Kuchen. Sie hielten sich im Park auf und fuhren im Auto umher, bis es Abend wurde.

«Heute Abend fahren wir in eine Gegend, in der nur reiche Leute wohnen», hatte Krister gesagt.

Der Ort hieß Ljunghusen, und man sah bereits an den Häusern, dass es eine Wohngegend für vermögende Menschen war. Sie brachen zwei Häuser auf und nahmen Dinge mit, die leicht zu verkaufen sein würden. Einen Fernsehapparat, ein Transistorgerät und zwei Teppiche, von denen Krister behauptete, dass sie echt seien. In einem der Häuser hatten sie eine Bar aufgebrochen und einige Flaschen Schnaps mitgenommen. Sie hatten sogar bares Geld gefunden, in einem Sparschwein, das sie zertrümmerten, lagen ungefähr 30 neue Fünf-Kronen-Stücke.

Es war eine erfolgreiche Nacht gewesen, bis der Streifenwagen auftauchte, wie aus dem Nichts.

Kasper ging den Ablauf des Geschehens durch, zum wievielten Mal wusste er nicht. Zuerst der junge Bulle, der plötzlich mit der Pistole in der Hand dagestanden hatte, dann der ältere, der Krister mit beiden Händen festgehalten hatte, und dann die Schüsse, die gefallen waren und von denen Kasper zuerst annahm, sie kämen aus der Waffe des jungen Polizisten. Dann sah er den einen Polizisten kippen und unmittelbar danach den anderen, und er begriff, dass Krister der Schütze gewesen sein musste.

Danach war alles viel zu schnell gegangen; Kasper hatte Angst bekommen und war davongefahren, ohne sich darum zu kümmern, ob Krister tot oder nur verletzt war.

Er war den gleichen Weg, den sie aus Malmö gekommen waren, zurückgefahren, aber wo die Autobahn anfing, hatte er die Richtung geändert.

Er begriff, dass schon Alarm gegeben worden war und dass Polizei und Rettungswagen aus Richtung Malmö kommen mussten.

Und dann war plötzlich das Benzin alle gewesen.

Krister und er hatten gerade davon gesprochen, dass sie ein Auto suchen mussten, dessen Tank sie anzapfen konnten, als der Streifenwagen aufgetaucht war. Später, als die Panik ihn gepackt und er das Gaspedal durchgetreten hatte, dachte er natürlich nicht mehr daran, dass der Tank so gut wie leer war.

Er ließ den Wagen einen kleinen Hügel hinunterrollen und stellte ihn hinter einigen verfallenen Schuppen ab. Das Diebesgut ließ er drin liegen.

Dann war er am Wegrand weitergegangen und sehr bald in einen kleinen Ort gekommen. Von weitem hatte er die Sirenen der Polizei heulen hören, und der Ton hatte ihn vor Angst beinahe verzweifeln lassen. Er versuchte es mit mehreren Autos, bevor er eines fand, das er nehmen konnte. Es stand vor einem großen Einfamilienhaus, war in einer offenen Garage abgestellt worden, und die Türen waren nicht verschlossen.

Kasper war sich des Risikos bewusst gewesen, plötzlich von dem Eigentümer überrascht zu werden. Aber es war ein Sonntag und immer noch früh am Morgen, und er brauchte nur einige Minuten, um den Motor in Gang zu setzen.

Seitdem war er nach Norden gefahren.

Heimwärts. Nach Stockholm.

Kasper hatte die ganzen neunzehn Jahre seines Lebens in Stockholm verbracht. Eigentlich hatte er nie in der Stadt selbst gewohnt, er war in einem der Vororte geboren und aufgewachsen, und dort war er auch zur Schule gegangen und hatte bis vor drei Jahren bei seinen Eltern gewohnt. Seit damals hatte er vergeblich versucht, eine Arbeit zu bekommen, allerdings recht halbherzig, wie er zugeben musste. Seine Eltern waren vor zwei Jahren aus der Stadt weggezogen und hatten sich in der Nähe von Södertälje ein Reihenhaus angeschafft. Da er nicht mit hinausziehen wollte, hatte er begonnen, in der Hauptstadt ein ziemlich unregelmäßiges Leben zu führen.

Eine eigene Wohnung zu finden war unmöglich für ihn. Er lebte vom Arbeitslosengeld und von der Sozialhilfe und wohnte meistens bei Freunden oder Mädchen, die er zufällig getroffen hatte, geschiedenen jungen Frauen mit Wohnung und Platz im Bett.

So nach und nach war er in Kreise gekommen, die nach der Regel lebten, dass sich Verbrechen lohnt, wenn man diese Tätigkeit in kleinerem Umfange betreibt und schlau genug ist, sich nicht erwischen zu lassen. Er nahm an Einbrüchen teil, unternahm kleinere Diebstähle auf eigene Rechnung, betätigte sich ein wenig als Autoknacker und als Hehler, und zwei Monate lang hatte er von einem Mädchen gelebt, das auf Malmskillnadsgatan auf und ab ging und Kunden mit nach Hause brachte, während er in ihrer Küche saß und Wodka mit Brause trank. Er hatte zwei Grundsätze, wenn es um ein Verbrechen ging: niemals mit Rauschgift handeln und niemals Waffen tragen. Sein kindliches Aussehen war ihm oftmals nützlich gewesen, und er war nur einmal bestraft worden.

Er machte sich wegen seines Lebenswandels keine Vorwürfe. Wie so viele andere schwedische Jugendliche konnte er einer Gesellschaft gegenüber keine Loyalität empfinden, in der sozialer Standard und materieller Wohlstand die einzigen Kriterien waren, nach denen der Wert des Einzelnen bemessen wurde, und die gleichzeitig nicht in der Lage war, einem jungen Menschen eine ehrliche und einigermaßen sinnvolle Arbeit zu verschaffen. Die Schuldfrage hatte er gelöst, und er war sicher, dass viele tausend Gleichaltrige seine Ansicht teilten: Er hatte sich das Land, in dem er geboren wurde, nicht aussuchen können, es war nicht seine Schuld, dass er in einem menschenfeindlichen politischen System lebte, das Solidarität erwartete und dafür Lügen und Verrat anbot, und er fühlte, dass wohl eher die führenden Politiker und nicht er selbst Grund hatten, sich zu schämen.

In der Nähe von Katrineholm musste er tanken. Er bezahlte mit den neuen blanken Fünf-Kronen-Stücken, und der Tankwart warf einen Blick darauf, ehe er sie in ein besonderes Fach der Kasse legte und fragte:

«Sind die nicht zu schade, um sie so wegzugeben?»

Kasper zuckte die Achseln und überlegte sich eine Erklärung, sagte dann aber nichts.

Plötzlich wurde ihm bewusst, wie hungrig er war, und er betrat die Cafeteria neben der Tankstelle. Er aß das Tagesmenü, irgendein gehacktes Fleisch mit klebriger brauner Soße, einem Klacks Preiselbeerkompott und vier zerkochten Kartoffeln. Das Essen war schlecht und nicht einmal warm, aber er war ausgehungert und aß, ohne sich um den Geschmack zu kümmern.

Als er wieder eine Weile gefahren war, hielt er bei einem Kiosk an und kaufte ein Päckchen Zigaretten, Kaugummi und eine Zeitung. Auf dem Weg zurück zum Auto sah er die Überschriften auf der ersten Seite.

Er legte die Zeitung neben sich auf den Vordersitz und fuhr in einen Seitenweg. Dort hielt er an und faltete die Zeitung über dem Lenkrad auf.

Krister war tot, aber die drei Polizisten waren durchgekommen. Er selbst wurde im ganzen Land von einem großen Polizeiaufgebot gejagt. In der Zeitung wurde er «Gangster», «Desperado» und «Polizistenmörder» genannt. Er las den Anfang des Artikels, in dem von dem Zustand der Polizisten berichtet wurde, noch einmal durch. Für zwei von ihnen war die Lage offenbar noch kritisch, aber so viel er verstand, war keiner bisher gestorben. Wie konnte man dann «Polizistenmörder» schreiben? Außerdem war er gar nicht bewaffnet gewesen.

Er las die Reportage sorgfältig durch. Weder Krister noch er selbst waren bisher identifiziert worden, auch den Wagen hatte man noch nicht gefunden. Noch jagte die Polizei das große amerikanische Auto, aber er hatte es nicht gut genug verstecken können, es würde also nicht mehr lange dauern, bis es entdeckt wurde.

Als er die Zeitung durchgelesen hatte, saß er lange da und versuchte seine Gedanken zu sammeln. Die Angst, die er schon überwunden glaubte, packte ihn wieder. Er versuchte, ruhig und besonnen zu überlegen.

Alles, was er getan hatte, war ein Einbruch und ein Autodiebstahl. Er war es nicht gewesen, der geschossen hatte. Auch wenn er gefasst wurde, musste das zu beweisen sein, und die Strafe für das, was er getan hatte, konnte nicht so schwer sein. Aber noch hatte er ja alle Trümpfe in der Hand, und wenn er nur kaltblütig genug vorging, hatte er die Chance, ungeschoren davonzukommen.

Schließlich knüllte er die Zeitung zusammen, warf sie in den Straßengraben und fuhr weiter. Er wusste jetzt, wie er weiter vorgehen würde.

In einem Warenhaus kaufte er die Teile für ein Kennzeichen des alten Typs. Er fuhr aus der Stadt hinaus, und auf einem kleinen Waldweg setzte er zwei Nummernschilder zusammen, schraubte die richtigen vom Auto ab und vergrub sie im Wald. Dann schraubte er die falschen Kennzeichen an und fuhr weiter in Richtung Södertälje.

Den Wagen mit den falschen Nummernschildern stellte er in die Garage, die zu dem Reihenhaus seiner Eltern gehörte. Wenn er Glück hatte, konnte er ihn dort einige Tage stehen lassen. Sein Vater war Handelsreisender und häufig tagelang mit dem Auto unterwegs.

Er hatte Glück. Seine Mutter war zu Hause, aber der Vater würde erst zum Wochenende zurück sein. Seiner Mutter erzählte er, dass er den Wagen von einem Freund geliehen hätte.

Sie freute sich, ihn zu sehen, und ihre Freude wurde noch größer, als er erklärte, er würde einige Tage bei ihr bleiben.

Am Abend kochte sie ihm sein Leibgericht, Beefsteak mit Zwiebeln und Bratkartoffeln, und Apfelkuchen mit Vanillesoße.

Er ging früh ins Bett, und als er im Bett seines Vaters einschlief, fühlte er sich relativ sicher.

21

Am Morgen des 21. November starb Gustav Borglund in der Infektionsklinik von Malmö. Er war zu spät ins Krankenhaus eingeliefert worden, und die Ärzte hatten keine bessere Chance gehabt als eine Flasche 7-up im Fegefeuer.

Aber Emil Elofsson und David Hector überstanden die Krise, vor allem dank der Kunst der Chirurgen. In Schweden gab es nicht mehr viele gute Ärzte, denn die Behörden hatten durch ihre Dummheit die meisten dazu gezwungen, das Land zu verlassen, aber Elofsson und Hector hatten Glück. Sie wurden prompt und erstklassig behandelt und galten als so genannte privilegierte Pflegefälle.

Beide hatte es natürlich böse erwischt, besonders Elofsson, der einen Schuss durch die Leber und einen in die Nähe der Bauchspeicheldrüse abbekommen hatte; die chirurgische Kunst hatte jedoch seit den Schicksalstagen von James Garfield Fortschritte gemacht, und die Ärzte, die trotz des herrschenden Systems aus Loyalität ihren Mitbürgern gegenüber dageblieben waren, beherrschten ihr Handwerk, auch wenn sie häufig so überarbeitet und müde waren, dass ihnen das Skalpell während der Operation aus den Händen fiel.

Elofsson und Hector waren nicht ansprechbar, weder am Montag noch am Dienstag, und Borglund wusste von nichts, ihm war nicht einmal bewusst, dass er sterben musste.

Das taktische Kommando der Polizei machte genau die Fortschritte, die man vorausgesehen hatte. Es glückte weder, das Fluchtauto zu finden, noch die Person, die erschossen worden war, zu identifizieren.

Borglund krönte seine lange Karriere vergleichsweise gutmütigen Fehlverhaltens damit, dass er seinen letzten Seufzer gegen vier Uhr früh am Mittwochmorgen tat. Er war kein böser Mensch gewesen, und einmal hatte er sogar Elofsson dazu ermuntert, einem jugoslawischen Kind einen Hustenbonbon zu geben, obwohl das den Dienst schwieriger machte.

Die Nachricht von seinem Tod erreichte im Laufe weniger Stunden Rikspolisstyrelsen. Sie brachte das Fass zum Überlaufen und löste unmittelbar eine Reihe von Telefonaten zwischen Malm und dem Polizeimeister in Malmö aus. Malm hatte den Herrscher im Rücken, während er sprach, und es war beinahe ein Wunder, dass die Telefonleitung nicht durch die Vibration zerstört wurde.

Rikspolisstyrelsen wollte Taten sehen.

Und damit meinte sie das Hin- und Hertransportieren von vielen Polizisten in kugelsicheren Westen und mit Helmen mit herunterklappbarem Plexiglasschirm.

Außerdem meinte man Scharfschützen mit automatischen Waffen und Tränengasbomben; all das stand als Dauerleihgabe des Militärs zur Verfügung.

Lennart Kollberg verstand unter Taten das Befragen der Leute.

Er hatte den Montag und den Dienstag vorwiegend damit verbracht, einen Strom junger Leute zu beobachten, die willkürlich von eifrigen Polizisten festgenommen worden waren, nur weil sie entweder Ausländer oder verdächtig gekleidet waren.

Kollberg hatte lange genug Dienst getan, um zu wissen, dass man eine Person nicht nur deswegen als mutmaßlichen Mörder bezeichnen kann, weil sie seit einem halben Jahr nicht beim Frisör gewesen ist. Außerdem war, so viel er wusste, niemand ermordet worden.

Doch nach Borglunds Ableben waren alle so nervös und aufgehetzt, dass irgendjemand etwas Konstruktives unternehmen musste.

Darum holte er seinen Wagen aus der Garage des Hotels *St. Jörgen,* in dem höhere Polizeibeamte untergebracht wurden, und fuhr zum Malmöer Allgemeinen Krankenhaus.

Er wollte mit Elofsson und Hector sprechen; die Ärzte hatten gesagt, dass das jetzt möglich sei, denn beide waren wieder so klar bei Sinnen, wie sie es überhaupt nur werden konnten.

Kollberg war hart im Nehmen, das bewahrte ihn jedoch nicht vor einem leichten Schock, als er die Abteilung betrat. Er blickte auf den Merkzettel, den er von Per Månsson erhalten hatte. Tatsächlich, er war an der richtigen Stelle, und dass er sich in Schweden befand, war ihm schon vorher bekannt gewesen.

Das Gebäude stammte aus dem 19. Jahrhundert, und der Saal war mit ungefähr dreißig Männern belegt. Viele davon waren offenbar schwer krank, denn er hörte Stöhnen und wimmernde Hilferufe. Der Gestank war nicht auszuhalten, und der Raum als Ganzes erinnerte stark an einen Verbandsplatz aus der Zeit des Krim-Krieges. Es gab nicht einmal Tücher oder Wandschirme zwischen den Betten.

Eine junge Frau in weißem Kittel mit abwesendem Gesichtsausdruck schien die Putzfrau zu sein. Als er nach dem Arzt fragte, starrte sie ihn träumerisch mit großen hellblauen Augen an und fragte:

«Meinen Sie den Doktor? Der kommt noch nicht.»

Weitere Auskünfte waren von ihr nicht zu bekommen.

Aber es gab tatsächlich einen Dienst habenden Arzt, einen Mann mit schwarzem Schnurrbart, der sein Hemd bis zum Nabel aufgeknöpft hatte. Er saß im Personalzimmer und trank Kaffee. Sein einziger Fehler war, dass er aus Afghanistan kam, einen Namen hatte, den man nicht aussprechen konnte und ein Englisch sprach, das möglicherweise einem Schafhirten in der Mongolischen Volksrepublik Ehre gemacht hätte.

Wenn es zu wenig Ärzte gab, und daran konnte niemand zweifeln, so war der Mangel an Krankenschwestern noch viel einschneidender.

Schließlich fand er trotzdem eine. Weil einige Stellen nicht besetzt waren, betreute sie zwei ganze Stationen und hatte vierzehn Stunden hintereinander gearbeitet, was ihr jedoch nicht anzumerken war. Sie war eine blonde, ausgeglichene Frau von etwa 35 Jahren, kräftig und sanft mit wachen Augen und muskulösen Waden.

Ausgesprochen hübsch, fand Kollberg, der Sensualist war.

Wäre er zehn Jahre jünger gewesen, hätte der Funke sofort gezündet. Jetzt liebte er jedoch nur seine Frau, die brünett war und die er mit großer Sorgfalt ausgewählt hatte. Sie erfüllte seine intellektuellen und nicht zuletzt seine sexuellen Wünsche und war eine feine Frau, die ihn so glücklich machte, wie er es sich besser nicht vorstellen konnte.

Einen Augenblick lang versank er in Gedanken über die Rolle der Geschlechter und den absurden Unterschied zwischen Mann und Weib.

Gun war hübsch und erinnerte ein wenig an Tatjana Samojlova, die seine Lieblingsschauspielerin war. Er ging selten ins Kino, versäumte jedoch niemals einen Film, in dem sie mitspielte.

Aber trotzdem fand er, dass Gun schöner aussah als Tatjana Samojlova. Und das wollte einiges heißen.

Er liebte sie. Sie war sein Leben. Sie und die Kinder. Bodil, die gerade sechs geworden war und bald in die Schule kam. Joakim war erst drei Jahre alt. Liebe Kinder.

Am Morgen hatte er sich selbst im Spiegel des Hotelzimmers betrachtet. Nackt und von oben bis unten.

Wenn Gun hübsch war, so war er selbst fett und wabbelig. Das mochte er nicht.

Er konnte sich auch nicht daran gewöhnen, die Frau als Geschlechtsobjekt zu sehen, in einer Gesellschaft, in der es nicht einmal möglich war, das Prinzip des gleichen Lohnes für gleiche Arbeit durchzusetzen.

Er blickte die Stationsschwester an. Wie brachte sie es fertig, so frisch und gesund auszusehen? Bei zwei Stationen, um die sie sich kümmern musste?

Sie schien guter Laune zu sein. Liebte ihren Beruf.

Mehr als fünfzig Patienten, viele davon schwer krank, einige im Sterben liegend.

In einem Krankenhaus, das in einem skandalösen Zustand war.

Er zeigte seine Marke.

«Sie sind falsch hier», erklärte sie. «Die liegen nicht im Saal, sondern in einem der alten Privatzimmer. Davon haben wir vier Stück. Zwei Männer in jedem. Die Polizisten liegen auf Nummer zwei.»

«Aha.»

«Dahin kommen die ganz schweren Fälle.»

«Und die Bevorzugten?»

«Ja. So kann man es vielleicht ausdrücken.»

Er blickte auf ihre Waden und Kniekehlen. Konnte es nicht bleiben lassen. Sie trug einen BH unter dem weißen Kittel.

«Sie können mit ihnen sprechen», sagte sie. «Aber nicht zu lange. Elofsson geht es am schlechtesten, aber ich glaube, Hector wird länger liegen müssen.»

«Ich werde mich kurz fassen.»

«Der Chefarzt hat selbst operiert. Viermal hintereinander. Sonst wären sie wohl nicht durchgekommen. Jedenfalls nicht Elofsson.»

Im Zimmer zeigte sich, dass die Polizeiabteilung ihre Verwundeten nicht vergessen hatte. Dort standen Mengen von Blumen, Schokolade, Obst, ein Radio und ein Fernsehgerät.

Hector schien munterer, obwohl sein linker Arm und beide Beine an einem Gestell aufgehängt waren.

Elofsson war mit vier Tropfflaschen gleichzeitig verbunden, einer mit Blut und drei weiteren mit verschiedenfarbigen Flüssigkeiten. Er war ein großer, kräftiger Mann mit ausgeprägten Gesichtszügen, jedoch mattem Blick. Das lag wahrscheinlich an seinem derzeitigen Zustand.

Kollberg begrüßte sie. Er hatte das Gefühl, Elofsson früher schon einmal begegnet zu sein. Hector hatte er niemals vorher gesehen, andererseits sah er so aus wie heutzutage die meisten jungen Polizeibeamten. Wenn man beim Aussehen überhaupt von typischen Merkmalen sprechen kann.

Er hatte das Gefühl, etwas Tröstendes sagen zu müssen, obwohl alle anderen, angefangen beim Polizeimeister bis zur letzten Streifenwagenbesatzung, die zufällig in der Nähe war, schon da gewesen waren und das Gleiche getan hatten.

«Langweilig, hier zu liegen», bemerkte er phantasielos.

«Unsere Stunde hatte noch nicht geschlagen», sagte Hector. Vielleicht war er religiös.

«Der Mann, der auf euch geschossen hat, ist ja nun tot.»

«Ja, denk mal, ich habe ihn erwischt», sagte Hector stolz. «Ich hatte schon zwei Kugeln im Bauch, und der Kollege hier lag genau in der Schusslinie, und außerdem war es dunkel.»

«Aber den anderen haben wir noch nicht gefunden. Habt ihr gesehen, wie er aussah?»

«Es war ja noch nicht hell», gab Elofsson zur Antwort. «Wie der Kollege schon gesagt hat.»

«Aber ihr habt ihn gesehen?»

«Nicht richtig», gestand Hector. «Der Kollege hier war dazwischen, und ich hatte mich vor allem auf den anderen konzentriert. Aber er hatte blonde Haare.»

«Man konnte nicht viel sehen», wiederholte Elofsson. «Aber es war ein junger Mann. Ich glaube, dass er nicht viel älter als zwanzig gewesen sein kann. Und er hatte langes, blondes Haar.»

«Hat er etwas gesagt?»

«Ich habe gehört, wie die Kollegen mit denen gesprochen haben, aber nicht, was sie zur Antwort gegeben haben.»

«Keiner von ihnen hat viel gesprochen», erklärte Elofsson. «Nur der Große hat was gesagt. Ich glaube nicht, dass der andere überhaupt gesprochen hat»»

«Der Lange sagte, dass er nichts getan hätte», ergänzte Hector. «Daran kann ich mich jetzt erinnern. Ich wies ihn darauf hin, dass er ohne Licht gefahren war, und da sagte er, dass er nichts getan hätte.»

«Das stimmt», bestätigte Elofsson. «Der Kollege hier sagte, dass die Beleuchtung unvorschriftsmäßig war, und da sagte der, dass sie nichts getan hätten.»

«War das alles, was gesprochen wurde?»

«Nein. Als sie mit dem Schießen begonnen hatten, rief der Lange etwas. Schnell ins Auto rein, oder so was, und dann einen Namen.»

«Kannst du dich an den Namen erinnern?»

«Warte mal. Das war ein ungewöhnlicher Name. Fing mit K an. Klas vielleicht.»

«Der ist nicht so ungewöhnlich.»

«Nein. Der Name kommt seltener vor. Moment, gleich fällt er mir wieder ein.»

«Wahrscheinlich. Manches fällt einem später wieder ein.»

«Ich habe keinen Namen gehört», sagte Hector.

«Wir haben auch den Wagen noch nicht gefunden.»

«Die Kollegen und ich bekamen über Funk falsche Angaben. Die sagten, es sei ein Chrysler, aber ich bin sicher, dass es ein alter Chevrolet war.»

«Wieso bist du so sicher?», erkundigte sich Elofsson.

«Ich kenne mich mit Autos aus. Bei der Suchmeldung im Funk sagten sie, dass es ein blauer Chrysler ist. Aber ich bin ganz sicher, dass es ein Chevrolet war, und er war außerdem grün. Und dann haben wir auch eine falsche Nummer bekommen.»

«Ja, so ist das ja immer wieder», seufzte Elofsson. «Falsch. Aber ich kann mich nicht so genau erinnern, was sie über Funk gesagt haben.»

«Ich aber. Die sagten, es sei ein Rockerauto mit alten Nummernschildern. So weit stimmte es ja auch, aber alles andere war falsch.»

«Typisch», ließ Elofsson sich vernehmen. Sein Atem ging jetzt schwerer.

«Hast du Schmerzen?», fragte Kollberg mitleidsvoll.

«Ja. Manchmal kann man es kaum aushalten.»

Kollberg wandte sich an Hector. «Du sagst, dass alles falsch war. Wir sprachen über die Farbe und die Marke. War es noch etwas?»

«Ja. In der Suchmeldung hieß es, dass zwei Mädchen und ein junger Mann im Auto sein sollten. Tatsächlich waren es nur zwei Männer und kein Mädchen.»

«Jetzt fällt mir der Name ein», unterbrach Elofsson plötzlich. «Kasper.»

«Kasper.»

«Genau. Rein ins Auto, Kasper, rief der, der auf mich geschossen hat. Kasper, das war es.»

«Bist du ganz sicher?»

«Ja, absolut. Ich habe doch gesagt, dass es ein komischer Name war. Ich kenne keinen, der so heißt.»

«Ich auch nicht.»

«Und dann war es das Schild», fuhr Hector fort. «Die haben gesagt, dass der Wagen ein A-Schild hatte. Ein Stockholmer Auto mit altem Kennzeichen also, und dass die Nummer dreimal die Sechs enthielt. Aber das stimmte nicht, denn der Wagen hatte ein B-Schild, und die Nummer begann mit zwei Sieben, dann kam irgendeine andere Ziffer und dann möglicherweise noch eine Sieben.»

«Davon weiß ich nichts», gab Elofsson zu.

«Ziemlich wichtig», sagte Kollberg. «Du sagst, dass es ein grüner Chevrolet mit einem Kennzeichen aus Stockholm-Land und zwei- oder dreimal die Sieben in der Nummer war?»

«Ja», bestätigte Hector, «da bin ich bombensicher. Ich versuche mir solche Sachen zu merken, und meistens gelingt mir das auch.»

«Ja, ja», fügte Elofsson hinzu, «der Kollege hier ist immer sehr aufmerksam.»

«Was hatte dieser Kasper denn an?»

«Dunkle Jacke und Jeans. Popelinejacke. Kleiner Kerl mit blonden Haaren. Langen Haaren, wie der Kollege gesagt hat.»

«So sind ja heutzutage beinahe alle angezogen.»

Eine Schwesternschülerin trat ein und schob einen Wagen mit einer großen Zahl von Reagenzgläsern vor sich her. Sie kümmerte sich um Elofsson. Kollberg rückte ein Stück zur Seite.

«Bist du kräftig genug, um noch weitersprechen zu können?»

«Aber sicher», sagte Hector. «Mir macht das gar nichts aus. Was willst du wissen?»

«Ich denke vor allem an den Ablauf selbst. Ihr stoppt den Wagen und steigt aus. Vorher hast du dir das Fabrikat, die Farbe und das Kennzeichen gemerkt.»

«Das stimmt.»

«Was haben die Männer in dem Auto dann getan?»

«Sie sind auch ausgestiegen. Emil, der Kollege hier, hat mit seiner Taschenlampe in den Wagen hineingeleuchtet. Dann hat er den Kerl, der ihm am nächsten stand, ans Jackett gefasst. Und da hat der zu schießen begonnen.»

«Bist du sofort getroffen worden?»

«So gut wie. Ich glaube, der Kollege bekam die ersten Schüsse ab. Aber das ging alles verdammt schnell. Ich wurde direkt danach getroffen.»

«Aber du konntest noch deine Pistole ziehen?»

«Das hatte ich vorher schon getan.»

«Du hattest also die Pistole in der Hand, als du auf das Auto zugingst?»

«Ja. Ich muss wohl so eine Art Vorahnung gehabt haben.»

«Glaubst du, dass die Männer im Auto gesehen haben, dass du die Pistole in der Hand hattest?»

«Müssten sie eigentlich. Aber ich hatte kein Geschoss im Lauf. Das darf man ja nicht. Deshalb musste ich ja auch erst durchladen, ehe ich selber schießen konnte.»

Kollberg schielte zu Elofsson hinüber, der so aussah, als ob er nicht mehr ganz bei Bewusstsein war. Die technische Untersuchung hatte ergeben, dass sowohl er wie auch Borglund eine Patrone im Lauf ihrer Pistolen gehabt hatten. Aber keiner von ihnen hatte geschossen, und was Elofsson betraf, so konnte man mit Sicherheit sagen, dass er nicht einmal die Pistolentasche aufgeknöpft hatte.

«Sag mal», fragte Hector, «ich habe gerüchteweise erfahren, dass Borglund tot ist. Stimmt das?»

«Ja. Er starb heute in den frühen Morgenstunden. Hier im Krankenhaus.»

«Schändlich.»

Kollberg nickte. «Ja», bestätigte er, «das ist nicht schön.»

«Ich habe ihn gar nicht gesehen, als das alles passierte. Er war hinter mir. Er muss als Erster getroffen worden sein.»

«Ich habe ihn gesehen», murmelte Elofsson undeutlich. «Er kam angekrochen, als du diesen Banditen erschossen hattest. Er hat dann Alarm durchgegeben. Und er hat mir geholfen. Aber er war verletzt, das merkte man. Ist Gustav tot?»

Kollberg sah, dass Elofsson zusehends an Kraft verlor, aber es gab noch einige Fragen, die er stellen musste.

«Wisst ihr, ob beide Männer auf euch geschossen haben?»

«Ich glaube, ja», antwortete Elofsson. «Als es geschah, war ich sicher, dass beide auf uns schossen. Denn es hat ja einer hinter mir rumgeknallt. Aber jetzt begreife ich, dass es der Kollege hier, David, gewesen sein muss.»

Kollberg wandte sich wieder an Hector und fragte: «Was sagst du dazu?»

«Ich weiß mit Sicherheit nur, dass der lange dunkelhaarige Kerl auf Emil und mich geschossen hat, als wir schon am Boden lagen. Und dann habe ich ihn erschossen. Danach kann ich mich an nichts mehr erinnern. Aber Emil hat nicht das Bewusstsein verloren.»

«Nein», bestätigte Elofsson matt, «ich sah, wie der, der auf mich geschossen hat, die Arme hochwarf und in sich zusammensackte, sozusagen. Dann hörte ich, wie ein Auto erst zurücksetzte und dann mit quietschenden Reifen davonraste.»

«Sodass also keiner von euch mit Sicherheit sagen kann, ob der Bursche mit den hellen Haaren geschossen hat oder auch nur eine Schusswaffe hatte?»

«Nein», antwortete Hector. «Ich habe nichts Derartiges gesehen.»

Elofsson sagte nichts, er schien in einen Dämmerschlaf gefallen zu sein.

Kollberg blickte Hector eine Weile an. Er formulierte eine Frage, drückte sie aber nicht mit Worten aus.

Hast du öfter solche Vorahnungen? Dass du erst die Pistole ziehst und dann fragst?

Aber er stellte sie nicht. Jetzt war nicht der richtige Augenblick dafür.

«Auf Wiedersehen, Kameraden», verabschiedete er sich. «Und gute Besserung, so weit das möglich ist.»

Auf dem Weg hinaus versuchte er, den Stationsarzt zu sprechen.

«Er operiert», teilte ihm die Krankenschwester mit.

«Und dieser Doktor Aklam …»

«Aztazkanzakerskii. Er operiert ebenfalls. Was wollen Sie denn wissen?»

«Mir schien, dass es Elofsson nicht gut geht.»

«Er ist noch schwach. Aber er steht nicht mehr auf der Liste der kritischen Fälle. Die werden beide durchkommen, auch wenn …»

«Ja?»

«Es handelt sich um schwere Schäden. Keiner von beiden wird vielleicht wieder völlig gesund.»

Kollberg schüttelte sich. «Traurig», sagte er.

«Man muss versuchen, die Dinge von der besten Seite zu sehen», entgegnete sie.

«Vielleicht. Auf Wiedersehen.»

Das Gespräch war sowohl nützlich als auch anregend gewesen.

In Polishuset in Malmö biss Per Månsson ein Stück von dem Zahnstocher ab, auf dem er nachdenklich herumgekaut hatte, warf die beiden Stücke in den Papierkorb und sagte: «Schöne Scheiße. Da haben wir also im ganzen Land drei Tage lang nach dem falschen Auto gesucht. Falsche Marke. Falsche Farbe, falscher Buchstabe und falsche Nummer. Was kann man mehr erwarten?»

«Woran ist Borglund gestorben?», fragte Kollberg.

«Er wurde in Zusammenhang mit dem Schusswechsel getötet», antwortete Månsson todernst. «So wird es in den Zeitungen stehen.»

Er nahm einen neuen Zahnstocher aus der Brusttasche und entfernte langsam das Zellophanpapier.

«Mir ist es gerade auf einen Zettel geschrieben worden, damit es keine Missverständnisse gibt.»

Er gab den Zettel Kollberg, und der las:

Polizeiassistent Gustav Borglund, 37, starb heute Morgen an den Verletzungen, die er sich in Zusammenhang mit dem Schusswechsel zwischen der Polizei und zwei bewaffneten Desperados in Ljunghusen zuzog. Zwei weitere Polizeibeamte wurden bei dem gleichen Vorfall schwer verletzt. Deren Zustand ist jedoch den Umständen entsprechend zufrieden stellend.

Kollberg legte das Papier auf den Tisch.

«Woran ist er wirklich gestorben?»

Månsson starrte mit unergründlicher Miene aus dem Fenster:

«Er wurde von einer Wespe gestochen!»

22

Månsson und Kollberg wurde Feuer unterm Hintern gemacht. Stig Malm saß ihnen den ganzen Mittwochnachmittag über im Nacken; ihr einziger Trost war, dass der Chef des taktischen Kommandos in Stockholm blieb und sich damit begnügte, seinem Stab per Telefon auf die Nerven zu fallen.

Wie geht es weiter?

Habt ihr das Auto gefunden?

Ist der Polizistenmörder identifiziert?

Und dann die überwältigende Frage: «Warum tut ihr nichts?»

Die wurde an Månsson gestellt, doch der ließ sich nicht aus der Fassung bringen.

«Oh, wir tun eine ganze Menge.»

Kollberg beobachtete ihn über den Schreibtisch und bewunderte seine Ruhe. Månsson kaute ungestört auf seinem Zahnstocher, während Malm weiter in den Hörer plapperte:

«Nachdem wir endlich einiges Material bekommen haben, mit dem etwas anzufangen ist», setzte Månsson hinzu.

Und einen Augenblick später: «Nein, tu das nicht. Es ist sicher besser, dass die Fahndung zentral geleitet wird, dass jemand alle Fäden in der Hand hält. Ja, wir melden uns.»

Månsson legte auf.

«Er droht, hierher zu kommen. Wenn die verdammten

Flugverbindungen klappen, können wir ihn in zwei Stunden hier haben.»

«Nein», wehrte Kollberg ab. «Alles, nur das nicht.»

«Ich glaube nicht, dass er es so ernst gemeint hat. Er fliegt nicht gern, das weiß ich von früher her.»

Månsson behielt Recht. Malm zeigte sich nicht, und am Donnerstagmorgen ging es richtig los.

Kollberg hatte nach einem ungenießbaren Abendbrot in einem Restaurant, das ihm als billig empfohlen worden war, unruhig geschlafen. Als er erwachte, dachte er neidvoll an Martin Beck, der wahrscheinlich im Gasthaus fürstlich gegessen hatte und nun mit Nöjd zusammensaß und über den Fall Sigbrit Mård nachdachte.

Dann aß er im Hotel eine doppelte Portion Schinken und Eier und war daraufhin besserer Laune, als er die große kupferne Tür von Polishuset aufstieß und zu Månssons Büro im ersten Stock hinaufstieg, um die neueste Entwicklung des Falles zu erfahren. Auf dem Weg dahin hatte er auf den Vorderseiten aller Zeitungen das Wort POLIZISTENMORD gesehen.

«Guten Morgen», begrüßte ihn Månsson, «ich wollte dich nicht beim Frühstück stören, aber jetzt wissen wir, wer es war, der auf Hector und Elofsson geschossen hat.»

«Wer?»

«Er hieß Krister Paulson. Die zentrale Fingerabdruckskartei hat schließlich die richtige Karte gefunden. Hat die Schuld wie gewöhnlich auf eine Nachlässigkeit der Computerabteilung geschoben.»

Nachlässigkeit beim Computer. Kollberg seufzte. Seit die Polizei zentralisiert worden war, war sein Dasein mit solchen Unannehmlichkeiten angefüllt gewesen.

«Außerdem haben wir den Wagen gefunden. Der ist einfach hinter ein paar alten Schuppen bei einem Bauern in der Nähe von Vellinge abgestellt worden. Der Bauer meint, dass er da schon seit Sonntag gestanden hat, aber er hat geglaubt, dass es nur so eine alte Karre war, die jemand da hingestellt hat, um sie loszuwerden. Er hat natürlich unsere Fahndung in der Zeitung gelesen, aber es war ja die falsche Marke, die falsche Farbe und eine falsche Nummer. Benny ist runtergefahren und kümmert sich um den Schlitten. Es wird nicht lange dauern, dann haben sie ihn hierher abgeschleppt.»

«Mmm», machte Kollberg.

Im ganzen Land standen alte Autowracks herum, die die Leute einfach irgendwo stehen ließen. Das war die weitaus billigste und einfachste Art, ein ausgedientes Auto loszuwerden.

«Was wissen wir über diesen Krister Paulson?», fragte er.

«Eine ganze Menge. Er ist neulich erst aus einer Haftanstalt freigelassen worden. 24 Jahre alt und schon mit einem langen Vorstrafenregister. Er stammt ursprünglich aus Mittelschweden, scheint sich aber längere Zeit hier aufgehalten zu haben.»

«Und nun ist er also tot?»

«Ja. Hector hat ihn ja tödlich getroffen. Notwehr muss man wohl sagen. Noch wissen wir nicht viel mehr über ihn. Es gab eine Aktennotiz eines Psychiaters, die besagte, dass er ein neurotischer Typ war …»

Månsson blickte auf einen der Zettel, die vor ihm lagen.

«Asozial. Gegen die Gesellschaft eingestellt. Er hatte keine Ausbildung erhalten und war immer arbeitslos gewesen. Aber er ist niemals wegen eines Gewaltverbrechens verurteilt worden, obwohl hier draus hervorgeht, dass er auch bei früheren Unternehmungen bewaffnet war. Wollte wohl angeben. Rauschgiftsüchtig war er auch.»

Kollberg seufzte. Genau dieser Typ war in der so genannten Wohlfahrtsgesellschaft so verbreitet, dass man die Zahl derjenigen, die dazu gezählt werden mussten, nicht mehr überblicken konnte. Und was schlimmer war: Man hatte nicht die geringste Ahnung, wie man ihnen helfen konnte.

Die Maßnahmen der Polizei beschränkten sich darauf, ihnen eins mit dem Gummiknüppel überzuziehen und sie im Arrest zu verprügeln.

«Ich frage mich, ob er geschossen hätte, wenn Hector nicht mit der Pistole rumgefummelt hätte?», murmelte Kollberg.

«Was meinst du?»

«Nichts. Ich habe nur laut gedacht.»

Månsson schwieg einen Augenblick. Dann sagte er: «Ich habe gehört, was du gesagt hast. Ich habe mir das auch schon überlegt. Aber ich habe aufgehört, darüber nachzudenken. Entscheidend ist doch, dass wir darauf nie eine Antwort erhalten werden.»

«Hast du mal getötet?»

Månsson betrachtete seinen zerkauten Zahnstocher und lachte vor sich hin.

«Ja», antwortete er. «Hab ich. Eine Kuh, die aus einer Schlachterei weggelaufen war und in der Stadt herumrannte. Das war, als wir noch Straßenbahnen hatten, und das Biest ging auf der Kreuger- und Tollbrücke auf die alte Dampfstraßenbahn los. Reiner Stierkampf.»

«Mmm», brummte Kollberg wieder.

«Aber das ist lange her. Und war außerdem sozusagen ein Sonderfall. Mir hat es noch lange danach Leid getan, dass ich damals den Säbel nicht bei mir hatte. Sonst hätte ich ja als Matador auftreten können.»

«Ich habe niemals auf eine Kuh geschossen.»

«Da hast du nichts versäumt. Sie lag nur so da und blutete mitten auf der Straße und starrte mich an. Nein, jetzt habe ich niemals mehr eine Pistole bei mir. Die liegt natürlich hier im Schubfach.»

Er klopfte auf die Schreibtischplatte.

«Ich halte nicht viel vom Schießen, und das wolltest du doch wohl wissen. Außerdem kann ich nicht mehr gut genug sehen.»

Kollberg schwieg.

«Ich habe übrigens vor einigen Jahren eine interessante Sache miterlebt. Das war zu einer Zeit, als ich immer noch mit der Chance rechnete, Kriminalkommissar zu werden, deshalb bin ich zu einem Studienbesuch nach England gefahren. Nicht nach London, sondern in eine andere Stadt. Die hieß Lutton. Die Polizisten, die ich begleiten durfte, bekamen an einem Abend eine schwere Nuss zu knacken. Da war ein Verrückter, der brach gewaltsam bei seiner geschiedenen Frau ein und bedrohte sie und machte großen Krach. Er hatte eine Pistole in einer Hand und ein Samuraischwert in der anderen.»

«Was wurde daraus?»

«Na, als wir hinkamen, sollten zwei Polizisten, gewöhnlich Bobbys, hineingehen und ihn festnehmen. Aber er war wie von Sinnen und schlug mit dem Schwert um sich, und der eine Polizist bekam einen Schlag über die Hand ab. Dann feuerte der Typ mehrmals in die Luft. Und weißt du, was sie da getan haben?»

«Nein.»

«Sie schickten nach zwei weiteren Polizisten, die von der Wache ein großes Netz mitbrachten. Dann warfen sie das Netz über den Kerl und fingen ihn, so als ob er ein Zirkusbär sei. Mit einem Netz, kaum zu glauben, nicht?»

«Keine dumme Idee», entgegnete Kollberg.

«Ich wollte darüber in *Svensk Polis* schreiben. Aber dann hätten die Herren von Rikspolisstyrelsen sich bloß halb tot gelacht. Wahrscheinlich wäre das auch gar nicht veröffentlicht worden.»

«Über diesen Kasper wissen wir immer noch nichts?», fragte Kollberg.

«Nein. Aber wir haben zwei gute Eisen im Feuer. Erst mal können wir mit den Kameraden von diesem Krister Paulson sprechen. Wenn die was sagen wollen. Jugendliche sind heutzutage oft so komisch.»

«Nicht wenn man selbst mit ihnen spricht», widersprach Kollberg.

«Und zweitens müsste es in dem Auto Fingerabdrücke geben. Oder etwas anderes.»

Månsson trommelte mit den Fingern auf der Schreibtischplatte.

«Dieser Krister Paulson stammte aus Stockholm. Typisch. Jetzt ist es dort so schlimm geworden, dass es nicht mal mehr die Gauner dort aushalten. Stattdessen kommen sie hierher und machen Stunk.»

Månsson hatte in gewisser Weise Recht, aber Kollberg begnügte sich damit, die Schultern hochzuziehen.

Das Telefon klingelte.

Månsson machte eine großzügige Geste.

«Bitte sehr, für dich.»

Kollberg zog eine sorgenvolle Grimasse und nahm den Hörer.

Aber diesmal war es nicht Malm. Sondern Benny Skacke.

«Hej. Ich bin noch hier draußen in Vellinge und warte auf den Abschleppwagen. Es sieht so aus, als ob in dem Wagen kein Tropfen Benzin mehr ist. Aber es ist das richtige Auto, das scheint sicher. Die Beute aus dem Einbruch ist noch drin.»

«Pass bloß auf, dass du nicht unnötige Fingerabdrücke hinterlässt», ermahnte ihn Kollberg.

«Tue ich nicht. Darauf kannst du dich verlassen. Aber ich wollte dir eigentlich was anderes erzählen.»

Benny Skacke war immer etwas unsicher, wenn er mit Kollberg sprach. Sie hatten bestimmte gemeinsame Erfahrungen, die Skacke am liebsten vergessen hätte.

«Mach zu, Kerl», drängte Kollberg. «Was willst du?»

«Na, Vellinge ist ja teilweise immer noch so ein Ort, wo die meisten alles über die Nachbarn wissen, auch wenn es in unserem Bezirk liegt.»

«Was hast du zu hören bekommen?»

«Einem Mann ist am Sonntag das Auto gestohlen worden. Aber er scheint das erst gestern angezeigt zu haben. Übrigens war es seine Frau, die die Anzeige erstattet hat.»

«Prima, Benny. Gib mir die Nummer und das alles, dann werden wir die Fahndung rausgehen lassen.»

Er schrieb sich die Einzelheiten auf. Dann ließen sie die Angaben per Telex hinausgehen.

«Das passt ja gut zusammen», freute sich Månsson.

«Mmm, langsam kommt Grund hinein.»

«Also, Krister Paulson und dieser Kasper machen zusammen einen Bruch. Sie werden beobachtet, während sie noch dabei sind. Der Streifenwagen mit Elofsson, Borglund und Hector befindet sich durch Zufall ganz in der Nähe. Sie stellen den Wagen mit den Einbrechern. Krister Paulson schießt auf Hector und Elofsson, aber Hector kann die Pistole ziehen ...»

«Hat die Pistole in der Hand», verbesserte Kollberg.

«Okay, wie du willst. Jedenfalls tötet er Krister Paulson. Kasper kriegt es mit der Angst zu tun, springt ins Auto und fährt davon. Es gelingt ihm, über die Brücke bei Höllviksnäs zu kommen, die die einzige kritische Stelle ist. Dann kann er auf Nebenwegen weiterfahren, die wir beim besten Willen nicht alle absperren oder überwachen können.»

Kollberg kannte sich in Skåne nicht besonders gut aus, aber er wusste, dass Ljunghusen auf einer Landzunge liegt, die vom

Falsterbokanal durchschnitten wird, und dass nur ein einziger Weg dorthin führt.

«Schafft er es, bis der erste Streifenwagen eintrifft?»

«Ohne weiteres. Das dauert nur wenige Minuten. Ljunghusen liegt direkt am Kanal. Aber wie du dir denken kannst, gab es an jenem Morgen ein ziemliches Durcheinander. Wir hatten eine ganze Menge Leute in der Gegend, aber die meisten hatten nichts Besseres zu tun, als mit 180 Sachen auf der neuen Autobahn von Malmö nach Vellinge zu rasen. Zwei von unseren Wagen haben sich übrigens auf dem Hügel gegenseitig behindert. Aber unser Freund Kasper fährt nach Vellinge. Da geht ihm das Benzin aus. Er verlässt die Hauptstraße. Dann stiehlt er einen anderen Wagen und verschwindet.»

«Wohin?»

«Wahrscheinlich so weit weg wie möglich. Den Mann gibt es in unseren Gefilden nicht mehr. Aber jetzt haben wir also Angaben über sein zweites Auto. Das muss aufzutreiben sein.»

«Ja», sagte Kollberg abwesend.

Er dachte an etwas anderes.

«Sofern der Eigentümer nicht eine falsche Nummer, ein falsches Fabrikat und eine falsche Farbe angegeben hat», fuhr Månsson fort.

«Ich muss dich etwas fragen», begann Kollberg. «Auch wenn es dir gegen den Strich geht zu antworten. Es ist wirklich nicht so, dass ich mich nicht an die offizielle Version halten will, aber um meiner selbst willen muss ich genau wissen, was geschehen ist.»

«Meinethalben brauchst du dich nicht zu genieren.»

«Was genau ist mit Borglund passiert?»

«Ich glaube nur, dass ich es weiß.»

«Und was glaubst du?»

«Ich glaube, dass Borglund auf dem Rücksitz saß und

schlief, als sie den Wagen mit den Einbrechern stoppten. Als er herauskam, geschah alles viel zu schnell. Krister Paulson und vielleicht auch dieser Kasper fingen zu schießen an, und dann erwiderte Hector das Feuer. Das Resultat ist bekannt. In dem Augenblick, als der erste Schuss fiel, ging Borglund in Deckung, das heißt, er warf sich in den Straßengraben. Offenbar landete er mitten in einem Wespennest, und so ein Vieh hat ihn in die Halsschlagader gestochen. Er versuchte am Sonntag weiter Dienst zu tun, es ging ihm aber so schlecht, dass er nach Hause gehen durfte. Und am Montag kam er ins Krankenhaus. Da war er schon nicht mehr bei Bewusstsein und hat es auch nicht wiedererlangt.»

«Unglücksfall», murmelte Kollberg.

«Ja. Aber kein Einzelfall. So viel ich weiß, hat es schon mehrere solcher Fälle gegeben.»

«Hast du mit ihm gesprochen, ehe er ins Krankenhaus eingeliefert wurde?»

«Ja. Er wusste praktisch gar nichts. Sie hatten ein Auto angehalten, er wusste nicht warum, und dann hatte einer aus dem Auto zu schießen angefangen. Da ging er in Deckung. Sicher hatte er ganz einfach Angst.»

«Jetzt habe ich gehört, was alle Beteiligten mit Ausnahme von Kasper zu sagen haben. Und keiner von ihnen behauptet, dass dieser Kasper geschossen haben soll oder überhaupt Gewalt gegen irgendjemanden angewandt hat. Es erscheint mir im höchsten Maße heuchlerisch, wenn jemand darauf beharrt, dass Borglund ermordet wurde.»

«Eigentlich hat das niemand behauptet. Es wird nur gesagt, dass er an den Verletzungen, die er sich im Zusammenhang mit dem Schusswechsel zugezogen hat, gestorben ist. Und das stimmt ja tatsächlich. Worauf willst du hinaus?»

Månsson blickte bekümmert auf Kollberg.

«Ich denke an den Jungen, den wir jagen. Im Augenblick

wissen wir nicht, wer er ist, aber wir werden das bald erfahren. Er ist einer ungewöhnlichen Hetzjagd ausgesetzt, die jeden Beliebigen dazu bringen kann, die Nerven zu verlieren. Aber es ist doch durchaus möglich, dass das Einzige, was er getan hat, die Teilnahme an einem Einbruch in ein Sommerhaus ist. Das gefällt mir gar nicht.»

«Mir geht es ähnlich. Aber es gibt nicht viel in diesem Beruf, das einem gefallen kann.»

Und dann klingelte wieder das Telefon.

Malm.

Wie ist es gegangen? Was habt ihr getan?

Kollberg gab den Hörer zu Månsson.

«Er ist besser informiert», log er.

Månsson legte in aller Ruhe Rechenschaft über die Neuigkeiten ab.

«Was hat er gesagt?», fragte Kollberg, als das Gespräch beendet war.

«Ausgezeichnet. Das hat er gesagt. Und dass wir alle Hebel in Bewegung setzen sollen.»

Alle Hebel in Bewegung setzen.

Eine Stunde später kam Benny Skacke mit dem Straßenkreuzer.

Nachdem die Fingerabdruckexperten ihre Arbeit erledigt hatten, konnte mit der Durchsicht begonnen werden.

«Solch eine alte Karte», begann Månsson. «Und hier haben wir also das Diebesgut, einen alten Fernseher, einige Teppiche, diese komische Figur oder was das nun sein soll. Einige Flaschen Schnaps. Und ein paar Fünf-Kronen-Stücke aus einem Sparschwein.»

«Und zwei Leichen und zwei Mann im Krankenhaus, wahrscheinlich mit solchen Verletzungen, dass sie nie wieder ganz auf die Beine kommen werden.»

«Ja, das sind wahrhaftig unnötige Opfer!»

«Grund genug für uns, dafür zu sorgen, dass es nicht noch mehr werden.»

Sie untersuchten den alten Chevrolet mit äußerster Sorgfalt. Beide waren für diese Arbeit trainiert, und Månsson konnte ohne weiteres für sich in Anspruch nehmen, dass er Dinge fand, die zu finden niemand anderem gelingen würde.

Er war es dann auch, der ihn fand.

Einen dünnen, mehrmals gefalteten Zettel, der zwischen die Sitzfläche und die Rückenlehne des Beifahrersitzes gerutscht war. Die Bezüge waren aufgerissen, und der kleine Papierfetzen hatte sich in der Polsterung verfangen. Kollberg war beinahe sicher, dass er selbst ihn niemals entdeckt hätte.

Dagegen fand er zwei Ansichtskarten im Handschuhfach. Beide waren an Krister Paulson adressiert, und die Adresse war Stenbocksgatan in Malmö. Sie schienen von zwei verschiedenen Mädchen geschrieben zu sein. Der Text war ohne Interesse. Als reine Fundstücke gesehen, wären sie 24 Stunden vorher bedeutend interessanter gewesen. Nicht einmal die Adresse war von Wert. Der Polizei war es bereits geglückt, sie mit Hilfe der Fürsorgebehörde festzustellen.

Diese Gegenstände nahmen sie mit in Månssons Zimmer.

Kollberg faltete den kleinen Zettel auf, und Månsson nahm sein Vergrößerungsglas heraus.

«Was ist das denn?», fragte Kollberg.

«Eine Quittung für eingewechseltes Geld, ausgestellt von einer dänischen Bank. Das heißt, die Kopie davon. Typisch, solch ein Ding wirft man entweder sofort weg, oder man faltet es zusammen und steckt es in die Hosentasche.»

«Und muss man so was unterschreiben? Mit seinem Namen?»

«Meistens. Manchmal auch nicht. Kommt darauf an, welche Vorschriften die Bank hat. Dieser hier ist unterschrieben.»

«So ein Geschmier.»

«Die meisten Jugendlichen schreiben heute nicht besser. Aber was steht da?»

«Ronnie, glaube ich.»

«Und dann etwas mit einem großen K, danach ein kleines a und dann ein Regenwurm.»

«Das kann Ronnie Kaspersson oder Kasparsson heißen. Aber ich kann nur raten.»

«Ronnie steht da jedenfalls.»

«Wir müssen prüfen lassen, ob es einen Ronnie Kaspersson gibt.»

Skacke betrat den Raum. Er stand da und trat eine Weile von einem Fuß auf den anderen. Kollberg blickte ihn an:

«Dieses Gehabe kannst du nun langsam sein lassen. Die alten Geschichten sind vergessen und begraben. Wenn wir zusammenarbeiten sollen, kannst du dich nicht wie ein Fünfjähriger benehmen, der Marmelade genascht hat. Was ist los?»

«Ich habe hier ein paar junge Leute, die Krister Paulson gekannt haben. Ein Mädchen und zwei Jungens. Die Fürsorge hat uns geholfen, sie ausfindig zu machen. Die haben noch mehrere gefunden, aber diese sind die Einzigen, die bereit sind, mit uns zu sprechen. Vielleicht. Will einer von euch sich mal mit ihnen unterhalten?»

«Ja», antwortete Kollberg, «mache ich gerne.»

Die Jugendlichen sahen höchst alltäglich aus. Das heißt, vor sieben oder acht Jahren hätten sie sicher noch Aufsehen erregt. Sie trugen lange mit Stickereien versehene Lederjacken, die Jungen hatten dazu Jeans an, die ebenfalls an allen nur denkbaren Stellen mit Stickmustern verziert waren, und das Mädchen einen knöchellangen Rock, der indisch oder marokkanisch oder so aussah. Alle trugen Lederstiefel mit hohen Absätzen, und ihre Haare reichten bis zu den Schultern.

Sie sahen Kollberg mit einer stumpfen Gleichgültigkeit an, die jederzeit in offene Feindseligkeit umschlagen konnte.

«Hej», begrüßte Kollberg sie, «wollt ihr etwas haben? Kaffee und Gebäck oder so etwas?»

Die jungen Männer murmelten zustimmend, ohne eigentlich etwas zu sagen, aber das Mädchen strich sich die Haare aus dem Gesicht und antwortete mit heller Stimme:

«Es ist ungesund, Kaffee und einen Haufen weißes süßes Brot in sich hineinzuschaufeln. Wer in dieser Gesellschaft gesund bleiben will, muss sich an die reinen Naturprodukte halten. So was gibt es ja. Fleisch und alle präparierten und konservierten Sachen soll man vermeiden.»

«Sehr gut», lobte Kollberg.

Er wandte sich an den Polizeiaspiranten, der an der Tür stand und sich sichtlich nicht recht wohl fühlte, denn einerseits wollte er überlegen und bullenhaft auf die drei Jugendlichen wirken und andererseits Kollberg gegenüber dienstwillig und untertänig auftreten.

«Hol uns dreimal Kaffee und einen großen Berg Kuchen. Und dann gehst du zu dem makrobiotischen Geschäft an der Ecke und kaufst eine biodynamische Möhre.»

Der Polizeiaspirant ging. Die Jungen feixten, das Mädchen dagegen saß ruhig und ernst und kerzengerade da.

Der hoffnungsvolle Polizist war ein wenig rot im Gesicht, als er mit dem Kaffeekorb und der Möhre zurückkam.

Jetzt grinsten alle drei, und Kollberg hätte selbst gern ein wenig gelächelt. Leider fiel es ihm nur allzu leicht, das Lächeln zu unterdrücken.

«Es ist nett von euch, dass ihr gekommen seid», begann er. «Ihr wisst, worum es geht?»

«Krister», antwortete einer der Jungen.

«Ganz recht.»

«Krister war im Grunde kein schlechter Mensch», sagte das

Mädchen. «Aber die gesellschaftlichen Verhältnisse hatten ihn zerstört, und er hasste seine Umwelt. Und jetzt haben die Bullen ihn erschossen.»

«Er hat selbst auch auf zwei von ihnen geschossen», unterbrach Kollberg.

«Ja. Das wundert mich eigentlich nicht.»

«Warum?»

Nach einer kurzen Pause antwortete einer der Jungen: «Er war immer bewaffnet. Mit einem Dolch oder einem Ballermann oder so. Krister sagte, dass man heutzutage eine Waffe tragen müsste. Er war ein wenig desperat, oder wie man das nennen soll.»

«Meine Aufgabe ist es, solche Dinge zu untersuchen. Das ist eine widerwärtige und undankbare Arbeit.»

«Und unsere sehr widerwärtige und undankbare Aufgabe ist es, dieses verkommene Gemeinwesen, das wir nicht runtergewirtschaftet haben, einmal zu übernehmen und wieder in Ordnung zu bringen», sagte das Mädchen.

«Hat Krister Polizisten verabscheut?»

«Wir alle hassen die Polypen. Weshalb sollten wir auch nicht? Die Bullen hassen uns ja auch.»

«Das stimmt. Nirgends dürfen wir uns aufhalten, und nichts dürfen wir tun. Sobald man sich auf eine Bank oder irgendwo auf den Rasen setzt, sind die Schlägertypen hinter uns her und hacken auf uns herum, und wenn sie eine Chance haben, verprügeln sie uns auch.»

«Oder sie verspotten uns», ergänzte das Mädchen. «Und das ist beinahe noch schlimmer.»

«Hat einer von euch den jungen Burschen getroffen, den Krister mit nach Ljunghusen genommen hat?»

«Kasper, ja», sagte der Junge, der bisher geschwiegen hatte. «Ich habe ihn kurz gesehen. Dann bin ich gegangen, weil das Bier alle war.»

«Was war er für einer?»

«Ein freundlicher Kerl. Friedlich. Genau wie wir anderen.»

«Du wusstest, dass er Kasper genannt wurde?»

«Ja, aber ich glaube, er hieß eigentlich anders. Ich habe so was gehört, als ob er Robin oder Ronnie oder so was gemurmelt hat.»

«Wie beurteilt ihr das, was da draußen geschehen ist?»

«Das ist wohl ein typischer Fall», antwortete der erste Junge. «Genau so muss es ja kommen. Alle hassen uns und die Polizei am allermeisten, und wenn einer von uns schließlich verzweifelt und sich dagegen wehrt, dann passiert so was. Ich verstehe nur nicht, dass nicht viel mehr junge Männer sich Messer oder Schusswaffen anschaffen. Warum sollen immer nur wir die Schläge einstecken?»

Kollberg dachte eine Weile nach, dann fragte er: «Wenn ihr die Möglichkeit hättet, alles zu tun, was ihr wolltet, was würdet ihr dann machen?»

«Ich würde Kosmonaut werden und weit weg in den Weltraum abhauen», antwortete der eine der Jungen.

Aber das Mädchen sagte: «Ich würde gerne auf einen Bauernhof ziehen und gesund und richtig leben. Und ich möchte viele Tiere und viele Kinder haben und darauf achten, dass sie nicht vergiftet werden, sondern wie richtige Menschen aufwachsen.»

«Darf ich in deinem Küchengarten ein bisschen Hasch anpflanzen?», fragte einer der Jungen.

Viel Interessantes wurde nicht mehr gesprochen, und Kollberg ging zurück zu Månsson und Skacke.

Diesmal ging es voran.

Es gab jemanden, der Ronnie Kaspersson hieß.

Der vorbestraft war und dessen Fingerabdrücke sowohl auf dem Lenkrad als auch auf dem Armaturenbrett gefunden worden waren.

Außerdem fand sich ein aufmerksamer Tankwart in der Nähe von Katrineholm, der den Wagen voll getankt hatte, der am Sonntag in Vellinge gestohlen worden war. Es war ihm auch aufgefallen, dass der Fahrer lange, blonde Haare hatte und mit Fünf-Kronen-Stücken bezahlte. Der Mann hatte erstaunlich gut aufgepasst und sich die Einzelheiten gemerkt, er kannte sogar noch die Autonummer. Als Kollberg ihn nach dem Grund fragte, antwortete er:

«Ich schreibe mir alle Autonummern auf. Eine alte Gewohnheit. Gibt es eine Belohnung dafür?»

«Ja. Ich werde das nächste Mal, wenn ich da vorbeikomme, bei dir tanken. Aber wundere dich nicht, wenn ich einen falschen Bart und gefälschte Kennzeichen habe.»

Am Freitag wussten sie fast alles über Ronnie Kaspersson. Wo seine Eltern wohnten, wo er zuletzt gesehen worden war, in welcher Richtung er davongefahren war, nämlich nach Norden, sogar seine Geburtsnummer.

All dies bedeutete, dass die Fahndung in Malmö so gut wie abgeschlossen war.

Die Jagd nach dem Polizistenmörder fand an anderen Stellen im Land statt.

«Die Arbeitsgruppe Malmö ist aufgelöst», befahl Malm militärisch. «Du meldest dich so schnell wie möglich bei mir in Stockholm.»

«Leck mich am Arsch», murmelte Kollberg.

«Was?»

«Ach, das war weiter nichts.»

Als er seinen Koffer gepackt hatte und hinunterging, um sein Auto zu holen, wurde ihm bewusst, dass er sehr bald endgültig genug haben würde.

23

Am Mittwochabend erfuhr Ronnie Kaspersson, dass einer der an der dramatischen Schießerei in Ljunghusen beteiligten Polizisten gestorben war.

Die Nachrichtensprecherin drückte sich so aus. Dramatische Schießerei in Ljunghusen.

Er saß zusammen mit seiner Mutter auf dem Sofa, sah fern und hörte, wie seine Personenbeschreibung verlesen wurde. Der Mann, der von der Polizei im ganzen Land gesucht wird, ist etwa zwanzig Jahre alt, von kleiner Statur, hat lange, blonde Haare und trägt Jeans und eine dunkle Popelinejacke.

Er schielte zu seiner Mutter hin. Sie war mit ihrem Strickzeug beschäftigt, runzelte die Stirn und bewegte die Lippen, wahrscheinlich zählte sie Maschen.

Die Beschreibung war nicht sehr ausführlich und stimmte nur in zwei Punkten. Er war zwar gerade erst neunzehn geworden, wusste aber aus Erfahrung, dass man ihn nicht selten für sechzehn oder siebzehn hielt. Er hatte eine schwarze Lederjacke angehabt. Außerdem waren ihm, trotz seiner vorgetäuschten Proteste, von seiner Mutter am Abend vorher die Haare abgeschnitten worden.

Die Nachrichtensprecherin sagte auch, dass er vermutlich in einem hellgrünen Chevrolet unterwegs war, dessen Nummer drei Sieben enthielt.

Eigenartig, dass sie den Wagen noch nicht entdeckt hatten. Er hatte sich doch gar nicht angestrengt, ihn zu verstecken. Sie würden ihn in Kürze finden.

«Ich fahr morgen weg, Mama», sagte er.

Sie blickte von ihrem Strickzeug auf.

«Aber Ronnie, kannst du nicht warten, bis Papa nach Hause kommt? Er wird traurig sein, wenn er erfährt, dass du hier warst und er dich nicht getroffen hat.»

«Ich muss den Wagen zurückbringen. Der Freund, von dem ich ihn geliehen habe, braucht ihn morgen. Aber ich komme bald wieder.»

Seine Mutter seufzte.

«Ja, ja, das sagst du immer», entgegnete sie resigniert, «und dann sieht man dich ein Jahr lang nicht.»

Am nächsten Morgen fuhr er nach Stockholm.

Er wusste nicht, wo er bleiben sollte, aber wenn die Polizei erfuhr, wer er war, wollte er nicht zu Hause sitzen und warten, bis sie ihn holten. In Stockholm war es leichter unterzutauchen.

Er hatte nicht mehr viel Geld, nur zwei Fünf-Kronen-Stücke und zwei Zehn-Kronen-Stücke, die seine Mutter ihm gegeben hatte. Benzin zu beschaffen war kein Problem, er hatte in der elterlichen Garage ein Stück vom Gartenschlauch abgeschnitten, und sobald es dunkelte, war diese Angelegenheit bald erledigt. Die meisten Autos hatten heutzutage zwar einen verschließbaren Tankdeckel, aber wenn man sich Zeit ließ, ging es meistens gut.

Mit der Unterkunft war es schwieriger. Er hatte zwei Freunde mit eigener Wohnung, zu denen er fahren und die er fragen konnte, ob er ein paar Tage bei ihnen unterkommen konnte, aber die meisten Leute, die er kannte, waren in der gleichen Situation wie er selbst. Ohne festen Wohnsitz.

Es war immer noch früher Vormittag, als er in Stockholm ankam, und er fuhr planlos in den Straßen des Zentrums umher, bis ihm aufging, dass er seine Freunde am ehesten erreichte, wenn sie noch im Bett lagen.

Sie wohnten in Henriksdal. Er fuhr vorsichtig und achtete streng darauf, nicht gegen die Verkehrsregeln zu verstoßen oder auf andere Weise Aufmerksamkeit auf sich zu lenken. Das Auto lief gut und fuhr sich bequem und leicht.

An der Wohnungstür der Freunde klebte ein Schild mit einem neuen Namen. Er klingelte, und eine Frau in Morgenrock und Pantoffeln öffnete. Sie erklärte ihm, dass sie in der letzten Woche eingezogen sei, aber keine Ahnung hätte, wo die alten Mieter hingezogen seien.

Kasper war nicht besonders überrascht. Er selbst hatte ziemlich wilde Feste bei den beiden Freunden mitgefeiert und wusste, dass ihnen mehrmals mit Kündigung gedroht worden war.

Er fuhr wieder in die Innenstadt. Im Tank waren nur noch wenige Liter, und er hatte keine Lust, seine letzten Kröten für Benzin auszugeben, das er sich gratis beschaffen konnte, sobald es dunkel wurde. Er hatte Glück und fand einen freien Parkplatz auf Skeppsbron.

Während er am Denkmal für Gustav III. auf grünes Licht wartete, drehte er sich um und begutachtete den Wagen. Er war ein Vorjahrsmodell und hatte weder eine Beule im Blech noch eine Schramme im Lack, der immer noch blank und sauber war. Es sah solide aus, gehörte zu einer viel gefahrenen Marke und erweckte daher kein Aufsehen. Mit den neuen falschen Kennzeichen konnte er damit ohne großes Risiko noch eine Weile umherfahren.

Er streifte durch die Altstadt und überlegte, wo er sich hinbegeben sollte.

Zwei Wochen war er aus Stockholm weggewesen, das kam ihm wie eine Ewigkeit vor. Vierzehn Tage vorher hatte er ein wenig Geld gehabt und war mit ein paar Burschen nach Kopenhagen gefahren, als ihm das Geld dann ausgegangen war, kam er nach Malmö und hatte unglücklicherweise Krister getroffen, der jetzt nicht mehr lebte. Es fiel ihm immer noch schwer zu begreifen, was passiert war, auf eigenartige Weise war der Sonntagmorgen in Ljunghusen aus seinem Bewusstsein gelöst, er hatte damit nichts zu schaffen, er empfand die Episode wie ein Stück aus einem Film oder eine Begebenheit, die man ihm erzählt hatte.

Er wünschte sehnlichst, mit jemandem darüber sprechen zu können, Freunde zu treffen, die alte Lebensweise wieder aufnehmen zu können und bestätigt zu bekommen, dass alles so wie früher war.

Aber nichts war mehr so wie früher; er war sicherlich schon früher einmal auf der Flucht gewesen, aber doch nicht so wie jetzt.

Diesmal war es wirklich ernst; er war Gegenstand einer Fahndung, die das ganze Land umfasste, hatten sie im Fernsehen gesagt.

Seine Freunde konnte er nicht aufsuchen, die befanden sich an Orten, wo die Polizei zuallererst suchen würde, in Humlegården, in Kungsträdgården und auf Sergelstorg.

Er war hungrig und betrat ein Geschäft in Köpmangatan, um sich Milchbrötchen zu kaufen. Eine junge Frau in Jeans und Ledermantel stand am Ladentisch und bezahlte eine Büchse Tee, die sie unter den Arm geklemmt hatte. Sie hatte blonde kurz geschnittene Haare, und als sie sich umdrehte, sah Kasper, dass sie älter war, als er vermutet hatte. Sicher um die Dreißig. Sie sah ihm mit dem forschenden Blick ihrer blauen Augen direkt ins Gesicht, und einen Augenblick lang glaubte er, sie hätte ihn erkannt, und die Angst schnürte ihm den Magen zu.

«Ist Herr Beck noch nicht wieder zurück?», fragte die Verkäuferin, und die Frau mit den neugierig spähenden Augen wandte sich endlich von ihm ab.

«Nein, aber er wird wohl bald kommen.»

Ihre Stimme war ein wenig heiser. Sie ging auf die Tür zu, ohne Kasper noch einmal anzusehen, und als sie auf die Straße hinaustrat, rief die Verkäuferin:

«Danke und auf Wiedersehen, Frau Nielsen.»

Kasper kaufte seine Milchbrötchen, aber es dauerte eine ganze Weile, bevor der Krampf in seinem Magen sich löste und er essen konnte.

Ich leide schon unter Verfolgungswahn, überlegte er, ich muss mich zusammenreißen.

Er verließ die Altstadt und ging über Slussen in Richtung Södermalmstorg. Vor dem Eingang zur U-Bahn standen zwei Finnen, die er kannte und mit denen er einige Male gesprochen hatte, aber als er auf die Treppe, die er hinuntergehen musste, zuging, sah er plötzlich zwei Polizisten, die über Peter Myndes Backe näher kamen. Er änderte sofort die Richtung und trollte sich nach Götgatan hinaus.

Er kam zu Medborgarplatsen und blieb dort stehen, um am Zeitungskiosk an Björns Trädgård die Schlagzeilen zu lesen. POLIZISTENMORD und ANGESCHOSSENER POLIZIST GESTORBEN stand da mit fetten schwarzen Buchstaben. Er las auch die kleiner gedruckten Untertitel. *Der Desperado wird im ganzen Land gejagt,* hieß es da, und die andere Abendzeitung stellte kurz und bündig fest: *Der Mörder auf freiem Fuß.*

Kasper wusste, dass er gemeint war, aber er konnte nicht fassen, wieso sie ihn Desperado und Mörder nennen durften.

Er, der noch niemals eine Schusswaffe auch nur angefasst hatte, und wenn er eine in die Hand bekäme, sie nie auf einen anderen Menschen würde richten können, auch wenn er desperat war.

Den ganzen Tag über hatte er nicht daran gedacht, Zeitungen zu kaufen, und nun, da er die Schlagzeilen sah, bekam er Angst vor dem, was in den Blättern stehen könnte.

Er dachte an das grüne Auto voller Diebesgut und mit seinen Fingerabdrücken auf dem Lenkrad. Übrigens nicht nur dort. Wenn sie den Wagen fanden, würden sie seine Fingerabdrücke haben, und wenn sie die erst hatten, wussten sie auch, wen sie da jagten.

Er konnte sich nur zu gut daran erinnern, wie sie ihn damals vor anderthalb Jahren erwischt hatten; er sah immer noch das Stempelkissen und die Karte vor sich, auf die sie seine Finger gedrückt hatten. Alle zehn, einen nach dem anderen.

Kasper kaufte keine Zeitung, ging aber weiter, straßauf, straßab, ohne zu wissen, wo er sich befand. Er überlegte intensiv, wo er ein Versteck für sich finden konnte.

Das Haus der Eltern war ausgeschlossen, die Polizei würde dort hinkommen, sobald sie erst einmal wusste, wer er war. Wahrscheinlich wussten sie es schon.

Seine Mutter tat ihm Leid, und er hätte ihr gern erzählt, wie sich alles zugetragen hatte. Dass er niemanden erschossen hatte. Wenn ihm ein Versteck einfiel, würde er ihr vielleicht schreiben.

Um vier Uhr nachmittags war es dunkel geworden, und er begann sich ruhiger zu fühlen. Er hatte ja niemanden getötet, die ganze Sache war ein Missverständnis, und man konnte doch nicht für etwas bestraft werden, was man nicht getan hatte. Oder doch?

Er war nicht so sicher. Es wurde behauptet, dass Schweden ein Rechtsstaat war, aber Kasper hatte das Gefühl, dass viele Menschen schuldlos zu strengen Strafen verurteilt wurden, während die wirklichen Verbrecher, die, die ihren Mitmenschen Geld, Arbeitskraft und die Lust am Leben nahmen, stets ungeschoren davonkamen, weil ihre Methoden als rechtens bezeichnet wurden.

Kasper fror. Er hatte einen dünnen Pullover unter der Lederjacke an, und die abgewetzten und verwaschenen Jeans wärmten nicht besonders. Am meisten froren die Füße in den gummibesohlten Segeltuchschuhen. Er überlegte, ob er zurück zum Auto gehen, Benzin stehlen und hinaus aufs Land fahren sollte. Dann konnte er auf dem Rücksitz schlafen. Aber er erinnerte sich an die kalte Nacht vor drei Tagen, und außerdem war es noch zu früh.

Außer den Milchbrötchen hatte er zwei warme Würstchen und ein Päckchen Zigaretten gekauft, aber er hatte immer noch 19 Kronen übrig.

An Ringvägen ging er in eine Konditorei, in der er noch nie gewesen war. Er bestellte Kaffee und zwei Käsebrote und setzte sich an einen Tisch, der nahe an der Heizung stand.

Als er die Tasse hob, um den ersten Schluck Kaffee zu trinken, hörte er eine Stimme hinter sich.

«Nanu, ist das nicht Kasper? Du hast dir die Wolle scheren lassen, deshalb habe ich dich nicht gleich erkannt.»

Er stellte die Tasse hin und blickte sich um.

Er musste erschreckt ausgesehen haben, denn das Mädchen, das an dem Tisch hinter ihm saß, sagte: «Brauchst keine Angst zu haben. Ich bin es, Maggan. Du erinnerst dich doch an mich?»

Natürlich erkannte er sie. Maggan war einige Jahre lang die Freundin seines besten Freundes gewesen, und er hatte sie gleich am ersten Tag getroffen, als er vor beinahe drei Jahren nach Stockholm gekommen war. Sie hatte mit seinem Kameraden vor einem halben Jahr Schluss gemacht, und der war danach zur See gegangen; seitdem hatte Kasper Maggan nicht mehr gesehen.

Aber sie war ein nettes Mädchen, und er mochte sie.

Sie setzte sich an seinen Tisch, und sie sprachen eine Weile von alten Zeiten, und schließlich entschloss sich Kasper, ihr von seinem Problem zu erzählen. Er schilderte den Hergang von Anfang bis zum Ende, so wie es sich zugetragen hatte. Maggan hatte die Zeitungen gelesen und verstand sofort, in welcher Schwierigkeit er sich befand, und als er seinen Bericht beendet hatte, sagte sie: «Armer Kerl. Das ist ja nicht zu fassen. Eigentlich müsste ich dir raten, zur Polizei zu gehen und denen zu erzählen, wie es wirklich gewesen ist, aber das tue ich nicht, denn ich traue diesen Banditen nicht.»

Sie überlegte einen Moment, während Kasper schweigend dasaß und wartete. Schließlich entschied sie: «Du darfst bei mir wohnen. Ich habe jetzt eine Wohnung draußen in Kransen. Mein Freund wird natürlich nicht sehr erbaut davon sein, aber er steht mit der Polizei auch nicht auf gutem Fuß und wird schon begreifen. Und außerdem ist er nett, auch wenn es nicht gleich jeder merkt.»

Kasper fand nicht die richtigen Worte, um seine Erleichterung und seine Dankbarkeit auszudrücken, aber er sagte: «Du bist ein richtig feines Mädchen, Maggan, der Ansicht war ich schon immer.»

Maggan bezahlte auch noch seine Rechnung, und dann gingen sie beide nach Skeppsbron, um den Wagen zu holen.

«Es wäre gefährlich, wenn du in dieser Situation einen Zettel an die Scheibe bekommst», warnte sie. «Und ich habe Geld für Benzin, du brauchst dir deswegen keine Sorgen zu machen.»

Dann fuhren sie nach Midsommarkransen, Maggan lenkte den Wagen, und Kasper sang auf dem ganzen Weg aus vollem Hals.

24

Herrgott Nöjd fuhr hinter dem rechten Ohr mit dem Zeigefinger gegen seinen Hut, sodass er nach vorn über das linke Auge rutschte. Er sah aus wie Huckleberry Finn, allerdings 35 Jahre älter.

«Heute gehen wir raus und schießen uns einen Fasan. Den verspeisen wir zusammen. Ich kann verdammt gut kochen. Das ist einer der Vorteile des Junggesellenlebens. Man lernt, feine Mahlzeiten zuzubereiten.»

Martin Beck murmelte etwas.

Als Koch eignete er sich überhaupt nicht. Vielleicht lag das daran, dass er zu spät Junggeselle geworden war. Wahrscheinlich nicht. Sobald er versuchte, sich um den Haushalt zu kümmern, hatte er das dumme Gefühl, zwei linke Hände zu besitzen.

«Und wo wollen wir den schießen? Hast du eine Jagd gepachtet?»

«Man hat doch Freunde. Wir können uns als eingeladen betrachten. Du kannst von mir Stiefel leihen. Eine Büchse auch, ich habe zwei.»

Nöjd kramte lächelnd zwischen den Papieren auf seinem Schreibtisch.

«Wenn du es nicht vorziehst, deinem Herzen in einem Gespräch mit Folke Luft zu machen», fügte er hinzu.

Martin Beck zuckte die Achseln. Die Verhöre mit Folke Bengtsson waren in ein Stadium vollkommener Stagnation geraten. Ungefähr so wie beim Schachspiel, wenn beide Spieler nur noch ihre Könige und jeder einen Springer auf dem Brett übrig haben.

«Ich habe hier eine interessante Sache gelesen», fuhr Nöjd fort und zog eine ausländische Polizeifachzeitschrift hervor. «In Dayton, Ohio, einer Stadt, die etwa so groß wie Malmö ist, sind in diesem Jahr 105 Morde begangen worden, im Verhältnis gesehen sind das zehnmal so viel wie in New York. Die einzige Stadt mit zuverlässiger Statistik, in der es noch schlimmer zugeht, ist Detroit. 21 von diesen Morden wurden mit Schusswaffen verübt. Das muss ja noch schlimmer als in Stockholm sein.»

«Steht da auch, wie viele Überfälle und Raubüberfälle die gehabt haben?»

«Nein, das allerdings nicht. Wenn wir die Zahlen nun mit denen von Trelleborgs Polizeidistrikt vergleichen, dann haben wir hier also einen Mord gehabt. Und das ist eine ungewöhnlich hohe Ziffer.»

«Einen. Aber es reicht, dass ich schlecht schlafe. Heute Nacht habe ich wieder von Bengtsson geträumt.»

Nöjd lachte. «Von Folke? Ich hätte nichts gesagt, wenn du von Sigbrit geträumt hättest.»

Nöjd berührte hier ein psychologisches Phänomen, das auf Martin Beck zutraf und sicher auch auf eine Reihe anderer Polizeibeamter in ähnlicher Stellung. Er konnte im Allgemeinen tote und auch verstümmelte menschliche Körper begutachten, ohne auch nur mit der Wimper zu zucken. Auch wenn er ein gewisses Unbehagen spürte, war er in der Lage, das alles wie einen alten Mantel abzustreifen, sobald er seine vier Wände betrat. Dagegen quälte er sich über Gebühr mit Fällen ab, wenn es ihm so vorkam, als ob etwas falsch gemacht wurde, zum Beispiel wie bei dieser Geschichte mit Sigbrit Mård und Folke Bengtsson. Einem Mann, der von vornherein verurteilt war und sich nicht verteidigen konnte.

«Eine andere Nachricht vom heutigen Tage betrifft die Untersuchung des Tatortes», sagte Nöjd. «Das Knäuel Putzwolle, das ich selbst während unserer Besichtigung dort in der Nähe der Leiche gefunden hatte. Um die Wahrheit zu sagen, hatte ich das völlig vergessen.» Er lachte laut.

«Was ist denn damit?»

«Es ist kriminaltechnisch untersucht worden. Hier ist das Ergebnis. Es enthielt Baumwollfäden, Kies, Schmutz, Lehm, Fett, Öl und Nickelspäne. Kies und Schmutz von derselben Beschaffenheit wie die Proben, die wir in der Lehmkuhle genommen haben, in der Sigbrit lag. Dagegen war der Boden dort, wo ich die Wolle gefunden habe, von völlig anderer Art. Man kann also vermuten, dass die Person, die Sigbrit umgebracht hat, sich damit die Stiefel abgeputzt hat. Stiefel muss er zweckmäßigerweise angehabt haben.»

«Nickelspäne. Das ist was Besonderes.»

«Das finde ich auch. Jedenfalls nichts, was Folke mit dem Mord in Verbindung bringt.»

Aber Folke Bengtsson wird verurteilt werden, dachte Martin Beck. Wenn nicht …

«Nun machen wir uns aber auf den Weg zur Jagd.»

Die Jagd wurde ein besonderes Erlebnis für Martin Beck, der so etwas noch nie mitgemacht hatte. Bekleidet mit Nöjds Reservestiefeln, Jeans, Dufflecoat und einer Pudelmütze, die Evert Johanssons Frau gestrickt hatte, lief er neben Nöjd her, der den sich sträubenden Timmy an der Leine hielt. Martin Beck trug die Schrotflinte, Nöjds Reservewaffe, mit dem Lauf in der linken Armbeuge, so hatte er es, vermutlich in einem Film, die richtigen Jäger tun sehen.

«Du hast den ersten Schuss. Du bist schließlich der Gast. Ich nehme den Zweiten.»

Der Wiesenboden war weich und federte unter ihren Füßen, das Gras stand hoch und war nach der kalten Nacht gefroren. Einzelne Blumen trotzten dem rasch näher rückenden Winter, und an einigen Stellen wuchsen bläuliche Pilze in großen Ringen.

«Die sind essbar», sagte Nöjd. «Schmecken sehr gut. Wir können nachher welche sammeln und als Beilage mitnehmen. Sagt man nicht so?»

Die Hüte der Pilze waren gefroren, ganz oder teilweise, aber für die Jahreszeit war es ein herrlicher Tag. Martin Beck schritt schweigend vor sich hin; er hatte gehört, dass Jäger gefälligst ruhig zu sein hatten. Und er dachte nur ab und zu an erwürgte geschiedene Frauen, entlassene Sexualverbrecher, Schlüssel, die zu keiner Tür passen wollten, und Putzwolleknäuel mit Nickelspänen.

Die Luft war klar und rein und der Himmel mit einzelnen zerzausten Wolken. Alles war schön.

Plötzlich flog der Vogel auf, von einem Punkt, der nicht ganz einen Schritt von seinen Füßen entfernt war. Martin Beck wurde total überrascht, zuckte zusammen und drückte ab, und der Vogel flog davon, als wäre er von einem Katapult abgeschossen.

«Jesses», kicherte Nöjd. «Dich möchte ich beim Tontaubenschießen nicht in meiner Mannschaft haben. Wirklich nett von dir, dass du Timmy und mich nicht angeschossen hast.»

Martin Beck lachte mit. Er hatte ja schon vorher gesagt, dass seine Erfahrungen auf diesem Gebiet, gelinde gesagt, begrenzt waren.

Der nächste Fasan flog ungefähr vierzig Minuten später auf, und Nöjd traf ihn, so überlegen und selbstverständlich, als ob er täglich nichts anderes tat.

Auf dem Heimweg sammelten sie Pilze.

«Mit Pilzen ist es einfacher», feixte Nöjd. «Die fliegen nicht davon.»

Als sie bei Nöjds tomatenfarbigem Auto ankamen, sagte Martin Beck plötzlich:

«Nickelspäne? Wo können die herstammen?»

«Aus irgendeiner Werkstatt, die irgendwas Spezielles herstellt. Was weiß ich?»

«Das kann sich als wichtig erweisen.»

«Vielleicht.»

Nöjds Gedanken schienen sich ausschließlich mit dem Mittagessen zu beschäftigen.

Die Mahlzeit war dann auch danach. Martin Beck konnte sich nicht erinnern, wann er das letzte Mal besser gegessen hatte.

Obwohl Rhea Nielsen gut kochte und auch sehr abwechslungsreich. Es zeigte sich, dass Nöjd alle möglichen Dinge in der Kühltruhe hatte, zum Beispiel Morcheln, die er selbst gesucht hatte, und eine außerordentlich gute Mischung von Blaubeeren, Brombeeren und wilden Himbeeren, die einen herrlichen Nachtisch ergaben, besonders mit «nicht in der Fabrik hergestellter» Sahne, wie er sich ausdrückte.

Sie hatten sich gerade den Mund abgewischt, als das Telefon klingelte.

«Nöjd?»

...

«So, tatsächlich?»

...

«Das habt ihr wirklich fein gemacht, finde ich. Erzähl!»

...

«Wie? In einem Brief?»

...

«Ich werde die Nachricht weitergeben. Wir kommen wahrscheinlich morgen runter.»

...

«Wenn du so weitermachst, wirst du vielleicht noch nach Anderslöv versetzt.»

...

«Willst du nicht? Das war das Dümmste, was ich je gehört habe.»

...

«Ja. Hej.»

Nöjd legte auf und blinzelte zu Martin Beck hinüber.

«Wer war das?»

«Einer von den Burschen in Trelleborg. Er hat die Wohnung gefunden, zu der der Schlüssel in Sigbrits Tasche passt.»

Martin Beck gab sich keine Mühe, seine Überraschung zu verbergen. «Wie haben die das geschafft?», fragte er.

«Es gibt hier in der Gegend ein Sprichwort von den dümmsten Bauern, die die dicksten Kartoffeln ernten. Aber wenn du meinst, dass das hier zutrifft, dann hast du dich geirrt.»

Nöjd begann abzudecken, dabei sprach er weiter.

«Tatsache ist, dass einige von den Jungens in Trelleborg sich in den Kopf gesetzt hatten, die Tür, zu der der Schlüssel passt, zu finden, koste es, was es wolle. Wenn sie überhaupt in Trelleborg zu finden war. Sie haben mehrere Nachschlüssel anfertigen lassen und viele Überstunden gemacht, und schließlich ist Trelleborg nicht Stockholm oder Chicago. Die Stadt ist nicht so verdammt groß, und wenn man nur hartnäckig genug ist, dann schafft man es.»

Er machte eine Pause und gluckste vor sich hin. Martin Beck hatte sich wieder gefasst und half jetzt beim Abdecken und Abwaschen.

«Hinzu kommt, so behaupte ich jedenfalls, ein besonders wichtiger Faktor. Einige der jungen Leute sind gut, der Meister hat ja auch die Möglichkeit, sich seine Leute auszusuchen, und braucht nicht jeden Hans und Franz zu nehmen wie die in Stockholm oder Malmö.»

Während seiner Tage in Anderslöv war sich Martin Beck der Tatsache bewusst geworden, dass es zwischen unzähligen mittelmäßigen und einer erschreckend hohen Anzahl völlig untauglicher Polizisten auch eine Menge guter Männer gab.

«Die Leute haben den hohen Tieren aus Stockholm, dir vor allem, mal zeigen wollen, dass man auch hier am Ende der Welt was kann. Und da haben sie so lange gesucht, bis sie die richtige Tür fanden. Heute Nachmittag. Wie ich die einschätze, hätten die weitergemacht, bis sie hätten schwören können, dass es die Tür in Trelleborg nicht gibt.»

«Weißt du schon Einzelheiten?»

«Na klar. Zum Beispiel die Adresse. Eine Reihe anderer Sachen. Sie haben nichts angerührt, sich nur umgesehen. Eine kleine Einzimmerwohnung, spärlich möbliert. Von Sigbrit unter ihrem Mädchennamen gemietet, nämlich Jönsson. Die

Miete wurde bar bezahlt, in einem frankierten, maschinengeschriebenen weißen Umschlag jeweils am Monatsersten, dreieinhalb Jahre lang. Sie wurde übrigens auch in diesem Monat bezahlt, obwohl Sigbrit da bereits tot war und es nicht mehr selbst tun konnte. Also war es ein anderer, der das getan hat.»

«Kaj.»

«Vielleicht.»

«Ich bin ziemlich sicher.»

«Auf der Rückseite des Kuverts stand jedes Mal das Gleiche: Miete S. Jönsson.»

«Wir werden morgen hinfahren und uns das ansehen.»

«Mit Vergnügen. Die Tür ist jetzt versiegelt.»

«Kaj», sagte Martin Beck vor sich hin, «kaum Folke Bengtsson.»

«Warum nicht?»

«Der ist zu geizig.»

«Na, die Miete war nicht hoch. 75 Kronen. Stets passend im Umschlag, sagte der Vermieter.»

Martin Beck schüttelte den Kopf. «Nicht Bengtsson. Das ist der falsche Mann. Stimmt nicht mit seinem Verhaltensmuster überein.»

«Was diesen Kaj betrifft, also den gibt es nicht in diesem Wachbezirk. Das kann ich mit neunundneunzigprozentiger Sicherheit sagen. Und ich weiß zufällig, dass die Kollegen in Trelleborg es sich damit nicht leicht gemacht haben, Personenbeschreibung und so weiter. Die sind der Ansicht, dass es so einen Mann im ganzen Polizeidistrikt Trelleborg nicht gibt.»

«Mmm», sagte Martin Beck.

«Bleibt also die Möglichkeit, dass Folke Bengtsson beides erfunden hat, den Mann und sein Auto, um die Aufmerksamkeit von sich selbst abzulenken.»

«Das ist denkbar», sagte Martin Beck.

Aber er glaubte nicht daran.

Am nächsten Tag fuhren sie nach Trelleborg und sahen sich alles an.

Die Wohnung befand sich in einem ziemlich kleinen Hinterhaus zu einem älteren Mietshaus, das heruntergekommen, aber nicht verfallen aussah. Das Haus lag in einer ruhigen Nebenstraße.

Sigbrit Mårds heimlicher Zufluchtsort lag eine Treppe hoch oder im zweiten Geschoss, wie man in Südschweden sagt.

Martin Beck ließ Nöjd das Siegel aufbrechen, weil er den Eindruck hatte, dass es für ihn etwas Besonderes und Spannendes war.

Die Wohnung war wirklich armselig.

Die Luft darin war stickig; sicher hatte niemand in den letzten Wochen ein Fenster aufgemacht.

In der kleinen dunklen Diele lag einige Post unter dem Briefschlitz, offenbar verschiedene Reklame- und Postwurfsendungen.

Der Name auf dem Türschild, aus einzelnen weißen Plastikbuchstaben zusammengesetzt, lautete S. JÖNSSON.

Rechts von der Diele befanden sich Toilette und Waschgelegenheit mit einem Regal für Toilettenartikel. Zwei Zahnbürsten im gleichen Becher, ein Päckchen Menstruationstampons, Lippenstift, Puder, Nagelfeile und Lidschatten. Eine runde Plastikschachtel enthielt ein Pessar. Sigbrit Mård war offenbar kein Risiko eingegangen.

Außerdem gab es Seife, einen Rasierpinsel und einen Rasierapparat, was nicht notwendigerweise bedeutete, dass ein Mann hier übernachtet hatte. Sigbrit hatte sich die Achselhöhlen rasiert.

Im Zimmer befanden sich zwei Stühle und ein Tisch. An

der einen Wand lag eine einfache Schaumgummimatratze mit einem farbenfrohen Überzug. Dutzendware.

Auf der Matratze lag ein Kopfkissen mit himmelblauem Bezug.

Neben dem Tisch stand ein elektrischer Heizkörper, der an eine Steckdose angeschlossen werden konnte. Der Stecker war jedoch herausgezogen.

Sie zogen die Schubladen des Tisches auf. Leer, bis auf einen Stapel unbeschriebener Briefbogen und einen Block mit dünnem blau liniertem Papier.

Martin Beck konnte sich dunkel an diese Art von Schreibpapier erinnern.

In der Küche fanden sie folgende Gegenstände: eine Kaffeekanne, zwei Tassen, zwei Gläser, eine Büchse Nescafé, eine verschlossene Flasche Weißwein, eine halb volle Flasche Whisky einer guten Marke, Chivas Regal, vier Dosen Carlsberg-Bier und einen Krug unbekannter Herkunft.

Im Zimmer und in der Küche stand je ein Aschenbecher, beide waren abgewaschen.

An der Wand hing als einziger Schmuck, wenn man es so nennen wollte, eine gedruckte Postkarte mit einem für den nicht Eingeweihten völlig unverständlichen Text.

«Kein besonders gemütliches Liebesnest», sagte Nöjd.

Martin Beck schwieg. Nöjd wusste vieles über die verschiedensten Dinge. Das, wovon er am wenigsten verstand, war wahrscheinlich die Liebe.

Lampenschirme gab es nicht, nur nackte Glühbirnen. Alles war sehr gründlich sauber gemacht worden. Besen, Kehrblech und Scheuerlappen waren in einem Verschlag in der Küche verwahrt.

Martin Beck hockte sich hin und betrachtete das Kopfkissen genauer. Er konnte zweierlei Haare darauf entdecken – lange, blonde und bedeutend kürzere, beinahe weiße.

Er untersuchte die Matratze. Darauf gab es Flecken, sicher analysierbare, und gekräuselte Haare.

«Die muss ins Labor. Und soll verdammt sorgfältig geprüft werden.»

Nöjd nickte.

«Das ist die Wohnung», sagte Martin Beck. «Ohne Zweifel. Die Polizei in Trelleborg hat vortreffliche Arbeit geleistet. Übrigens, hast du die Sachen mit, um die Tür neu zu versiegeln?»

«Aber sicher», bestätigte Nöjd gemächlich.

Sie gingen.

Eine Weile danach trafen sie den Polizeiassistenten, der die Wohnung gefunden hatte. Er ging zu Fuß Streife auf der Hauptstraße, hatte rote Haare und sprach nicht den Dialekt von Skåne.

«Gut gemacht», lobte Martin Beck.

«Danke.»

«Hast du mit den Nachbarn gesprochen?»

«Ja. Aber das hat nicht viel ergeben. Meistens ältere Leute. Die haben bemerkt, dass da manchmal abends jemand drin war, aber die meisten gehören zu denen, die abends um sieben ins Bett gehen. Einen Mann haben sie niemals gesehen, dagegen eine Frau. Der alten Dame, die sie gesehen hat, fiel plötzlich ein, dass es eins der Mädchen aus der Konditorei sein könnte. Aber erst nachdem ich das angedeutet hatte. Dagegen haben einige vom Fenster aus einen beigefarbenen Wagen gesehen, der manchmal auf der Straße parkte. Einen Volvo, meinten sie.»

Martin Beck nickte. Die Teile des Puzzles begannen sich zusammenzufügen.

«Gute Arbeit», sagte er und merkte, dass er sich wiederholte.

«Ach, das hat Spaß gemacht. Schade nur, dass wir diesen Kaj nicht erwischt haben.»

«Wenn es den überhaupt gibt», sagte Nöjd.

«Den gibt es», sagte Martin Beck, als sie zu Polishuset gingen, «da kannst du sicher sein.»

«Wenn du das meinst.»

Es war ein bitterkalter Tag, obwohl der Himmel immer noch klar war. Im Hafenbecken lag eine ostdeutsche Fähre, die *Rügen* hieß.

Ungewöhnlich hässlich, dachte Martin Beck.

Seit langer Zeit schon waren die Schiffe immer hässlicher geworden.

Kaj, dachte er. Putzwolle, Nickelspäne. Beigefarbener Volvo. Und dann der unmögliche Folke Bengtsson.

Aber jetzt sah er die Dinge trotz allem optimistischer.

25

Karl Kristiansson und Kenneth Kvastmo passten überhaupt nicht zusammen. Obwohl sie seit anderthalb Jahren im gleichen Streifenwagen saßen, hatten sie sich nicht viel zu sagen und noch weniger füreinander übrig.

Kvastmo stammte aus Värmland, ein großer stämmiger Mann mit blondem Haarschopf, Stiernacken und einer Stirn wie ein Waschbrett über der breiten, dicken Nase. Als Polizist war er sorgfältig und hartnäckig, eifrig und aggressiv. Diensteifrig, kurz gesagt. Außerdem war er sehr neugierig.

Kristiansson war stets faul gewesen, und mit den Jahren wurde er immer träger. Er dachte selten an seinen Dienst, sondern fast ausschließlich an Fußballtoto und an Essen, und manchmal spürte er Schmerzen von einer alten Schusswunde. Ein anderer Polizist hatte ihn zwei Jahre früher, genauer gesagt am 3. April 1971, ins Knie getroffen. Von vielen missglückten

Tagen war dieser der unglücklichste seines Lebens gewesen. Er hatte seinen besten Freund an jenem kühlen Sonnabend verloren, außerdem war er selbst angeschossen worden und hatte lediglich vier Richtige mit seinem reduzierten unfehlbaren System erzielt.

Kristiansson war der Ansicht, dass Kvastmo ein unverbesserlicher Schafskopf war, der sich immer nur über alle und alles beschwerte und beklagte und darüber hinaus den Dienst erschwerte, indem er unablässig irgendwo eingriff. Kristiansson selbst griff jetzt überhaupt nicht mehr ein, es sei denn, auf ausdrücklichen Befehl oder wenn er sehr stark provoziert wurde. Und solange er im Streifenwagen saß und sich damit begnügte, mit leeren blauen Augen durch die Windschutzscheibe zu starren, war er auch für die notorischsten Provokateure kaum zu erreichen.

Aber Kvastmo tat alles, um sich das Leben zu erschweren. Er kämpfte einen pausenlosen Kampf gegen die Unterwelt. Obwohl die schwedische Polizei feste Beförderungsregelungen hatte und es sich daher kaum lohnte, Pluspunkte zu sammeln, war er ständig auf der Jagd nach einer Gelegenheit, von Amts wegen eingreifen zu können. Und so, wie die Gesellschaft beschaffen war, brauchte er selten lange zu suchen. Sein Traum war, in den berüchtigten Wachdistrikt Ostermalm versetzt zu werden, wo man völlig unnötigerweise täglich fünfmal so viele Menschen festnahm wie in allen anderen Stockholmer Distrikten zusammengenommen. Das neue Gummiknüppel-Gesetz gab diensteifrigen Polizisten phantastische Möglichkeiten, Leute zu schikanieren, besonders Jugendliche, die beispielsweise auf Parkbänken saßen und sich unterhielten, weil sie nicht wussten, wo sie sonst bleiben sollten. Menschen dieses Schlages galten automatisch als verdächtig und konnten ohne besonderen Anlass festgenommen werden. Dann konnte man sie sechs Stunden lang einbuchten, im Arrest verprügeln und wieder laufen lassen, um gleich darauf bei einer neuen Razzia nach militärischem Muster die gleichen Personen in die Wagen des Überfallkommandos zu schleppen. So war es richtig, fand Kvastmo, aber zu seinem Leidwesen war er in einer Gegend stationiert, in der die Vorgesetzten nicht ganz so blutdürstig waren.

Während der vielen gemeinsamen Monate im Streifenwagen hatte Kristiansson jedenfalls zwei Dinge gelernt. Etwas Negatives: Es war unmöglich, von Kvastmo auch nur einen Fünf-Kronen-Schein zu pumpen. Aber auch etwas Positives: Kvastmo war beinahe süchtig nach Kaffee, und wenn er völlig unausstehlich wurde, konnte man immer noch eine Kaffeepause vorschlagen.

Die braune Flüssigkeit hatte einen erstaunlichen Effekt. Kvastmo konnte mindestens eine halbe Stunde lang und häufig länger schweigend dasitzen, während er schlürfte und genießerisch Blätterteigstücke und Marzipanbrote verzehrte.

Aber sobald sie danach im Wagen saßen, gingen die Klagen über die Ganovengesellschaft und die Jagd nach Verdächtigen wieder los.

Kristiansson mochte keinen Kaffee, sah aber ein, dass dies der Preis war, den er für eine Weile geruhsamer Entspannung zu bezahlen hatte.

Eben hatten sie gerade eine längere Kaffeepause beendet und saßen wieder im Streifenwagen, einem schwarzweißen Plymouth mit Suchscheinwerfer und Blinklampen und Kurzwellenfunkgerät und allen möglichen technischen Finessen.

Der Streifenwagen befand sich auf Essingeleden, einer Autobahn, die auf einer langen Hochbrücke über Buchten, Wasserläufe und Inseln von Süden her direkt ins Herz von Stockholm führt.

Kristiansson fuhr in gemächlichem Tempo, als Kvastmo ihn anfuhr:

«Warum antwortest du nicht, Kalle?»

«Was?»

«Ich spreche dich auf wichtige Dinge an, und du hörst nicht mal zu.»

«Aber sicher höre ich zu.»

«Tust du? Blödsinn! Du sitzt da und denkst an etwas ganz anderes.»

«Tue ich?»

«Woran denkst du?»

«Tja.»

«Sicher an nackte Frauen.»

Eigentlich hatte Kristiansson an Hafergrütze mit Erdbeerkompott und kalter Milch gedacht, aber um seinen Appetit zu zügeln, hatte er sich das Bild einer ungewöhnlich ekligen Leiche ins Gedächtnis zurückgerufen, die sie dank Kvastmos Dickköpfigkeit im vorigen Sommer entdeckt hatten. Da er seine innersten Gedanken nicht preisgeben wollte, überlegte er sich eine andere Antwort.

«Ich denke daran, dass Leeds 28 Ligaspiele hintereinander gespielt hat, ohne auch nur eines davon zu verlieren, und dass Millwall schon fünfmal auf eigenem Platz verloren hat. Das ist doch kaum zu fassen.»

«Idiot! Wie kann ein erwachsener Mann an so etwas denken? Diese Mannschaften sind ja nicht mal aus Schweden.»

Kristiansson nahm das ziemlich übel. Er stammte aus Skåne, und in Südschweden hat das Wort Idiot einen sehr hässlichen Klang. Das ist beinahe das schlimmste Schimpfwort, das man dort unten kennt.

Kvastmo hatte dafür kein Gespür und fuhr unbekümmert fort: «Ich meine, wir sind juristisch gesehen schlecht geschützt und haben zu zimperliche Vorgesetzte. Viele der Kollegen gehen lässig gekleidet umher, und keiner sagt was. Erinnerst du dich an den Kerl auf dem Motorrad im Sommer? Der, der nicht mal eine Mütze auf hatte? Und dann hatte er die Jacke auf den Gepäckträger geklemmt?»

«Es waren 35 Grad Wärme.»

«Das darf doch keine Rolle spielen. Ein Polizist ist bei jedem Wetter ein Polizist. Ich habe in der Zeitung gelesen, dass in New York die Konstabler häufig im Asphalt festsitzen, wenn große Hitze herrscht. Trotzdem bleiben sie auf ihrem Posten stehen und müssen herausgezogen werden, wenn sie abgelöst werden sollen. Wenn überhaupt eine Ablösung kommt.»

Mit Zeitung meinte Kvastmo die Zeitschrift *Svensk Polis*, die ihren Lesern häufig erstaunliche Wahrheiten vermittelte.

Kristiansson sagte nichts. Er hatte mehrmals in Lehrfilmen Einsatzkommandos der amerikanischen Polizei gesehen und überlegte, wie das wohl aussehen würde, wenn mehrere hundert Mann, die an der Straßendecke festgewachsen sind, gemeinsam vorgehen sollen.

«Hörst du, Kalle?»

Kristiansson überlegte, was die Kleidung mit dem Rechtsschutz zu tun hatte.

«Warum antwortest du nicht, Kalle?»

«Ich denke nach.»

«Woran denkst du?»

«Tja.»

«Eigentlich ist es völlig sinnlos, mit dir zu sprechen. Hier wird jeder Mann zu jeder Minute des ganzen Tages gebraucht, um Verbrechen zu verhindern, und du sitzt nur da und denkst an Fußball und sagst nichts anderes als tja oder na ja, und wenn etwas geschieht, dann höchstens noch Jesses. Ist es dir noch nicht aufgegangen, in welcher unerhörten Situation wir uns befinden? Der Justizminister ist doch der Zimperlichste von allen. Deshalb haben wir keinen ordentlichen Rechtsschutz. Beinahe überhaupt keinen Schutz. Nimm nur mal die

Vorschrift, dass man keine Patrone im Lauf haben darf. Der reinste Unsinn. Wenn du nun plötzlich Auge in Auge mit einem bewaffneten Desperado stehst, was willst du denn dann machen? Ohne Patrone im Lauf.»

«Ich habe aber eine drin.»

«Dir geht's wohl nicht gut», rief Kvastmo aufgebracht. «Das ist doch gegen die Vorschrift. Na, jedenfalls dürftest du die nicht im Lauf haben. Du bist also hilflos. Ganz einfach verraten und verkauft. Und wessen Fehler ist das? Wer trägt die Schuld daran? Kein anderer als der Justizminister. Wie sollen wir aufräumen, wenn wir keine Patrone im Lauf haben dürfen?»

«Ich habe einmal geschossen», sagte Kristiansson plötzlich. «In einem Bus.»

«Hast du getroffen?»

«Na ja. Wenn du damit verletzt meinst, dann nein. Aber ich habe natürlich den Bus getroffen.»

«Und was geschah dann?»

«Es gab ein großes Theater. Der lange Grobschlächtige vom Überfall-Dezernat hat mich runtergeputzt.»

«Da hast du's. Keine Unterstützung von oben. Sieh dir doch nur die Sache mit den drei Kollegen in Skåne an, die dort niedergemäht worden sind. Was meinst du, was deren Frauen und Kinder vom Justizminister halten? Und der Mörder ist immer noch nicht gefasst. Ich glaube übrigens, dass er sich irgendwo hier in der Stadt aufhält. Mann, wenn wir den zu fassen kriegten! Ich hasse solche Typen. Ich würde nicht eine Sekunde zögern, wenn ich den vor den Lauf kriegen würde.»

«Tja.»

«Was meinst du mit tja? Zwei Kollegen liegen im Krankenhaus, oder vielleicht nicht? Und einer ist tot. Borglund. Tot. Ermordet.»

«Ich habe gehört, dass er von einem giftigen Tier gebissen worden sein soll, von einer Kröte oder so.»

«Wie kannst du nur solchen Blödsinn glauben? Hast du nicht den Vortrag über die perversiven Kräfte in unserer Gesellschaft gehört? Nein, die subversiven meine ich: Kommunisten und all das Pack. Die verbreiten solche Lügen, um dem Polizeikorps zu schaden. Ich hätte wirklich nicht gedacht, dass es Kollegen gibt, die solchen Unsinn glauben. Manchmal erschreckst du mich wirklich, Kalle.»

«Tue ich?»

Kristiansson hatte an etwas anderes gedacht. Er hatte einen konstruktiven Plan. Im Selbstbedienungsladen hatte er vor einigen Tagen ein gigantisches Marzipanbrot gesehen, das wahrscheinlich für eine Bäckerei bestimmt war. Das nächste Mal, wenn er bei seinen Wetten gewann, würde er so eines kaufen und es zwischen die Vordersitze legen. Kvastmo liebte Marzipan über alles und würde schwerlich widerstehen können. Zwei Fragen beunruhigten Kristiansson allerdings: Wie lange würde das Brot reichen? Er selbst würde daran für sein ganzes Leben genug haben, aber Kvastmo würde es vielleicht innerhalb einer halben Stunde verdrücken. Das andere Problem war genauso ernst. Vielleicht beherrschte Kvastmo die Kunst, auch mit dem Mund voll Marzipan ununterbrochen zu reden?

Kristiansson fragte plötzlich: «Was ist das: Es sagt nöff-nöff und kommt niemals an die Tür?»

«Ein Schwein.»

«Falsch. Eine Katze mit einem Sprachfehler.»

«Du erschreckst mich, Kalle», Kvastmo schüttelte den Kopf. «Und warum kommt sie nie an die Tür?»

«Tja.»

«Es gibt eine Grenze. Es gibt eine Grenze für das, was ein normaler Polizist aushalten kann. Norman Hansson, zum Beispiel, stellt genau diese Grenze da. Letzte Woche, als du krankgeschrieben warst, musste ich bei einem Krach in einer Wohnung eingreifen und einen Strolch festnehmen, der gewaltsam Widerstand leistete, als ich ihn mitnehmen wollte. Ich mit dem Gummiknüppel über ihn her, erst im Hauseingang und dann im Wagen, bis er sich beruhigt hat. Nächsten Vormittag werde ich zu Norman Hansson befohlen, der mich fragt, ob ich diesen Redakteur, wie hieß er gleich noch, misshandelt hätte. Ich sage, ich bin mit dem Gummiknüppel über ihn her, bis er sich beruhigt hat, aber von Misshandlung kann doch keine Rede sein. Und weißt du, was Norman Hansson da sagt?»

Kristiansson überlegte, was das riesige Marzipanbrot wohl kosten mochte.

«Warum antwortest du nicht, Kalle?»

«Was?»

«Weißt du, was Norman Hansson da sagt?»

«Nein.»

«Also der schüttelt den Kopf und sagt: Damit muss nun aber Schluss sein, Kenneth. Beim nächsten Mal, wenn sich einer beschwert, gehst du in den Bau. Ich sollte also eingesperrt werden, weil irgend so ein Schwein sein Grammophon zu laut spielen lässt, wenn er besoffen ist.»

«Hast du nicht Krach in einer Wohnung gesagt?»

«War das kein Krach? Der Kerl saß allein zu Hause und soff und spielte Schallplatten. Aber das ist doch nicht mein Fehler, oder wie? Kann ich was dafür, dass der Kerl wehleidig und Norman Hansson zu weich ist?»

Kristiansson starrte gelangweilt auf die Fahrbahn, die sich unter ihnen abzuspulen schien. Norman Hansson war einer der Vorgesetzten in diesem Distrikt. Kristiansson war im Großen und Ganzen mit ihm zufrieden.

«Von Kollegen erwarte ich absolute Loyalität, in jeder Situation», sagte Kvastmo nachdrücklich. «Was ist denn das? Was? Hast du gesehen, Kalle?»

Sie wurden von einem roten Jaguar überholt, der zweifellos sehr schnell fuhr.

«Hinterher, Kalle!»

Kristiansson seufzte und trat kräftig aufs Gaspedal, Kvastmo schaltete gleichzeitig die Sirene und das Blaulicht ein.

«Das kann der Polizistenmörder sein.»

«In einem roten Jaguar?»

«Gestohlen natürlich.»

Kristiansson wusste zufällig, wie schwer es war, einen Jaguar zu stehlen, sofern nicht die Türen offen sind und der Schlüssel im Zündschloss steckt. Zusammen mit seinem verstorbenen Freund Kvant war es ihm einmal beinahe geglückt, einen berüchtigten Autodieb zu stellen, der sich auf teure englische Wagen spezialisiert hatte und deshalb auch passenderweise Jaggan genannt worden war. Das Abenteuer endete damit, dass Kvant in einen Heuhaufen hineinfuhr, während Jaggan in der Ferne verschwand.

Der Streifenwagen schoss mit heulender Sirene voran durch die Nacht. Die Rücklichter des Wagens vor ihnen kamen näher. Rundherum, besonders aber rechts von ihnen, breitete sich Stockholm mit unzähligen glitzernden Lichtern aus, die sich im dunklen Wasser widerspiegelten. Turmspitzen zeichneten sich gegen den Sternenhimmel ab. Es war Mondschein.

«Jetzt haben wir den Banditen», sagte Kvastmo. «Ich habe schon darauf gewartet, dass etwas passiert.»

Kristiansson blickte auf den Tachometer. 135. Das Gaspedal war nach wie vor voll durchgetreten, er setzte sich neben den roten Jaguar. Kvastmo hatte bereits die Kelle und den Gummiknüppel in den Fäusten.

Jetzt geschah etwas Eigenartiges.

Der Fahrer in dem verfolgten Wagen sah zu Kristiansson hinüber, lächelte und hob die rechte Hand, so als ob er grüßte oder sich vielleicht für etwas bedankte. Dann gab er Gas und brauste davon.

«Hast du gesehen?», rief Kvastmo.

«Ja.»

«Den erkenne ich auf jeden Fall wieder. Ich vergesse nie ein Gesicht, wie du weißt.»

«Hast du auch die Nummer?»

«Ja, natürlich, glaubst du, dass ich hier nur sitze und vor mich hin döse? FZK 011, stimmt, nicht?»

«Ich habe sie nicht gesehen. Soll ich über Funk Bescheid geben?»

«Nein, verdammt. Den Vogel schnappen wir uns allein. Hinterher, los, los. Schaffst du das, Kalle?»

«Tja.»

Die Chancen wären gering gewesen, wenn der rote Sportwagen nicht von der Autobahn abgebogen und in Richtung Stadtzentrum gefahren wäre. Dabei musste der Fahrer die Geschwindigkeit herabsetzen, und so konnte Kristiansson ihn im Auge behalten.

Die Jagd ging durch die leeren nächtlichen Straßen. Soweit es Kristiansson beurteilen konnte, machte der Verbrecher keine Anstalten, ihnen zu entkommen, und das Polizeiauto war nur wenige hundert Meter hinter ihm, als der rote Jaguar scharf bremste und vor einem Haus in Grev Turegatan im Stadtteil Östermalm hielt. Der Fahrer sprang heraus und lief über den Bürgersteig, ohne sich mit dem Verschließen der Autotüren aufzuhalten.

Bevor er angeschossen worden war, hatte Kristiansson in Solna Dienst getan und davor in Malmö, und er kannte sich in der Hauptstadt nicht besonders gut aus. Im anderen Falle hätte er sich vielleicht gewundert, dass der Schurke im Krankenhaus der Betaniastiftung verschwand. Selbst wenn Kvastmo das Haus erkannte, kamen ihm keine Zweifel. Nichts, was ein Verbrecher tat, konnte ihn mehr verwundern. Er wies öfter darauf hin, dass heutzutage in dieser Gangstergesellschaft nichts mehr unmöglich war.

Kristiansson hielt direkt hinter dem roten Auto. Er beobachtete es durch die Windschutzscheibe und blickte dann zweifelnd auf die Tür, hinter der der Mann verschwunden war.

Kvastmo sagte zum ersten Mal nichts. Er hatte die Tür geöffnet und hievte sich aus dem Sitz. Sein Gesicht war von finsterer Entschlossenheit gekennzeichnet.

«Die Nummer stimmt», bemerkte Kristiansson. «FZK 011. Die gleiche wie vorhin.»

«Was hast du denn erwartet?»

«Tja.»

«Beeil dich jetzt.»

Kristiansson seufzte und stieg aus, rückte sein Koppel zurecht, ging um den Wagen herum und folgte seinem Kollegen mit zögernden Schritten über den Bürgersteig.

Kvastmo marschierte mit festem Schritt durch die Eingangstür, ging eine Treppe hinauf und trat durch eine weitere Tür, die nur angelehnt war.

Sie kamen in einen Raum, der wie ein Wartezimmer aussah. Vor sich sahen sie eine Tür mit einer Milchglasscheibe. Dahinter sprach jemand mit gedämpfter Stimme.

Kvastmo warf Kristiansson einen Blick einseitigen Einverständnisses zu, griff nach der Klinke und riss die Tür auf.

Kristiansson blieb auf der Schwelle stehen. Die Szene verunsicherte ihn. Er sah zwei Personen vor sich, zum einen den Mann aus dem Jaguar, der jetzt einen grünen Kittel aus einem seltsamen Material anhatte, zum anderen eine Frau mittleren Alters. Die Frau war ebenfalls eigenartig gekleidet, vermutlich war sie Krankenschwester oder Nonne. Sie hielt ein Paar Plastikhandschuhe auf, die der Mann gerade überstreifen wollte.

Er sah auch Kvastmo, der die Hand vom Pistolenhalfter zur Brusttasche bewegte, sein Notizbuch und einen Bleistift hervorzog und dabei brüllte:

«Was ist denn hier los?»

Der Mann warf den beiden Polizeikonstablern einen zerstreuten und leicht erstaunten Blick zu. Dann fuhr er mit den Händen in die durchsichtigen Handschuhe und sagte: «Besten Dank für die Hilfe.»

Danach wandte er ihnen den Rücken zu und nahm keine Notiz mehr von ihnen.

Kvastmo wurde rot im Gesicht und sagte mit lauter Stimme: «Keine Unverschämtheiten! Wie heißen Sie? Und her mit dem Führerschein. Wir tun nur unsere Pflicht. Das kann der Kollege bestätigen. Nicht wahr, Kalle?»

«Der Kollege tut nur seine Pflicht», murmelte Kristiansson und trat von einem Fuß auf den anderen.

Der Mann schien alles Interesse an ihnen verloren zu haben. Die Frau setzte ihm einen Mundschutz auf, und er machte gerade einen Schritt auf eine große Doppeltür zu, als Kvastmo seinen Arm packte und sagte:

«Jetzt aber Schluss mit den Dummheiten. Oder wir nehmen dich mit, Freundchen.»

Der Mann im grünen Kittel drehte sich um, warf einen verständnislosen Blick auf Kvastmo und schlug zu.

Es war ein gezielter schneller Schlag; er traf genau auf die Kinnspitze, und plötzlich saß Kvastmo auf seinem fetten Hintern. Block und Stift fielen ihm aus der Hand, und sein Blick wurde, wenn möglich, noch leerer.

Kristiansson rührte keinen Finger; er sagte nur: «Jesses.»

Der Mann und die Frau verließen den Raum. Die dicken

Türen wurden hinter ihnen verschlossen, ein Schlüssel drehte sich im Schloss.

Kvastmo blieb sitzen. Er erinnerte stark an Harry Persson nach dem berüchtigten Schlag im Kampf gegen Johnny Widd.

«Jesses», wiederholte Kristiansson.

Nach etwa einer Minute rappelte sich Kvastmo ein wenig auf und kam schließlich schwer und unsicher auf die Füße.

«Das wird den Halunken teuer zu stehen kommen», sagte er mit undeutlicher Stimme. «Widerstand gegen die Staatsgewalt.»

Er fasste sich ans Kinn und jaulte auf wie ein kranker Hund. Offensichtlich bereitete ihm das Sprechen Schmerzen.

«Kalle», flüsterte er kaum hörbar. «Ich kann nicht reden.»

Zu schön, um wahr zu sein, dachte Kristiansson.

Dann packte ihn die Schwermut.

Nun würde es sicher wieder Komplikationen geben.

Warum musste es immer solche Schwierigkeiten geben, dachte er feindselig.

Obwohl er selbst so gut wie niemals etwas dazu beitrug, dass es so weit kam.

Er legte Kvastmo den Arm um die Schulter, um ihn zu stützen.

«Komm, wir gehen.»

«Genau. Muss los und die Anzeige aufsetzen. Das kostet den mindestens einen Monat. Mindestens. Nein, drei Monate und außerdem Schmerzensgeld.»

Wenn er sprach, hörte es sich so an, als ob er den Mund voll Marzipan hatte.

26

Gunvald Larsson war stinkwütend. Er konnte sich nicht erinnern, wann er in den letzten Jahren so böse gewesen war. Er hieb Schweigen gebietend mit seiner großen behaarten Hand auf den Tisch.

Vor einem Jahr war er endlich Kriminalinspektor geworden, die Beförderungsvorschriften ließen kaum eine andere Wahl, entweder musste er befördert oder hinausgeworfen werden.

Aber der neue Titel hatte ihn nicht verändert; nur die Jahre, er war jetzt 48, hinterließen ihre Spuren. Er wog jetzt etwas mehr als 110 Kilo, und das blonde, nach hinten gekämmte Haar begann sich zu lichten. Er war kräftiger als je vorher, jedenfalls fühlte er sich so, und ein physisch Furcht erregender Gegner – für wen auch immer.

Es war aber auch keine beneidenswerte Situation, ihn nur als Gesprächspartner gegen sich zu haben.

«Steh nicht so da und brabbel vor dich hin, Kerl», sagte er zu Kvastmo. «Kannst du nicht deutlich sprechen?»

«Ja, aber nur unter großen Schwierigkeiten», antwortete Kenneth Kvastmo mit wesentlich klarerer Stimme als vorher.

Gunvald Larsson wandte sich an Kristiansson: «Eigentlich komisch, wie oft wir beide uns in den letzten zehn Jahren unter den gleichen Umständen getroffen haben. Liegt das vielleicht daran, dass du ein noch größerer Pappkopf bist als alle anderen Idioten, die das Polizeikorps in dieser Stadt unterwandert haben?»

«Ich weiß nicht», antwortete Kristiansson unglücklich.

Die beiden Polizisten hatten sich an der Tür aufgestellt. Für Kristiansson war dieser Auftritt keineswegs neu, Kvastmo dagegen war zum ersten Mal hier, und er schien auch deutlich beeindruckt zu sein.

«Willst du nun freundlicherweise erzählen, was eigentlich vorgefallen ist», bat Gunvald Larsson in einem Tonfall, den er selbst als milde und verständnisvoll beschrieben hätte.

«Ja …», begann Kristiansson und blickte Hilfe suchend auf Kvastmo. Der schwieg jedoch vorläufig.

«Wir fuhren vorschriftsmäßig Essingeleden lang, und da wurden wir plötzlich von diesem … äh … Herrn überholt, der in einem roten Jaguar an uns vorbeisauste.»

«Mit zu hoher Geschwindigkeit», fügte Kvastmo hinzu.

«Und was habt ihr da getan?»

«Wir fuhren ihm nach.»

«Und was tat er da?»

«Er winkte mir zu, und dann fuhr er uns davon.»

Seine Miene war so stupide, dass Gunvald Larsson sich plötzlich mehrere Jahre älter und viele Kilo schwerer vorkam. Er seufzte tief. Schließlich fragte er: «Und dann habt ihr ihn gejagt?»

«Wir dachten, es sei der Polizistenmörder», verteidigte sich Kvastmo.

«Hatte er vielleicht lange blonde Haare und sah er wie ein ungewöhnlich jugendlicher Neunzehnjähriger aus?»

Kvastmo blieb die Antwort schuldig.

Gunvald Larsson fuhr fort: «Es verhält sich nämlich so, dass dieser Mann ein siebenundfünfzigjähriger Professor ist. Er war auf dem Weg zu einer sehr schwierigen Entbindung von Zwillingen. Wisst ihr, was das ist?»

Kristiansson nickte. Er hatte selbst Kinder.

«Er fuhr aber zu schnell», beharrte Kvastmo.

«Schafskopf», kommentierte Gunvald Larsson nur.

«Das ist Beamtenbeleidigung!»

Kristiansson zog die Brauen hoch. «Nicht wenn ein Vorgesetzter es sagt.»

«Weiter hat dieser Professor zehn Minuten vorher angerufen und um eine Polizeieskorte gebeten», sagte Gunvald Larsson. «Er nahm an, ihr wart gekommen, um ihm zu helfen. Was habt ihr zehn Minuten vorher getan?»

«Kaffee getrunken. Wir waren nicht im Wagen, da haben wir den Funk nicht abgehört.»

«Aha», sagte Gunvald Larsson resigniert. «Und dann verfolgt ihr ihn bis ins Krankenhaus und versucht, ihn am Betreten des Operationssaales zu hindern. Darüber hinaus habt ihr noch die Stirn, ihn wegen Widerstandes gegen die Staatsgewalt anzuzeigen. Ich persönlich hätte euch in einer ähnlichen Situation wahrscheinlich totgeschlagen.»

«Ich habe keinen angezeigt», murmelte Kristiansson.

«Der Rikspolischef selbst hat gesagt …», begann Kvastmo feierlich, wurde aber unmittelbar von Gunvald Larsson unterbrochen, der ihn anschrie:

«Wenn ihr das Wort in den Mund nehmt, schmeiße ich euch aus dem Fenster.»

«Das ist nicht kollegial», beklagte sich Kvastmo.

Gunvald Larsson erhob sich in seiner vollen Länge, zeigte, Karl XII. nicht unähnlich, jedoch nicht nach Russland, sondern auf die Tür und rief mit dröhnender Stimme: «Raus! Und seht zu, dass ihr diese Anzeige blitzschnell zurücknehmt.»

Eine Stunde später erhielt er einen Anruf, der seine klaren blauen Augen vor Wut erstarren ließ.

«Malm hier. Dem Chef ist zu Ohren gekommen, dass du dich illoyal gegenüber unseren patrouillierenden Einheiten verhältst. Er findet das nicht gut. Jetzt, wo du unter meinem Kommando stehst, musst du dich zusammenreißen. Sonst kriege ich Ärger.»

«Was?», war das Einzige, das Gunvald Larsson herausbrachte.

«Übrigens ist der Polizistenmörder draußen in Midsommarkransen umringt», sagte Malm leichthin. «Zusammen mit einem Gangster, der Lindberg heißt. Du und Kollberg können ja hinfahren. Wenn ihr es schafft. Wir schlagen jeden Augenblick zu. Ich persönlich habe das Kommando. Halte mich in Södra Polishuset auf.»

Gunvald Larsson warf den Hörer auf die Gabel und rannte in den angrenzenden Raum, wo Kollberg und Einar Rönn saßen und Hexmex spielten.

Rönn war ein Detektiv, der an seiner roten Nase und seinem lappländischen Dialekt zu erkennen war. Er hatte jahrelang beim Überfall-Dezernat Erfahrungen sammeln können und war daher Malms Spezialkommando zugeteilt worden.

«Schnell», rief Gunvald Larsson. «Der Desperado selbst hat angerufen und gesagt, dass sie Ronnie Kaspersson und Limpan draußen in Midsommarkransen eingekreist haben.»

«Der Desperado?», fragte Rönn.

«Ja. Malm natürlich. Kommt, wir fahren. In meinem Auto am besten.»

«Armer Junge», sagte Kollberg. «Aber mit Limpan habe ich ein Hühnchen zu rupfen.»

Ronnie Kaspersson ging geradewegs in die Falle, als er Maggan nach Midsommarkransen folgte, aber das konnte er beim besten Willen nicht ahnen.

Maggans neuer Freund war nämlich Limpan Lindberg höchstpersönlich, und die Wohnung wurde ständig beschattet.

Zu dieser Überwachung muss gesagt werden, dass sie ungewöhnlich lässig und gedankenlos von Zivilbeamten ausgeführt wurde, die sich einesteils wegen der von Limpan des öfteren gezeigten Frechheit und Verhöhnung, anderenteils aus Mangel an Erfahrung in solchen Aufgaben viel zu weit vom Haus entfernt aufhielten.

Aber Limpan ahnte, dass sie da waren, und als er Ronnie Kaspersson zu sehen bekam, schüttelte er bedauernd den Kopf.

«Du hast keinen guten Unterschlupf gefunden, Kasper.»

Aber Ronnie hatte keine Wahl, und auch wenn Limpan ein Verbrecher war, so war er wenigstens ein gut gelaunter Verbrecher, denn gleich danach fügte er hinzu:

«Aber du kannst gern bleiben, Kasper. Ich habe ein verdammt gutes Versteck, dahin können wir abhauen, wenn's hier brenzlig wird. Übrigens erkennt dich keiner von denen mit der neuen Frisur.»

«Meinst du?»

Ronnie Kaspersson war verzagt und ängstlich, und jetzt war er völlig in der Gesellschaft verunsichert. Früher war er nur entfremdet, wie sich der Soziologe beim Sozialamt ausgedrückt hatte.

«Du brauchst den Kopf nicht hängen zu lassen», tröstete ihn Limpan. «Du hast zufällig einen Bullen umgelegt und ich eine Schnepfe, die wie aus dem Nichts plötzlich vor mir stand. So was kann jedem passieren.»

«Es ist nur so, dass ich auf niemanden geschossen habe.»

«Das kümmert die überhaupt nicht, daher brauchst du dir deswegen auch keine Sorgen zu machen. Außerdem wird dich niemand erkennen.»

Lindberg war selbst viele Male von der Polizei gesucht worden und schloss absolut nicht aus, dass er immer noch überwacht wurde, aber er nahm die Dinge gelassen und mit einem ausgeprägten Sinn für Humor hin.

«Hier sind sie schon gewesen und haben Haussuchung gemacht. Zweimal sogar, jetzt wird es also eine Weile dauern, bis sie wiederkommen. Das einzig Bedauerliche ist nur, dass Maggan dich eine Zeit lang mitversorgen muss. Und sie hat schon mich auf dem Hals.»

«Tja», meinte Maggan, «du kriegst ja ein paar Kröten vom Sozialamt und als Arbeitslosenunterstützung, das wird schon reichen. Aber ihr müsst hauptsächlich von Blutpudding und Spaghetti leben.»

«Sobald es geht, hauen wir ab in das Sommerhaus in Södertörn. Dort gibt es Gänseleberpastete und Champagner. Das wird sicher schon bald sein. Und dann machen wir uns ein feines Leben, Kasper!»

Limpan legte den Arm um Kaspers Schulter und drückte ihn aufmunternd. Er war mehr als zwanzig Jahre älter, und es dauerte nicht lange, da begann Kasper ihn als einen Vater zu betrachten; jedenfalls war er eine erwachsene Person, die ihn verstand. Solche hatte es in Ronnie Kasperssons Leben nicht viele gegeben. Die Eltern waren die reinen Steinzeitmenschen, sie konnten einem höchstens Leid tun, wie sie dasaßen und sich langweilten in ihrem feinen Reihenhaus mit dem auf Kredit gekauften Auto in der Garage und dem Blick auf das Farbfernsehgerät gerichtet. Für sie gab es nur zwei Probleme – ob das Geld reichen würde und wie missraten ihr Sohn geworden war.

Trotz allem, was sie für ihn getan hatten.

Das war ein ständig wiederkehrendes Argument.

Manchmal sprachen sie von Politik. Sie waren überzeugte Sozialdemokraten und konnten lange Stunden damit zubringen, die Vorteile der teilweise durch staatliche Maßnahmen gesteuerten Wirtschaft durchzukauen. Alles war perfekt, nur das Geld wollte nie ausreichen, und die Jugend verhielt sich undankbar den Älteren gegenüber und sah nicht ein, wie gut sie es eigentlich hatte.

Dass sie selbst schon vor langer Zeit durch ihren krassen Materialismus hart und ausgedörrt geworden waren, schienen sie überhaupt nicht zu bemerken, ebenso wenig dass ihr Sohn und viele andere seiner Altersgruppe unter dem aufgezwungenen Müßiggang litten und sich verzweifelt danach sehnten, etwas Verlockendes oder zumindest Sinnvolles in Angriff nehmen zu können.

Das Gemeinwesen als solches war nur etwas Abstraktes und Feindliches, geführt von einer Versammlung aufgeblasener Nullen, die genau genommen ihn und seine Freunde nur deshalb hassten, weil sie vorhanden waren.

Limpan war ein erwachsener Mann, dem es geglückt war, dieses Leben zu ertragen, ohne es wegzuwerfen, obwohl er einsah, dass das ganze System von einem Dutzend reicher Familien und ungefähr der gleichen Anzahl korrumpierter und untauglicher Politiker gesteuert wurde, die sich auch noch etwas darauf einbildeten, Mal für Mal die gleichen alten Lügen zu wiederholen; die zum Beispiel behaupteten, dass alle Bürger gleich waren und alles gut war und bald noch besser werden würde.

Das Gefühl des Gehobenseins und des Glücks, das beides in anderen Ländern der Welt selbstverständlich mit ehrlicher, normaler Arbeit gekoppelt war, war lediglich etwas, worüber einige Wochen lang in jedem dritten Jahr gesprochen wurde, nämlich während der Wahlkampagnen, dann aber mit hochtrabenden, überschwänglichen Worten, deren Verlogenheit man sofort spürte.

Ronnie Kaspersson war nicht dumm; er sah ein, dass man ihn um das Leben betrogen hatte, ehe er überhaupt begonnen hatte zu leben. Er verstand auch, dass seine Reaktion naiv war und dass seine Bindung sowohl an Krister und viele andere als nun auch an Limpan dadurch bedingt war. Er hatte sich von Menschen, die einen festeren Willen als er selbst hatten, immer leicht beeinflussen lassen.

Irgendetwas hatte bei Kasper schon in seiner frühen Jugend zu einem Bruch geführt. Vielleicht der Abgrund zwischen ihm und seinen Eltern, obwohl er sie in gewisser Weise sehr gern hatte. Vielleicht war es die Schule mit ihrem Wirrwarr aus halb durchgeführten Reformen gewesen, die, kaum in die Praxis umgesetzt, schon wieder abgeändert wurden, manchmal zurück zum alten Zustand, machmal zu etwas völlig Neuem und Unbegreiflichem. Dazu zählte zum Beispiel die so genannte neue Mathematik. Sie führte dazu, dass er sich dumm und verschaukelt vorkam, und das nahm ihm alle Lust, weiter zur Schule zu gehen.

In der letzten Klasse der Grundschule nahm er sich die Zeit, das Wörterbuch der Akademie durchzuarbeiten. Oder WORTLISTE DER SCHWEDISCHEN AKADEMIE ÜBER DIE SCHWEDISCHE SPRACHE, wie es erhaben auf dem Titelblatt stand, 616 Seiten, verdammt dickes Buch.

Er schlug den umgangssprachlichen Ausdruck für verdammt auf. Ein täglich benutztes Wort. Stand nicht drin. Dagegen einige Wörter, die ebenfalls mit «be» anfingen, die er noch nie gehört hatte. Zum Beispiel «Befangenheit». Erklärung: *jur. Anmerkung od. Einwand gegen js. Berechtigung o. Ä.*

Er begriff nicht.

Weiter unten stand: *Begattung, körperliche Vereinigung zur Befruchtung. Begattung* begriff er, *befangen* nicht.

Er verstand es bald danach, als er zum ersten Mal vor dem Richter stand. Der Staatsanwalt behauptete, dass ein Mädchen, das zu seiner Entlastung aussagen sollte, befangen war, weil er mit ihr gefickt hatte. Sie durfte nicht aussagen. Er wurde verurteilt.

Übrigens ficken.

Beim nächsten Mal, als ihm das Buch in die Hände fiel, schlug er dieses Wort auf. Ein normales Wort der Umgangssprache. Es war nicht drin.

Er schlug andere auf. Scheißen und pissen sagten die Leute und taten es auch.

Aber so weit hatte sich die schwedische Akademie nicht herabgelassen. Die Wörter fehlten.

Er schlug drei letzte Wörter in dem Buch auf.

Pimmel, Möse und Arsch.

Aber damit wurden zu ungewöhnliche Körperteile bezeichnet, als dass die Wörterliste der Akademie sich damit abgegeben hätte. Sie waren nicht enthalten.

Bevor er den Band in das Regal der Gefängnisbibliothek zurückstellte, schlug er das Erscheinungsjahr auf.

1973.

Ronnie Kaspersson fiel es nicht leicht, sich ruhig zu verhalten. Es hatte ihm immer Schwierigkeiten bereitet, geduldig darauf zu warten, was eventuell passieren würde, und jetzt, im Nachhinein, war er der Ansicht, dass es gerade die passive Atmosphäre im Elternhaus gewesen war, die ihn von zu Hause fortgetrieben hatte.

Er blickte in den Spiegel und stellte fest, dass er wie Tausende anderer junger Leute aussah.

Wahrscheinlich hatten Maggan und Limpan Recht. Niemand würde ihn wieder erkennen.

Deshalb verließ er schon Freitag die Wohnung, um auszugehen. Er nahm die U-Bahn ins Zentrum und trieb sich an den üblichen Plätzen rum. Er mied jedoch solche Orte wie Humlegården, von denen er wusste, dass die Polizei dort, hauptsächlich um ihren Spaß zu haben, unaufhörlich Razzien veranstaltete. Er gönnte den Bullen die Chance nicht, ihn nur rein zufällig zu erwischen, nur weil er sich gerade auf eine Parkbank gesetzt hatte, um mit einem anderen zu sprechen, der in Kürze ebenfalls festgenommen werden würde.

Auch am Sonnabend und am Sonntag verließ er das Haus für einige Stunden. Er wusste jetzt, dass sein Bild in allen Zeitungen abgebildet gewesen war, dass die Polizei bei seinen Eltern gewesen war und dass man eine Vielzahl von Razzien in

Clubs und bei Bekannten, bei denen er sich irgendwann einmal aufgehalten hatte, vorgenommen hatte. Ihm war auch klar, dass man ihn zu einer Art Volksfeind Nummer eins abgestempelt hatte. Der Polizistenmörder, schlicht und einfach eine Person, die man mit allen Mitteln unschädlich machen musste.

Kaspers Fehler war, dass er Initiative vermissen ließ und ohne auch nur eine Spur von Planung für den morgigen Tag handelte. Dieser Mangel war ihm wohl bewusst, aber er konnte nicht viel dagegen tun. Manchmal fragte er sich, wie es dazu gekommen war, dass er sich so entwickelt hatte, und warum es so vielen Gleichaltrigen ebenso zu gehen schien.

Vielleicht lag das an dem Gesellschaftssystem, das ihm völlig widersinnig vorkam, vielleicht auch an der älteren Generation, die für ihr materielles Wohlergehen immer nur plante und plante, ohne ein Ergebnis vorweisen zu können. Die Haare raufend über Einkommensteuerformularen oder anderen unbegreiflichen Papieren saß, mit denen die Behörden sie förmlich überschüttete. Menschen, die nachts wach lagen und auszurechnen versuchten, ob das Geld für die Abzahlungen reichen würde, und die gleichzeitig erschreckt über die Zunahme der Arbeitslosigkeit waren. Die sich täglich mit aufputschenden Mitteln voll stopften, um arbeiten zu können, gleichzeitig noch größere Mengen von Beruhigungstabletten nahmen, um abends eine Weile ruhig vor dem Fernseher sitzen zu können, bis es dann Zeit war, die Schlaftabletten zu nehmen, damit man wenigstens einige Stunden lang in einen von Albträumen begleiteten Schlaf sinken konnte.

Limpan war vom Typ her etwas gelassener als Kasper, aber jetzt war er gezwungen gewesen, sich längere Zeit zurückzuhalten, und fing ebenfalls an, sich nach irgendeiner aktiven Tätigkeit zu sehnen.

Als sie am Sonntagabend herumsaßen und in die Röhre starrten, sagte er dann auch: «Wenn die Polypen dich hier finden und zu krallen versuchen, hauen wir ab. Ich komme auch mit. Ich habe einen feinen Plan, der eigentlich für mich selbst war, aber zu zweit leichter auszuführen ist.»

«Das Häuschen im Wald, meinst du?»

«Genau.»

Maggan sagte nichts, aber sie dachte: Bald haben sie euch, Herrschaften. Und dann sind die schönen Tage für diesmal vorbei.

Am Montag wurde Kasper endlich erkannt.

Und zwar von einem älteren Kriminalinspektor in Zivil, der eigentlich nur kontrollieren wollte, ob die Polizisten, deren Aufgabe es war, Limpan unter Bewachung zu halten, dieses auch taten und nicht nur vor sich hin dösten.

Der Kriminalinspektor hieß Fredrik Melander und war einer von Martin Becks alten zuverlässigen Mitarbeitern, der nun schon seit mehreren Jahren beim Einbruchsdezernat beschäftigt war, eigentlich eine der trostlosesten Aufgaben, die man sich bei der Stockholmer Polizei vorstellen konnte. Diebstähle, Einbrüche und Raubüberfälle häuften sich in bedrohlichem Ausmaß, und die Polizei hatte nicht die geringste Chance, diesen Zustand zu ändern. Aber Melander war ein leidenschaftsloser Zeitgenosse ohne Neigung zu Neurosen oder Depressionen. Außerdem hatte er das beste Gedächtnis im ganzen Polizeikorps und war damit nützlicher als die ständig versagenden Computer.

Er parkte seinen Wagen ein kurzes Stück entfernt von dem Haus in Midsommarkransen und bemerkte unmittelbar darauf Ronnie Kaspersson, der von einem kurzen, planlosen Mittagsspaziergang zurückkam. Melander ging ihm nach und stellte fest, dass der Junge die Wohnung von Limpan und seiner Braut betrat.

Dagegen dauerte es eine ganze Weile, bis er den Polizisten gefunden hatte, der um diese Zeit mit der Überwachung beauftragt war. Jener war ein für seine Untauglichkeit bekannter Mann namens Zachrisson, der in seinem Auto, das zwei Häuserblocks entfernt stand, saß und schlief.

Zachrisson gehörte zu den Typen, die vermutlich weder Limpan noch Kasper entdeckt hätten, selbst wenn diese an der Spitze einer Elefantenherde vorbeigezogen wären. So viel Melander wusste, war es ihm noch nie gelungen, eine Arbeit richtig auszuführen, dagegen war er durch sein Talent, alle nur denkbaren Situationen falsch zu beurteilen, schon häufig unangenehm aufgefallen.

Melander befand sich nun in einer wenig beneidenswerten Lage. Erfahrung und Urteilsvermögen sagten ihm, dass es nur eine vernünftige Art zu handeln gab: nämlich Zachrisson mitzunehmen, am besten mit Handschellen in der Tasche, ins Haus hineinzugehen und Kasper und Limpan festzunehmen, ehe die beiden Gegenmaßnahmen ergreifen konnten. Dazu brauchte er einen Kugelschreiber und einen Notizblock, Dinge, die er stets bei sich hatte.

Auf der anderen Seite wusste Melander, dass strenge Befehle erlassen worden waren für den Fall, dass ein einzelner Polizist Ronnie Kaspersson zu Gesicht bekommen sollte. Die Angelegenheit musste schnellstens an Bürochef Malm gemeldet werden, der dann das Kommando übernehmen und die Festnahme veranlassen würde.

Melander begnügte sich also damit, Zachrisson über Funk zu melden, was er gesehen hatte. Dann ging er ruhigen Schritts zu seinem eigenen Wagen und fuhr nach Hause, um Hammelfleisch und Kohl zu essen.

Und damit wurde der Apparat in Bewegung gesetzt.

Malms taktisches Kommando hatte für eine derartige Situation sorgfältig vorausgeplant. Die erforderliche Stärke wurde mit fünfzig Mann angesetzt, wovon die Hälfte mit Helmen, Gesichtsschutz, Maschinenpistolen und kugelsicheren Westen ausgerüstet war. Die Männer wurden in sieben Mannschaftswagen transportiert und hatten zwei dressierte Spezialhunde und vier Tränengasexperten sowie einen Bergungstaucher zu ihrer Verfügung für den Fall, dass die Bösewichte Widerstand zu leisten versuchten. Außerdem stand ein Hubschrauber ständig startklar. Welche Aufgabe der hatte, wollte Malm nicht verraten. Vielleicht war er seine Geheimwaffe.

Stig Malm hatte ganz allgemein eine Schwäche für Helikopter, und nun, da die Polizei mit nicht weniger als zwölf davon ausgerüstet war, gehörten sie selbstverständlich dazu, sobald die leitenden Beamten die Einzelheiten festlegten.

Das taktische Kommando hatte auch vier Beschattungs- und Überwachungsspezialisten, die sich unverzüglich auf den Weg zu machen und verkleidet die Stellung zu halten hatten, bis die Hauptstreitmacht eintraf.

Kasper und Limpan saßen in der Küche und aßen Popcorn mit Preiselbeeren und Milch, als Maggan nach einer Weile hereinkam und sagte:

«Jetzt geht es los. Da stehen zwei Autos vor dem Haus. Ich glaube, das sind verkleidete Bullen.»

Limpan ging sofort ans Fenster und blickte hinaus.

«Ja, da haben wir sie.»

Der eine der Polizisten war als Telefonarbeiter verkleidet und saß auf dem Fahrersitz eines der leuchtend gelben Autos des Fernmeldeamtes. Der andere trug einen weißen Kittel und saß hinter dem Steuer eines ausrangierten Krankenwagens.

«Dann hauen wir ab», entschied Limpan. «Du verrätst uns nicht, was, Maggan?»

Sie schüttelte den Kopf, wandte aber gleichzeitig ein: «Limpan, du brauchst doch nicht zu verschwinden. Die sind nur hinter Kasper her.»

«Mag sein. Aber ich habe es satt, dass tagaus, tagein immer einer hinter mir herrennt. Komm jetzt, Kasper.»

Er nahm Maggan in den Arm und küsste sie auf die Nase.

«Geh kein Risiko ein. Ich will nicht, dass du verletzt wirst. Leiste keinerlei Widerstand.»

Abgesehen vom Brotmesser gab es nichts in der Wohnung, das wie eine Waffe aussah.

Limpan und Kasper gingen hinauf auf den Dachboden, öffneten eine Dachluke, die auf die rückwärtige Seite der Häuserzeile hinausging, und schlichen über die Dächer zu einem Gebäude, in dem auch eine Dachluke offen stand. Auf diese Weise überquerten sie fünf Mietshäuser, bevor sie durch einen Hinterausgang in den Garten gelangten, über zwei Zäune kletterten und schließlich auf die Straße kamen, auf der Limpan sein Fluchtauto abgestellt hatte.

Das war ein altes Taxi mit falschen Kennzeichen, und Limpan hatte sich zu allem Überfluss eine Mütze und eine Uniformjacke besorgt, um als Taxifahrer durchgelassen zu werden.

Als sie in südlicher Richtung auf eine Straße einbogen, hörten sie das Heulen der Sirenen von vielen Einsatzwagen hinter sich.

Die große Polizeiaktion lief von vornherein schief.

Limpan und Kasper hatten den Stadtteil seit fünfzehn Minuten verlassen, als die Absperrung des Viertels beendet war.

Als Malm mit dem Kommandowagen eintraf, überfuhr er als Erstes einen der beiden Spezialhunde.

Der Hund schien an den Hinterläufen ernsthaft verletzt zu sein und lag winselnd auf dem Boden. Malm stieg aus und begann das Ereignis des Tages damit, dass er sich niederbeugte und seinem blessierten Bundesgenossen den Kopf streichelte.

Vermutlich hatte er das im Kino oder Fernsehen einem amerikanischen Polizeichef abgesehen. Zweifellos eine rührende Geste, und er sah sich um, ob die Pressefotografen bereits zur Stelle waren. Das waren sie noch nicht, zum Glück, wie sich herausstellen sollte, denn im nächsten Augenblick hatte der Hund nach seiner Hand geschnappt. Wahrscheinlich konnte das Tier nicht zwischen Banditen und Bürochefs von Rikspolisstyrelsen unterscheiden.

«Das hast du gut gemacht, Grimm», lobte der Hundeführer.

Offenbar verstand er sich sehr gut mit dem Tier.

«Feiner Hund», sagte er sicherheitshalber.

Malm warf ihm einen verwunderten Blick zu, dann knotete er ein Taschentuch um seine blutende Rechte und sagte zu denen, die um ihn herumstanden: «Schnell einen Sanitäter. Die Aktion wird wie geplant fortgesetzt.»

Der Plan war ziemlich verwickelt. Zuerst sollten Polizisten mit Maschinenpistolen in das Haus gehen und die Bewohner der benachbarten Wohnungen dazu überreden, sich aus Sicherheitsgründen in den Keller zu begeben. Dann sollten Scharfschützen die Fenster der Wohnung aufs Korn nehmen, worauf Tränengasbomben durch die zertrümmerten Scheiben geschleudert werden sollten.

Wenn die Verbrecher sich bis dahin immer noch nicht ergeben hatten, sollten fünf Polizisten mit Gasmasken, unterstützt von den beiden Hundeführern, die Wohnung stürmen. So wie es nun aussah, musste man sich mit einem Hund begnügen. Wenn das alles erledigt war, sollte einer der Polizisten von einem Fenster aus ein Zeichen geben, woraufhin Malm selbst, begleitet von zwei höheren Polizeibeamten, das Haus betreten würde. Während der ganzen Zeit sollten die Männer in dem Hubschrauber den ganzen Gebäudekomplex unter Aufsicht halten für den Fall, dass die beiden Ganoven zu flüchten versuchten.

Der Plan funktionierte ausgezeichnet. Verängstigte Nachbarn wurden mit sanfter Gewalt in den Keller befördert, und die Fenster wurden zertrümmert. Der einzige Fehler, der gemacht wurde, war der, dass das Tränengaskommando nur mit einer einzigen Granate in die Wohnung traf, und die erwies sich als Blindgänger.

Maggan hatte in der Küche abgewaschen, als die Fenster zerschossen wurden. Sie bekam es mit der Angst und beschloss, hinauszugehen und sich zu ergeben.

Doch bevor sie dazu kam, wurde die Wohnung gestürmt.

Das war an und für sich keine Heldentat, da sie, um eventuelle Beschädigungen zu vermeiden, die Tür unverschlossen gelassen hatte.

Maggan war gerade auf dem Weg in die Diele, als fünf schwer bewaffnete Männer und ein Hund durch die Tür gestürzt kamen.

Der Hund war offenbar schlechter Laune, nach dem was seinem Kollegen vorher passiert war.

Er sprang die Frau geradewegs an, so dass sie hintenüber auf den Fußboden fiel. Dann biss er sie in den linken Oberschenkel dicht unterhalb der Leiste.

«Der Hund weiß anscheinend, wo man ein Luder beißen muss», sagte einer der Polizisten und lachte.

Da sie sofort feststellten, dass sowohl Limpan als auch Kasper verschwunden waren, durfte der Hund die Frau noch einmal beißen, ungefähr an der gleichen Stelle.

«Dann hat es sich wenigstens gelohnt, den Krankenwagen mitzubringen», sagte der humoristisch veranlagte Polizist.

Gunvald Larsson und Kollberg trafen genau in dem Moment ein, als die Aktion anlief, und demzufolge zu spät, um noch etwas Sinnvolles zu tun oder Schaden anzurichten.

Daher begnügten sie sich damit, im Auto sitzen zu bleiben und zu beobachten, was geschah.

Sie sahen den Unfall mit dem Hund und wie Malm verletzt und später verbunden wurde. Und sie sahen auch, wie einer der Krankenwagen an die Haustür zurücksetzte und Maggan herausgetragen wurde.

Keiner von ihnen sagte etwas, aber Kollberg schüttelte düster den Kopf.

Als alles vorüber zu sein schien, stiegen sie aus dem Wagen und gingen zu Stig Malm hinüber. Gunvald Larsson fragte:

«Keiner zu Hause, wie?»

«Nur das Mädchen.»

«Wieso hat die denn was abbekommen?», fragte Kollberg.

Malm blickte auf seine eigene verbundene Hand: «Der Hund scheint sie gebissen zu haben.»

Malm war ein außergewöhnlich gut gekleideter und drahtiger Mann, obwohl er auf die Fünfzig zuging. Es fiel ihm leicht, gewinnend zu lächeln, und wenn man nicht wusste, dass er Polizeibeamter war – was er ja eigentlich auch nicht war –, hätte man ihn ohne weiteres für einen Filmdirektor oder einen erfolgreichen Geschäftsmann halten können. Er strich das lockige Haar aus der Stirn und stellte fest: «Ronnie Kaspersson und Lindberg. Nun dürfen wir zwei Desperados jagen. Und beiden sitzt die Schusswaffe locker.»

«Bist du sicher?»

Malm ignorierte die Frage und fuhr fort: «Beim nächsten Mal werde ich mehr Personal einsetzen. Doppelt so viele Leute und noch schnelleres Zusammenziehen. Ansonsten hat der Plan ausgezeichnet funktioniert. Genau wie ich es mir vorgestellt habe.»

«Ha», entgegnete Gunvald Larsson, «ich habe diesen verdammten Plan durchgelesen. Meiner Auffassung nach grenzt der an reine Idiotie. Bist du wirklich so ahnungslos, dass du glaubst, ein routinierter Kerl wie Limpan merkt nicht, wenn zwei verkleidete Polizisten in einem Auto vom Fernmeldeamt und einem alten ausrangierten Krankenwagen herumsitzen und sich langweilen?»

«Deine Ausdrucksweise hat mir noch nie gefallen.»

«Das kann ich mir vorstellen. Ich pflege nämlich zu sagen, was ich meine. Wo hast du diesen Einfall mit der Konzentration her? Hier haben wir es doch nicht mit der Schlacht von Breitenfeld zu tun. Wenn Lennart und ich allein hierher gedurft hätten, dann säßen Kasper und Limpan jetzt fest.»

Malm seufzte.

«Ich frage mich, was der Chef hierzu sagen wird.»

«Du kannst ja den bissigen Hund reinschicken und fragen lassen. Wenn du dich nicht selbst traust. Vielleicht beißt er dem Rikspolischef den Sack ab. Wäre wenigstens etwas.»

«Larsson, du bist vulgär. Das ist nicht mein Stil.»

«Was ist denn dein Stil? Speziell abgerichtete Hunde überfahren?»

«Das Konzentrationsprinzip ist eine gute Idee.» Malm strich sich über seine schönen Locken. *«Only number can annihilate»*, sagte er.

«Willst du Admiral werden?»

«Kaum. Ich werde so schnell seekrank.»

«Weißt du, wer den Ausdruck geprägt hat?»

«Nein.»

«Nelson. Das ist der, der auf der Säule auf dem Trafalgar Square steht.»

«Er hatte Recht. Das gilt auch auf dem Festland.»

«Das bezweifle ich. Außerdem war er kein Polizeibeamter.»

«Wir glauben an diesen Grundsatz.»

«Das macht die Sache nicht besser.»

Für einen Moment wirkte Malm beinahe menschlich.

«Ich frage mich, was der Chef sagen wird.»

«Er wird nicht gerade erfreut sein. Wird wohl ’n bisschen die Wände hochgehen.»

«Lass die Späße. Ich muss es doch ausbaden.»

«Na, das nächste Mal erwischt ihr sie.»

«Meinst du?», fragte Malm pessimistisch.

Kollberg hatte lange nichts gesagt. Schien in Grübeleien versunken zu sein.

«Woran denkst du, Lennart?», fragte Gunvald Larsson.

«An Kasper. Er muss sich wie ein gejagtes Tier vorkommen. Sicher hat er Angst. Und wahrscheinlich hat er gar nichts besonders Strafbares getan.»

«Darüber wissen wir nichts, oder?»

«Nur so eine Intuition, wie die es nennen.»

«So», unterbrach Malm. «Nun muss ich mich auf den Weg zu Rikspolisstyrelsen machen. Auf Wiedersehen, ihr beiden.»

Er stieg in den Wagen des taktischen Kommandos und ließ sich ins Büro chauffieren.

Einen Kernsatz sagte er noch, ehe er verschwand: «Versucht darauf zu achten, dass nichts an die Öffentlichkeit dringt; absolut nichts darf veröffentlicht werden.»

Kollberg zuckte bedauernd die Achseln.

«Genau genommen ist es kein beneidenswerter Job, Bürochef zu sein ...»

Einige Minuten standen sie schweigend da.

«Wie geht es dir, Lennart?»

«Schlecht. Aber ich glaube, mir ist etwas eingefallen. Vielleicht. Mit welcher Sorte Menschen wir hier im Übrigen zu tun haben.»

«Was für ein Scheißjob», bestätigte Gunvald Larsson.

27

Am Dienstagmorgen stand Lennart Kollberg zeitig auf, zog den Bademantel an, rasierte sich, ging in die Küche und machte sich eine Tasse Kaffee. Ausnahmsweise war er einmal vor den Kindern aufgestanden, aus Bodils und Joakims Zimmer war noch kein Laut zu hören. Gun schlief ebenfalls, er hatte sie die halbe Nacht hindurch wach gehalten, und sie war erst vor einer Stunde eingeschlafen.

Als er am Vorabend nach der missglückten Aktion in Midsommarkransen zu Bett gegangen war, konnte er nicht einschlafen. Er lag auf dem Rücken, die Hände unter dem Hals gefaltet, starrte in die Dunkelheit und überlegte. Neben sich hörte er Guns ruhige Atemzüge und hin und wieder einen U-Bahnzug, der mit hoher Geschwindigkeit in die Station einfuhr, bremste, hielt und dann langsam wieder anfuhr. So hatte er das letzte Jahr über viele Nächte wach gelegen und das gleiche Problem gewälzt, aber in dieser Nacht fühlte er, dass er endgültig genug hatte.

Gegen drei Uhr ging er hinaus in die Küche und nahm sich ein Bier und ein Butterbrot, und gleich danach erschien Gun auf Zehenspitzen und leistete ihm Gesellschaft. Dann gingen sie beide wieder ins Bett, und er erzählte ihr von seinem Entschluss. Für Gun kam er nicht überraschend; sie hatten diese Angelegenheit viele Male durchgesprochen, und sie hatte seine Pläne aus vollem Herzen und immer energischer unterstützt. Seit er aus Skåne zurückgekommen war, hatte er rastlos und verbissen gewirkt, und sie ahnte, dass er bald zu einer Entscheidung kommen würde.

Sie unterhielten sich zwei Stunden lang, dann schliefen sie miteinander, und nach einer Weile schlummerte Gun in seinen Armen ein.

Als Bodil und Joakim aufwachten, machte er ihnen Frühstück, und als sie gegessen hatten, schickte er sie zurück ins Kinderzimmer und versuchte sie dazu zu bringen, ihre Mutter schlafen zu lassen. Nun war es beileibe nicht so, dass sie ihm gehorchten, sie taten im Allgemeinen nur das, was Gun ihnen sagte, aber er hoffte, sie würden sie zumindest noch ein Weilchen in Frieden lassen.

Er wurde mit zwei klebrigen Küssen verabschiedet und fuhr ins Büro.

Als er durch den Flur zu seinem Arbeitszimmer ging und dabei an Martin Becks leerem Büro vorbeikam, dachte er, wie schon so viele Male davor, dass die Zusammenarbeit mit ihm das Einzige sei, das er wirklich vermissen würde.

Er hängte die Jacke über die Rückenlehne seines Stuhles, setzte sich und stellte die Schreibmaschine vor sich hin. Dann spannte er ein Blatt Papier ein und schrieb:

Stockholm, den 27. November 1973

An Rikspolisstyrelsen

Entlassungsgesuch

Er stützte das Kinn auf die Hand und starrte aus dem Fenster. Wie jeden Tag um diese Zeit war die Schnellstraße voll von Autos, die in drei Reihen nebeneinander ins Zentrum rollten. Kollberg betrachtete den offensichtlich unendlichen Strom blitzblanker Personenwagen und dachte dabei, dass es wahrscheinlich kein anderes Land gab, in dem die Autobesitzer sich so intensiv mit ihren Wagen beschäftigten wie in Schweden. Das war ein ständiges Putzen und Waschen, und eine Schramme im Lack oder eine Beule in der Karosserie wurde als katastrophales Unglück angesehen und unmittelbar repariert. Das Auto war ein wichtiges Statussymbol, und um den allgemeinen Ansprüchen zu genügen, gaben viele Leute unnötigerweise regelmäßig ihre Wagen gegen das neueste Modell in Zahlung, obwohl sie sich das eigentlich nicht leisten konnten.

Plötzlich fiel ihm etwas ein; er zog das Papier aus der Maschine, riss es in kleine Stücke, die er in den Papierkorb fallen ließ, zwängte sich in die Jacke und ging schnellen Schrittes hinaus zum Fahrstuhl. Drückte den Knopf für die Garage, in der sein Wagen stand, der sieben Jahre alt, verbeult und voller Lehmspritzer aus Skåne war, entschied sich jedoch anders und stoppte den Fahrstuhl im Erdgeschoss.

Es war nicht weit nach Midsommarkransen, und wenn er am Tag vorher nicht in Kungsholmsgatan gewesen wäre, hätte er den Schauplatz des gestrigen Misserfolges beinahe von seinem Fenster aus sehen können.

Er stand auf dem Parkplatz hinter dem Haus, in dem Maggan wohnte. Ein beigefarbener Volvo mit einer anderen Nummer als der, die Skacke und der Tankwart in Katrineholm angegeben hatten. Die Schilder waren von der alten Sorte, solche, die man ohne Schwierigkeiten selbst anfertigen konnte, aber Kollberg zweifelte nicht daran, dass er das richtige Auto vor sich hatte. Er schrieb sich die Nummer auf und kehrte zu Södra Polishuset zurück.

Als er wieder an seinem Schreibtisch saß, schob er die Schreibmaschine zur Seite und zog das Telefon zu sich heran.

Vom zentralen Kfz-Register bekam er schnell Auskunft: Die Nummer kam im Register nicht vor und war auch niemals zugeteilt worden. Sie hatte nämlich die Bezeichnung AB für Stockholm Stadt, und dort hatte man die hohe Zahl, die die nachfolgende Zahlenkombination ergab, noch nicht erreicht. So weit würde man übrigens auch nie mehr kommen, denn allen neuen Wagen in Stockholm waren bereits die neuen, nicht regional gebundenen Nummern zugeteilt worden.

«Danke», sagte Kollberg leicht verblüfft.

Er hatte eine so schnelle und eindeutige Bestätigung dafür,

dass der Volvo mit falschen Kennzeichen versehen war, nicht erwartet. Sein Vertrauen in die Computer war im Allgemeinen gering.

Angespornt durch dieses Ergebnis, hob er wieder den Hörer, wählte die Nummer der Polizei in Malmö und bat darum, mit Benny Skacke sprechen zu dürfen.

«Kriminalinspektor Skacke», antwortete eine selbstsichere Stimme.

Der Titel war für Skacke noch so neu, dass er seinen Stolz, ihn aussprechen zu dürfen, nicht verbergen konnte.

«Hallo, Benny. Da du wohl doch nur rumsitzt und Däumchen drehst, will ich dir einen Auftrag geben.»

«Ich sitze hier und arbeite, muss einen Bericht schreiben. Aber der kann warten. Was gibt's denn?»

Er hörte sich jetzt nicht mehr ganz so keck an.

«Kannst du die Motor- und Fahrgestellnummer des Volvo rauskriegen, der da in Vellinge gestohlen wurde?»

«Na klar. Sofort, warte einen Augenblick.»

Kollberg wartete, hörte Skacke in seinem Schreibtisch kramen, Schubfächer knallen, Papiere durchblättern, murmeln und dann Skackes Stimme:

«Hier habe ich sie. Soll ich vorlesen?»

«Was meinst du, warum ich angerufen habe?»

Er schrieb die Nummern auf, die Skacke ihm nannte. Dann fragte er: «Bist du in den nächsten Stunden dort zu erreichen?»

«Ja, ich soll diesen Bericht fertig machen. Das nimmt wahrscheinlich den ganzen Vormittag in Anspruch. Weshalb?»

«Ich rufe wieder an. Da sind noch zwei andere Dinge, die ich mit dir besprechen will, aber ich habe jetzt keine Zeit. Mach's gut.»

Diesmal legte Kollberg den Hörer gar nicht erst auf, sondern drückte nur kurz auf die Gabel und wartete, bis die Leitung wieder frei war, dann wählte er eine neue Nummer.

Alle schienen an diesem Morgen an ihren Plätzen und munter zu sein. Der Abteilungsvorsteher des Staatlichen Kriminaltechnischen Laboratoriums antwortete beim ersten Klingeln.

«SKL, Hjelm.»

«Kollberg. Tag.»

«Aha. Was willst du diesmal?»

Hjelms Stimme wirkte resigniert und deutete an, dass Kollberg nichts anderes tat, als ihn mit seinen Telefongesprächen zu stören und ihm sein Dasein zu vermiesen. Soweit sich Kollberg erinnern konnte, hatte er mehrere Wochen lang nicht angerufen. Aber Oskar Hjelm war ein Menschenfeind und fühlte sich unterbewertet und vernachlässigt von undankbaren Kriminalbeamten, die ihn mit den unmöglichsten Aufgaben überschütteten. Es gelang ihm so gut wie jedes Mal, diese Aufgaben zu lösen, und er wurde auch für einen geschickten Fachmann, der er war, gehalten, beharrlich, genau und einfallsreich. Nicht alle verstanden es, ihm ihre Achtung zu zeigen und ihm zuzuhören, wenn er seine für Laien unverständlichen und unnötig verwickelten Beschreibungen von Einzelheiten einer Laboratoriumsanalyse oder einer technischen Untersuchung vortrug.

Kollberg wusste genau, wie er ihn anfassen musste, mit Güte und Schmeicheleien, aber er hatte keine Geduld, und zu schmeicheln lag ihm nicht.

«Ja, also, es handelt sich um ein Auto», begann er.

«Aha», seufzte Hjelm, «in welchem Zustand? Zusammengedrückt, verbrannt, aus dem Wasser gezogen …»

«Nein, absolut nicht. Das ist ein ganz normales Auto, das in Midsommarkransen geparkt steht.»

«Und was soll ich damit tun?»

«Es handelt sich um einen beigefarbenen Volvo. Du bekommst die Adresse und die Nummer, auch die Motor- und Fahrgestellnummer. Hast du einen Kugelschreiber?»

«Ja, ich habe einen Kugelschreiber und Papier auch. Also?»

Kollberg gab ihm die Angaben durch und wartete, bis Hjelm sie aufgeschrieben hatte.

«Kannst du einen deiner Leute hinschicken, damit er die Nummern kontrolliert? Wenn es die gleichen Ziffern sind, die du auf deinem Block hast, soll er den Wagen mit nach Solna nehmen. Wenn sie nicht übereinstimmen, soll er das Auto stehen lassen und mich sofort anrufen.»

Hjelm antwortete nicht sofort. Schließlich fragte er mürrisch: «Warum gehst du nicht selbst hin oder schickst einen von deinen Untergebenen? Die Adresse ist doch bei euch um die Ecke. Wenn es nun nicht der richtige Wagen ist, fährt einer von uns umsonst die ganze Strecke von Solna und zurück. Wir haben wirklich genug zu tun …»

Kollberg unterbrach seinen Redeschwall.

«Erstens bin ich ganz sicher, dass es der richtige Wagen ist, zweitens habe ich keinen, den ich schicken kann, und drittens ist der Wagen eure Sache, denn er soll kriminaltechnisch untersucht werden.»

Er holte Atem und fügte freundlicher hinzu: «Außerdem wissen du und deine Leute, wie man mit so was umgeht. Wir würden sicher alles beschmieren, überall Fingerabdrücke hinterlassen und wichtige Spuren zerstören. Es ist wohl das Beste, wenn ihr Experten euch von Anfang an um das Auto kümmert.»

Er fand selbst, dass er sich falsch und einschmeichelnd anhörte.

«Na, dann muss ich wohl einen hinschicken», sagte Hjelm. «Was genau wollt ihr denn, das wir untersuchen? Braucht ihr spezielle Proben, die wir nehmen sollen?»

«Lasst ihn bis auf weiteres nur draußen bei euch stehen. Martin ruft dich später an und sagt genau, was er untersucht haben will.»

«Okay. Ich schicke gleich jemanden hin. Obwohl ich eigentlich gerade jetzt keinen entbehren kann. Und ich weiß auch nicht, wo ich den Wagen lassen soll. Wir haben fünf Autos, die wir durchsehen sollen. Und im Labor liegen ganze Haufen mit allem möglichen Dreck, den wir untersuchen sollen. Weißt du, was wir gestern zum Beispiel reinbekommen haben?»

«Nein», antwortete Kollberg müde.

«Zwei Tonnen Hering in Salzlake. Die Fische waren aufgeschlitzt und dann wieder zugenäht worden, und in jedem Heringsbauch lag ein Plastiksäckchen mit Morphinbase. Weißt du, wie man riecht, wenn man Heringe geschrubbt hat und die ganze Nacht über mit den Armen in Heringslake gewühlt hat?»

«Nein. Aber ich kann's mir vorstellen», lachte Kollberg. «Was habt ihr nachher mit dem Fisch gemacht? Gebratene Heringe mit Zwiebelsoße sind gut. Ich kann dir das Rezept geben.»

«Mach du nur deine Witze. In meinem Beruf vergeht einem das Lachen.»

Er warf den Hörer auf die Gabel. Kollberg lachte immer noch glucksend, während er selbst auflegte.

Der Gedanke an gebratenen Hering hatte ihn hungrig gemacht, obwohl er vor kurzem erst gefrühstückt hatte.

Er saß eine Weile da und malte Kringel auf den Block vor sich, während er über das nächste Telefongespräch nachdachte. Dann griff er wieder nach dem Hörer.

«Kriminalinspektor Skacke.»

«Hej, ich bin es noch mal. Hast du deinen Bericht fertig?»

«Nein, noch nicht ganz. Worüber wolltest du mit mir sprechen?»

«Über den Volvo, den Kasper in Vellinge gestohlen hat. Hast du die Diebstahlsanzeige davon zur Hand?»

«Die habe ich hier in der Schreibtischschublade. Warte einen Moment.»

Er legte den Hörer diesmal nicht aus der Hand und brauchte nur eine halbe Minute, um das Formular zu finden.

«Ja. Hier ist sie.»

«Gut. Name des Besitzers.»

Es kam ihm wie eine Ewigkeit vor, bis Benny Skacke antwortete:

«Kaj Evert Sundström.»

Richtige Antwort, dachte Kollberg.

Er wunderte sich überhaupt nicht, spürte aber das wohl bekannte Gefühl der Befriedigung darüber, dass er richtig überlegt hatte. Vielleicht auch eine Empfindung, die tiefer in der Natur des Menschen verborgen war, der Jagdinstinkt, die Witterung der Beute.

Es ist das, was du noch in dir spürst, vom roten Fuchs höchstselbst – und etwas vom Hasen, dachte er. Ekelöf. Später, wenn ich Zeit genug habe, will ich versuchen, mir das ganze Gedicht ins Gedächtnis zurückzurufen, es ist schön.

«Lennart?»

«Ja, ich habe gehört. Kaj Evert Sundström. Aber es war nicht er selbst, der die Anzeige aufgegeben hat, nicht wahr?»

«Nein, das war seine Frau. Sie heißt Cecilia Sundström.»

«Du warst doch draußen bei denen in Vellinge?»

«Ja, sie wohnen in einem Einfamilienhaus. Der Wagen stand in der Garage, die zur Einfahrt hin offen ist. Sie hat keine Türen, daher konnte der Dieb ihn vom Weg aus sehen.»

«Hast du alle beide angetroffen, als du da warst?»

«Ja, aber ich habe fast nur mit ihr gesprochen. Er hat kaum etwas gesagt.»

«Wie hat er ausgesehen?»

«In den Fünfzigern. Einssiebzig groß, schätze ich. Schmal, aber nicht sehnig, sondern eher so, als ob er krank ist. Blondes Haar, das anfängt, grau zu werden. Oder weiß beinahe. Er trägt eine Brille mit dunklem Gestell.»

«Was ist er von Beruf?»

«Fabrikant.»

«Was für ein Fabrikant?»

«Das weiß ich nicht», antwortete Skacke. «Den Titel hat seine Frau angegeben, als sie die Anzeige aufgab.»

«Hat er einen Grund genannt, warum er die Anzeige nicht selbst erledigt hat?»

«Nein. Aber seine Frau sagte, dass sie schon am Montagmorgen zur Polizei gehen wollte, aber dass er geglaubt hätte, der Wagen würde wieder auftauchen und dass sie warten sollten.»

«Erinnerst du dich, was sie noch gesagt haben? Haben sie miteinander gesprochen?»

«Ja und nein, es wurde ja fast nur über die Autosache gesprochen. Ich fragte, ob sie an dem Sonntagmorgen etwas gesehen oder gehört hätten, aber das verneinten sie. Ich habe eigentlich nur mit der Frau gesprochen, sie hat mir geöffnet, und dann standen wir in der Diele. Er kam nur für kurze Zeit heraus und erklärte, das Einzige, was er wisse, sei, dass er irgendwann um die Mittagszeit hinausgegangen war, und da sei der Wagen nicht mehr da gewesen.»

Kollberg blickte auf die Krakel auf seinem Block. Er hatte versucht, eine Art Landkarte von Skåne zu entwerfen, auf der er Vellinge, Anderslöv, Malmö und Trelleborg eingezeichnet hatte.

«Weißt du, wo er seine Fabrik hat», fragte er und zeichnete eine Linie von Anderslöv nach Vellinge.

«Ich hatte den Eindruck, als ob er in Trelleborg arbeitet», antwortete Skacke zögernd. «Ich meine, seine Frau hat so was gesagt.»

Kollberg zog eine Linie zwischen Anderslöv und Trelleborg und eine zwischen Trelleborg und Vellinge.

Daraus wurde ein Dreieck, dessen untere Spitze Trelleborg war, und die Linie zwischen Vellinge und Anderslöv bildete die breite Basis im Norden.

«Gut, Skacke», lobte Kollberg. «Ausgezeichnet.»

«Habt ihr den Wagen gefunden? Ich hörte, dass euch dieser Kasper entkommen ist.»

«Ja, das ist er», antwortete Kollberg trocken. «Und ich glaube, wir haben den Wagen gefunden. Hast du kürzlich mit Martin gesprochen?»

«Nein, das ist eine ganze Weile her. Er ist doch noch in Anderslöv?»

«Ganz recht. Und sobald ich aufgelegt habe, rufst du Martin an und erzählst ihm alles, was du mir eben gesagt hast. Das von Kaj Evert Sundström, wie er aussieht und alles. Und dann kannst du ihm sagen, dass er Hjelm bei SKL anrufen und ihn fragen soll, ob sie den Wagen schon da haben. Mach das jetzt gleich.»

«Klar. Was ist denn mit dem Sundström? Hat er was angestellt?»

«Wir werden sehen. Du sollst nur mit Martin darüber sprechen, der bestimmt dann, was getan wird. Verstanden? Und dann kannst du deinen Bericht fertig schreiben. Und wenn noch was ist, dann bin ich hier bis auf weiteres in meinem Zimmer zu erreichen. Ich habe nämlich auch eine Art Bericht zu schreiben. Grüß Martin. Hej.»

«Wiedersehen.»

Kollberg führte keine Telefongespräche mehr. Er schob das Telefon auf die Seite und legte den Block mit dem auf den Kopf gestellten Dreieck und den Kritzeleien, die Skåne darstellen sollten, in die Schreibtischschublade.

Dann zog er die Schreibmaschine heran, spannte einen Bogen ein und schrieb:

Stockholm, den 27. November 1973
An Rikspolisstyrelsen
Entlassungsgesuch

28

Lennart Kollberg schrieb langsam. Mit den Zeigefingern. Er wusste, dass dieser Brief, über den er lange nachgedacht hatte, sozusagen als ein formelles Schreiben anzusehen war, aber er wollte ihn nicht zu ausführlich werden lassen und versuchte den persönlichen Ton beizubehalten, so weit das möglich war.

Ich habe mich nach langer und gründlicher Überlegung entschlossen, das Polizeikorps zu verlassen. Meine Motive sind persönlicher Art, trotzdem will ich darüber in kurzen Zügen Rechenschaft ablegen. Zuallererst halte ich es für notwendig festzuhalten, dass mein Entschluss kein politischer Akt ist, auch wenn viele es so auffassen werden. Das Polizeiwesen ist sicherlich im Laufe der letzten Jahre in immer größerem Ausmaß politisiert worden, gleichzeitig wurde das Polizeikorps als solches immer häufiger zu politischen Zwecken ausgenutzt. Ich habe diese Entwicklung mit großer Besorgnis beobachtet, aber mir selbst ist es fast immer geglückt, mich von diesem Teil der Tätigkeit fern zu halten.

Während der 27 Jahre, die ich im Polizeikorps Dienst getan habe, haben sich jedoch dessen Selbstverständnis, Aufbau und Organisation in einer Art verändert, die mich zu der Überzeugung gebracht hat, dass ich nicht länger zum Polizeibeamten tauge, wenn ich das überhaupt jemals getan habe. Vor allen

Dingen ist es mir unmöglich, mich mit einer Organisation dieser Art solidarisch zu erklären. Daher sollte es sowohl im Interesse des Polizeiapparates wie auch in meinem eigenen liegen, wenn mein Dienstverhältnis gelöst wird.

Eine Frage, die mich schon lange Zeit außerordentlich bewegt, ist die Bewaffnung des einzelnen Polizeibeamten. Ich habe mich bereits vor vielen Jahren der Auffassung angeschlossen, dass Polizisten während des normalen Dienstes unbewaffnet sein sollten. Dies gilt sowohl für den uniformierten wie für den zivilen Teil des Polizeikorps.

Es ist meine Überzeugung, dass die starke Zunahme der Gewalttaten im letzten Jahrzehnt zum sehr großen Teil darauf beruht, dass die Polizeibeamten so gut wie ständig Schusswaffen tragen. Es ist eine bekannte Tatsache, die auch durch Beispiele aus anderen Ländern belegt werden kann, dass der Grad der Gewalttätigkeitsdelikte unverzüglich steigt, wenn das Polizeikorps sozusagen mit schlechtem Beispiel vorangeht. Nicht zuletzt nach den Ereignissen der letzten Zeit scheint es offenbar, dass man nichts anderes als eine weitere Erschwernis der Situation erwarten kann. Dies gilt besonders für Stockholm und die übrigen größeren Städte des Landes.

Bei der Polizeiausbildung wird immer weniger Gewicht auf den Unterricht in Psychologie gelegt. Den Polizisten fehlt dadurch die vielleicht wichtigste Voraussetzung für den Erfolg ihrer beruflichen Tätigkeit.

Dass es trotzdem so genannte Polizeipsychologen gibt, die in schwierigen Situationen vorgeschickt werden, um zu versuchen, den Gesetzesbrecher umzustimmen, scheint mir nichts anderes als ein Armutszeugnis zu sein. Man kann nämlich Gewalt nicht mit Psychologie bemänteln. Das ist, so weit mir bekannt, einer der einfachsten und selbstverständlichsten Grundsätze der Lehre von der Psychologie.

In diesem Zusammenhang möchte ich betonen, dass ich seit

langen Jahren niemals eine Waffe getragen habe. Nicht selten habe ich das entgegen einem ausdrücklichen Befehl getan, aber ich habe niemals das Gefühl gehabt, dass dadurch mein Dienst erschwert wurde. Eher hätte der Zwang, eine Waffe zu tragen, einen stark hemmenden Effekt gehabt und direkt zu Unglücksfällen und zu noch geringerem Kontakt mit Personen außerhalb des Polizeikorps geführt.

Was ich hier sagen will, ist, dass ich es ganz einfach nicht länger aushalte, Polizeibeamter zu sein. Es ist denkbar, dass ein Gemeinwesen die Polizei hat, die es verdient, aber das ist eine These, die ausführlich zu behandeln ich nicht beabsichtige, zumindest nicht jetzt und hier.

Ich finde mich vor vollendete Tatsachen gestellt. Als ich den Beruf des Polizeibeamten ergriff, hätte ich mir nie träumen lassen, dass er sich so wandeln würde, wie das geschehen ist, oder in die Richtung gehen würde, die später eingeschlagen wurde.

Ich bin der Mann, der sich nach 27 Dienstjahren in solchem Maße seines Berufes schämt, dass mein Gewissen es mir verbietet, ihn noch länger auszuüben.

Kollberg spannte den Bogen aus und las, was er geschrieben hatte. Jetzt, nachdem er richtig losgelegt hatte, hätte er beliebig lange weiterschreiben können.

Aber dies durfte reichen.

Er schrieb:

Daher bitte ich um fristlose Entlassung aus meinem Dienstverhältnis.

Sten Lennart Kollberg

Er faltete das Papier zusammen und steckte es in einen ganz gewöhnlichen braunen Dienstumschlag.

Schrieb die Adresse.

Warf den Brief in den Korb für ausgehende Post.

Dann stand er auf, blickte sich im Zimmer um.

Schlug die Tür hinter sich zu und ging.
Nach Hause.

Das Häuschen draußen im Wald von Haninge in Richtung Dalarö war ein gutes Versteck. Es lag so abgelegen, dass niemand aus Versehen dort hinkommen würde, und seine Ausrüstung zeigte, dass Limpan Lindberg nicht zu viel versprochen hatte. Dort gab es Lebensmittel und Getränke, Waffen und Munition, Heizöl und Kleidung, Zigaretten und stapelweise alte Illustrierte, also alles, was man brauchte, um eine längere Zeit in der Einsamkeit zu überstehen. Oder einer weniger gut geführten Belagerung Widerstand zu leisten. Doch besser war es, wenn es gar nicht erst dazu kam.

Limpan und Kasper waren beinahe zu einfach davongekommen, als die Polizei die Wohnung in Midsommarkransen stürmte, aber auf der anderen Seite war das kleine Haus ihre allerletzte Chance.

Wurden sie hier umstellt, hatten sie noch zwei Möglichkeiten: sich zu ergeben oder zu kämpfen.

Die dritte Möglichkeit, noch einmal zu fliehen, fassten sie gar nicht erst ins Auge. Denn das würde eine einsame Flucht werden, zu Fuß und geradewegs hinaus ins Gelände; der schnell hereinbrechende Winter machte die Aussichten wenig verlockend, zumal das auch bedeuten würde, dass große Vorräte und wertvolles Diebesgut zurückgelassen werden mussten.

Limpan Lindberg war kein großes Licht unter den Ganoven, und seine Planung war einfach und primitiv. Er hatte die Wertsachen und das Geld in dem Häuschen und der näheren Umgebung vergraben, nun konnte er nur hoffen, dass die Polizei ihre Hetzjagd so weit einstellte, dass sie sich wieder nach Stockholm hineinwagen konnten. Dort konnten sie das Diebesgut zu Geld machen, sich falsche Papiere besorgen und außer Landes fliehen.

Ronnie Kaspersson hatte überhaupt keinen Plan. Er wusste nur, dass die Polizei ihn mit allen Mitteln jagte und ihm ein Verbrechen vorwarf, das er nicht begangen hatte. Zusammen mit Limpan war er jedenfalls nicht allein, und außerdem war der optimistisch und unkompliziert. Wenn er sagte, dass ihre Chancen gut waren, dann meinte er das auch, und Kasper glaubte ihm. Dass Lindberg selbst sich nicht früher in das Haus zurückgezogen hatte, lag daran, dass er die Einsamkeit gescheut hatte.

Nun waren sie zu zweit, und dadurch wurde die Lage sichtlich angenehmer.

Für Kasper hatte die Sache eigentlich nur einen Haken, nämlich den, dass Limpan stets früher oder später erwischt wurde, aber beide trösteten sich damit, dass der Wind doch irgendwann einmal drehen musste und sie lediglich ein wenig Glück brauchten, um durchzukommen. In den letzten Jahren hatte eine ganze Reihe von Gewohnheitsverbrechern das Kunststück vollbracht, nach einem geglückten Raubzug das Land zu verlassen und irgendwo in der westlichen Zivilisation mit dem Geld unterzutauchen.

Das Haus hatte viele Vorteile. Es lag auf einer Lichtung mit freier Sicht nach allen Seiten. Es gab nur zwei Nebengebäude, ein Klosett und einen verfallenen alten Stall, in dem sie Limpans Auto versteckt hatten.

Das Wohnhaus selbst war gut erhalten, ein normales schwedisches Sommerhaus mit drei Fenstern nach vorn hinaus, einem nach hinten und einem nach jedem Giebel. Das Erdgeschoss bestand aus Küche, Schlafraum und einem größeren Wohnraum. Nur ein einziger Weg führte zu dem Anwesen, und der lief direkt auf den Platz vor dem Haus und die kleine Veranda davor zu.

Gleich am ersten Tag untersuchte Limpan sorgfältig die Waffen. Sie hatten zwei Maschinenpistolen von der Art, wie die Armee sie verwendet, und drei automatische Pistolen verschiedener Marken und unterschiedlicher Kaliber. Außerdem gab es genug Munition, unter anderem zwei Kisten voll für die Maschinenpistolen.

Limpan sagte: «So wie die Polizei sich heutzutage verhält, gibt es nur zwei Dinge zu tun, wenn sie uns wider Erwarten entdecken und umstellen.»

«Welche denn?»

«Uns freischießen natürlich. Wenn wir dabei den einen oder anderen Bullen treffen, verändert das unsere Situation nicht einen Deut. Die müssen das Haus schon in Brand stecken, wenn sie uns fassen wollen. Und wenn sie's mit Tränengas versuchen, habe ich da in der Kiste einige Gasmasken.»

«Ich weiß nicht mal, wie so was funktioniert», sagte Kasper und fingerte an einer der Maschinenpistolen herum.

«Das hast du in zehn Minuten begriffen.»

Limpan hatte Recht. Ein etwa zehnminütiger Schnellkursus reichte. Am nächsten Morgen probierten sie alle ihre Waffen aus, mit richtig gutem Resultat. Das Haus war so abgelegen, dass sie das ohne Risiko tun konnten.

«Jetzt brauchen wir nur noch zu warten», prahlte Limpan. «Kommen sie, so werden sie eine schöne Bescherung erleben. Aber wahrscheinlich kommt keiner. Wo willst du Weihnachten feiern, auf Mallorca oder irgendwo in Afrika?»

Ronnie Kaspersson hatte niemals auf so lange Zeit wie bis Weihnachten vorausgedacht und tat es auch jetzt nicht. Bis dahin waren es noch mehrere Wochen. Dagegen dachte er an die Sache mit dem Schießen. Es würde sicher nicht schwer sein oder ihn sonderlich belasten, einen oder zwei Schüsse auf eines dieser Schweine abzugeben.

Nach dem, was er von der Polizei bei Razzien oder Straßenschlachten erlebt hatte, fiel es schwer, sie als menschlich oder als aus einzelnen Menschen bestehend zu betrachten.

Die ganze Zeit über, während sie sich in dem Häuschen befanden, hörten sie Radio. Aber viel Neues erfuhren sie nicht dabei. Die Jagd auf den Polizistenmörder ging mit unverminderter Aktivität weiter. Es war jetzt sicher, dass er sich in Stockholm aufhielt, und das taktische Kommando der Fahndungsleitung rechnete damit, ihn in Kürze festzunehmen. Zum Verhängnis wurde ihnen ein nicht vorauszusehender Faktor. Maggan.

Wenn Maggan nicht verletzt worden wäre, hätte sie ihnen nie gefährlich werden können, denn Maggan war ein prima Kerl und ein zuverlässiges Mädchen und hätte nie ein Wort verlauten lassen.

Aber nun war sie verletzt worden und lag im Söder-Krankenhaus.

Der Biss war nicht lebensgefährlich, aber er sah böse aus, wie die Ärzte sich ausdrückten.

Sie wurde operiert, und danach verschlechterte sich ihr Zustand; sie phantasierte und hatte hohes Fieber.

Maggan redete viel im Fieberwahn, sie wusste nicht genau, wo sie sich befand, aber man hatte den Eindruck, dass sie mit jemandem sprach, den sie kannte, oder jedenfalls mit einem Menschen, dem sie vertraute.

Am Kopfende ihres Bettes saß denn auch richtig ein Mann, der mit einem Tonbandgerät ausgerüstet war.

Dieser Mann war Einar Rönn.

Rönn stellte nicht eine einzige Frage, er hörte lediglich zu und nahm Maggans Fieberphantasien auf Band auf.

Es ging ihm bald auf, dass er wichtige Informationen festgehalten hatte, wusste dagegen nicht recht, was er damit anfangen sollte.

Nachdem er einige Minuten überlegt hatte, suchte er sich ein Telefon und rief Gunvald Larsson an.

«Ja, hier Larsson, was willst du?»

Man konnte sofort heraushören, dass Gunvald Larsson in seinem Zimmer in Polishuset auf Kungsholmen nicht allein war. Seine Stimme hörte sich mürrisch und irritiert an.

«Das Mädchen hier phantasiert. Sie hat gerade erzählt, wo Limpan und Kasper sich aufhalten. In einem Sommerhaus in Richtung Dalarö.»

«Weißt du Einzelheiten?»

«Ich habe eine ziemlich genaue Beschreibung des Weges. Wenn du eine Karte besorgst, kann ich dir die Stelle mit dem Haus zeigen.»

Gunvald Larsson schwieg einige Sekunden lang. Dann sagte er geheimnisvoll: «Das ist eine technische und sehr komplizierte Entscheidung. Bist du bewaffnet?»

«Nein.»

Wieder ein Moment Schweigen.

Rönn fragte: «Sollten wir nicht Malm verständigen?»

«Ja, das müssen wir. Auf jeden Fall.» Dann fügte er mit leiser Stimme hinzu: «Aber nicht bevor du nicht meinen Wagen vor den Eingang vorfahren siehst. Dann tust du es, so schnell du nur kannst.»

«Okay», sagte Rönn, ging hinunter in die große Eingangshalle des Krankenhauses und postierte sich vor einem Telefonautomaten.

Es dauerte nicht länger als zehn Minuten, bis er Gunvald Larsson draußen einbiegen sah. Sofort rief er noch einmal Kungsholmsgatan an und wurde nach kurzem Warten mit Malm verbunden. Rönn wiederholte, was Maggan gesagt hatte.

«Fabelhaft», lobte Malm. «Du kannst an deinen Posten zurückkehren.»

Rönn lief jedoch sofort zu Gunvald Larsson hinaus, der den Arm ausstreckte und die Beifahrertür öffnete.

«Karte und Pistole liegen im Handschuhfach», sagte er.

Rönn steckte nach kurzer Überlegung die Pistole in den Hosenbund. Dann blickte er auf die Karte und sagte: «Da muss das Haus sein.»

Gunvald Larsson studierte das Wegenetz. Dann blickte er auf seine Uhr und entwickelte seinen Plan: «Wir werden ungefähr eine Stunde Vorsprung haben. Dann rückt Malm mit seiner so genannten Hauptstreitmacht an. Sein Stab hat sich leider Gottes auf genau diese Lage vorbereitet. Er wird hundert Mann mitbringen, zwei Hubschrauber und zehn Hunde. Außerdem hat er zwanzig große Schutzschilde aus Panzerstahl bereitstellen lassen. Das würde ein echtes Massaker geben.»

«Meinst du, dass die Burschen Widerstand leisten?»

«Aber sicher. Lindberg hat nichts zu verlieren, und Kaspersson ist nach dieser Hetzjagd halb verrückt.»

«Na denn», sagte Rönn philosophisch und fingerte an der Pistole.

Er war kein Freund von Gewalt.

«Mir ist egal, was mit Lindberg geschieht», fuhr Gunvald Larsson fort, «der Kerl ist Berufsverbrecher und hat vor gar nicht langer Zeit einen Raubmord begangen. Mir geht's nur um den Jungen. Der hat bisher niemanden erschossen oder verletzt, aber wenn Malm seinen Plan in die Tat umsetzt, kannst du fest damit rechnen, dass er entweder selbst erschossen wird oder ein paar Polizisten umlegt. Darum müssen wir als Erste da sein und schnell handeln.»

Schnell handeln war eine der Spezialitäten von Gunvald Larsson.

Sie fuhren nach Süden, durch Handen und das neue scheußliche Wohngebiet, das Brandbergen heißt.

Zehn Minuten später waren sie von der Landstraße abgebogen, und nach weiteren zehn Minuten sahen sie das Häuschen. Gunvald Larsson bremste mitten auf dem Weg etwa fünfzig Meter vom Haus entfernt.

Er begutachtete kurz die Lage und sagte dann: «Leicht wird's nicht sein, aber wir schaffen es. Wir steigen hier aus und gehen auf das Haus zu. Kommt es zum Schusswechsel, gehen wir hinter dem Scheißhaus da in Deckung. Ich versuche, mich von hinten an das Haus ranzuschleichen. Du bleibst in Deckung liegen und schießt in kurzen Abständen auf das Dach oder den Dachfirst rechts von der Veranda.

«Ich schieße miserabel», murmelte Rönn.

«Das Haus wirst du wohl noch treffen?»

«Ich hoffe es jedenfalls.»

«Und noch was, Einar ...»

«Ja?»

«Geh ja kein Risiko ein. Wenn etwas schief geht, bleibst du in Deckung und wartest auf die große Invasion.»

Drinnen im Haus hatten Limpan und Kasper das Auto bereits gehört, ehe es zu sehen war. Jetzt standen sie am Fenster und blickten hinaus.

«Komisches Auto», sagte Limpan, «so eines habe ich noch nie gesehen.»

«Das können Ausflügler sein, die sich verfahren haben», meinte Kasper.

«Möglich», sagte Limpan trocken.

Er nahm die eine Maschinenpistole und gab Kasper die andere. Rönn und Gunvald Larsson stiegen aus und gingen auf das Haus zu. Limpan blinzelte, dann stellte er resigniert fest: «Bullen. Ich kenne die beiden. Überfalldezernat in Stockholm. Aber das wird ein leichtes Spiel.»

Er schlug die mittlere Fensterscheibe mit dem Ellbogen ein, zielte und begann zu schießen.

Rönn und Gunvald Larsson hörten das Glas splittern und wussten, was das zu bedeuten hatte. Beide reagierten schnell, sprangen zur Seite und verschwanden hinter der kleinen Bretterbude.

Die Salve wäre in jedem Fall danebengegangen, denn Limpan hatte mit so einer Waffe noch nie auf weitere Entfernung geschossen und hielt zu hoch. Er schien trotzdem zufrieden zu sein, denn er prahlte:

«Jetzt sind sie geliefert. Du musst mir nur gut den Rücken frei halten, Kasper.»

Gunvald Larsson blieb gerade nur zwei Sekunden hinter dem Klo liegen. Dann robbte er los, im Schutz einiger niedriger Brombeersträucher.

Rönn lag gut geschützt hinter dem Steinsockel. Er hob die Hand mit der Pistole und feuerte zwei Schuss in Richtung auf das Dach ab. Die Antwort kam sofort. Eine längere Salve diesmal und besser gezielt. Kaskaden von Kies spritzten ihm ins Gesicht.

Rönn schoss wieder, wahrscheinlich traf er nicht einmal das Haus, aber das spielte auch keine Rolle.

Gunvald Larsson war am Haus angelangt. Er kroch schnell an der Rückfront entlang, schlängelte sich um die Ecke und befand sich unter dem Giebelfenster. Er erhob sich auf die Knie, zog seine Smith & Wesson .38 Master, richtete sich noch ein wenig höher auf und blickte hinein. Eine leere Küche. Drei Meter entfernt eine Tür, angelehnt. Offenbar befanden sich Kasper und Lindberg im dahinter liegenden Zimmer.

Gunvald Larsson wartete darauf, dass Rönn wieder schießen würde. Es dauerte nur eine halbe Minute, bis Rönns Pistole zweimal knallte.

Die Antwort in Form einer Salve kam sofort und endete mit einem metallischen Klicken, dem Zeichen, dass das Magazin leer war.

Gunvald Larsson riss die Arme zum Schutz seines Gesichts hoch und hechtete durch die Scheibe in die Küche.

Er landete auf dem Fußboden in einem Schauer von Glas-

und Holzsplittern, rollte weiter, kam auf die Beine, öffnete mit einem kräftigen Fußtritt die Tür und stürzte ins angrenzende Zimmer.

Lindberg war einen Schritt vom Fenster zurückgetreten und stand leicht vornübergebeugt da, während er damit beschäftigt war, das Magazin zu wechseln. In der Ecke hinter ihm stand Ronnie Kaspersson mit einer zweiten Maschinenpistole in den Händen.

«Schieß doch, verdammt noch mal», schrie Limpan. «Die sind nur zu zweit. Knall ihn ab.»

«Jetzt reicht's aber, Lindberg», rief Gunvald Larsson.

Er machte einen Schritt vorwärts, hob den linken Arm und schlug Limpan kräftig auf das Schlüsselbein, direkt neben den Hals.

Lindberg ließ die Waffe fallen und brach wie von einem Keulenschlag getroffen zusammen.

Gunvald Larsson starrte auf Ronnie Kaspersson, der die Maschinenpistole zu Boden gleiten ließ und die Hände vors Gesicht schlug.

«So, ja», sagte Gunvald Larsson vor sich hin, «genau so.»

Dann öffnete er die Haustür und rief: «Du kannst jetzt kommen, Einar.»

Rönn kam ins Haus.

«Ist wohl besser, wir legen dem Kerl Handschellen an, was», sagte Gunvald Larsson und zeigte mit dem Fuß auf Lindberg.

Dann blickte er Ronnie Kaspersson an und fragte: «Du brauchst keine Handschellen, nicht?»

Ronnie Kaspersson schüttelte den Kopf. Er hielt immer noch die Hände vor dem Gesicht.

Eine Viertelstunde später hatte Rönn den Wagen geholt, dann hatten sie die Arrestanten auf den Rücksitz verfrachtet und wollten gerade auf dem Vorplatz wenden. Lindberg hatte sich von dem Schlag erholt und sogar etwas von seiner guten Laune wieder gefunden.

Gerade in diesem Augenblick lief ein Mann im Trainingsanzug auf den Vorplatz. Er hielt einen Kompass in der Hand und betrachtete dümmlich das Haus und das Auto.

«Ach, du lieber Gott», sagte Lindberg. «Ein Polyp als Sportsmann verkleidet, und warum hat er einen Kompass, aber keine Karte?»

Er lachte schallend.

Gunvald Larsson drehte die Scheibe herunter und rief: «Hallo, du!»

Der Mann im Trainingsanzug kam zum Auto.

«Hast du ein Funkgerät bei dir?»

«Natürlich.»

«Dann sag Malm Bescheid, dass er die Übung abblasen kann. Es reicht, wenn jemand hierher kommt und das Haus durchsucht.»

Der Mann fummelte lange an seinem Gerät herum, dann sagte er: «Die Festgenommenen sollen bei Bürochef Malms Kommandozentrale abgeliefert werden. Die liegt etwa zweihundert Meter ostwärts von Österhaninge.»

«Das hilft ja dann wohl nichts», meinte Gunvald Larsson achselzuckend und kurbelte die Scheibe wieder hoch.

Malm sah zufrieden aus, wie er so dastand, umgeben von seinen leitenden Mitarbeitern.

«Gut gemacht, Larsson», lobte er, «das muss ich zugeben. Aber warum hat Kaspersson keine Handschellen an?»

«Er braucht keine.»

«Unsinn, leg ihm welche an.»

«Hab keine», entgegnete Gunvald Larsson.

Dann fuhren er und Rönn weg.

«Hoffen wir nur, dass der Bengel einen guten Rechtsanwalt bekommt», sagte Gunvald Larsson nach einer Weile.

Rönn ging nicht darauf ein. Stattdessen bemerkte er trocken: «Du, Gunvald, deine Jacke ist kaputt, überall aufgeschnitten.»

«Ja, wirklich ärgerlich», sagte Gunvald Larsson unwirsch.

Benny Skacke hatte Martin Beck angerufen, und der Rest war dann bald erledigt.

Nach einer ersten Durchsuchung des beigefarbenen Volvo im Staatlichen Kriminaltechnischen Laboratorium in Solna konnte Hjelm mitteilen, dass sie im Kofferraum unter anderem etwas Putzwolle gefunden hätten. Die Laboranalyse zeigte, dass sie Nickelspäne der gleichen Art enthielt, die auch in dem Knäuel Putzwolle vom Tatort festgestellt worden waren.

Schon am gleichen Nachmittag fand eine Untersuchung in Kaj Sundströms Fabrik für Maschinenteile, Spezialwerkzeuge und feinmechanisches Zubehör statt. Nickel war ein wichtiger Bestandteil in verschiedenen von diesen Produkten, und Teilchen davon kamen in großer Menge überall in der Werkhalle vor. Zu allem Überfluss befand sich ein Pappkarton mit Putzwolle, die mit Nickelspänen vermischt war, in einer Ecke des Raumes, in der der Fabrikbesitzer seinen Wagen abzustellen pflegte.

Handschriftenvergleiche zeigten, wie erwartet, dass die beiden Zettel, die in Sigbrit Mårds Nachttisch gefunden worden waren, von Sundströms Hand stammten.

Im Schreibtisch des Firmenchefs fand man Umschläge vom gleichen Typ, der für die Mietzahlung für die Einzimmerwohnung benutzt worden war. Die Schreibmaschine, mit der die Worte *Miete S. Jönsson* geschrieben worden waren, stand in einem Regal neben dem Schreibtisch.

Das kriminaltechnische Personal aus Helsingborg hatte in der Wohnung, die als Liebesnest benutzt worden war, gute und genaue Arbeit geleistet und unter anderem Fingerabdrücke gesichert.

Somit reichten die Beweise aus, um Kaj Evert Sundström den Mord an Sigbrit Mård anzulasten.

Die Fabrik lag in Trelleborg, aber Cecilia Sundström hatte die Firma, die immer noch den Namen ihres Vaters trug, geerbt, deshalb hatten die emsigen Kriminalisten aus Trelleborg keine Spur von Kaj Sundström finden können. Auf dem Papier war er lediglich als Fabrikleiter bei seiner Frau angestellt.

Während der technischen Untersuchung am Dienstagnachmittag befand er sich nicht in seinem Zimmer im Büroanbau der Fabrik. Der Fabrikdirektor hatte sich unwohl gefühlt und war kurz vor dem Mittagessen mit einem Taxi nach Hause gefahren.

Martin Beck überlegte, ob er wirklich krank gewesen war oder vielleicht eine Vorahnung gehabt hatte. Bevor die Nachricht über den Beschluss, in den Räumen der Fabrik eine Haussuchung vorzunehmen, Kaj Sundström erreicht hatte, schickte Månsson zwei seiner Leute nach Vellinge, um das Haus diskret bewachen zu lassen.

Bis alle Proben genommen, analysiert und verglichen worden waren und die Beweise auszureichen schienen, um einen Haftbefehl zu rechtfertigen, war es Abend geworden.

Martin Beck und Skacke fuhren über die neue Autobahn und waren kurz vor acht in Vellinge. Sie suchten zuerst die beiden Kriminalbeamten in Zivil, die ihren Wagen in einem Seitenweg geparkt hatten, von dem aus sie einen guten Überblick über das Einfamilienhaus der Sundströms hatten, ohne selbst allzu große Aufmerksamkeit zu erregen.

«Er ist im Haus», sagte der eine, als Martin Beck auf das Auto zukam.

«Seine Frau ist gegen fünf zum Einkaufen gegangen», ergänzte der andere. «Aber danach hat keiner das Haus verlassen. Die Mädchen sind vor einer Stunde nach Hause gekommen.»

Sundström hatte zwei Töchter, zwölf und vierzehn Jahre alt.

«Gut», sagte Martin Beck. «Wartet hier so lange.»

Er kehrte zu Skacke zurück.

«Fahr bis an die Einfahrt und warte dort im Wagen. Ich gehe allein hinein, aber halt dich bereit, wir wissen nicht, wie er reagieren wird.»

Skacke fuhr vor, und Martin Beck trat durch das breite Tor aus Schmiedeeisen. Der Kiesweg bis zum Haus war von Rosenbüschen eingefasst, und vor der Eingangstür lag ein Mühlrad, das in der Mitte durchgesägt war und so einen halbkreisförmigen Treppenabsatz ergab. Er drückte auf den Klingelknopf und hörte einen schwachen Gongton in zwei Tonhöhen hinter der massiven Eichentür.

Die Frau, die die Tür öffnete, war beinahe ebenso groß wie Martin Beck. Sie war schlank oder besser gesagt mager, auf eine trockene und kantige Art, so als ob sie nur aus Haut und Knochen bestünde. Die Nase war schmal und leicht gebogen, die hohen Backenknochen traten deutlich hervor, und das Gesicht war mit hellbraunen Flecken übersät. Das kastanienbraune Haar war grau gesprenkelt, jedoch kräftig gelockt. Soweit er das sehen konnte, trug sie kein Make-up; die Lippen waren blass und dünn mit einem bitteren Zug um die Mundwinkel.

Sie hatte hübsche Augen mit graugrüner Iris unter kräftigen Lidern und sah ihn mit hochgezogenen Augenbrauen fragend an.

«Ich bin Kriminalkommissar Beck», stellte Martin Beck sich vor, «und ich suche Fabrikant Sundström.»

«Mein Mann fühlt sich nicht wohl. Er hat sich hingelegt und ruht sich aus. Worum geht es denn?», fragte sie.

«Es tut mir Leid, dass ich um diese Tageszeit stören muss, aber es ist leider notwendig. Wenn es ihm also nicht allzu schlecht geht …»

«Betrifft es die Fabrik?»

«Nein, nicht direkt.»

Derartige Situationen waren ihm immer ein Gräuel. Über diese Frau wusste er nicht viel, vielleicht war sie nicht sehr mit ihrem Schicksal zufrieden, aber sie lebte vermutlich ein ruhiges und normales Familienleben. Noch kurze Zeit und sie würde erfahren, dass sie mit einem Mann verheiratet war, der seine Geliebte ermordet hatte.

Wenn Leute, die andere Menschen umbrachten, wenigstens keine Familie hätten, dachte Martin Beck irrational und fuhr fort: «Es betrifft einige Fragen, über die ich mit ihrem Mann sprechen muss, wenn …»

«Ist das so wichtig, dass es nicht bis morgen Zeit hat?»

«Ja, es ist so wichtig.»

Sie hielt die Tür auf, und Martin Beck trat in die Diele.

«Warten Sie hier einen Augenblick, ich werde ihm Bescheid sagen.»

Sie ging eine Treppe hinauf ins Obergeschoss. Sie hielt sich sehr gerade.

Martin Beck hörte das Geräusch eines Fernsehapparates aus einem Zimmer rechts von der Diele. Er wartete.

Es dauerte beinahe fünf Minuten, bevor Kaj Sundström erschien. Er trug dunkelblaue Flanellhosen und einen Shetlandpullover in der gleichen Farbe. Den Kragen des Hemdes unter dem Pullover trug er offen. Seine Frau kam hinter ihm die Treppe hinunter, und als beide vor Martin Beck standen, sah er, dass sie einen Kopf größer als ihr Mann war.

«Geh du zu den Mädchen hinein, Sissy», sagte Kaj Sundström.

Sie blickte ihn forschend und ein wenig beunruhigt an, öffnete jedoch eine Tür links von der Treppe. Der Fernsehton wurde lauter, aber sie schloss die Tür sofort hinter sich.

Kaj Sundström entsprach den Beschreibungen Folke

Bengtssons und Benny Skackes, aber Martin Beck befremdete der müde und resignierte Zug um den Mund und seine Augen. Er war vielleicht sonnengebräunt gewesen, als Folke Bengtsson ihn vor Monaten gesehen hatte, aber jetzt war seine Haut gelblich grau und schlaff. Er sah abgearbeitet aus. Aber die Hände waren groß und braun gebrannt und die Finger lang und sehnig.

«Ja», fragte er, «worum geht es?»

Martin Beck sah die Angst in den von den Brillengläsern verdeckten Augen; die konnte der Mann nicht verbergen.

«Sie wissen, worum es geht.»

Er schüttelte den Kopf, konnte aber nicht verhindern, dass ihm kleine Schweißtropfen unter dem Haaransatz und auf der Oberlippe hervortraten.

«Sigbrit Mård», sagte Martin Beck.

Kaj Sundström wandte sich ab und ging zwei Schritte auf die Haustür zu, blieb dann aber stehen und sagte, ohne sich zu Martin Beck umzudrehen: «Können wir hinausgehen und dort weitersprechen? Ich glaube, ich brauche frische Luft.»

«Meinetwegen», sagte Martin Beck und wartete, während Kaj Sundström sich einen Schafspelzmantel anzog.

Sie traten hinaus auf die Treppe, und Kaj Sundström begann langsam auf das Gartentor zuzugehen; die Hände hatte er in den Manteltaschen vergraben. Mitten auf dem Kiesweg blieb er stehen und blickte zum Himmel hinauf. Er war sternklar. Martin Beck trat neben ihn:

«Wir haben Beweise dafür, dass Sie sie getötet haben. Und wir haben die Wohnung in Trelleborg gefunden. Ich habe einen Haftbefehl in der Tasche.»

Kaj Sundström stand ganz ruhig da, und nach einem Moment fragte er: «Beweise? Wie können Sie Beweise haben?»

«Unter anderem ein kleines Knäuel Putzwolle, das mit Ihnen in Verbindung gebracht werden kann. Warum haben Sie sie getötet?»

«Ich war gezwungen.»

Seine Stimme klang jetzt anders, gepresst.

«Wie fühlen Sie sich?»

«Nicht gut.»

«Ist es nicht besser, wenn Sie mit nach Malmö kommen, dann können wir uns dort unterhalten?»

«Meine Frau …»

Die Worte brachen ab, und es drang ein unangenehmer wimmernder Laut aus seiner Kehle. Er griff sich ans Herz, schwankte, beugte sich vornüber und stürzte plötzlich mit dem Kopf voran in das Rosenbeet.

Martin Beck starrte ihn an.

Benny Skacke kam durch das Tor gelaufen, und sie drehten den zusammengebrochenen Mann gemeinsam auf den Rücken.

«Herzinfarkt», sagte Skacke. «Ich habe so was schon mal gesehen. Ich rufe den Krankenwagen.»

Er rannte zum Wagen zurück, und Martin Beck hörte, wie er ins Funkgerät sprach.

Gleichzeitig kam die Frau auf den Platz vor dem Haus hinausgelaufen, hinter ihr die beiden Töchter. Sie musste aus dem Fenster beobachtet haben, was geschehen war, schob Martin Beck zur Seite, sank neben ihrem bewusstlosen Mann in die Knie und rief den Mädchen zu, ins Haus zurückzugehen. Sie gehorchten, blieben aber in der Tür stehen und blickten ängstlich und verwundert auf die Eltern und die beiden fremden Männer da draußen im Garten.

Sieben Minuten später kam der Krankenwagen.

Benny Skacke folgte ihm zum Allgemeinen Krankenhaus nach Malmö, und als der Wagen vor der Unfallstation hielt, war er nur wenige Meter hinter ihm.

Martin Beck blieb im Wagen sitzen und sah, wie die Krankenträger mit der Bahre hineinhasteten. Frau Sundström folgte ihnen, und als die Tür hinter ihr zuschlug, fragte Skacke:

«Willst du nicht auch hineingehen?»

«Doch. Aber das eilt nicht. Jetzt bekommt er erst mal eine Schockbehandlung und Herzmassage und dann künstliche Beatmung. Steht er das durch, dann ist er sehr bald wieder auf den Beinen. Wenn er allerdings nicht …»

Er schwieg und blickte auf die geschlossenen Türen. Nach einer Weile kamen die Krankenträger mit der Bahre zurück, schoben sie in den Wagen und schlossen die Türen. Dann stiegen sie ein und fuhren mit dem Krankenwagen weg.

Martin Beck richtete sich auf und sagte: «Jetzt muss ich wohl hineingehen und hören, wie es aussieht.»

«Soll ich mitkommen, oder soll ich hier warten?», fragte Skacke.

Martin Beck öffnete die Autotür und stieg aus, er beugte sich hinab.

«Es ist ja möglich, dass er sich wieder aufrappelt und die Ärzte mir bald erlauben, mit ihm zu sprechen. Es wäre gut, wenn ich ein Tonbandgerät hätte.»

Skacke drehte den Schlüssel im Zündschloss um.

«Ich sause los und hole eines.»

Martin Beck nickte, und Skacke fuhr ab.

Kaj Sundström war in die Intensivstation gebracht worden, und durch die Glastür zum Wartezimmer sah Martin Beck seine Frau. Sie stand am Fenster mit dem Rücken zur Tür, sehr gerade und sehr still.

Martin Beck wartete auf dem Flur. Nach einer Weile hörte er das Klappern von Holzschuhen, und eine Frau in weißem Kittel und mit Jeans darunter kam auf ihn zu, verschwand aber durch eine Tür, bevor er sie etwas fragen konnte. *Arzt-*

zimmer stand auf einem Schild, und er klopfte und öffnete, ohne eine Antwort abzuwarten.

Die Frau stand am Schreibtisch und blätterte in einem Stapel Krankenblätter. Sie fand das richtige Blatt, notierte etwas darauf, klemmte es in einen Bügel und legte es in ein Regal hinter sich an der Wand. Dann blickte sie fragend auf Martin Beck, der seine Marke zeigte und sein Anliegen vorbrachte.

«Ich kann noch nichts sagen», erklärte sie. «Er bekommt jetzt eine Herzmassage. Aber Sie können hier solange warten.»

Sie war jung, hatte lebhafte braune Augen und das dunkelblonde Haar in einem dicken Zopf auf dem Rücken zusammengebunden.

«Ich werde Anweisung geben, dass Sie Nachricht erhalten», sagte sie und eilte aus dem Zimmer.

Martin Beck trat vor und las das Krankenblatt auf dem Regal. Es betraf nicht Kaj Sundström.

An der Wand hing ein kleiner Apparat mit einem Bildschirm, auf dem ein leuchtender grüner Punkt von links nach rechts eilte. In der Mitte des Schirms stoppte der Punkt, und man hörte einen kurzen, hohen Ton. Der grüne Punkt beschrieb eine regelmäßige Kurve, und der piepsende Laut ertönte mit monotoner Gleichmäßigkeit. Das Herz eines Menschen schlug normal. Martin Beck nahm an, dass dies nicht Kaj Sundströms Elektrokardiogramm war.

Nach einer Viertelstunde, in der nichts geschah, sah Martin Beck durch das Fenster, wie Skacke mit dem Auto vorfuhr. Er ging hinaus, holte das Tonbandgerät und sagte zu Skacke, dass er heimfahren könne. Der sah ein wenig enttäuscht aus, so als ob er lieber dageblieben wäre, aber Martin Beck hatte keine Verwendung mehr für ihn.

Als die Uhr elf war, kam die Frau mit dem Zopf zurück. Es zeigte sich, dass sie die Dienst habende Ärztin war.

Sundström hatte die Krise überstanden, er hatte das Bewusstsein wiedererlangt, und es ging ihm den Umständen entsprechend gut. Er hatte einige Minuten lang mit seiner Frau gesprochen, die das Krankenhaus jetzt verlassen hatte. Jetzt schlief er und durfte nicht gestört werden.

«Aber kommen Sie morgen wieder, dann werden wir weitersehen», sagte sie.

Martin Beck machte ihr klar, worum es ging, und schließlich willigte sie widerstrebend ein, ihn mit Kaj Sundström sprechen zu lassen, sobald der aufwachte. Sie führte ihn in ein Untersuchungszimmer, in dem er warten konnte.

In diesem Raum befand sich eine Pritsche, die mit grünem Kunststoff bezogen war, ein Hocker und ein Zeitungshalter mit drei zerlesenen religiösen Zeitschriften. Martin Beck stellte das Tonbandgerät auf den Hocker, legte sich auf die Pritsche und starrte an die Decke.

Er dachte an Kaj Sundström und dessen Frau. Sie hatte den Eindruck gemacht, als ob sie stark sei. Psychisch stark. Oder war das nur eine eingeübte Haltung oder vielleicht Gefühlskälte? Er dachte an Folke Bengtsson, aber nicht lange. Dann dachte er an Rhea, und nach einer Weile schlief er ein.

Als die Ärztin ihn weckte, war es halb sechs, und ihre braunen Augen waren nicht mehr so lebendig.

«Er ist jetzt wach», sagte sie. «Aber machen Sie es nicht länger als notwendig.»

Kaj Sundström lag auf dem Rücken und blickte auf die Tür. Ein junger Mann in weißem Kittel und weißer Hose saß auf einem Stuhl am Fußende des Bettes und kaute an den Nägeln. Er stand auf, als Martin Beck eintrat.

«Dann kann ich ja so lange Kaffee trinken gehen. Drücken Sie auf den Klingelknopf, bevor Sie gehen.»

Auf einem Regalbrett über dem Kopfende des Bettes stand ein kleiner Apparat, genau wie der, den Martin Beck im Amtszimmer gesehen hatte. Drei dünne verschiedenfarbige Kabel verbanden den Apparat mit kleinen runden Elektroden, die mit Heftpflasterstreifen auf Kaj Sundströms Brust befestigt waren. Das Elektrokardiogramm wurde von dem grünen Punkt registriert, aber den piepsenden Ton hörte man nur ganz schwach.

«Wie fühlen Sie sich?», fragte Martin Beck.

Kaj Sundström zupfte an seiner Decke.

«Ich weiß nicht. Ich kann mich nicht erinnern, was geschehen ist.»

Er hatte keine Brille auf, und sein Gesicht sah jetzt weicher und jünger aus.

«Erinnern Sie sich an mich?»

«Ich erinnere mich daran, dass Sie gekommen sind und dass wir aus dem Haus getreten sind. Mehr nicht.»

Martin Beck zog einen niedrigen Hocker unter dem Bett hervor, stellte das Tonbandgerät darauf und befestigte das Mikrofon an der Kante der Bettdecke. Er holte sich den Stuhl heran und setzte sich.

«Erinnern Sie sich, worüber wir gesprochen haben?»

Kaj Sundström nickte.

«Sigbrit Mård», sagte Martin Beck. «Warum haben Sie sie umgebracht?»

Der Mann in dem Bett schloss die Augen, und als er sie wieder öffnete, antwortete er: «Ich bin krank. Ich möchte am liebsten nicht darüber sprechen.»

«Wie haben Sie sie kennen gelernt?»

«Sie meinen, wo wir uns getroffen haben?»

«Ja. Erzählen Sie.»

«Das war in der Konditorei, in der sie arbeitete. Ich ging damals hin und wieder zum Kaffeetrinken dorthin.»

«Wann war das?»

«Vor drei, vier Jahren.»

«Ja? Und dann?»

«Ich sah sie eines Tages in der Stadt und fragte, ob ich sie mitnehmen könnte. Sie fragte, ob ich sie nach Hause nach Domme fahren könnte, denn sie hatte gerade ihren Wagen in die Werkstatt gebracht. Ich fuhr sie nach Hause. Später hat sie mir erzählt, dass sie sich das mit dem Auto nur ausgedacht hatte, denn sie wollte mich kennen lernen. Sie ließ den Wagen in Trelleborg stehen und fuhr am nächsten Morgen mit dem Bus.»

«Sind Sie mit ihr hineingegangen, als Sie sie nach Hause gebracht hatten?»

«Ja. Und wir haben auch miteinander geschlafen. Das ist es doch, was Sie wissen wollen!»

Kaj Sundström blickte einen kurzen Moment zu Martin Beck, dann drehte er den Kopf und sah zum Fenster hin.

«Haben Sie sich weiterhin bei ihr zu Hause getroffen?»

«Einige Male nur. Aber das war zu riskant. Ich war ja verheiratet, und sie war geschieden, aber es wird ja so viel getratscht, besonders da oben, wo sie wohnte. Da habe ich dann eine kleine Wohnung besorgt, in Trelleborg, in der wir uns treffen konnten.»

«Haben Sie sie geliebt?»

Kaj Sundström schnaubte.

«Geliebt. Nein. Aber ich war scharf auf sie. Wollte mit ihr schlafen. Meine Frau hatte daran kein Interesse mehr. Das hat sie übrigens nie gehabt. Ich fand, dass ich das Recht hatte, eine so genannte Geliebte zu haben. Aber meine Frau wäre wild geworden, wenn sie davon erfahren hätte. Sie hätte sofort die Scheidung eingereicht.»

«War Sigbrit Mård in Sie verliebt?»

«War sie wohl. Ich dachte erst, dass sie nur jemanden fürs Bett haben wollte, genau wie ich, aber dann fing sie an, davon zu sprechen, dass ich zu ihr ziehen sollte.»

«Wann war das?»

«Im Frühjahr. Wir hatten es gut gehabt, hatten uns einmal in der Woche getroffen, in der Wohnung, die ich gemietet hatte. Aber dann fing sie plötzlich damit an, dass wir heiraten sollten und dass sie Kinder haben wollte. Dass ich schon verheiratet war und Kinder hatte, spielte keine große Rolle, fand sie. Ich brauchte ja nur die Scheidung einzureichen, meinte sie.»

«Sie wollten sich nicht scheiden lassen?»

«Nein, zum Teufel. Erstens verstehen wir uns ganz gut, meine Frau und ich und die Kinder. Und zweitens hätte das für mich die wirtschaftliche Katastrophe bedeutet. Das Haus, in dem wir wohnen, gehört meiner Frau, und die Fabrik, die ich allerdings völlig selbständig leite, gehört ebenfalls meiner Frau. Wenn wir uns hätten scheiden lassen, hätte ich ohne Geld dagesessen und arbeitslos dazu. Ich bin 52 Jahre alt. Ich habe mich mein Leben lang für diese Fabrik abgerackert. Sigbrit war nicht ganz bei Trost, sich einzubilden, ich würde das alles um ihretwillen stehen und liegen lassen. Hinter dem Geld war sie ebenfalls her.»

Kaj Sundström hatte etwas Farbe bekommen, während er sprach, und sein Blick war nicht mehr ganz so müde.

«Übrigens begann ich ihrer überdrüssig zu werden. Schon im Winter hatte ich angefangen zu überlegen, wie ich mich auf elegante Weise von ihr lösen könnte.»

Er hatte keine besonders elegante Weise gewählt, dachte Martin Beck. Er fragte: «Was passierte? Wurde sie zu aufdringlich?»

«Sie begann zu drohen. Sie sagte, sie würde meine Frau aufsuchen. Ich war gezwungen, ihr zu versprechen, dass ich selbst mit ihr über die Scheidung sprechen würde, woran ich natürlich keinen Augenblick dachte. Ich wusste nicht, was ich tun sollte, ich lag nächtelang wach …»

Er schwieg und legte die Arme über die Augen.

«Konnten Sie Ihrer Frau nicht erzählen ...»

«Nein. Das war ausgeschlossen. Sie hätte so etwas niemals akzeptiert oder verziehen. Sie ist in solchen Fragen fürchterlich prinzipiell und moralisch. Außerdem hat sie unerhört große Angst davor, was die Leute reden, und achtet strikt darauf, das Gesicht zu wahren. Nein, es gab nur ... es gab keinen Ausweg.»

Nach einer kurzen Weile brach Martin Beck das Schweigen:

«Sie fanden ja schließlich einen Ausweg. Aber der war nicht besonders gut.»

«Ich habe mir nächtelang den Kopf zerbrochen, bis ich beinahe von Sinnen war. Ich wollte sie los sein, ihr Gerede und ihre Drohungen. Ja, ich habe mir alle möglichen Dinge überlegt. Dann fiel mir ein, dass dieser ehemalige Mörder in ihrer Nachbarschaft wohnte, und ich dachte, wenn ich es so drehe, dass es wie ein Sexualmord aussieht, wird man den für den Täter halten.»

Er warf Martin Beck einen schnellen Blick zu und fügte beinahe triumphierend hinzu:

«Und das habt ihr ja auch geglaubt, nicht wahr?»

«Und dass ein Unschuldiger für etwas bestraft werden könnte, das Sie getan haben, das hat Sie nicht berührt?»

«Er war nicht unschuldig! Er hatte ja einen Menschen ermordet und hätte überhaupt nicht frei herumlaufen dürfen. Nein, daran dachte ich nicht.»

«Wie haben Sie es getan?»

«Ich nahm sie im Auto mit, als sie da stand und auf den Bus wartete. Ich wusste, dass sie den Wagen in die Werkstatt gebracht hatte. Dann fuhr ich mit ihr zu einem Platz, den ich vorher ausgesucht hatte. Sie glaubte, wir würden miteinander schlafen. Wir haben das manchmal gemacht, draußen, im Sommer, früher.»

Er stierte plötzlich Martin Beck an, und sein Blick wurde starr. Sein ganzes Gesicht veränderte sich, der Mund öffnete sich, die Lippen strafften sich über den Zähnen, und aus seiner Kehle kam ein rasselnder Laut. Er hob die linke Hand, und Martin Beck griff nach seinem Handgelenk und stand auf. Die Hand ergriff die seine wie in einem Krampf, und die Augen waren aufgerissen und blickten immer noch auf die Stelle, wo sich Martin Becks Gesicht befunden hatte. Martin Beck blickte auf und sah den grünen leuchtenden Punkt sich langsam in einer geraden Linie über den Schirm bewegen. Vom Apparat her hörte man einen schwachen gleichförmig piependen Ton.

Martin Beck fühlte, wie die Hand, die die seine hielt, schlaff wurde, und er legte sie auf die Decke und drückte auf die Klingel, bevor er hinaus auf den Flur lief.

Innerhalb einer Minute war das Zimmer voller Leute in weißen Kitteln.

Bevor die Tür geschlossen wurde, sah er, wie etwas, das einer Tischplatte glich, unter den leblosen Körper geschoben wurde.

Er wartete vor der Tür. Nach einer Weile wurde sie geöffnet, und jemand reichte ihm das Tonbandgerät.

Er machte den Mund auf, um etwas zu fragen, aber der Weißgekleidete schüttelte den Kopf und sagte:

«Diesmal werden wir ihn wohl nicht durchkriegen.»

Die Tür wurde geschlossen, und Martin Beck stand da mit seinem Tonbandgerät. Er rollte das Mikrofonkabel auf und steckte es in die Tasche. Da lag bereits der Haftbefehl, sorgfältig ausgefüllt, zusammengefaltet und unbenutzt.

Er sollte auch keine Verwendung mehr dafür haben. 45 Minuten später kam ein Arzt zu ihm in das Wartezimmer und berichtete, dass es nicht gelungen war, das Leben von Kaj Sundström zu retten. Der zweite Blutpfropfen war direkt ins Herz gegangen und dort geblieben.

Martin Beck fuhr zu Polishuset am Davidhallstorg und übergab Per Månsson das Band mit dem Auftrag, den Fall abzuschließen.

Dann nahm er ein Taxi nach Anderslöv.

Der Nebel lag dicht und silbergrau über der Ebene. Die Sicht war nur einige Meter weit, und an den Seiten sah er nichts als die Wegkanten und die Gräben mit trockenem gelbem Gras und den einen oder anderen Schneefleck. Wenn er die Umgebung nicht vorher bei klarem Wetter gesehen hätte, hätte er nicht ahnen können, was sich im Nebel verborgen hielt. Aber jetzt wusste er, wie die Landschaft aussah, nicht glatt und einförmig, wie man glauben konnte, wenn man sie im Flugzeug sitzend aus der Luft sah, sondern mit sanften Hügeln und Weiden und Äckern, Wiesen mit langen Reihen nackter Zaunpfähle, kleinen weiß gekalkten Kirchen und Bauernhöfen, umgeben von mächtigen Ulmen und Buchen. Und er hatte an einem klaren Tag den Himmel über der Ebene gesehen, hoch und weit, wie er ihn sonst nur von der See her kannte, oder mit segelnden Wolken, die gleitende Schatten auf die offene, helle Landschaft warfen. Aber jetzt stand der Nebel wie eine Wand an beiden Seiten der Straße, und die Fahrt durch den grauen Dunst hatte etwas Zeitloses und Unwirkliches.

Sie kamen an der Abzweigung nach Domme vorbei, aber die Häuser da oben waren nicht zu sehen.

Nöjd saß an seinem Schreibtisch im Dienstzimmer und trank Tee, während er in einem Stapel hektografierter Papiere blätterte. Timmy lag über seinen Füßen ausgestreckt unter dem Tisch. Martin Beck sank in den Besuchersessel, und Timmy begrüßte ihn auf seine übliche herzliche Weise. Martin Beck schob den Hund fort und wischte sich das Gesicht ab. Nöjd legte den Papierstapel zur Seite, blickte ihn an und fragte:

«Müde?»
«Ja.»
«Tee?»
«Ja, bitte.»
Nöjd ging hinaus, kam mit einem Porzellanbecher wieder und goss Tee aus der Kanne ein.
«Fährst du jetzt nach Hause?»
Martin Beck nickte.
«Das Flugzeug geht in zwei Stunden», sagte er. «Wenn es bei diesem Nebel überhaupt geht.»
«Wir rufen in einer Stunde an und fragen. Vielleicht lichtet er sich. Hast du noch das Zimmer im Gasthof?»
«Ja.»
«Geh hin und leg dich 'ne Stunde aufs Ohr. Ich wecke dich, wenn wir fahren müssen.»
Martin Beck nickte. Er war wirklich sehr müde.
Er packte seine wenigen Utensilien, legte sich aufs Bett und schlief beinahe sofort ein. Bevor er ganz einschlief, überlegte er, dass er Rhea anrufen müsste.
Er erwachte davon, dass Herrgott Nöjd an die Tür hämmerte und eintrat. Er blickte auf die Uhr und stellte verwundert fest, dass er beinahe drei Stunden lang geschlafen hatte.
«Der Nebel verzieht sich», teilte Nöjd mit. «Sie meinen, dass sie in einer Dreiviertelstunde starten können. Ich wollte dich nicht unnötig wecken. Aber jetzt müssen wir fahren.»
Als sie im Wagen saßen und auf dem Weg nach Sturup waren, sagte Nöjd: «Folke ist jetzt wieder zu Hause. Ich bin vor einer halben Stunde in Domme vorbeigefahren, und da war er eifrig damit beschäftigt, seinen Hühnerstall zu reparieren.»
«Was wird aus Sigbrit Mårds Haus?», fragte Martin Beck. «Hat sie irgendwelche Verwandten?»

«Nein, das wird wohl versteigert, nehme ich an. Du denkst doch wohl nicht dran, hierher zu ziehen?»

Nöjd blickte Martin Beck an und lachte.

«Aber Riksmordkommissionen darfst du nicht mit hierher bringen!»

Die Sonne brach durch den Nebel, und auf dem Flugplatz versicherte man ihm, dass die Maschine bald starten würde. Martin Beck gab seinen Koffer auf und folgte Nöjd hinaus zum Auto. Er lehnte sich zum Rücksitz hinein und kraulte Timmy hinter dem Ohr. Dann klopfte er Nöjd auf den Schultern.

«Ich dank dir auch!»

«Du kommst doch mal wieder», sagte Nöjd fragend. «Inoffiziell meine ich. Mehr Morde wollen wir hier nicht haben in meinem Bezirk. Komm mal auf Urlaub.»

«Vielleicht. Auf Wiedersehen!»

Nöjd stieg ins Auto.

«Wir könnten Fasanen jagen», rief er und blinzelte.

Martin Beck blieb stehen und blickte dem roten Auto nach. Dann ging er ins Gebäude hinein und rief Rhea Nielsen an.

«Ich komme in zwei Stunden nach Hause», sagte er.

«Dann fahre ich jetzt in deine Wohnung und koche Mittag, das willst du doch haben?»

«Gerne.»

«Ich habe etwas Neues entdeckt, eine Art Eintopf. Und dann kaufe ich unterwegs Wein ein.»

«Fein. Ich habe dich vermisst.»

«Und ich dich auch. Komm schnell.»

Bald danach befand er sich in der Luft.

Die Maschine zog einen weiten Bogen, und unter ihm lag Söderslätt, von der Sonne beleuchtet, und dahinter sah er die See, blau und funkelnd. Dann verschwand das Bild, das

Flugzeug stieg in eine Wolkenbank und nahm Kurs nach Norden.

Er war auf dem Weg nach Hause.

Und jemand wartete auf ihn.